아르센 뤼팽 전집 8
포탄 파편

Arsène Lupin

아르센 뤼팽 전집 8

포탄 파편	모리스 르블랑
L'Éclat D'obus	연숙진 옮김

황금가지

차례

1부

살인이 일어나다 · 9

닫혀 있는 방 · 24

동원령 · 39

엘리자베스의 편지 · 61

코르비니의 촌부 · 79

폴이 오르느캥 성에서 본 것 · 97

H.E.R.M · 111

엘리자베스의 일기 · 130

황제의 아들 · 146

75밀리가 아니라 155밀리? · 162

2부

이제르……미제르 · 175

헤르만 소령 · 189

뱃사공의 집 · 206

〈독일 문명〉의 걸작 · 227

콘라트 왕자의 연회 · 247

불가능한 싸움 · 269

승자의 법칙 · 288

132고지 · 302

호엔촐레른 가 · 321

두 번의 처형 · 343

1부

살인이 일어나다

「예전에 그를 프랑스에서도 본 적이 있다고 한다면 믿겠소?」
 엘리자베스는 애정 어린 표정으로 폴 들로즈를 바라보았다. 갓 결혼한 젊은 신부에게 사랑하는 사람의 말은 아주 사소한 것일지라도 흥미로운 법이다.
「당신이 프랑스에서 기욤 2세(빌헬름 2세, 독일 황제 겸 프로이센 왕(1888-1918)으로 〈카이저〉라는 별칭으로도 불렸다—옮긴이)를 보셨다고요?」
「내 두 눈으로 직접 보았소. 그를 만났을 때의 상황들을 하나도 빠짐없이 다 기억하고 있다오. 허나 꽤 오래전 일이지……」
 폴은 그때를 회상하는 것이 너무도 고통스러운 듯 심각한 표정을 지으며 말했다.
「폴, 제게 그 이야기 좀 해 주시겠어요?」
「말해 주겠소. 당시 난 어린아이였지. 하지만 그 사건으로 인해 내 인생은 비극이 돼 버렸다오. 당신에게 자세히 들려주지 못할 게 뭐 있겠소」

그들은 기차에서 내렸다. 기차는 종착역인 코르비니 역에 도착했다. 지방 정부가 관할하는 지역 철도는 도청 소재지를 기점으로 하여 리즈롱 계곡을 지나 독일 국경에서 24킬로미터 떨어진 로렌 지방의 이 작은 도시까지 운행되고 있었다. 한편, 보방(Séastien Le Prestre de Vauban, 1633-1707, 프랑스의 군인이자 축성가. 재상 마자랭에게 기용되어 1655년 이후 요새 건설을 담당했다. 루이 14세 시대의 요새 중 그의 손을 거치지 않은 것이 없을 정도이며, 실전에 참호를 쓴 것도 그가 최초였다—옮긴이)은 회상록에서 코르비니 시를 두고 〈상상할 수 있는 것들 중 가장 완벽한 반월보(半月堡, 요새의 일부분으로 반달 모양의 보루를 말한다—옮긴이)들로〉 둘러싸인 곳이라고 묘사한 바 있다.

역은 많은 사람들로 몹시 붐볐다. 수많은 병사들과 장교들, 여행객들, 중산층 가족들, 농부들, 노동자들, 코르비니를 지나 인근 온천지로 향하는 온천객들이 짐들로 가득 찬 플랫폼에서 도청 소재지행 열차를 기다리고 있었다.

엘리자베스는 걱정 어린 표정으로 남편을 껴안고 몸서리치면서 이렇게 말했다.

「오! 폴, 전쟁이 일어나지 않았으면 좋겠어요」

「전쟁이라니! 그건 사람들의 괜한 생각일 뿐이오」

「하지만 저 사람들을 봐요. 모두들 국경을 떠나 멀리 가려 하고 있잖아요」

「그렇지 않소……」

「제 말이 맞아요. 좀 전에 신문에서도 봤잖아요. 온통 안 좋은 소식뿐이었어요. 독일은 전쟁을 준비하고 모든 걸 다 갖췄다고……. 아! 폴, 우리가 헤어지게 된다면……! 게다가 당신 소식을 전혀 알 수 없고…… 또 만일 당신이 다치기라도 한다면……. 그리고 또……」

폴은 그녀의 손을 꼭 잡았다.

「엘리자베스, 두려워 마오. 아무 일도 일어나지 않을 거요. 전쟁이 일어나려면 누군가 선전 포고를 해야 하오. 허나 미치광이나 추악한 범죄자가 아니고서야 누가 감히 그처럼 끔찍한 결정을 내리겠소?」

「전 두렵지 않아요. 당신이 떠나야 한다 해도 전 용감하게 잘 지낼 거예요. 다만…… 다만 전쟁은 다른 이들보다 우리에게 더욱 잔인할 것 같아요. 여보, 한번 생각해 보세요. 우린 겨우 오늘 아침에 결혼한 부부라고요」

아직도 생생한 결혼식, 그때 나눈 깊고도 오래 지속될 것만 같던 기쁨의 언약들을 떠올리며 엘리자베스는 남편을 향해 깊은 신뢰가 배인 미소를 지어 보였다. 그녀의 예쁜 얼굴은 금발이 후광처럼 빛을 내어 황금빛으로 물들고 있었다.

엘리자베스는 이렇게 속삭였다.

「우린 오늘 아침 갓 결혼한 부부니 만큼…… 폴, 우리가 함께 쌓아 온 행복보다는 앞으로 쌓아 가야 할 행복이 더 많다고요」

사람들이 움직이기 시작했다. 그들은 일제히 출구 쪽을 향해 몰려 갔다. 한 장군이 영관급 장교 두 명의 수행을 받으며 자동차가 대기 중인 뜰로 걸어가고 있는 게 보였다. 이어 군악대의 연주 소리가 들려왔다. 역 광장에는 보병 1개 대대가 행진하고 있었다. 그 뒤를 포병들이 따르고, 열여섯 마리의 말이 엄청나게 큰 수레를 끌고 지나갔다. 포 받침대가 워낙 무겁고 대포가 너무 길다 보니 그것을 싣고 가는 수레가 되레 가벼워 보였다. 그 뒤를 소 떼가 따르고 있었다.

폴은 손에 여행 배낭 두 개를 들고 마중 나오기로 한 안내인을 기다리며 인도에 서 있었다. 바로 그때 한 남자가 다가왔다. 남자는 가죽으로 각반을 두르고 두꺼운 녹색 빌로드 천으로 된 반바지와 뿔로 만든 단추가 달린 사냥 조끼를 입고 있었다. 그는 모자를 벗으며 폴에게 말을 걸었다.

「폴 들로즈 씨이신가요? 저는 성의 관리인인뎁쇼……」

그 사나이는 기백이 넘치고 솔직한 인상을 풍겼고, 피부는 햇볕과 추위에 단련되어 탄탄해 보였으며 머리는 이미 반백이 돼 있었다. 그리고 간혹 나이 든 하인들에게서 볼 수 있는 조금은 거칠고 전혀 하인 같지 않은 모습을 지니고 있었다. 그는 17년 전부터 엘리자베스의 부친 아래서 일해 왔다고 했다. 엘리자베스의 아버지이자 성주인 당드빌 백작은 코르비니 위쪽에 위치한 오르느캥에 방대한 영토를 소유하고 있었다.

「아! 당신이 제롬이군. 때마침 잘 나와 주었네. 당드빌 백작님의 편지를 받은 걸로 알고 있는데, 우리 하인들도 도착했소?」

「네, 나리. 오늘 아침 세 명 모두 왔습니다요. 그들은 저희 부처가 나리와 마님을 맞도록 채비하는 걸 도왔습죠」

제롬이 다시 엘리자베스를 보며 인사를 하자 그녀가 이렇게 물었다.

「제롬, 저를 알아보시겠어요? 제가 이곳에 온 지도 꽤 오래됐는데!」

「엘리자베스 아가씨가 네 살 때랍니다. 가엾게도 마님이 돌아가시자 아가씨와 백작 나리께서 성으로 돌아오시지 않는다고 말씀하셨을 때 저와 제 처는 상을 당한 기분이었답니다. 한데 백작 나리께선 올해에도 이곳에 들르지 않으신답니까?」
 「네, 제롬. 오지 않으실 것 같아요. 세월이 많이 흘렀지만 아버지는 여전히 어머니를 잃은 슬픔을 안고 사세요」
 제롬은 여행 배낭들을 집어 들더니 코르비니에서 불러온 사륜마차에 싣고는 마차를 앞서 나가게 했다. 그리고 큰 짐들은 짐수레에 실었다.
 날씨가 맑아서 그는 마차의 지붕 덮개를 뒤로 제쳤다.
 폴과 엘리자베스가 마차에 올라 자리를 잡고 앉았다.
 그러자 제롬이 이렇게 말했다.
 「길은 그리 멀지 않습니다요. 한 16킬로미터 정도죠……. 뭐, 오르막길이긴 하지만요」
 「성에는 사람이 살지 않소?」
 폴이 물었다.
 「그렇습죠! 사람이 사는 성이라고는 볼 수 없습니다요. 어쨌든 나리께서 직접 보시면 아실 겁니다. 저희가 할 수 있는 일은 다 했으니까요. 제 처는 두 분이 오신다고 얼마나 호들갑인지……! 나리와 마님을 마중하겠다고 아마 지금쯤 현관 계단에 나와 기다리고 있을 겁니다. 제가 나리와 마님께서 6시 30분이나 7시쯤 도착하실 거라고 일러두었습죠……」
 마차가 출발하자 폴이 엘리자베스에게 이렇게 말했다.
 「정말 친절한 사람이긴 하지만, 말할 틈을 주지는 맙시다. 우리 시간을 계속 잡아먹고 있으니……」
 코르비니 언덕을 오르자 길은 급경사를 이루었다. 도시 중앙에는 길 양 옆으로 상점들과 공공건물, 호텔들이 즐비하게 늘어서 있었고 주요 간선 도로에는 그날따라 많은 사람들이 붐볐다. 길은 이내 다시 내리막이더니 보방이 세운 요새의 오래된 능보(稜堡)를 끼고 우회했다. 그러자 길 좌우 양 옆으로 〈작은 요나〉와 〈큰 요나〉라 불리는 두 요새가 굽어보이는 들판이 펼쳐졌다. 들판을 가로지르자 길이 다소 울퉁불퉁했다.

귀리와 밀밭 사이로 난 구불구불한 길을 따라 포플러 나무들이 만들어 낸 돔 모양의 그늘 아래서, 폴 들로즈는 엘리자베스에게 들려주기로 한 유년 시절의 어느 사건 속으로 거슬러 올라갔다.

「엘리자베스, 당신에게 말했듯이 그때 일은 내게 끔찍한 비극으로 단단히 각인되어 있소. 내 기억 속에 단 하나뿐인 비극적인 사건으로 말이오. 그 당시 많은 사람들의 입에 오르내리기도 했고, 장인 어른께서도 당신이 아는 것처럼 아버지의 친구셨으니 아마 신문을 통해 잘 알고 계셨을 거요. 그 일에 대해 장인 어른께서 당신에게 전혀 언급이 없으셨던 건 순전히 내 부탁 때문이라오. 내가 직접 당신에게 이 사건을 얘기해 주고 싶었소……. 내게는 매우 고통스럽긴 하지만 말이오」

폴과 엘리자베스는 서로의 손을 꼭 잡았다. 폴은 열정을 담아 이야기를 하고자 잠시 침묵에 잠긴 후 다시 말을 이었다.

「아버지는 주위 사람들로부터 연민과 애정을 불러일으키는 사람이었소. 열정을 지녔으면서도 관대하고 매력과 유머가 넘치셨지. 모든 훌륭한 신조들과 아름다운 풍경들에 감탄을 아끼지 않으셨다오. 아버지는 삶을 사랑하셨고, 다른 사람들보다 앞서서 삶을 경험하시고자 했던 분이라오.

아버지는 1870년에 자원 입대하여 전쟁터에서 중위 계급장을 다셨는데 영웅적인 군인이 되는 것은 당신의 성향과도 아주 잘 맞았지. 통킹 만 전투 때 아버지는 두 번째 자원 입대를 하셨고 마다가스카르 정복을 위해 세 번째 자원 입대를 하셨소.

그곳에서 아버지는 대위로 진급하여 레지옹도뇌르 훈장(국가명예 훈장—옮긴이)을 받으셨소. 그리고 고국으로 돌아와 결혼을 하셨지. 그로부터 6년 후 어머니와 사별하셨소.

어머니가 돌아가셨을 때, 나는 겨우 네 살이었소. 아버지는 어머니를 잃은 충격으로 몹시 괴로워하셨지만 괴로움이 큰 만큼 더욱더 나를 강한 애정으로 감싸 주셨지. 그분은 직접 나를 교육시키고자 하셨다오. 외적으로 나를 단련시켜서 강인하고 용감한 사내아이로 키우고자 하셨소. 우린 여름에는 바닷가로, 겨울에는 눈과 얼음이 있는 사부아 산들을 찾아갔지. 나는 진심으로 아버지를 사랑했소. 지금도 아버지를 떠올리면 여전히 살아 계신 듯하오.

열한 살 때, 나는 아버지를 따라 프랑스 전역을 여행했소. 아버지는 나를 데리고 가길 원하셨지. 내가 어느 정도 사리를 판단할 만한 나이가 되면 그때 나와 함께 가려고 일부러 여행을 몇 년 뒤로 미룬 거라오. 아버지가 예전에 싸웠던 장소들과 가 봤던 길들을 둘러보는 순례 여행이었소.

그러나 그렇게 아버지와 함께 보낸 날들은 무서운 재앙으로 끝이 났고 내게 지워지지 않는 깊은 상처를 남기고 말았소. 루아르 강변과 샹파뉴의 평원, 보주 산맥의 험준한 계곡들, 특히 알자스 지방의 마을들을 둘러보며 아버지는 많은 눈물을 흘리셨지. 그런 아버지를 보고 있자니 나도 얼마나 눈물이 나오던지……! 아버지가 들려주시는 희망적인 말들에 귀 기울이며 내 마음은 순수한 꿈들로 설레었소.
아버지는 이렇게 말씀하셨지.
〈폴, 언젠가 너도 분명히 내가 맞서 싸웠던 것과 똑같은 적들을 대면하게 될 것이다. 그러니 지금부터 아무리 안심이 되는 말을 듣더라도 적들에 대한 증오를 절대 버려서는 안 된다. 사람들이 뭐라 해도 그들은 야만인들이고 거만한 짐승들이자 살육자들이란다. 한 번 우리를 짓밟은 것에 만족하지 않고 적들은 우리를 완전히 깔아뭉갤 때까지 계속해서 괴롭힐 거야. 폴, 그날이 오면 우리가 함께 둘러보았던 길들을 하나하나 떠올려야 한다. 네가 앞으로 걸어갈 길이 승리의 길임을 난 확신한다. 허나 한순간도 그 지명을 잊어버리지 마라. 그리고 폴, 네가 승리의 기쁨을 누린다 해도 그 고통과 치욕의 이름들을 결코 잊어선 안 된다. 프뢰쉬빌러, 마르스 라 투르, 생프리바(1870년 프로이센과 전쟁 당시 프랑스가 패전했던 지역들——옮긴이), 그리고 또 다른 이름들을! 폴, 결코 잊지 말아라.〉

그리고 나서 아버지는 다시 미소를 지으시며 이렇게 말씀하시더군.

〈그런데 왜 내가 걱정해야 하지? 적들은 알아서, 잊지 말라고 해도 잊어버리고, 또 직접 겪어보지 못한 사람들 안에 잠자고 있는 증오심을 깨울 텐데 말이야. 그들이 변할 수 있을까? 폴, 넌 보게 될 거다. 볼 수 있을 거야. 내가 하는 얘기를 백날 듣는 것보다야 그 끔찍한 현실을 한번 겪어 보는 게 낫겠지. 그놈들은 괴물들이란다.〉」

폴 들로즈는 잠시 말을 멈췄다. 그러자 엘리자베스가 약간 조심스러운 목소리로 물었다.

「폴, 당신은 아버지가 전적으로 옳다고 생각하나요?」
「아버지는 아마도 추억이 너무 생생한 나머지 거기에 빠지셨을 거요. 나도 독일을 많이 여행하고 또 거기서 살아 보기도 했지만 매번 대하는 심정이 달랐지. 그리고 솔직히 말해서 때때로 아버지가 하신 말들을 잘 알아듣지는 못했소……. 하지만…… 하지만 그 말씀들은 너무도 자주 나를 혼란에 빠트렸소. 게다가 그 후에 일어난 일은 너무도 이상했지!」

마차의 속도가 늦춰졌다. 마차는 리즈롱 계곡 위로 불쑥 튀어 나온 언덕길을 천천히 오르고 있었다. 태양은 코르비니 쪽을 향해 기울어 가고 있었다. 짐을 가득 실은 합승마차 한 대가 가로질러 지나가는가 싶더니 이내 자동차 두 대가 여행객들과 소포를 가득 싣고 지나갔다. 길섶 옆 밭에는 경계 근무 중인 기병대가 구보로 행진하고 있었다.

「걸읍시다」
폴 들로즈가 말했다.
폴은 아내와 함께 마차를 따라 걸으면서 다시 말을 이었다.
「엘리자베스, 내가 당신에게 하려는 이야기는 내 기억 속에 아주 세세한 부분까지 남아 있는 것이라오. 허나 이것은 한치 앞도 분간할 수 없는 일종의 짙은 안개 속을 걸어 나오는 것과 같소. 내가 확실히 말할 수 있는 건 당시 그곳에서 여행을 마무리하고 아버지와 나는 스트라스부르에서 흑림(黑林, 독일 명은 슈바르츠발트. 독일 남서부 라인 강의 동쪽에 북북동에서 남남서 방향으로 뻗어 있는 산맥—옮긴이)으로 가야만 했다는 사실이오. 어째서 우리의 여정이 바뀌었는지는 잘 모르겠소. 어느 날 아침 난 스트라스부르 역에서 보주 산맥으로 가는 열차에 올랐지……. 그래 바로 보주 산맥이었소. 아버지는 좀 전에 받은 듯한 편지를 읽고 또 읽고 계셨는데, 그 편지 내용에 기뻐하시는 듯했소. 그 편지로 인해 아버지의 여행 계획이 수정된 것인지는 잘 모르겠소. 우리는 가는 도중 점심을 먹었지. 소나기가 내리려는 듯 날씨가 후텁지근했고 난 이내 잠이 들었소. 다른 건 기억 나지 않지만 내가 짐을 역의 수화물 보관소에 맡기고, 독일의 어느 작은 마을에 중앙 광장에서 자전거 두 대를 빌린 일은 기억 난다오……. 그리고 또…… 뭐가 있었더라……. 나 원, 모든 게 혼동돼서……! 우리는 어느 고장을 지나갔는데, 그곳에 대해선 인상에 남는 게 거의 없구려. 그때 아버지가 내게 이렇게 말했소.

〈자, 폴. 우리는 지금 국경을 넘는단다……. 이제 곧 프랑스야.〉

그런데 잠시 후 얼마나 시간이 지났을까……? 아버지는 가던 길을 멈추고 한 농부에게 숲 속으로 가는 지름길이 어디에 있냐고 물었소. 하지만 길이라니 그것도 지름길이라니? 내가 보기에 길은커녕 숲은 도무지 뚫고 들어갈 수 없을 것처럼 어두컴컴해서 그 안으로 들어가면 내 생각들까지 매몰되어 다시는 빠져나오지 않을 것 같았지.

하지만 갑자기 숲의 어둠이 사라지면서 놀랍게도 내 눈앞에 공터가 나타나지 않겠소. 큰 나무들 사이로 이끼들이 빌로드 천처럼 깔려 있었고 그곳에 오래된 예배당이 하나 서 있었소. 그때 갑자기 큰 빗방울이 떨어지기 시작했지.

〈저쪽으로 피하자꾸나, 폴.〉

아버지가 소리치셨소.

아버지의 목소리가 마치 내 속에서 울려 나오는 것 같았소! 작은 예배당의 벽면은 습기로 인해 푸르게 물들어 있었고, 예배당 지붕은 내진(內陣, 성당의 후진(後陣)과 교차랑(交叉廊)에 둘러싸인 부분—옮긴이)의 조금 위쪽으로 불쑥 튀어나와 있었지. 우리는 비를 피해 자전거를 예배당 지붕 아래에 세워 놓았지. 그런데 바로 그때 예배당 안에서 누군가 이야기를 나누는 소리가 들렸고 잠시 후 열려 있던 측면 문에서 삐걱거리는 소리가 났소.

거기서 누군가가 나와서는 독일말로 외쳤소.

〈아무도 없구나! 서두르자!〉

바로 그때 우리는 그 문을 통해 예배당으로 들어가려던 참이었소. 아버지가 앞서 걷다가 방금 독일말로 소리친 사람과 마주쳤지.

아버지와 그 사람 모두 뒤로 물러서며 주춤거렸소. 그 외국인은 매우 난처해하는 것 같았고 아버지도 뜻밖의 인물과 마주친 것에 매우 충격을 받은 듯했지. 얼마의 시간이 지났음에도 두 사람은 여전히 꼼짝도 않고 서로를 마주 본 채 서 있었소. 아버지가 이렇게 중얼거리는 소리가 들렸소.

〈세상에! 독일 황제가…….〉

그런데 나도 카이저의 초상을 자주 봐 온 터라 아버지의 말을 듣고 놀랐다오. 의심의 여지가 없었지. 정말이지 우리 앞에 서 있던 사람은 다름 아닌 독일 황제였소.

독일 황제가 프랑스에 있다니! 그는 급히 고개를 숙이고 낙낙한 외투 깃을 모자의 챙 부분까지 추켜올렸소. 그리고 다시 예배당 쪽으로 몸을 돌렸지. 그러자 한 귀부인이 잘은 보이지 않았지만 하인으로 보이는 다른 한 사람을 데리고 나왔소. 그 여인은 매우 젊고 키가 큰 데다 갈색 머리를 가진 상당한 미인이었소.

황제는 그녀의 손을 거칠게 잡고는 끌고 가면서 화가 난 어조로 말했는데, 무슨 말을 하는지는 잘 들리지 않았지. 그들은 우리가 지나왔던 국경 쪽으로 걸어갔소. 하인은 숲 속으로 달려가 그들을 앞장섰다오.

그러자 아버지가 웃으시며 말씀하시더군.

〈참으로 희한한 일도 다 있군. 도대체 왜 기욤 2세가 위험을 마다 않고 이곳에 왔지? 그것도 백주 대낮에 말이야? 이 예배당에 예술적 관심을 끌만한 거라도 있단 말인가? 자, 폴, 들어가자꾸나.〉

우리는 예배당 안으로 들어갔지. 색유리를 통해 빛이 여트막하게 들어왔지만 먼지와 거미줄이 가득한 것이 한눈에 보였소. 희미한 빛을 통해 짤막한 기둥들과 칠이 벗겨진 벽들이 보였지. 당시 아버지의 표현을 빌면 황제의 영예로운 방문을 받을 만큼 가치 있는 물건이라곤 하나도 없었소. 아버지는 이 말도 덧붙이셨소.

〈분명 기욤 2세는 모험심에서 이곳을 구경하러 왔다가 몰래 빠져 나왔다는 게 들키자 매우 난감해하고 있을 거다. 아마도 그를 대동한 여인이 아무런 위험이 없을 거라고 그를 안심시켰겠지. 그러나 말이 틀리자 그 여인과 측근들에게 화를 냈을 게야.〉

엘리자베스 참 이상하지 않소. 실제 어린 나이였던 나에게 별로 중요하지도 않은 그처럼 작은 사건들을 생생히 기억하고 있으니 말이오. 그보다 더 중요한 많은 일들은 내 기억 속에 남아 있지 않은데 말이오. 하지만 지금 당신에게 들려주는 이야기는 내 두 눈으로 직접 보았고 그 말들은 아직도 내 귓가에 생생하다오. 지금도 여전히 당시 내가 목격했던 것을 그대로 보는 것 같소. 우리가 예배당을 나왔을 때 황제와 일행이었던 여인이 숲의 빈터를 급히 가로질러 다가왔다오. 나는 그 여인이 아버지한테 하는 소리를 들었지.

〈선생님, 부탁 좀 드려도 될까요?〉

그녀는 뛰어왔는지 가쁜 숨을 몰아쉬었소. 그리고 답변도 기다리지 않고 이렇게 덧붙였소.

〈조금 전 당신이 만났던 분께서 면담을 갖길 원하십니다.〉

그 여인은 프랑스 어를 아주 자유롭게 구사했소. 독일어의 억양이 전혀 없었소.

아버지가 망설이시자 그녀는 격분한 듯했소. 마치 자신을 보낸 분에 대한 용납할 수 없는 모욕이라도 되는 듯 말이오. 그녀는 신랄한 어조로 말했소.

〈설마 거절하려는 건 아니겠지요?〉

〈왜 아니겠소? 난 어떠한 명령도 받지 않소이다.〉

아버지는 그렇게 말씀하시긴 했지만 조금은 초조해하시는 듯 보였소. 그러자 그 여인은 감정을 자제하며 이렇게 말하더군.

〈이건 명령이 아닙니다. 그렇게 해 주시길 바란다는 거지요.〉

〈좋소. 면담 요청을 수락하겠소. 그분이 정 그러길 원한다면 기다리겠소…….〉

그러자 그녀는 분개했소.

〈아뇨! 그게 아니라 직접 좀…….〉

그러자 아버지가 버럭 소리를 내질렀지.

〈나더러 움직이란 말이오! 황송하게도 날 기다리고 있는 사람을 만나러 국경을 넘으란 말이오! 부인, 내가 하지 말아야 될 걸음을 했다는 것이 참으로 후회스럽구려. 그분께서 내가 경솔한 언행을 할지 염려하고 계신다면 안심하시라고 전해 주시오. 폴, 어서 가자꾸나.〉

아버지는 모자를 벗어 그 이름 모를 여인에게 몸을 굽혀 인사를 했소. 그러자 그 여인이 길을 막더군.

〈아뇨. 그렇지 않아요. 제 말을 들으셔야 합니다. 신중하겠다는 약속으로 끝났다고 보십니까? 안 됩니다. 어떻게 해서든 일을 마무리 져야지요. 그리고 선생님이 받아들이셔야……〉

그 순간부터 나는 더 이상 아무것도 들을 수 없었소. 그녀는 격분하여 아버지와 얼굴을 맞대었소. 그녀의 얼굴은 두려움이 느껴질 정도로 몹시 화가 나 일그러져 있었소. 아! 어찌 내가 예상할 수 있었겠소……? 난 너무도 어렸는데! 그리고 그 일은 일순간에 일어났으니……! 그녀는 아버지에게 다가가더니 아버지를 예배당 오른편에 있던 큰 나무 아래로 밀고 갔소. 아버지와 그 여인의 목소리가 커졌지. 그녀가 위협하는 몸짓을 보이자 아버지는 웃음을 터뜨리시더군. 그때 갑자기 칼이 보였소. 아! 그 끝이 어찌나 예리한지 어두운 그늘 속에서 반사되는 빛이 보였소! 그녀는 칼로 아버지의 가슴 한가운데를 두 차례…… 두 차례나 찔렀소. 그리고 아버지는 땅에 쓰러지셨지」

폴 들로즈는 갑자기 하던 말을 멈췄다. 살인으로 얼룩진 기억을 떠올리면서 그의 얼굴은 창백하게 변해 있었다. 그러자 엘리자베스가 더듬거리며 이렇게 말했다.

「아……아! 당신 아버지는 살해를 당하셨군요……. 아! 가엾은 폴…… 오! 가엾은 사람……」

그리고 그녀는 심한 고통으로 힘겨워하며 다시 말을 이었다.

「그런데 폴, 당신 아버진 어떻게 되셨나요? 당신이 소리를 질렀나요……?」

「난 소리를 지르며 아버지에게 달려갔소. 그러나 누군가 냉혹하게 나를 손으로 잡아당기더군. 하인이 숲에서 돌연 나타나 나를 붙잡은 거였소. 그는 칼을 내 머리 위로 들이대었지. 나는 어깨에 심한 일격을 느끼고 쓰러졌다오」

닫혀 있는 방

저만치 떨어진 곳에서 마차가 엘리자베스와 폴을 기다리고 있었다. 고원에 이르자 그들은 길가에 자리를 잡고 앉았다. 그들 앞에는 완만하고 푸른 리즈롱 계곡이 펼쳐져 있었다. 계곡의 굽이진 작은 강을 따라 두 갈래의 새하얀 길이 나 있었고 그 길들 뒤로 무수한 갈래 길들이 가지치기를 하듯 뻗어 있었다. 계곡 뒤쪽으로는 태양 아래 코르비니 시(市)가 한눈에 들어왔는데 불과 100여 미터 정도 떨어져 있었다. 계곡 앞쪽으로는 4킬로미터 정도 떨어진 곳에 오르느캥 성의 망루와 오래된 주루(主樓, 성의 큰 탑—옮긴이)의 잔해가 우뚝 서 있는 것이 눈에 들어왔다.

젊은 아내는 남편이 들려주는 이야기에 놀라 한동안 말이 없다가 마침내 입을 열었다.

「아! 여보 너무도 끔찍해요. 많이 고통스러웠죠?」

「그 순간 이후로 난 아무것도 기억 나지 않는다오. 다만 어느 날인가 눈을 떠 보니 내가 낯선 방에 누워 있었고, 아버지의 친사촌이신 노파와 수녀 한 분이 나를 보살펴 주셨소. 그곳은 벨포르와 국경 사이에 위치한 어느 여인숙 방이었는데 참으로 아름다웠소. 여인숙 주인이 한 열이틀 전 어느 날 새벽에 밤사이 뜰에 방치된 시신 두 구를 발견했는데, 둘 다 피에 젖어 있었다고 하오. 주인이 두 시신을 살펴본 결과 한 구는 이미 싸늘하게 식은 상태였다고 했소. 바로 가엾은 나의 아버지셨지. 나는 희미하게나마 숨을 쉬고 있었다고! 회복하는 데는 상당한 시간이 걸렸소. 매번 병세가 재발하고 고열과 정신 착란에 시달렸지. 나는 하루빨리 그 고통에서 벗어나기만을 간절히 원했다오. 그 당시 내게 남은 유일한 친척이셨던 사촌 할머니께서 정말 지극 정성으로 날 보살펴 주셨소. 그로부터 두 달이 좀 지나 내 상처가 어느 정도 낫자 할머니께선 나를 집으로 데리고 가셨지. 하지만 아버지의 죽음으로 깊은 상처를 입은 데다 아버지가 사망했던 당시의 상황이 너무도 충격적이어서 내 건강이 완전히 회복되기까지는 여러 해가 걸렸다오. 그 비극적인 사건에 대해 말하자면……」

「그래요, 말하세요」

엘리자베스는 극진히 보호하려는 몸짓으로 남편의 목을 두 팔로 감싸며 말했다.

「그러니까 그 사건의 수수께끼가 결코 풀리지 않았다는 거요. 사법 당국은 열정적으로 조사를 하고 내가 제공하는 유일한 정보들을 세심히 검토하면서 사건 해결을 위해 최선을 다했소. 그러나 모두 헛수고였다오. 게다가 그 정보들이란 게 너무도 막연했소! 숲 속 공터의 예배당 앞에서 사건이 일어났다는 것 외에 내가 아는 게 뭐가 있었겠소? 그 공터를 어디서 찾을 것이며, 그 예배당 또한 어디서 발견할 수 있단 말이오? 또 그 사건이 어느 나라에서 일어났는지도 모르지 않소?」

「하지만 당신과 당신 아버지는 프랑스로 오기 위해 여행을 했잖아요. 그렇다면 여행의 출발지인 스트라스부르부터 되짚어 보면 되잖아요……」

「아! 당신도 잘 알다시피 나도 그렇게 했다오. 허나 프랑스 사법 당국은 독일 사법부의 도움을 받는다는 것이 못마땅했는지 현장에 프랑스의 정예 경찰들을 파견했다오. 그러나 그때 당시 정말 이상했던 부분이 있었소. 우리가 스트라스부르를 지나갔다는 흔적을 전혀 발견할 수 없었다는 거요. 아무런 흔적이 없다니 납득이 가오? 한데, 내가 한 가지 절대적으로 확신하고 있던 건 우리가 스트라스부르에서 적어도 꼬박 이틀을 숙식했다는 사실이오. 사건을 맡았던 예심판사는 내가 어린아이인 데다 상처를 입고 강한 충격을 받아서 기억을 잘 못할 수 있다는 결론을 내렸소. 하지만 난 그렇지 않다는 걸 자신할 수 있었지. 그때와 변함없이 지금도 난 분명히 기억하고 있소」

「그래서 어떻게 하셨어요, 폴?」

「난 그처럼 쉽게 확인하고 검증할 수 있는 사실들이, 가령 프랑스 인 두 사람이 스트라스부르에 머물렀고, 철도 여행을 했으며, 짐을 역의 수하물 보관소에 맡겼고, 알자스의 한 마을에서 자전거 두 대를 빌린 사실들이 완전히 없었던 일로 돼 버린 데에는 분명 황제가 직접 사건에 연루되어 있기 때문이라는 생각을 하게 되었소」

「폴, 당신처럼 판사도 두 사실 간에 어떤 관련이 있다고 생각했겠지요……」

「물론이오. 하지만 판사도, 그 어떤 법관들이나 증언을 수집한 공무원들도 사건이 일어난 바로 그날 독일 황제가 알자스 지방에 있었다고 인정하고 싶지 않았던 게요」

「어째서요?」

「독일 신문들이 황제가 그때 그 시각에 프랑크푸르트에 있었다고 특필했기 때문이라오」

「프랑크푸르트라고요!」

「그렇소, 황제는 그곳에 있었지만 자신이 그곳에 있다는 사실이 알려지길 결코 원치 않았단 말이오. 어쨌든 이점과 관련해 계속해서 내가 잘못 알았던 거라고 비난을 받았지. 그리고 조사는 일련의 장애물들과 불가능한 사실들, 거짓말들, 알리바이 등에 부딪혔다오. 오히려 내가 보기에 그러한 것들은 무소불위의 권력을 휘두르는 자들의 힘과 공작을 보여 주는 것이었소. 사실 이것이 납득할 만한 유일한 설명이지 않소? 자, 한번 살펴봅시다. 프랑스 인 두 명이 스트라스부르의 한 호텔에 숙박하면서 숙박 장부에 이름을 기입하지 않을 수 있겠소? 아니면 이름이 기록된 장부가 압수됐거나 이름이 적힌 페이지가 뜯기기라도 했단 말이오? 어쨌든 우리의 이름은 그 어디에도 적혀 있지 않았소. 따라서 어떠한 증거나 단서도 없는 셈이었지. 호텔이나 레스토랑의 지배인과 직원들, 역의 창구 직원이나 철도 승무원들, 자전거 대여업자들, 그 밖의 수많은 하급 직원들 모두가 말하자면 공범이었던 게요. 그들은 모두 입을 다물라는 명령을 받았던 게 분명하오」

「하지만 폴, 나중에 당신이 직접 찾아 나섰잖아요?」

「그렇소. 내가 직접 찾아 나섰지! 성년이 된 후에도 이미 네 차례나 국경을 넘나들었소. 스위스에서부터 룩셈부르크까지, 벨

포르에서 롱위까지 일일이 사람들을 탐문하며 주변 풍경들을 살피면서 말이오! 게다가 내가 얼마나 많은 시간 동안 머리가 터질 정도로 악착스레 뇌리 깊은 곳에 자리한 기억을 끄집어내려고 노력했는지 모를 거요. 그러나 아무것도 생각나질 않았소. 어둠 속에서 새롭게 빛나는 것이 하나도 없었소. 다만 세 가지 기억이 과거의 두꺼운 안개 층을 가로질러 솟아올랐소. 범행의 증거가 되는 장소들과 사물들에 대한 인상. 그러니까 숲 속 빈터에 있던 나무들과 낡은 예배당, 숲 한가운데 나 있던 오솔길. 그리고 황제의 얼굴과 아버지를 살해한 여인에 대한 심상 말이오」

폴은 목소리를 낮췄다. 그의 얼굴은 고통과 증오로 일그러져 있었다.

「오! 어떤 광경을 또렷이 보는 것처럼 그 여인을 내 두 눈으로 직접 볼 수 있다면 여한이 없을 것 같소. 그녀의 입술 모양, 표정이 담긴 시선, 머리 색, 특이한 걸음걸이, 리듬감 있는 몸짓과 옆얼굴 윤곽선. 이 모든 것이 내게는 마음대로 떠올릴 수 있는 영상이 아니라 그 자체가 내 존재의 일부가 된 사물들 같소. 마치 정신 착란을 겪는 동안 내 안의 알 수 없는 힘들이 모두 이 불쾌한 기억들에 완전히 동화되어 작용한 것 같았소. 그러나 지금은 예전처럼 불편한 강박 관념에 시달리진 않지만 가령 해가 저물고 홀로 있을 때는 고통을 느낀다오. 아버지가 살해되었는 데도 그를 죽인 살인자는 여전히 살아 있소. 그것도 벌을 받지도 않고 행복하고 영예롭게, 그리고 증오와 파괴의 일을 계속하면서 말이오」

「폴, 그 여자를 알아볼 수 있겠어요?」

「내가 알아볼 수 있다면? 무수한 여자들 가운데 말이오. 설령 그녀가 나이가 들어 모습이 변했다 해도 노파의 주름 너머로 내 아버지를 살해한 젊은 여인의 얼굴을 알아볼 수 있을 것이오. 그 여자를 알아볼 수 없다 해도 그녀가 입었던 원피스의 색깔은 잊지 않고 있소! 그런 것까지 기억하고 있다니 믿어지오? 그녀는 회색 원피스에 어깨 주변으로 검은 레이스가 달린 숄을 두르고 있었소. 윗옷에는 눈에 루비가 박힌 금으로 된 뱀 문양의 두툼한 까메오가 달려 있었소. 자 봐요, 엘리자베스, 난 결코 잊어버리지 말아야 할 것들은 다 기억하고 있소」

그는 말을 멈추었다. 엘리자베스가 옆에서 울고 있었다. 남편에게 그런 것처럼 그의 과거가 그녀를 두려움과 고통으로 휘감고 있었다. 폴은 그녀를 끌어당긴 후 이마에 입을 맞추었다.

그녀는 폴에게 말했다.

「폴, 잊지 말아요. 죄는 반드시 그 대가를 치를 거예요. 하지만 그 증오의 기억으로 인해 당신의 삶이 좌우되지는 말아야죠. 이제 우리는 둘이고 서로 사랑하잖아요. 앞만 바라보기로 해요」

오르느캥 성은 아름답고 소박한 16세기 건축물로 망루 네 개에는 작은 종루가 우뚝 솟아 있고, 톱니 모양의 들쭉날쭉한 첨탑에는 높은 창문들이 달려 있으며 1층에는 난간이 앞으로 튀어나와 있었다.

잔디가 고르게 자란 앞뜰 정원은 장방형의 광장 모양으로 정원을 따라 좌우 양쪽에 숲과 과수원이 펼쳐져 있었다. 잔디밭의 한쪽 끝에는 넓은 노대(露臺)가 있었는데 이곳에선 리즈롱 계곡이 한눈에 들어왔다. 이 노대는 성 외곽을 따라가다 보면 만나게 되는 사각 모양 주루의 위엄 있는 잔해들을 떠받치고 있었다.

모든 것이 대단해 보였다. 농장과 밭들로 둘러싸인 영지는 잘

보존할 경우 유용하고도 세심하게 활용할 수 있을 것 같았다. 이 곳은 도(道)를 통틀어 가장 방대한 영지였다.

17년 전, 오르느캥의 마지막 남작이 사망한 후 뒤이어 토지 매매가 있었다. 당시 엘리자베스의 아버지였던 당드빌 백작은 아내의 간청으로 그 땅을 매입했다. 5년 전에 결혼한 자신이 사랑하는 여인에게 헌신하고자 기병 장교직을 사임한 그는 아내와 함께 여행을 하던 중 뜻하지 않게 오르느캥을 방문하게 되었고, 때마침 지역 신문에 실린 토지 매각 광고를 보게 되었다. 그의 아내 헤르민은 뛸 듯이 기뻐했다. 백작도 여가 때 활용할 만한 영지를 찾고 있던 참이었는데 한 법률가를 통해 토지 거래를 따낼 수 있었다.

그해 겨우 내내 백작은 파리에서 성의 보수 작업을 지휘했다. 한동안 버려져 있던 성은 손봐야 할 곳이 많았다. 백작은 아름답고도 편안한 거처를 만들기 위해 파리의 저택을 장식하던 자질구레한 골동품들과 장식용 융단들, 예술 작품들, 거장의 그림들을 모두 성으로 옮겼다.

이윽고 8월이 되자 백작 부부는 성에 자리를 잡았다. 이들 부부는 성에서 네 살 된 사랑스러운 딸 엘리자베스, 갓 태어난 튼실한 사내아이 베르나르와 함께 달콤한 몇 주간을 보냈다.

자녀들에게 매우 헌신적이었던 헤르민은 한번도 성의 정원 밖으로 나가 본 적이 없었다. 백작은 농장들을 감독하고 하인 제롬을 데리고 사냥터를 두루 돌아다녔다.

그러던 중 10월말에 백작 부인은 감기에 걸렸고 점점 악화되어 실신하는 등 갈수록 증세가 심각해졌다. 백작은 부인을 아이들과 함께 프랑스 남부로 데리고 가기로 결정을 내렸다. 그런데 두 주 후, 백작 부인의 병이 재발하더니 사흘 만에 숨을 거두었다.

백작은 부인을 잃은 절망 속에 빠져서 삶의 모든 의미를 잃었고 다시는 어떠한 기쁨이나 위안도 누릴 수 없을 것이라고 생각했다. 그는 아이들을 위해서 사는 것이 아니라 죽음을 숭배하고, 과거의 추억을 되새기기 위해 살아 가는 사람 같았다. 그것이야말로 자신이 존재하는 단 한 가지 이유라고 생각했다.

 그는 그처럼 완벽한 행복을 누렸던 오르느캥 성으로 되돌아갈 수 없었다. 그러면서도 불청객들이 성에 머무는 것을 원치 않았다. 그래서 그는 제롬에게 성의 모든 문을 닫고 부인이 기거했던 규방과 침실에는 절대 아무도 들어가지 못하게 하라는 명령을 내렸다. 그리고 농장들을 농부들에게 임대하고 임대료를 거둬들이라고 했다.

 한편 백작은 과거와 결별하는 것에 그치지 않았다. 죽은 아내를 추억하며 살아 가는 게 전부인 남편에게서 볼 수 있는 것처럼, 아내를 떠올리게 하는 모든 것, 가령 눈에 익숙한 물건들, 삶의 배경이 되었던 장소들과 풍경들이 하나같이 그를 고통스럽게 만들었다. 심지어 그에게 아이들조차 참기 힘들 정도로 심기를 불편하게 만드는 것 같았다. 결국, 그는 쇼몽에 살고 있는 과부가 된 누이에게 엘리자베스와 베르나르를 맡기고 혼자 여행을 떠났다.

 책임감이 강하고 헌신적인 고모 알린느 곁에서 엘리자베스는 책임감이 강하고 진지하고 근면한 유년 시절을 보냈다. 엘리자베스의 유년 시절은 그녀의 성격과 정신은 물론 인격이 형성되는 중요한 시기였다. 그녀는 수준 높은 교육과 매우 엄격한 도덕 규율을 받았다.

 스무 살이 된 엘리자베스는 꿋꿋하고 두려움 없는 처녀가 되었다. 그러나 그녀의 얼굴은 어딘지 모르게 우울해 보였다. 그리고 시련과 기쁨을 미리 맛본 이들의 얼굴에서 보이는 순수하고 사랑스런 미소가 가끔씩 환하게 빛나곤 했다. 항상 젖어 있는 그녀의 두 눈은 세상의 어떤 모습에도 쉽게 감동을 받을 것 같아 보였고, 살짝 웨이브가 진 머리로 인해 발랄함이 느껴지기도 했다.

당드빌 백작은 여행 도중 엘리자베스 곁에 잠시 머물곤 했는데, 그때마다 그녀는 매력적인 아가씨로 변해 있었다. 그는 두 해 겨울 연 이어 그녀를 데리고 에스파냐와 이탈리아를 여행했다. 그러던 중 로마에서 폴 들로즈와 우연히 마주치게 되었고, 후에 나폴리에서 다시 만났다. 그리고 또 시칠리아 섬을 장기간 여행하는 동안에 세 번째 만남이 이루어졌다. 우연한 만남이 거듭되면서 두 사람은 서로에게 애틋한 친밀함을 느끼게 되었고, 헤어지는 순간 어떠한 힘에 의해 서로가 연결되어 있음을 깨달았다.

폴도 엘리자베스처럼 시골에서 성장했고, 친척집에서 각별한 보살핌을 받고 자랐다. 폴의 친할머니는 그가 어린 시절 겪은 비극적인 사건을 잊어버리게 하려고 모든 애정을 쏟았고 정성을 다해 보살폈다. 폴이 과거의 사건을 다 잊은 건 아니었지만, 할머니가 어느 정도 아버지의 역할을 대신해 준 덕에 그를 성실하고, 교양이 풍부하며, 활동적이고 호기심이 많은 청년으로 자라게 했다. 그는 국립 고등학교를 거쳐 군복무를 마치고 2년 정도 독일에 머물면서 당시 매력을 느끼고 있던 산업 및 기계 관련 문제들을 연구했다.

폴은 큰 키에 매우 균형 잡힌 체격을 지니고 있었다. 뒤로 젖힌 검은 머리에 약간 마른 얼굴과 강한 의지가 엿보이는 턱하며 전체적으로 힘과 활력이 느껴졌다.

그는 엘리자베스를 만나고부터 지금껏 느끼지 못했던 감정과 감동의 세계로 빠져들었다. 그것은 그에게 일종의 놀라움이 섞인 감흥이었고 이는 엘리자베스의 경우도 마찬가지였다. 사랑의 감정은 그들을 전혀 새롭고, 자유로우며, 공기처럼 가벼운 영혼으로 변모시켰다. 열정적인 영혼으로 개화한 그들의 모습은 엄격한 교육을 받고 자란 이제까지의 모습과는 너무도 대조적인 것이었다. 프랑스로 돌아오자마자 폴은 엘리자베스에게 청혼을 했고 그녀도 그의 청을 받아들였다.

결혼식 사흘 전 미리 가진 혼인 서약에서 당드빌 백작은 엘리자베스의 결혼 지참금에 오르느캥 성을 포함시키겠다고 알렸다. 그리하여 두 사람은 오르느캥 성에 거주하기로 결정했다. 때마침 폴은 당시 그 지방의 공업 분야에 관심을 두고 자신이 구입하여 경영할 수 있는 회사를 알아보려던 참이었다.

7월 30일 목요일, 그들은 쇼몽에서 결혼식을 올렸다. 절친한 친지들만 부른 조촐한 결혼식이었다. 당드빌 백작은 그가 신뢰하는 소식통을 통해 전쟁이 일어날 가능성은 없다고 확신하고는 있었지만 당시 전쟁 얘기가 무성한 터라 결혼식을 진행시켰다. 점심 때 증인들이 함께한 가운데 마련된 가족 식사에서 폴은 엘리자베스의 남동생인 베르나르와 첫인사를 나누었다. 그는 이제 막 열일곱 살의 대학생으로 방학을 맞아 누이의 결혼식에 참석했는데, 폴은 활기 차고 솔직한 그의 모습이 무척 마음에 들었다. 베르나르는 며칠 후 오르느캥에 합류하여 같이 지내기로 약속했다.

마침내 1시경 엘리자베스와 폴은 기차에 올라 쇼몽을 떠났다. 두 사람은 서로의 손을 맞잡고 신접살림을 차릴 보금자리로 향했다. 행복하고 평온한 미래가 두 사람 앞에 눈부시게 펼쳐진 듯했다.

오후 6시 30분경 제롬의 아내인 로잘리가 현관 앞에 나와 그들을 기다리고 있었다. 통통한 체격에 볼이 불그스름하고 명랑해 보이는 선량한 생김새의 중년 여성이었다. 폴과 엘리자베스는 저녁 식사를 하기 전에 서둘러 정원과 성안을 한번 둘러보았다.

엘리자베스는 흥분해서 어찌할 바를 몰랐다. 성안에 그녀의 마음을 동요시킬 만한 추억거리가 있는 것은 아니었지만 그래도 어머니와 얽힌 추억들을 되찾은 듯했다. 사실 어머니의 얼굴조차 기억나지 않았지만 바로 이곳에서 어머니가 마지막 날들을 행복하게 보냈다고 생각하니 감회가 새로웠다. 그녀가 보기에 망자(亡者)의 그늘이 오솔길 모퉁이까지 유유히 뻗어 있는 것 같았다. 푸르고 큼지막하게 자란 잔디들도 특별한 향기를 풍기고 있었다. 나뭇잎들은 가벼운 미풍에 흔들리며, 이곳의 풍경과 정취들은 엘리자베스가 어머니 품에서 자랄 때 이미 듣고 느꼈던 것들이었다고 속삭이는 듯했다.

「엘리자베스, 당신 슬퍼 보이는데 괜찮은 거요?」

폴이 물었다.

「슬프진 않아요. 하지만 좀 설레요. 어머니가 이곳에서 우리를 맞아 주시는 것 같아서요. 어머니가 꿈에 그리던 안식처에 우리도 같은 꿈을 가지고 오게 됐으니 말이에요. 그런데 저는 조금 불안해요. 마치 제가 이방인처럼, 평화와 안식을 방해하러 온 불청객처럼 느껴져요. 한번 생각해 보세요! 참으로 오랫동안 어머니는 이 성에서 혼자 지내셨잖아요! 아버진 이곳에 두 번 다시 오고 싶어하지 않으셨고, 우리도 참 무심하게 살았으니 제가 이곳에 올 자격이 있기나 한 건지 하는 생각도 들고요」

폴은 미소를 지었다.

「여보, 당신은 새로운 곳에서 첫날을 보내게 되었다는 생각에 일종의 불안감을 느끼는 것뿐이라오」

그러자 엘리자베스가 대꾸했다.

「그렇지 않아요. 어쩌면 당신 말이 맞을지도 모르죠……. 하지만 왠지 모를 불편함이 느껴지는 건 사실이에요. 그리고 이런 느낌은 저와는 맞지 않죠! 폴, 당신은 예감이란 걸 믿으세요?」

「아니. 당신은?」

「물론, 저도 아니에요」

그녀는 웃으며 그렇게 말하곤 남편에게 입을 맞추었다.

그들은 성안의 살롱들과 침실들을 둘러보며 사람이 죽 살아 온 듯한 느낌을 받고는 놀라움을 금치 못했다. 백작의 지시에 따라 모든 것들이 백작 부인이 살던 당시 그대로 잘 정돈되어 있었다. 오래된 골동품들, 자수로 만든 작품들, 사각 레이스 장식품들과 각종 소품들, 18세기의 아름다운 소파들, 플랑드르 산(産) 장식 융단들, 백작이 집을 꾸미고자 수집했던 가구들이 예전과 같은 자리에 놓여져 있었다. 이처럼 단번에 그들은 매혹적이고 아늑한 삶의 공간 속으로 들어온 셈이었다.

저녁 식사를 마친 후, 폴과 엘리자베스는 정원을 둘러보면서 서로 팔짱을 끼고 아무런 말없이 산책했다. 테라스에서 바라보니 어두워진 계곡 너머로 뭔가가 빛을 내며 반짝였다. 창백한 하늘 아래 낡은 주루의 잔해들은 건장한 모습으로 우뚝 서 있었고 그곳에는 어렴풋하지만 햇빛이 약간 남아 있었다.

엘리자베스가 낮은 목소리로 말했다.

「폴! 우리가 성을 둘러보면서 두꺼운 자물쇠로 잠긴 문 하나를 지났는데 기억나요?」

「큰 복도 중앙에, 당신 침실 바로 옆에 있던 방 말이오?」
폴이 물었다.
「네. 가엾은 저의 어머니가 쓰시던 방이에요. 아버진 그 방과 거기에 딸린 침실을 잠가 놓으라고 하셨어요. 그래서 제롬이 그 방을 자물쇠로 채워 놓고 열쇠를 아버지께 보냈답니다. 그렇게 해서 줄곧 아무도 그 방에 들어가지 않았어요. 어머니가 사용하시던 물건들은, 쓰시던 바느질 용품이며 가까이 두고 읽던 책들하며 모든 게 놓여 있던 그대로 있답니다. 그런데 방 안의 정면 벽에, 항상 닫혀 있는 두 창문 사이에 어머니의 초상화가 걸려 있대요. 아버지가 예전에 친구 분들이 알고 지내던 한 위대한 화가에게 그리도록 했다더군요. 전신 초상화인데 어머니의 모습을 똑같이 그린 거라고 했어요. 그 옆에는 어머니가 쓰시던 기도대가 있대요. 오늘 아침 아버지께서 제게 그 방 열쇠를 주셨어요. 그래서 전 어머니의 초상화 앞에서 그 기도대에 무릎을 꿇고 기도하겠다고 아버지께 약속했지요」

「엘리자베스, 어서 가 봅시다」

남편의 손을 잡고 이층 계단을 오르는 엘리자베스의 손은 떨리고 있었다. 복도를 따라 줄지어 늘어선 램프에 불들이 켜졌다. 그들은 한 방문 앞에 이르자 멈춰 섰다.

크고 높다란 방문은 두꺼운 벽면에 있었고 돋을새김 된 금박 기둥 문양으로 장식되어 있었다.

「폴, 문을 여세요」

엘리자베스는 떨리는 목소리로 말했다.

그러고는 폴에게 열쇠를 건넸다. 폴은 자물쇠를 따고 문고리를 잡았다. 그러자 갑자기 엘리자베스가 남편의 팔을 움켜잡았다.

「폴, 폴, 잠깐만요……. 이건 제게 너무도 충격적인 일이에요! 한번 생각해 보세요. 처음으로 어머니 앞에 서는 거라고요……. 그리고 사랑하는 당신이 제 곁에 있으니…… 마치 제가 다시 소녀 시절로 돌아가는 것 같아요」

폴은 엘리자베스를 뜨겁게 안으며 말했다.

「그렇소, 소녀로 돌아가는 거요. 그리고 여인으로서의 삶도 시작되는 거라오……」

남편의 포옹에 힘을 얻은 듯 그녀는 남편에게서 떨어지며 낮은 목소리로 이렇게 말했다.

「폴! 들어가요」

그는 손으로 문을 밀었다. 그러고는 다시 복도로 나가 벽에 걸려 있던 램프 하나를 들고 와 작은 탁자 위에 올려놓았다.

엘리자베스는 이미 방을 가로질러 초상화 앞에 서 있었다.

초상화 속의 어머니의 얼굴은 아직 어둠 속에 묻혀 있었다. 엘리자베스는 램프를 들어 환하게 밝혔다.

「어머나 참 아름답지요, 폴!」

그는 초상화 앞으로 다가와 머리를 들었다. 힘이 빠진 듯 엘리자베스는 기도대에 꿇어앉았다. 그러나 잠시 후 폴이 아무 말이 없자, 그녀는 폴을 바라보았다. 그런데 그만 그의 모습을 보고 놀라지 않을 수 없었다. 그는 제자리에서 꼼짝도 않았고 창백한 얼굴에 뭔가 끔찍한 것을 본 사람처럼 눈이 휘둥그레져 있었다.

그런 그의 모습에 엘리자베스가 소리쳤다.

「폴! 왜 그래요?」

그는 백작 부인의 초상화에 시선을 고정한 채 방문 쪽을 향해 뒤로 물러서기 시작했다. 그러더니 술에 취한 사람처럼 비틀거리며 팔로 허공을 마구 휘둘러 댔다.
「그 여자야…… 그 여자……」
그는 거친 목소리로 더듬거렸다.
「폴! 무슨 말을 하고 싶은 거예요?」
엘리자베스는 애원하듯 말했다.
「그 여자야. 내 아버지를 죽었던 바로 그 여자라고」

동원령

 폴의 마지막 말은 엘리자베스에게는 끔찍한 비난과 다를 바 없었다. 그리고 얼마 동안 소름 끼칠 정도의 침묵이 흘렀다. 폴과 마주하고 서 있던 엘리자베스는 믿기지 않는 말에 정신이 혼란스러웠고 충격을 받아 가슴이 조여 왔다.

 그녀는 폴을 향해 가까이 다가가 두 눈을 바라보았다. 그리고 겨우 알아들을 수 있는 아주 낮은 목소리이지만 분명한 어조로 말했다.

「폴, 방금 뭐라고 말했죠? 그건 너무 끔찍한 말이에요……!」

「그렇소. 너무 끔찍한 말이오. 나 역시 아직도 믿어지지 않고…… 또 믿고 싶지도 않소……」

「그렇다면…… 당신이 잘못 안 게 아닐까요? 어서 당신이 잘못 안 거라고 말해요」

 비탄에 빠진 그녀는 폴에게 호소하듯 간청했다.

그녀의 어깨 너머로 폴은 다시 한번 그 저주스런 초상화를 바라보았다. 그러자 그는 머리에서 발끝까지 소름이 끼쳤다.

그는 두 주먹을 불끈 쥐며 단언했다.

「아! 바로 그 여자야. 그 여자! 내가 알아보다니……. 아버지를 살인했던 바로 그 여자를……」

엘리자베스는 격분하여 온몸이 흔들렸고 가슴을 세차게 때리며 이렇게 말했다.

「내 어머니가! 내 어머니가 살인자라니……. 내 어머니가! 아버지가 그토록 사랑하고 또 사랑했던 어머니가……! 어릴 적 나를 품에 안아 달래고 어르던 내 어머니가 살인자라니! 어머니에 대한 기억은 전혀 없지만 나를 따스하게 감싸고 입 맞추던 그 느낌은 여전히 그대로 남아 있는데! 그런 어머니가 살인을 했다니!」

「바로 그 여자요」

「아! 폴, 그런 악담은 이제 그만 하세요! 살인이 일어난 지 그토록 시간이 오래 지났는데 어떻게 그렇게 확언할 수 있죠? 그때 당신은 어린아이였고 그 여자를 언뜻 봤을 뿐이잖아요……! 그것도 겨우 몇 분 동안만요!」

그러자 폴은 더욱 강하게 외쳤다.

「난 또렷이 그 여잘 봤소. 살인이 있던 순간 이래로 그 여자의 모습은 내 뇌리에 분명히 남아 있소. 때때로 난 악몽에서 벗어나려고 그 모습을 떨쳐 버리고자 했지. 그러나 그럴 수 없었소. 한데 저 벽에 그 여자의 모습이 걸려 있다니. 내가 이렇게 살아 있는 것만큼 저 여자가 그때 그 여자인 것이 확실하오. 내가 지금부터 20년이 지나더라도 당신을 알아볼 수 있는 것처럼 난 그 여자를 알아본 것이오! 바로 그 여자요…… 자, 저 상체를 봐요. 금으로 만든 뱀 장식 브로치도……. 저 카메오! 내가 말하지 않았소! 게다가 저 뱀의 눈을 봐요……. 바로 저 루비요! 또 주변의 검은 레이스 장식까지! 바로 그 여자요! 내가 보았던 바로 그 여자란 말이오!」

분노가 커지자 폴은 극도로 흥분한 듯했다. 그는 당드빌 백작 부인의 초상화를 향해 주먹을 쥐어 보였다.

「그만해요. 그만 해요. 더 이상 못 듣겠어요……」

그의 말 한마디 한마디에 괴로워하던 엘리자베스가 외쳤다.

그녀는 폴의 입을 손으로 막아서라도 그를 조용히 시키고 싶었다. 그러나 폴은 아내의 접촉을 거부한다는 듯 뒤로 물러서는 몸짓을 취했다. 그가 너무도 갑작스럽게 본능적으로 움직이자 엘리자베스는 오열하며 바닥에 주저앉았다. 한편 폴은 격분한 나머지 고통과 증오의 채찍을 받아 환각에 사로잡힌 사람처럼 뒤로 물러섰고 문 앞에 서서 다시 입을 열었다.

「바로 그 여자야! 사악한 입술하며 무자비한 저 두 눈! 살인을 생각하고 있군그래. 그 여자가 보이는군…… 그 여자가 보여……. 아버지 쪽으로 다가오고 있어! 아버지를 끌고 가……! 팔을 들어올리는군……! 아버지를 살해했어……! 아! 파렴치한 범죄자……!」

폴은 그곳을 나갔다.

그날 밤 폴은 정원에서 밤을 새웠다. 그는 미친 사람처럼 어두운 숲 속을 배회하다가 기진맥진해져서 잔디밭에 드러누워 한없이 울고 또 울었다.

폴 들로즈는 그동안 살인에 얽힌 기억들을 떠올리며 매번 가슴을 짓누르는 고통을 느껴야 했다. 그러다 성장하면서 고통도 조금씩 누그러져 갔다. 하지만 어떤 고비의 순간이 찾아오면 고통은 다시 격심해졌고, 욱신거리는 통증을 느낄 정도로 새로운 상처로 덧나곤 했다. 그러나 이번 고통은 너무도 뜻밖이라 평소엔 통제력이 있고 이성적인 사람임이었던 데도 완전히 분별력을 잃고 말았다.

여러 생각들과 감정들이 바람에 이리저리 휘날리는 낙엽처럼 맴돌았다. 그러는 가운데 그의 혼란스런 머릿속에 너무도 끔찍한 생각이 하나 떠올랐다.

〈아버지를 살해한 그 여자를 알아보다니……. 그리고 사랑하는 내 아내가 바로 그 여자의 딸이라니……!〉

폴은 아직도 그녀를 사랑하고 있는 걸까? 그는 더 이상 자신의 행복을 유지할 수 없을 것 같아 절망하여 눈물을 흘렸다. 하지만 그가 변함없이 엘리자베스를 사랑하고 있는 걸까? 과연 그가 헤르민 당드빌의 딸을 계속 사랑할 수 있을까? 이른 새벽이 되어서야 그는 다시 성으로 들어가 엘리자베스의 침실 앞을 지나갔다. 그런데 그의 심장은 더 이상 두근거리지 않았다. 살인자에 대한 분노로 인해 이미 그의 내부에서는 사랑과 욕망, 애정 또는 단순한 인간적 연민이 살아 숨쉴 만한 공간조차 사라져 버렸기 때문이었다.

그는 마비된 듯 몇 시간 동안 누워 있었다. 예민한 신경이 조금은 누그러졌으나 그의 마음은 바뀌지 않았다. 다시 생각할 여지도 없이 그는 엘리자베스와 마주하는 것을 강하게 거부하고 있었다. 하지만 어째서 일이 이렇게 된 것인지, 헤르민 당드빌 백작부인이 과연 어떤 사람인지 알아보고, 확인하고 싶었다. 그리고 완전한 확신이 섰을 때에야 비로소 결정을 내리고 싶었다. 그렇게 된다면 어떤 결정을 내리더라도 그의 삶에 닥친 비극에 결말이 날 성싶었다.

우선 폴은 제롬과 그의 처에게 알아볼 것들이 있었다. 그들이 당드빌 백작 부인을 잘 알고 있는 만큼 그들의 증언은 상당한 가치를 지니고 있었다. 가령 날짜와 관련된 몇 가지 문제들은 그 즉시 명확히 밝혀질 수 있지 않겠는가.

폴은 그들이 사는 별채로 찾아갔다. 두 사람 모두 몹시 불안해하고 있었다. 제롬은 손에 신문을 들고 있었고 로잘리는 두려운 듯 몸 둘 바를 몰라 했다.

제롬은 폴을 보자 이내 소리쳤다.

「나리, 올 것이 왔습니다. 나리도 알고 계시겠지만 바로 조금 전이랍니다!」

「뭐가 말이오?」

폴이 물었다.

「동원령 말입니다. 나리도 아시게 될 겁니다요. 제 헌병 친구들을 만났는데 그들이 일러 주었는뎁쇼, 곧 벽보가 나붙을 거랍니다」

폴은 넋이 나간 듯 건성으로 말했다.

「벽보야 항상 붙어 있지 않소」

「예. 하지만 곧 다시 붙인답니다. 나리께서도 보시게 될 겁니다. 그리고 이 신문 좀 읽어 보세요. 그 돼지 같은 놈들이…… 아, 나리 이렇게 말씀드려 죄송합니다만 달리 표현할 방도가 없어서요. 그 돼지 같은 놈들이 전쟁을 원해요. 오스트리아 놈들이 협상을 시작하긴 했지요. 허나 협상을 하는 동안 그놈들은 동원령도 내렸답니다. 또 동원령을 내린 지도 꽤 여러 날이 되었고요. 그 증거를 말씀드리면, 더 이상 오스트리아에는 들어 갈 수 없답니다. 게다가 어제는 여기서 그리 멀지 않은 프랑스의 한 역(驛)을 파괴하고 철로를 폭파시켰답니다. 자, 나리도 한번 읽어 보시지요!」

폴은 신문을 대충 훑어보고는 사태가 심각하다는 인상을 받았다. 하지만 그에게 전쟁은 그저 일시적인 관심만 끄는 사건일 뿐 사실일 것 같지 않았다.

그는 결론을 내리듯 이렇게 말했다.

「다 잘될 거요. 그건 의례 그들이 말하는 수법 아니오. 칼집에 손을 얹고서 위협하는 것처럼. 근데 정말 믿기지 않는군」

「나리는 참으로 뭘 모르시네」

로잘리가 중얼거렸다.

그는 더 이상 아무 말도 들리지 않았다. 오로지 자신의 비극적인 운명을 생각하며 어떻게 하면 제롬으로부터 자신이 필요로 하는 대답들을 얻어 낼 수 있을까 고심하고 있었다. 이윽고 더 이상 참을 수 없게 되자 그는 단도직입적으로 이렇게 물었다.

「제롬, 혹시 내가 내 아내와 함께 당드빌 백작 부인의 방에 들어갔던 걸 알고 있소?」

폴의 말은 두 사람에게 무슨 선고를 하는 것처럼 들렸다. 오랫동안 닫혀 있던 방, 그들끼리는 마님의 방이라고 부르던 그 방에 들어갔다는 사실이 마치 불경죄를 저지른 것인 양 유별난 반응을 보였다.

「저런, 그럴 리가요!」

로잘리가 더듬거렸다. 그러자 제롬도 한마디 거들었다.

「절대 그럴 리 없습죠. 절대로 말입니다요. 제가 단 하나밖에 없는 자물쇠와 안전 열쇠를 백작 나리께 보냈는뎁쇼」

「장인 어른께서 어제 아침 우리에게 주셨다네」

폴은 그들이 놀라워하는 것에는 더 이상 관심이 없다는 듯 이렇게 물었다.

「두 개의 창문 사이에 백작 부인의 초상화가 걸려 있소. 그 초상화는 언제 그곳에 가져다 놓은 것이오?」

제롬은 즉시 대답하지 않았다. 한동안 생각을 떠올리는 듯하더니 자신의 아내를 한번 바라보고는 이내 분명한 어조로 이렇게 대답했다.

「뭐, 거두절미하고 말씀 올리죠. 백작 나리께서 성으로 이사를 하시기 전 모든 가구들을 보내셨을 때랍니다」

「그러니까 정확히?」

그의 대답을 기다리는 겨우 몇 초 동안 폴은 고통스러워 견딜 수 없었다. 그의 대답은 결정적인 것이었다.

「그러니까 언제란 말이요?」

폴이 재촉했다.

「그러니까, 1898년 봄이었습죠」

「1898년이라!」

폴은 혼잣말로 반복해서 중얼거렸다. 1898년이라면 자신의 아버지가 암살당했던 바로 그해였다! 재고의 여지도 없이, 일단 단서가 잡히면 결코 놓지 않는 냉정한 판사처럼 폴은 이렇게 물었다.

「그렇다면 당드빌 백작과 백작 부인이 이곳에 도착한 시기는 언제요?」

「백작 나리와 마님께서 성에 오신 것은 1898년 8월 28일이었습죠. 그리고 다시 10월 24일에 남부 지방으로 떠나셨습니다요」

그제야 폴은 진실을 알 것 같았다. 아버지가 암살된 날은 9월 19일이었던 것이다.

사건의 진실과 관계된 정황들, 세밀한 부분에서 그 진실을 설명하고 또 그 진실로부터 생겨난 모든 정황들이 한순간에 드러난 셈이다. 그는 아버지가 당드빌 백작과 친분 관계가 있었다는 사실을 떠올렸다. 아버지는 아마도 알자스를 여행하던 중 친구인 당드빌 백작이 로렌 지방에 살고 있다는 것을 알았을 테고 그래서 그를 찾아가 놀라게 하려고 했을 것이었다. 그는 오르느캥과 스트라스부르 간의 거리를 가늠해 보았다. 열차를 타고 갔던 시간과 정확히 일치하는 거리였다.

폴은 다시 물었다.

「여기서 국경까지 몇 킬로미터나 되나?」

「정확히 8킬로미터입니다요, 나리」

「국경 반대쪽에서 가다 보면 꽤 가까운 곳에 독일의 어느 소도시가 나오지 않던가?」

「예, 나리, 에브르쿠르트라고 합니다」

「국경까지 가는 지름길이 있나?」

「국경으로 가는 중간 부분까지는 나 있습죠, 나리. 저 정원 위쪽으로 난 오솔길이 국경으로 통합니다」

「숲을 가로질러서?」

「예. 백작 나리의 숲을 가로질러서요」

「그렇다면 저 숲 속에……」

이제는 결정적인 질문만 하면 되었다. 절대적인 확신을 얻기 위해서 말이다. 여러 사실들을 해석함으로써 나오는 확신이 아닌 사실 그 자체를 알 수 있는 순간이다. 다시 말해 눈에 보이고 손에 잡히게 된 사실들에서 나오는 확신을 얻기 위해서는 이렇게 최종적인 질문 하나만 하면 되었다. 〈저 숲 속에 있는 빈 터 한가운데 작은 예배당이 있지 않나?〉라고. 그런데 어째서 폴 들로즈는 그 질문을 하지 않았을까? 그 질문이 너무도 정곡을 찌른다고 판단하여 혹시라도 성의 관리인에게 질문의 본래 의도를 짐작하고 가늠하도록 만들 수 있다고 생각했던 까닭일까? 그래서인지 폴은 이렇게 묻는 것으로 그쳤다.

「당드빌 백작 부인은 오르느캥에 거주한 두 달 동안 여행을 하지 않았나? 그러니까 며칠 집을 비우고서……」

「맹세코 아닙니다요. 백작 마님께서는 영지 밖을 나가신 적이 없으신댑쇼」

「아! 그럼 정원 안에서만 지냈단 말인가?」

「물론입죠, 나리. 백작 나리께서는 거의 매일 오후에 마차를 타고 코르비니 계곡 쪽으로 나가시곤 했습니다만, 마님은 정원이나 숲을 벗어나신 적이 없으시답니다」

마침내 폴은 그토록 자신이 알고자 했던 사실을 알게 되었다. 제롬과 그의 처는 폴이 그처럼 서로 관련이 없는 이상한 질문들을 왜 물어보는 것일까 의아해하는 눈치였다. 그러나 폴은 그들이 어떻게 생각할지에 대해서는 무관심하다는 듯 아무런 말도 하지 않고 그냥 자리를 떠났다.

그는 서둘러 모든 조사를 하고 싶었다. 정원 밖으로 나가 사실을 확인해 보고 싶었지만 나중으로 미뤘다. 사실 우연히 제반 증거들을 얻은 터라 이제는 그렇게까지 직접 알아볼 필요도 없었다. 하지만 그는 어쩌면 그 최후의 증거와 대면하는 것이 두려웠는지도 모른다.

그는 성으로 되돌아왔다. 때마침 점심 시간이었고, 그는 엘리자베스와의 대면이 불가피하다고 판단하여 하는 수 없이 그것을 받아들이기로 결심했다.

하지만 하녀가 그를 거실에서 맞으며 마님께서 양해를 구하신다고 알렸다. 몸이 안 좋아 자기 방에서 식사를 했으면 한다는 것이었다. 그는 그 말이 무엇을 뜻하는지 알 수 있었다. 그녀는 그에게 전적으로 자유 의사를 맡기면서 그녀가 그토록 존경하던 어머니를 이해해 달라고 그에게 간청하는 것 자체를 거부하고 있는 것이다. 어쨌든 그녀는 우선 남편의 결정에 따르겠다는 의사를 전달한 셈이었다.

그는 하는 수 없이 혼자 점심을 들었다. 식사 시중을 드는 하인들의 시선을 받으며 폴은 자신의 삶을 송두리째 잃어버렸다는 느낌, 엘리자베스와 그가 결혼 당일부터 둘 중 그 누구의 책임도 아닌 상황들로 인해 세상에 둘도 없는 철천지원수가 되었다는 느낌이 절실히 들었다. 물론, 그는 그녀에 대해서는 추호의 증오도 없었고, 그녀의 어머니가 저지른 죄를 두고 그녀를 비난하려는 것도 아니었다. 하지만 내심 그녀가 아버지를 죽인 범인의 딸이라는 사실이 씻을 수 없는 커다란 과오처럼 받아들여져 자신도 모르게 그녀를 원망하고 있었다.

식사를 마친 후, 그는 초상화가 걸려 있는 방에 들어가 문을 닫아걸고 두 시간 동안 살인자와 극적인 대면을 했다. 두 눈이 뚫어져라 저주스런 살인자의 모습을 쳐다보며 과거의 기억들을 새로이 되살리고자 했다.

그는 초상화를 바라보며 세밀한 부분까지 놓치지 않고 살펴보았다. 카메오를 보니 중앙에는 날개를 펼친 백조가 새겨져 있고, 테두리는 금으로 된 뱀 모양을 하고 있었는데, 뱀의 눈에는 루비가 박혀 있었다. 그는 또한 어깨 주변에 레이스의 움직임도 유심히 보았고, 입 모양과 머리 색, 얼굴 윤곽 하나까지 빠트리지 않고 찬찬히 살폈다.

9월의 어느 날 저녁 보았던 바로 그 여자였다. 그림의 한쪽 구석에 화가의 서명이 적혀 있었고, 그 바로 아래에 〈H 백작 부인의 초상화〉라는 카르투슈(장식 디자인에서 판지(板紙)의 양쪽 끝 또는 한쪽 끝이 말려 올라간 모양의 무늬——옮긴이)가 새겨져 있었다. 그림은 분명 만인이 보도록 벽에 걸려질 터이기에 〈헤르민 백작 부인〉이라고 적는 대신 그처럼 조심스럽게 표시하는 것으로 만족했을 것이다.

폴은 속으로 중얼거렸다.

「자, 이제 조금만 더 있으면 모든 과거가 되살아날 것이다. 범인을 찾았으니까 이제 범행 장소만 찾으면 된다. 예배당이 숲 속에 있기만 한다면, 진실은 만천하에 드러날 것이다」

그는 진실을 향해 과감하게 걸어갔다. 이제 더 이상 진실의 압박을 피할 수 없다고 생각하니 오히려 두려움이 조금 가시는 듯했다. 하지만 마음은 여전히 고통스럽게 요동 치고 있었다. 16년 전 아버지가 밟았던 길을 다시 걷는다는 것은 그에게 너무도 끔찍한 일이지 않는가! 제롬은 폴에게 그저 막연히 숲으로 가는 방향을 손가락으로 가리켜 주었다. 폴은 국경 쪽으로 향해 있는 정원을 가로질러 왼편으로 비스듬히 난 길로 접어들었다. 그리고 별채 근방을 지나쳤다. 숲의 입구에 이르자 전나무 오솔길이 길게 펼쳐졌다. 다시 500보 이상을 걸어가자 길은 보다 더 좁은 세 갈래 오솔길로 나뉘었다. 그중 두 길을 따라가 보니 빠져나오기 힘든 덤불숲이 나왔다. 마지막 세 번째 길은 어느 동산 마루까지 닿아 있었고 그곳에서 다시 왼쪽으로 내려가니 또 다른 전나무 오솔길이 나왔다.

폴은 마지막 세 번째 길을 선택했다. 겉으로 봐서는 예전에 지나갔던 길과 비슷한지 알 수 없지만 어쩐지 그 길이 과거의 희미한 기억들을 일깨워 자신의 발길을 이끌고 있는 듯했다.

오솔길은 한동안 곧게 뻗어 있는가 싶더니 나뭇가지들이 서로 맞닿아 궁륭을 이룬 큰 너도밤나무 수림이 나오면서 갑자기 굽어졌다. 그리고 이내 길은 다시 곧게 뻗었고 어두운 궁륭의 끝자리에 햇빛이 눈부시도록 비추는 게 보였다. 바로 그곳에서부터 둥근 공터가 시작되었다.

그 사실을 확인한 순간, 폴은 터질 듯한 고통에 더 이상 발걸음을 뗄 수 없을 것 같았다. 그는 앞으로 나아가기 위해 안간힘을 써야 했다. 과연 이곳이 아버지가 치명적인 일격을 당한 바로 그 공터란 말인가? 그가 점점 햇빛이 드는 공간으로 시선을 둘수록 그의 확신 또한 더욱 깊어져 갔다. 초상화가 걸린 방에 있을 때처럼 머릿속에서 과거가 되살아나 그 앞에 실제 모습을 드러내고 있었다! 어린 시절 폴이 보았던 바로 그 공터였다. 둥근 원 모양으로 나무들이 둘러싸고 있는 모습하며, 여러 갈래 길들이 일정한 간격으로 나뉜 가운데 풀과 이끼들이 융단처럼 깔린 게 영락없이 바로 그 공터였다. 또 무성한 나뭇잎들이 운집하여 변화무쌍한 모습을 보이던 하늘마저도 예전에 보았던 그 모습 그대로였다. 그리고 바로 그곳에서 폴은 왼편으로 두 그루의 주목(朱木)이

지키고 서 있는 가운데 우뚝 선 건물 하나를 단번에 알아보았다. 예전에 보았던 바로 그 예배당이었다.

예배당! 그 작고 낡은 육중한 예배당 벽에 금이 간 모습은 이미 젊은이의 뇌리에 주름처럼 각인되어 있었다! 숲의 나무들은 크고 무성하게 변해 있었다.

공터의 외관도 약간 달라졌고, 샛길들도 예전과는 다른 방향으로 엇갈려 나 있어 잘 알아볼 수 없었다. 하지만 화강암과 시멘트로 된 그 예배당만은 미동도 하지 않고 제자리를 지키고 있었다. 세월의 흔적을 말해 주듯 화강암은 녹회색으로 변해 있었는데, 그처럼 결코 바라지 않는 고색을 지니게 되기까지 예배당은 숱한 세월을 보내고 맞았으리라.

우뚝 서 있는 예배당 정면의 박공에 달린 장미창(薔薇窓)을 보니 비록 세월의 먼지를 뒤집어쓰고 있긴 했으나 지난 날 독일 황제가 불쑥 나타나고 그 여자가 뒤따라 나왔던 바로 그 예배당이 분명했다. 그 여자는 예배당을 나오고 몇 분 후 살인을 저질렀던 것이다.

폴은 문 쪽으로 걸어갔다. 그는 아버지가 마지막으로 말을 건넸던 장소를 다시 보고 싶었다. 만감이 교차했다! 아버지와 비를 피해 자전거를 세워 두었던 예배당 지붕의 끝자락도 예전 모습 그대로였고, 녹이 슨 큰 편자가 박힌 나무 문도 옛 모습 그대로였다.

그는 예배당 안으로 향하는 유일한 계단을 올라갔다. 그리고 문의 걸쇠를 잡고 문짝을 밀어 안으로 들어가려던 바로 그 순간 어둠 속에 숨어 있던 두 명의 사내가 양편에서 달려들었다.

그중 한 사내가 권총을 폴의 얼굴에 겨누었다. 폴이 총구의 방

향을 가늠하여 제때에 몸을 낮춘 덕분에 기적처럼 총알을 피할 수 있었다. 그러자 이내 두 번째 총성이 울렸다. 폴은 그 사내를 떼밀고 손에서 총을 빼앗았다. 그러는 사이 또 다른 사내가 단도로 폴을 위협했다. 폴은 팔을 뻗어 권총으로 그들을 위협하면서 꼼짝못하게 만든 후 뒷걸음질쳐서 예배당을 빠져나왔다.

「손들어!」

폴이 소리쳤다.

그들이 손을 들기도 전에 폴은 그만 자신도 모르게 방아쇠를 두 차례나 당겼다. 두 번 모두 딸깍하는 소리만 났을 뿐…… 총성은 없었다. 하지만 그것으로도 충분했다. 엉뚱하게 당한 두 사내는 두려움에 사로잡혀 잽싸게 돌아서더니 꽁지 빠지게 도망치기 시작했다.

한순간 폴은 매복자들의 돌연한 출현에 충격을 받고 어찌할 바를 몰라 제자리에 서 있었다. 그리고 정신을 차려 서둘러 도망자들에게 다시 총을 겨누었다. 하지만 소용없었다! 두 발만이 장전된 듯 권총은 딸깍 소리만 낼 뿐 총성이 울리지 않았다.

이에 포기하지 않고 폴은 두 사내가 뛰어간 방향으로 달리기 시작했다. 그는 예전에도 독일 황제와 그를 동행했던 여인이 예배당에서 나와 똑같은 방향으로 갔던 것을 떠올렸다. 독일 국경으로 향한 길이 분명했다.

사내들은 추적당한다는 것을 눈치 채고 이내 숲으로 들어가 나무들 사이를 교묘하게 빠져나갔다. 하지만 상대방들보다 더 민첩했던 폴은 그들이 위험을 무릅쓰고 고사리와 가시덤불이 우거진 분지를 헤집는 동안 그들을 앞질러 유리한 위치를 선점했다.

갑자기 그들 중 한 사람이 날카로운 휘파람 소리를 냈다. 이는 또 다른 공범들에게 보내는 신호가 아닐까? 잠시 후 그들은 빽빽한 소관목 지대 뒤편으로 사라졌다. 폴이 그들을 따라 관목 지대를 뛰어넘자, 전방 100보 앞에 사방으로 숲을 막고 선 높은 벽이 하나 나왔다. 순간 폴이 사내들을 보자, 그들은 길의 절반쯤 되는 곳에 서 있었다. 그리고 이내 그들은 벽의 한쪽 면에 나 있는 작고 낮은 문을 향해 곧장 달려갔다.

폴은 그들이 문을 열기 전에 따라잡으려고 전력을 다해 달렸다. 마침 지대가 평지로 바뀌어 폴은 더욱 속력을 낼 수 있었고 오히려 사내들은 눈에 띄게 지쳐 달리는 속도가 느려지고 있었다.

폴은 큰 소리로 외쳤다.

「독 안에 든 쥐다, 이 강도 같은 놈들! 드디어 진실을 알게 되겠군……」

다시 두 번째 휘파람 소리가 들렸고 이내 목이 쉰 듯한 외침 소리가 뒤따랐다. 그들과 폴의 간격은 이제 30보 정도밖에 되지 않아 그들이 나누는 말소리도 들릴 정도였다.

「독 안에 든 쥐야! 독 안에 든 쥐!」

그는 증오 섞인 기쁨에서 같은 말을 반복했다.

그는 총으로 한 사내의 얼굴을 가격한 뒤 다른 사내의 목을 덮칠 작정이었다.

그런데 그들이 벽에 당도하기도 전에 벽 문이 열리더니 제3의 인물이 나타나 그들에게 길을 터 주는 것이 아닌가! 폴은 권총을 던지고 껑충 뛰었다. 그리고 있는 힘을 다해 문을 잡아채는 데 성공한 후 문을 자기 쪽으로 잡아당겼다.

문이 앞으로 휘자 순간 폴은 자신이 본 것에 너무 놀라 뒷걸음질쳤고 미처 상대방의 공격에 방어할 생각조차 하지 못했다. 그 제3의 인물은 오! 잔인한 악몽 같으니……! 아니 악몽보다 더하지 않은가? 그 제3의 인물은 폴에게 단도를 들어 보였다. 그의 얼굴을 본 순간…… 폴은 그가 누군지 알아볼 수 있었다. 그의 얼굴은 예전에 폴이 보았던 바로 그 얼굴과 너무도 닮아 있었다. 단 여자의 얼굴이 아니라 남자의 얼굴이었다. 하지만 어쨌든 같은 얼굴, 분명히 바로 그 얼굴이었다……. 16년이 넘는 세월의 흔적이 새겨져 조금은 무뎌지고 훨씬 더 사악해진 표정을 지녔지만, 어쨌든 같은 얼굴이었다……! 그 사내는 폴을 찔렀다. 마치 예전의 그 여자가, 이제는 죽어 버린 폴의 아버지에게 했던 것처럼.

폴 들로즈는 상처를 입어서라기보다는 그 유령의 모습에 순간 아찔하여 몸을 비틀거렸다. 단도의 날은 폴이 입고 있던 웃옷의

견장에 달린 단추와 부딪쳐 산산조각이 났다. 어리둥절해진 폴은 충격에 앞을 제대로 보지 못했지만 문이 닫히는 소리를 들을 수 있었다. 곧바로 삐걱 하고 자물쇠와 열쇠가 맞물려 돌아가는 소리가 들렸고, 성벽 너머로 부르릉 하며 자동차의 시동 소리가 들렸다. 폴이 정신을 차렸을 때는 이미 너무 늦어 손을 쓸 도리가 없었다. 그 인물과 두 명의 부하들은 더 이상 손 쓸 수 없게 사라져 버렸다.

게다가 그 순간 폴은 예전에 보았던 인물과 지금 본 인물이 신기하게 너무도 닮았다는 사실에 온통 정신을 빼앗긴 상태였다. 그는 다음과 같은 생각만 되풀이하고 있었다.

〈당드빌 백작 부인은 죽었다. 그렇다면 그녀와 얼굴이 너무도 닮은 저 인물은 그 여자가 환생한 인물이라도 된단 말인가. 아니면 그녀의 친척? 아니면 알려지지 않은 형제거나 쌍둥이 형제?〉

그러나 다시 그는 생각을 달리했다.

〈그렇다면, 내가 잘못 안 것은 아닐까? 나는 어떤 환각의 희생자가 아닐까? 하도 심적으로 큰 충격을 겪다 보니 환각은 내게 너무도 자연스러운 것이 되지 않았던가. 도대체 그 누가 나에게 과거와 현재가 조금이라도 상호 연관이 있다고 확언해 줄 수 있는가? 그러니 내게는 증거가 필요하다!〉

그런데 바로 그 증거를 폴은 손에 쥐고 있는 셈이었다. 그것은 너무도 분명하여 더 이상 질질 끌고 의심할 여지가 없었다.

폴이 풀숲에서 단도의 파편들을 발견했기 때문이다. 그는 칼자루 부분을 주워 들었다.

칼자루 귀퉁이에는 H, E, R, M이라는 철자 네 개가 낙인처럼 새겨져 있었다.

H. E. R. M……. 그렇다면 헤르민이란 이름의 앞부분 네 글자가 아닌가……! 바로 그 순간, 그런 의미를 담고 있는 철자들을 주시하고 있던 때에, 이웃한 성당에서 종소리가 들려오기 시작했다. 그 종소리는 괴상하게도 규칙적이고 단조롭게 계속해서 들려왔다. 경쾌하면서도 매우 가슴을 파고드는 소리였다!

〈경종(警鐘)이군.〉

폴은 그렇게 중얼거리면서도 자신이 내뱉은 단어의 의미가 무엇인지 전혀 의식하지 못했다.

그리고 이렇게 덧붙였다.

〈어디선가 화재가 일어났나 보군.〉

10여 분 후 폴은 어느 나무에서 튀어나온 가지들을 이용하여 벽을 타고 넘는 데 성공했다. 벽의 반대편에도 숲이 넓게 펼쳐진 가운데 길 하나가 가로질러 나 있었다. 폴이 길 위로 난 자동차 바퀴 자국을 따라 한 시간 정도 걸어가자 마침내 국경이 나타났다.

독일 경비 초소는 푯말 아래 자리를 잡고 있었는데, 새하얀 길 위로 창기병(槍騎兵)들이 열을 지어 지나가는 모습이 보였다.

그 너머로는 한 무더기의 붉은 지붕들과 정원들이 눈에 들어왔다. 바로 이곳이 폴이 아버지와 함께 자전거를 빌렸던 에브르쿠르트란 작은 마을이란 말인가? 우울한 종소리가 아까부터 그치지 않고 계속 들려왔다. 폴은 그 소리가 프랑스 쪽에서 들려온다는 것을 알 수 있었다. 어디선가 또 다른 종소리가 들려왔고, 리즈롱 쪽에서 제3의 종소리가 들려온다는 것도 알 수 있었다. 그런데 그 세 종소리 모두 필사적으로 주변의 사람들을 불러 모으고 있는 것처럼 매우 다급하게 들려왔다.

폴은 불안한 듯 되풀이해서 말했다.

〈경종…… 경종이라면…… 성당에서 성당으로 전달되는 경종이라면…… 그렇다면 그것은……?〉

하지만 그는 두려운 생각을 떨쳐 버렸다. 아니, 아닐 것이다. 자신이 잘못 들었거나 아니면 깊은 계곡에서 울리기 시작한 하나의 종소리가 메아리가 되어 평야 지대로 퍼져나간 건지도 몰랐다.

하지만 그가 독일의 소도시에서 국경까지 나 있는 새하얀 길을 주시하자, 기병대들이 꼬리에 꼬리를 물고 계속해서 국경으로 가는 것이 보였고 심지어 길 옆 들판으로까지 퍼져 나가는 것을 알 수 있었다. 뿐만 아니라 프랑스 용기병((龍騎兵, 16세기 프랑스에서 생겨난 기병의 일종—옮긴이)의 한 분견대가 어느 언덕 능선에서 갑자기 나타나는 게 아닌가. 장교는 망원경으로 수평선을 살피는 듯하더니 부하들과 함께 어딘가를 향해 다시 떠났다.

더 이상 멀리 갈 수 없었던 폴은 아까 넘어 온 그 벽까지 되돌아갔다. 그는 벽이 숲과 정원을 비롯해 모든 영지를 두루 둘러싸고 있음을 확인했다. 게다가 그는 한 늙은 농부로부터 그 벽이 10여 년 전에 축조되었다는 사실을 알아냈다. 바로 그 때문에 폴이 국경을 따라 탐색을 했을 때 단 한번도 예배당을 찾아내지 못했던 것이었다. 단 한 차례 그는 누군가가 그에게 예배당에 대해 말해 준 적이 있었음을 기억해 냈다. 하지만 외부와 단절된 개인 영지 안에 위치해 있었으니 그가 어떻게 찾아낼 수 있었겠는가? 그처럼 성곽을 따라가다가 폴은 오르느캥 읍 가까이까지 이르렀다. 그곳 성당은 간벌(間伐)로 만들어진 숲 속 어느 공터에 우뚝 서 있었다. 어느 순간부터 들리지 않던 종소리가 다시 매우 또렷하게 들려왔다. 그것은 바로 오르느캥 성당의 종소리였다. 종소리는 가냘프고 탄식하듯 애절하면서도, 서둘러 급하고 가볍게 치는 듯했으나 죽음을 알리는 조종(弔鍾)보다 더 엄숙하게 들려왔다.

폴은 종소리가 들리는 쪽으로 향했다.

작고 예쁜 마을은 온통 제라늄과 데이지 꽃들로 뒤덮여 있었고, 주민들은 성당을 중심으로 그 주변에 옹기종기 모여 살았다. 삼삼오오 무리를 지은 사람들이 읍사무소에 게시된 벽보 앞에 아무런 말도 없이 멈춰 서 있었다.

폴은 앞으로 나아가 벽보를 읽었다.

동원령

그의 생애 중 다른 시기였다면 그 단어는 엄청나고 불길한 의미로 받아들여졌으리라. 그러나 그는 너무도 강한 심적 동요와 위기를 겪은 후라서 그다지 동요가 일어나지 않았다. 심지어 그는 그 새로운 소식이 초래할 필연적인 결과들을 예상해 보는 것에도 별로 관심이 없는 듯했다. 그래 좋아, 동원령이 내려졌다고. 저녁에, 더 정확히 자정부터 동원령이 발효될 테고 모두가 전선으로 떠날 것이다. 자, 나도 떠나리라. 동원령은 그의 마음속에서 행동을 취할 수 있는 유일한 조치로 다가왔고, 그 의무는 모든 자잘한 개인적 책임들과 필요성들을 압도했다. 그 때문인지 그는 자신의 행위를 규정하는 명령을 그처럼 외부로부터 받아들여야 한다는 것에 오히려 일종의 위안감마저 느끼고 있었다. 그는 조금의 망설임도 없었다.

그 의무란 떠나야 한다는 것이었다.

떠나야 한다고? 그렇다면 왜 즉시 떠나지 않는 것일까? 성으로 되돌아간다고, 그리하여 엘리자베스를 다시 만나 고통스럽고 부질없는 설명을 구하고, 아내가 청하지도 않은 용서를 받아들이거나 거절하는 일이 과연 무슨 소용이 있단 말인가? 헤르민 당드빌의 딸인데 그럴 만한 가치가 없지 않은가?

가장 큰 여인숙 앞에 합승 마차가 한 대 대기 중이었다. 마차 머리에는 다음과 같은 게시문이 달려 있었다.

코르비니-오르느캥 ── 열차 수송 업무 대행

마차 안에는 이미 몇몇 사람들이 자리를 잡고 앉아 있었다. 폴은 앞으로 사건이 어떻게 전개될 것인지 더 이상 생각하지 않고 무작정 마차에 올라탔다.

코르비니 역에 도착하자 그는 열차가 30분 후에 떠난다는 사실과 그것을 끝으로 다른 열차가 없다는 것, 그리고 주요 노선의 야간 급행과 환승되던 심야 기차가 폐지되었다는 사실을 알게 되었다.

폴은 좌석을 예약하고 사정을 알아본 후, 마을로 되돌아가 자동차 대여업소를 찾았다. 그곳에는 차량이 두 대 있었다.

그는 자동차 대여업자와 뜻이 잘 통했고, 결국 두 대 중 더 큰 자동차를 지체 없이 오르느캥 성으로 보내어 폴 들로즈 부인이 사용하도록 하겠다는 결정을 보았다.

그리고 그는 아내에게 다음과 같은 내용의 편지를 썼다.

엘리자베스, 상황이 꽤 심각하기에 당신이 오르느캥을 떠나길 바라오. 철도 여행은 더 이상 안전하지 않아 당신에게 자동차 한 대를 보내오. 오늘 밤 이 차를 타고 쇼몽에 있는 당신의 고모 집으로 가시오. 하인들이 당신을 따라가길 원할 것이라 생각하오. 그리고 전쟁이 일어날 경우, 어쨌든 내가 보기에는 아직 일어날 것 같진 않지만, 제롬과 로잘리는 성문을 닫고 코르비니로 피신할 거라 보오.

나는 군대에 복귀하려 하오. 우리의 미래가 어떠하든지 간에, 엘리자베스, 나는 내 신부이며 나의 이름을 지니고 있는 사람을 잊지 않을 것이오.

——P. 들로즈

엘리자베스의 편지

오전 9시 전세가 더 이상 버틸 수 없는 상황으로 바뀌자 대령은 분통이 터졌다.

개전 첫날인 8월 22일, 대령은 한밤중부터 자신의 연대를 세 갈래 길이 서로 만나는 교차로로 이끌고 갔다. 그 길 중 하나는 벨기에 남쪽에 위치한 룩셈부르크까지 이어져 있었다. 그 전날 적들은 12킬로미터가량 떨어진 국경선을 이미 점령한 상태였다. 사단을 지휘하는 장군은 사단 전체가 합세할 수 있는 정오까지 그곳을 사수하라는 명령을 내렸다. 75밀리 포병 중대가 연대를 뒤에서 지원하고 있었다.

대령은 부하들을 참호 속에 매복시켰고 포병 중대도 마찬가지로 은신했다. 그런데 동이 트기 시작하자 연대와 포병 중대는 적에게 위치가 파악되어 사정없이 포탄 세례를 받고 있었다.

연대는 자리를 우측으로 2킬로미터 떨어진 곳으로 이동했지만

5분 후 다시 그곳에도 포탄이 떨어져 사병 여섯 명과 장교 두 명이 사망했다.

대령은 굽히지 않고 다시 진지를 이동했다. 그러나 10분 후 또다시 포격을 받았다. 한 시간이 지나자 서른 명이 전사했고 대포 한 문(門)이 파괴되었다.

시간은 이제 겨우 오전 9시였다.

대령은 이렇게 외쳤다.

「빌어먹을! 어떻게 저들이 매번 우리의 위치를 알아내는 거지? 무슨 마술이라도 부리고 있단 말인가!」

그는 자신의 지휘관들과 포병 중대장, 그리고 몇몇 연락 장교와 함께 경사지 뒤로 몸을 숨겼다. 경사지를 지나면 구불거리는 평원 지대가 꽤 드넓게 펼쳐졌다. 그리고 평원에서 다시 왼편으로 그리 멀지 않은 곳에 버려진 마을이 있었다. 전방으로는 농가들이 드문드문 흩어져 있었고 인적 없는 넓은 지역에 적이라곤 개미 새끼 한 마리도 보이지 않았다. 아무리 둘러봐도 포탄 세례가 날아올 만한 곳은 그 어디에도 없었다. 75밀리 포병 중대가 몇몇 곳을 더듬어 보았지만 소용없었고 포탄은 계속해서 날아왔다.

그러자 대령은 이렇게 투덜거렸다.

「아직도 세 시간은 더 버텨야 해. 하기야 버티긴 하겠지. 허나 연대의 4분의 1은 희생해야 할 게야」

바로 그때 포탄 한 개가 장교들과 연락병들 사이로 날아와 한복판에 떨어졌다. 모두가 일제히 폭발하리라는 생각에 뒷걸음질 쳤다. 그런데 하사 한 명이 달려가 포탄을 덥석 잡더니 유심히 살피는 것이었다.

「하사! 자네 미쳤나! 어서 그걸 내려놓고 피해」

대령이 큰 소리로 외쳤다.

하사는 천천히 포탄을 자신의 참호 속에 내려놓고는 급히 대령에게 다가와 깍듯이 거수경례를 하며 이렇게 말하는 것이었다.

「대령님, 용서하십시오. 저는 적의 대포가 어느 정도 거리에 있는지 포탄을 통해 알아보고자 했습니다. 5,250미터입니다. 유용한 정보가 될 것입니다」

하사의 그처럼 침착한 모습에 대령은 당혹스러웠으나 이내 이렇게 외쳤다.

「체! 허나 그게 터지기라도 했다면 어쩔 뻔했나?」

「그럼 어떻습니까! 대령님, 호랑이 굴에 들어가야……」

「호랑이를 잡는다고! 맞는 말이긴 하지……. 허나 어쨌든 말일세, 그건 좀 심했네. 한데 자네 이름은 뭔가?」

「제3중대 하사 폴 들로즈입니다」

「아, 좋아, 들로즈 하사, 당신의 용기를 치하하는 바이네. 그리고 머지않아 중사 계급장을 받을걸세. 허나 내 그전에 충고 하나 하지. 다시는 그 같은 행동을 하지……」

대령의 말이 채 끝나기도 전에 유산탄 하나가 날아와 그들 옆에 떨어져 폭발했다. 연락병 한 명이 가슴에 파편을 맞고 쓰러졌고, 장교 한 사람은 포탄이 튀길 때 생긴 흙더미에 깔려 허우적대고 있었다.

「자, 이제 머리를 웅크리고 포탄 세례가 멈추기를 기다리는 수밖에 달리 손쓸 방도가 없다. 각자 잘 피신하도록. 어디 참고 기다려 보자」

그러자 폴 들로즈가 다시 앞으로 나섰다.

「제가 끼어드는 것을 용서해 주십시오, 대령님. 제가 참견할 일은 아니지만 피할 수 있을 것 같습니다」
「이처럼 빗발치는 포탄을? 빌어먹을! 위치를 한 번 더 옮기는 일밖에 더 되겠나. 그렇다 해도 우리는 곧 위치를 추적당할걸세……. 자, 자네는 어서 원위치로 돌아가 있게」
그러나 폴은 주장을 굽히지 않았다.
「대령님, 어쩌면 문제는 우리의 위치를 바꾸는 것이 아니라 적의 조준 방향을 바꾸는 것일지 모릅니다」
「오! 오! 그래! 자네 무슨 묘책이라도 있단 말인가?」
대령은 약간 빈정거렸지만 폴의 침착한 태도에 자못 깊은 인상을 받은 듯했다.
「예, 대령님」
「어디, 그럼 말해 보게」
「대령님, 제게 20분만 주십시오. 20분 후면 적의 포탄 방향이 바뀔 겁니다」
대령은 웃음을 참을 수 없었다.
「그래 좋아! 그렇다면 자네가 원하는 곳에 포탄을 떨어뜨릴 수도 있겠나?」
「예, 대령님」
「저 너머, 우측으로 150미터 떨어져 있는 무밭에다 말인가?」
「예, 대령님」
그러자 이번에는 그들의 대화 내용을 듣고 있던 포병 중대장이 끼어들어 거들기라도 하려는 듯 이렇게 빈정거렸다.
「하사, 자네가 이미 거리를 알려 주어 나도 그 방향을 대충은 알고 있다네. 그렇다면 내가 정조준하여 독일 포병대를 무찌를 수 있도록 그 방향을 좀 더 정확히 알려 줄 수 있겠나?」

「대위님, 그것은 시간이 좀 오래 걸리고 또 훨씬 더 어려운 일입니다. 하지만 노력해 보겠습니다. 11시 정각에 국경 쪽 지평선을 잘 살펴보시기 바랍니다. 제가 신호를 보내겠습니다」
「어떻게 말인가?」
「글쎄요. 신호탄을 세 번 쏘겠습니다……」
「허나 적지에서는 신호를 위로 보내야 알아볼 수 있네」
「물론입니다」
「그러려면 적지의 지형을 알아야 하는데……」
「제가 알아보겠습니다」
「그러려면 그곳으로 가야 하는데……」
「제가 그리로 가겠습니다」

폴은 경례한 후 차려 자세에서 뒤돌아섰다. 그는 장교들이 찬성이나 반대 의사를 표할 틈도 주지 않은 채 곧바로 경사면으로 달려가더니 미끄러지듯 내려갔다. 그는 그곳에서 다시 왼쪽으로 가시덤불이 늘어선 움푹한 길로 접어들었고, 이내 모습을 감추었다.

그러자 대령은 이렇게 중얼거렸다.
「참 웃기는 녀석이군. 도대체 어쩌겠다는 건지?」

하지만 그처럼 단호하고 대담한 젊은 하사의 모습에 대령은 깊은 인상을 받았다. 하사의 시도가 성공할 경우 대령은 그를 전적으로 신뢰하겠다고 마음먹었다. 곧 무너질 듯한 건초 더미 뒤에서 장교들과 함께 약정한 시간을 기다리면서 대령은 수차례 시계를 들여다보았다. 그 끔찍한 기다림의 시간 동안 그는 부대의 우두머리로서 자신을 위협하는 위험은 조금도 걱정하지 않았다. 오로지 대령은 자신의 지휘 아래 있는 친자식과 같은 부하들의 안

전만을 생각하고 있었다.
 부하들은 짚더미 속에 드러누워 배낭으로 얼굴을 가리고 있는가 하면, 덤불 속에 몸을 움츠리고 있거나 땅속 구덩이에서 웅크리고 있었다. 폭우처럼 빗발치는 포탄들이 그들을 악착스럽게 따라다녔다. 포탄들이 성난 우박처럼 쏟아져 내리는 가운데, 병사들은 하늘로 튀어 올라 한 번 선회한 후 다시 땅으로 거꾸러졌다. 부상자들의 신음소리, 서로를 불러가며 심지어 농담까지 주고받는 병사들의 외침소리…… 게다가 끊임없이 계속되는 우레와 같은 폭음…….
 그런데 돌연히 정적이, 그것도 적막과도 같은 정적이 흘렀다. 하늘과 땅 모두 한없이 평온해지면서 말로 형언하기 어려운 일종의 해방감이 느껴졌다. 대령은 웃음을 터뜨리며 기쁨을 감추지 못했다.
「이런 세상에! 들로즈 하사 참으로 무서운 사람이로군. 더 있다간 정말 약속했던 대로 무밭에다 포탄을 퍼붓게 할지도 모르겠어」
 대령의 말이 끝나기가 무섭게 포탄 하나가 우측으로 150미터 떨어진 무밭 앞쪽에서 폭발했다. 두 번째 포탄은 그보다 멀리 떨어졌다. 그러나 세 번째 포탄은 제대로 조준이 되었는지 정확히 무밭에 떨어졌고, 포격이 빗발치듯 퍼부어 대기 시작했다.
 하사가 일궈 낸 임무 수행이 너무도 비범하고 또 그 정확도가 틀림이 없다 보니 대령과 장교들은 그가 임무를 끝까지 완수하리라는 것을, 즉 갖은 난관을 뚫고 자신 있게 약속했던 대로 신호탄을 쏘아 보낼 것임을 믿게 되었다.
 그들은 지체 없이 쌍안경을 들고 지평선을 훑어보기 시작했다.

그 사이 적들은 무밭에 한층 더 열심히 포격을 쏟아 붓고 있었다.

11시 5분, 붉은 신호탄이 하늘을 갈랐다.

신호탄은 짐작했던 것보다는 훨씬 오른쪽에 치우쳐 나타났다.

그리고 두 개의 신호탄이 연이어 솟구쳤다.

망원경으로 주위를 살피고 있던 포병 중대장의 눈에 성당의 종루 하나가 들어왔다. 계곡의 침하 지대에 위치해 있는 데다 울퉁불퉁한 고원에 가려서 그때까지 눈에 띄지 않던 것이었다. 그리고 그 종루의 첨탑이 비죽 튀어나와 있었는데 언뜻 보면 외따로 서 있는 나무로 착각할 정도였다. 지도를 통해 확인해 보니 그곳은 브뤼므아란 마을이었다.

하사가 살펴본 포탄을 통해 독일 포병대의 정확한 거리를 알고 있었던 중대장은 자신의 중위에게 전화를 걸었다.

30분 후 독일 포병대는 잠잠해졌다. 네 번째 신호탄이 솟아오르자 75밀리 포병 중대는 일제히 성당과 마을, 그 인근 지역에 포탄을 쏘아 대기 시작했다.

정오가 될 무렵 사단을 앞서가던 자전거 중대가 합류했다. 그리고 전속력으로 진격하라는 명령이 내려졌다.

연대는 브뤼므아에 가까이 다가가면서 적으로부터 몇 발의 총탄을 맞아 조금 주춤하긴 했지만 계속 전진해 나갔다. 적의 후위 부대는 퇴각하고 있었다.

폐허가 된 마을에는 아직도 몇몇 집들이 불타고 있었다. 널브러진 시체들, 죽어 나자빠진 말들, 파괴된 대포, 전복된 수레들과 짐마차들 그야말로 아수라장이었다. 적의 이개 여단은 예비 공작을 해 놓았다고 확신하여 막 떠날 채비를 마친 터라 타격이 심했다.

그런데 성당 꼭대기에서 누군가의 외침이 들려왔다. 중앙 홀과 정면이 완전히 붕괴된 성당은 흉측한 몰골을 하고 있었다. 다만 채광창이 달린 종탑만이 들보 몇 개에 난 화재 때문에 검게 그을린 채 온전하게 남아 있었다. 종탑은 기적처럼 균형을 유지하며 장식품처럼 붙어 있는 돌로 된 가는 첨탑을 떠받치고 있었다. 그런데 그 첨탑 밖으로 한 농부가 몸을 반쯤 기울인 상태에서 손을 흔들며 필사적으로 소리를 지르는 것이었다.

장교들은 그가 폴 들로즈임을 알아보았다.

병사들은 조심스럽게 잔해 사이를 비집고 계단을 통해 망루까지 올라갔다. 그런데 바로 첨탑의 작은 문 앞에 독일 병사 시신이 여덟 구나 포개져 있었다. 그래서 문 안쪽에 있는 폴을 구하려면 옆으로 무너져서 통행의 장애가 되고 있는 문짝을 도끼로 수차례나 부셔야 했다.

날이 저물 무렵, 대령은 더 이상의 추격은 오히려 심각한 저항에 부딪칠 수 있다고 판단한 후 연대를 마을 광장에 소집했다. 그 자리에서 그는 들로즈 하사를 껴안으며 이렇게 말했다.

「우선, 포상으로 자네에게 전공 훈장을 주라고 청해 두겠네. 자네는 충분히 받을 만하지. 자, 어디, 이제 자세히 설명 좀 해 보게나」

그러자 폴은 대령과 장교들, 그리고 각 중대의 상관들에게 빙 둘러싸여서 질문 하나하나에 대답을 했다.

「아! 대령님, 그건 매우 간단합니다. 우리는 염탐을 당했던 겁니다」

「그랬군그래, 한데 누가 첩자이고 또 어디에 있었단 말인가?」

「대령님, 저도 우연히 알게 되었습니다. 오늘 아침 저희가 진지를 친 장소 옆에, 그러니까 저희 왼편으로 말입니다. 성당이 딸린 마을이 있지 않았습니까?」

「그렇지. 하지만 내가 도착하자마자 마을 사람들을 모두 대피시켰고, 또 성당에는 아무도 없었네」

「성당에 아무도 없었다면 말입니다, 당시 바람이 서쪽에서 불고 있었는데 어째서 종루 위의 풍향계는 동쪽에서 바람이 분다고 가리키고 있었겠습니까? 또 저희가 진지를 바꿨을 때는 어째서 그 풍향계의 방향은 우리 쪽을 향해 비스듬히 기울어져 있었겠습니까?」

「그게 확실한가?」

「예, 대령님. 바로 그 때문에 저는 허락을 받자마자 서둘러 성당 쪽으로 달려가 은밀히 종루 안으로 잠입했던 겁니다. 역시 제 판단이 옳았습니다. 바로 그곳에 한 놈이 있었고 격투 끝에 그를 제압했습니다」

「비열한 놈 같으니! 프랑스 인이었나?」

「아닙니다, 대령님. 농부로 변장한 독일인이었습니다」

「총살감이군」

「안 됩니다, 대령님. 제가 목숨은 살려 주겠다고 약속했습니다」

「말도 안 돼!」

「대령님, 저는 그가 적들과 어떻게 내통했는지를 알아야 한다고 생각했습니다」

「그래? 그럼 어떻게 내통하든가?」

「정말 간단했습니다. 성당 북쪽 면에 시계가 있습니다. 저희 쪽에서도 그 시계 바늘의 눈금이 어디를 가리키는지 알아볼 수 있었지요. 그 시계탑 안에서 그 첩자가 바늘을 조종하고 있었습니다. 가령 큰바늘로 번갈아 숫자 3과 4를 가리키면서 저희가 성당으로부터 떨어진 정확한 거리를 알려 준 것입니다. 그리고 이것은 풍향계의 방향에서도 마찬가지입니다. 제가 직접 해 봤더니 적들은 제가 가리키는 방향을 따라 포대 방향을 고쳤고 무밭에 포탄을 쏟아 부었던 겁니다」

「아, 그렇게 된 거로군」

대령은 호탕하게 웃으며 말했다.

「그래서 저는 첩자의 신호를 수집하고 있던 제2관측소로 가기만 하면 됐습니다. 그곳에 가면 적의 포병대가 어디에 있는지 알아볼 수 있기 때문이었지요. 첩자는 적의 포병대 위치를 잘 모르고 있었습니다. 그래서 저는 이곳까지 달려왔고, 여기에 도착하자마자 관측소로 사용되고 있던 성당 바로 아래에 독일 포병대와 여단이 있는 것을 확인했습니다」

「하지만 그건 너무도 무모한 행동이었네. 그들이 자네에게 발포라도 했으면 어쩔 뻔했나?」

「대령님, 저는 그들의 첩자가 입던 옷을 걸치고 있었습니다. 그리고 저는 독일어를 할 줄 알고, 암호도 알고 있었답니다. 게다가 적군들 가운데 단 한 사람, 그러니까 관측 장교만이 그 첩자의 얼굴을 알고 있었습니다. 제가 그 여단을 지휘하는 장교에게 프랑스 인들에게 정체를 들켜서 그들을 피해 오는 것이라고 둘러대자, 추호의 의심도 없이 저를 그 관측 장교가 있는 곳으로 보내주었습니다」

「자네 참으로 대담하군그래……」

「대령님, 사실 그가 저를 의심하지 않았던 건 제가 첩자와 똑같이 꾸몄기 때문입니다. 그 관측 장교도 전혀 의심하지 않았습니다. 그래서 저는 그가 지시 사항을 전달하던 망루에 올라가 아무런 어려움 없이 그를 덮쳤고 꼼짝 못하게 그의 입을 틀어막았습니다. 그렇게 해서 저는 제 임무를 완수할 수 있었고 약속드린 대로 신호탄을 쏘아 올렸습니다」

「그게 바로 문제 아닌가! 6, 7000명이나 되는 적군들 속에서 말이야!」

「제가 그렇게 하겠다고 약속하지 않았습니까, 대령님. 그리고 그때가 바로 11시였습니다. 망루에는 주야간 신호를 보낼 수 있는데 필요한 도구 일체가 있었습니다. 그걸 어찌 활용하지 않을 수 있겠습니까? 먼저 저는 신호탄 한 개에 불을 붙였고, 이내 두 번째, 다시 세 번째, 그리고 네 번째 신호탄을 쏘아 올려서 전투가 시작되었지요」

「허나, 그 신호탄들은 우리로 하여금 자네가 있던 종탑에 포격을 하도록 알려 준 셈이었지! 우리는 바로 자네한테 포탄을 쏘아 댄 꼴이었군!」

「아! 솔직히 대령님, 그 같은 상황에서는 이런저런 생각들이 들지 않았습니다. 첫 번째 포탄이 성당을 맞히자 오히려 저를 환영하는구나 하고 느꼈답니다. 게다가 적들은 제게 생각할 시간을 전혀 주지 않았거든요! 이내 병사 여섯 명이 탑 위로 기어 올라왔습니다. 저는 소총으로 몇 명을 무찌르긴 했으나 곧 또 다른 이들이 달려들어 저는 첨탑 꼭대기에 있는 방문 뒤로 피신할 수밖에 없었습니다. 그들이 문을 무너뜨리자 오히려 문짝은 제게 방어벽 구실을 했습니다. 또 때마침 저는 첫 번째 급습에서 탈취한 무기와 탄약들을 지니고 있었습니다. 그들은 제게 접근할 수도 없었고, 또 저는 그들의 눈에 거의 띄지도 않아 의연하게 자리를 지킬 수 있었습니다」

「그래 우리의 75밀리 포병 중대가 자네에게 포탄을 퍼붓는 동안 말인가?」

「저희 75밀리 포병 중대가 저를 구해 주는 동안 말입니다. 대령님께서도 잘 아시는 것처럼 성당은 한 번 포격을 맞아 골조에 불이 붙은 상태였기 때문에 감히 누구도 탑에 오르려 하지 않았습니다. 따라서 저는 아군이 올 때까지 진득하게 기다리기만 하면 됐습니다」

폴 들로즈는 자신이 겪은 모든 상황에 적절하게 대처한 것뿐이라고 이야기했다. 대령은 다시금 폴을 치하한 후 그에게 중사 계급의 특진을 주겠다고 확언하며 이렇게 말했다.

「자네 내게 청하고 싶은 게 없나?」

「있습니다, 대령님. 제가 그곳에 두고 온 독일 첩자를 신문하고 싶습니다. 그리고 간 김에 숨겨 두었던 제 군복을 가져오고 싶습니다」

「물론 그렇게 하게. 우선 우리와 함께 저녁을 들고 나서 내 자네에게 자전거 한 대를 주겠네」

저녁 7시, 폴은 첫 번째 성당으로 되돌아갔다.

하지만 첩자가 이미 결박을 끊고 도망가 버린 것을 확인하고 폴은 실망했다. 폴이 성당 안과 마을 전체를 샅샅이 뒤졌으나 소용없었다. 그러다 첩자에게 달려들었던 곳으로부터 그리 멀지 않은 층계참에서 단도 하나를 주웠다. 첩자가 폴을 찌르려고 했던 바로 그 단도였다.

그것은 3주 전 폴이 오르느캥 숲의 쪽문 앞에서 주웠던 단도와 똑같았다. 삼각형 모양의 칼날과 갈색 뿔로 된 칼자루 위에 새겨진 H. E. R. M.이라고 씌인 글자까지 정확히 일치했다.

　아버지를 살해한 헤르민 당드빌을 이상할 정도로 닮은 여자와 첩자가 동일한 무기를 사용했다니.

　그 다음날 폴의 연대가 소속된 사단은 공격을 계속하여 적을 격퇴한 후 벨기에로 입성했다. 그런데 바로 그날 저녁 장군에게 퇴각 명령이 내려졌다.

　그래서 모두들 후퇴하기 시작했다. 이제 막 승리의 기쁨을 맛보기 시작한 폴과 소속 부대원들의 비통함은 이만저만이 아니었다. 폴과 제3 중대 동료들은 분노를 삭이지 못했다. 벨기에서 반나절을 보내는 동안 독일인들에 의해 전멸되어 폐허로 변한 작은 도시를 목격했기 때문이다. 총살당한 여자 시신 80여 구, 거꾸로 매달려 처형된 노인들과 교살된 아이들의 시신들이 산더미처럼 쌓여 있었다. 그런데 그런 만행을 저지른 괴물들을 앞에 두고 퇴각을 해야 하다니! 벨기에 군인들이 연대에 합류했는데, 그들의 얼굴은 흡사 지옥을 본 듯한 공포에 사로잡혀 있었다. 그들은 자신들이 겪었던 상상조차 하기 힘든 일들을 들려주었다. 그런데도 퇴각을 해야 한단 말인가! 끓어오르는 증오심과 당장이라도 총대를 잡고 적들을 죽이고 싶은 복수심을 어떻게 하고 퇴각하란 말인가.

　도대체 어째서 퇴각해야 한다는 건가? 패배하지도 않았는데 말이다. 아군은 질서정연하게 후퇴하면서 기습 공격하여 적들을 당황하게 하고, 격렬하게 반격하기도 했다. 그러나 사실 수적으로 열세이긴 했다. 야만인들의 물결은 끝도 없이 이어졌다. 1000명을 죽이면 그 자리에 다시 2000명이 메워지는 형국이었다. 그러니 퇴각할 수밖에 없었다.

어느 날 저녁, 폴은 일주일이 지난 한 신문을 통해 퇴각한 이유 중 하나를 알게 되었다. 그에게는 너무도 괴로운 소식이었다. 8월 20일, 불가사의한 상황에서 포격이 가해진 후 겨우 몇 시간 만에 코르비니가 공략당했다. 코르비니는 탄탄한 요새로 독일의 왼쪽 측면을 공격하는 데 보다 더 큰 힘을 실어 줄 수 있었기에 아군은 며칠만이라도 코르비니 요새가 버텨 주길 기대했다.

그처럼 코르비니가 함락당했으니, 폴이 희망했던 대로 제롬과 로잘리도 오르느캥 성을 버리고 피신했을 것이다. 그리고 야만인들이 지닌 교묘하고 능수능란한 파괴 작전을 미루어 짐작할 때 지금쯤 성은 파괴되고 약탈당했을 게 분명했다. 게다가 프랑스인들 중에서 광분한 부랑자와 도둑 무리가 가세하고 있을 게 뻔했다.

8월말 불길한 날들이 계속되는 가운데 프랑스는 일찍이 겪어 보지 않은 가장 비극적인 상황들을 맞이하고 있었다. 파리는 위협을 받고 있었고 이미 열두 개 도(道)가 침략당한 상태였다. 한마디로 죽음의 바람이 영웅의 나라 전역에 불어 대고 있었다.

그러던 어느 날 아침, 폴은 등 뒤에서 자신을 부르는 한 사내의 목소리를 듣게 되었다. 한 무리의 젊은 군인들 사이에서 들려오는 제법 명랑한 소리였다.

「폴! 폴! 결국 내가 원하던 곳으로 오게 됐어요! 얼마나 기쁜지 모르겠어요!」

젊은 군인들은 연대로 배속된 자원한 지원병들이었다. 이내 폴은 그들 틈에서 엘리자베스의 남동생인 베르나르 당드빌을 알아보았다.

폴은 그에게 어떠한 태도를 취해야 할지 생각해 볼 겨를도 없었다. 베르나르가 상냥하고 다정하게 그의 두 손을 잡지만 않았어도 폴은 얼굴을 돌려 외면했을지도 모른다. 그러나 그 젊은이는 누이와 매형 사이에 벌어졌던 일에 대해서는 전혀 모르고 있는 눈치였다. 그는 마냥 반가운 듯 이렇게 말했다.

「정말요, 폴. 나예요. 참! 말을 편하게 해도 되죠? 매형. 놀랐죠? 아마 매형은 뜻하지 않게 우리가 우연히 만난 거라고 생각하겠죠? 이렇게 매형과 처남이 같은 연대에 배속되다니……! 하면서요. 하지만 사실, 내가 원해서 이렇게 오게 된 거라고요. 내가 이렇게 말했거든요. 〈제가 지원하는 것은 저의 의무요 기쁨입니다. 하지만 만능 운동선수이자 모든 체육 활동과 군사 훈련에서 상을 받은 수상자로서 저는 즉시 최전방에, 그것도 제 매형인 폴 들로즈 하사가 배속된 연대로 보내 줄 것을 청하는 바입니다.〉 그러자 그들도 내가 필요했는지 이곳으로 보내 주더라고요……. 근데, 매형 왜 그래요? 하나도 감격스런 얼굴이 아니네요?」

사실 폴은 그의 말을 듣는 둥 마는 둥 하고 있었다. 그는 혼자 속으로 이렇게 중얼거리고 있었다.

〈자, 여기에 헤르민 당드빌의 아들이 왔군. 나를 만지는 자가 나의 아버지를 죽인 바로 그 여자의…….〉

하지만 베르나르가 너무도 거리낌 없고 진실로 기뻐하는 모습이었기에 폴은 그냥 이렇게 더듬거렸다.

「아니긴, 그냥…… 그냥 넌 이곳에 오기에는 너무 어린데!」

「내가? 매형? 난 이래뵈도 꽤 나이를 먹었다고요. 입대한 날로 열일곱 살이었거든요」

「한데 아버님께서?」

「아버지도 허락하셨죠. 안 그랬다면 나도 아버지의 입대를 허락하지 않았을걸요」

「뭐라고?」

「네, 매형. 아버지도 입대하셨어요」

「아버님이 입대를 하셨다고…… 그 연세에……?」

「아버지 나이가 어때서요? 아직도 정정하세요. 아버지께서 입대한 날 쉰 살이셨으니! 아버진 영국 참모 본부에 통역관으로 배속되셨어요. 그러고 보니 가족 모두가 군대에 온 셈이네요……. 아! 참! 깜박 잊고 있었네. 매형한테 줄 누나의 편지가 있었는데」

폴은 소스라쳤다. 그는 그때까지 처남에게 아내의 안부조차 묻지 않았던 것이다. 폴은 편지를 받으면서 중얼거렸다.

「아! 누나가 이 편지를 건네줬구나……」

「아니, 누나가 오르느캥에서 보낸 거예요」

「뭐? 오르느캥이라고? 그건 말도 안 돼! 엘리자베스는 동원령을 내렸던 날 저녁 그곳을 떠나 쇼몽에 있는 고모 댁에 갔을 거야」

「아뇨, 그렇지 않아요. 내가 고모에게 작별 인사를 드리고 왔는데요. 고모는 전쟁이 시작된 이후 줄곧 누나 소식을 모른다고 했어요. 자, 여기 봉투를 보세요. 〈폴 들로즈, 당드빌 씨 전교, 파리.〉……라고 적혀 있잖아요. 그리고 오르느캥과 코르비니 소인도 찍혀 있다고요」

봉투에 적힌 내용을 확인한 폴은 말을 더듬었다.

「그, 그래, 네, 네 말이 맞구나. 우표 소인의 날짜가 〈8월 18일〉이군. 8월 18일이라니……. 그렇다면, 코르비니가 독일군에게 넘어간 날이 8월 20일이니 바로 그 전전날이잖아. 그렇다면 엘리자베스가 여전히 그곳에 있다는 말인데……」

그러자 베르나르가 외쳤다.

「말도 안 돼요. 누나는 어린애가 아닌걸요. 매형도 잘 알겠지만 설마 누나가 국경을 바로 앞에 두고 그 독일 놈들이 오기만을 기다렸겠어요? 첫 포격이 일어나자마자 성을 떠났을 거예요. 참, 누나가 뭐라고 썼는지 확인해보면 되겠네요. 자, 어서 편지를 읽어봐요」

사실, 폴은 그 편지로 알게 될 내용을 대충 짐작하고 있었다. 그래서인지 편지 봉투를 뜯는 그의 손은 몹시 떨고 있었다.

엘리자베스의 편지는 이러했다.

폴, 전 오르느캥을 떠날 결심이 서질 않아요. 차마 저버릴 수 없을 것 같은 의무감이 저를 이곳에 묶고 놓아주질 않는군요. 바로 기억 속의 어머니를 자유롭게 해 드려야 한다는 의무감이죠. 폴, 당신도 잘 알고 있겠지만 저에게 어머니는 그 누구보다 순수한 분이십니다. 저를 품에 안고 달래 주셨던 분이자 아버지가 너무도 사랑하셨던 분을 전 의심조차 할 수 없답니다. 하지만 당신은, 그래요. 당신은 어머니를 비난하고 있겠죠. 그러니 저라도 어머니를 변호해 드리고자 해요.

그러기 위해서는 증거들이 필요해요. 사실 제게는 필요 없지만 당신이 믿도록 하기 위해서 증거들을 찾아볼 작정이에요. 그런데, 그 증거들은 바로 이곳에서만 찾을 수 있을 것 같아 저는 이곳에 남기로 했답니다.

제롬과 로잘리는 적들이 가까이 왔다는 소식을 듣고도 저와 함께 남겠다고 합니다. 그들은 참으로 용감한 사람들이에요. 그러니 아무 염려하지 마세요. 저는 혼자가 아닐 테니까요.

엘리자베스 들로즈

편지를 다 읽은 폴의 얼굴은 창백하게 변해 있었다.
베르나르가 물었다.
「매형, 이제 그곳에 누나는 없다지요?」
「아니, 아직도 있어」
「뭐라고요? 아니 제정신이 아니고서야 어떻게 그럴 수 있어요! 그 괴물들과 함께 있다니……! 그것도 고립된 성에서…… 매형, 누나는 자신이 얼마나 끔찍한 위험에 처해 있는지 모른다고요! 도대체 뭐 때문에 그곳에 남아 있는 걸까요? 아! 그건 생각만 해도 너무 끔찍해요! 매형……!」
일그러진 얼굴로, 두 주먹을 불끈 쥐고 선 채 폴은 아무 말도 하지 않았다…….

코르비니의 촌부(村婦)

3주 전에 전쟁이 선포되었다는 것을 알았을 때 폴은 곧바로 가차 없이 죽어야겠다고 결심했다.

그의 마음속으로는 여전히 사랑하는 여인이지만 원수처럼 여겨 왔던 살인범의 딸과 결혼했다는 사실이 그를 뒤흔들었고 급기야 죽음을 오히려 은혜처럼 받아들이도록 만들었다.

그런 그에게 전쟁은 즉각적으로 죽음을 맞을 수 있는 기회, 아니 바로 죽음 그 자체를 의미했다. 전쟁 발발 초기 처음 몇 주 동안 벌어진 여러 사건들 중에서 감동적이고, 훌륭하며, 또 위안을 주고, 자랑스러운 것들, 가령 절체절명의 동원령이나 군인들이 보여 준 열정, 프랑스 인들의 찬탄할 만한 단결력과 애국심의 발현 등은 사실 그의 관심을 전혀 끌지 못했다. 그는 마음속 깊이 가장 그럴듯한 우연으로 죽을 기회를 맞겠다고 결심하고 행동에 옮길 작정을 하고 있었다.

그는 입대 첫날부터 자신이 원하던 기회를 찾았다고 생각했다. 때문에 그가 성당 종루에 있을 거라 의심했던 첩자를 사로잡고, 이내 적진 한가운데로 뚫고 들어가 그들의 위치를 신호로 알린 일은 그야말로 죽음을 향해 걸어갔던 행동이었다. 그는 용감히 적진 쪽으로 뚫고 들어갔다. 또한 자신의 임무를 매우 분명히 인식하고 있었기에 신중히 일을 수행했다. 〈그래 죽자, 하지만 임무는 다하고 죽자.〉 바로 그런 자세로 말이다. 그런데 그는 임무를 수행하면서 성공했을 때만큼이나 아주 특별한 기쁨을 맛보았다. 물론 이것은 폴 자신도 전혀 기대하지 않았던 감정이었다.

특히 첩자가 사용하던 단도를 발견했을 때 그는 말할 수 없이 놀라고 당황스러웠다. 그 첩자와 오르느캥 숲에서 폴을 찌르려고 달려들던 자는 서로 무슨 관계가 있었을까? 또 그들과 이미 16년 전에 사망한 당드빌 백작 부인은 무슨 관련이 있단 말인가? 그런데 그들 세 사람은 어떻게 해서, 어떤 보이지 않는 끈에 의해 서로 다른 양상으로 한결같이 배반과 첩보 활동을 했단 말인가? 그러나 무엇보다도 폴이 대단히 충격을 받은 일은 바로 엘리자베스의 편지였다. 그처럼 젊은 여인이 포탄과 총알이 빗발치고, 성 주위로 피비린내 나는 싸움이 계속되고, 승리자들의 광분과 분노가 들끓으며, 방화와 총살, 고문과 잔악 행위가 난무하는 바로 그곳에 머물러 있단 말인가! 젊고 아름다운 그녀가 거의 혼자나 다름없이 아무런 보호도 받지 않은 채 그곳에 있다니! 사실 그녀가 그곳에 머무르게 된 데에는 폴이 그녀를 다시는 만나려 하지 않은 데다 또 함께 가려고 하지 않았기 때문이 아니었던가! 여기까지 생각이 미치자 폴은 심각할 정도로 의기소침해졌다. 그는 그런 생각을 떨쳐 버리고자 돌연 뭔가 위험한 것에 자신을 내맡기기 시작했던 것이다. 그래서 그는 무슨 수를 써서라도, 확고한 용기와 악착 같은 고집으로 자신의 무모한 시도들을 끝까지 밀고 나갔다. 그런 그의 신념이 동료들로부터 존경심과 아울러 놀라움을 불러일으켰던 것이다. 그런데 이제 그는, 죽음을 쫓았던 만큼은 아니지만, 의례 죽음에 용감히 맞서는 이들이 경험하는 것처럼 어떤 형언하기 어려운 열광을 쫓고 있었다.

그러던 중 9월 6일의 아침이 밝았다. 이날은 도저히 믿기지 않게도, 총사령관이 전 군대 앞에서 불멸의 명연설을 하고 적을 향해 돌진하라고 명령을 내린 기적의 날이었다. 그토록 병사들이 꿋꿋하게 참아 왔으며 너무나도 잔인한 명령이었던 퇴각에 종지부를 찍는 날이었다. 그동안 병사들은 지치고 기진맥진한 채, 수적인 열세를 이겨 내며 며칠 동안 적들과 싸우며, 잠시 눈을 붙인다거나 허기진 배를 채울 시간조차 없이, 기적 같은 노력으로 진군해 왔다. 또한 그들은 무엇 때문에 참호 속에 꼼짝없이 앉아 눕지도 못한 채 죽음을 기다려야 하는지 알지 못했다. 그런 그들에게 기적처럼 이 같은 명령이 떨어진 것이었다.

「전원 제자리에 서! 뒤로 돌아! 자, 적진 앞으로!」

그들은 방향을 뒤로 돌려 전진했다. 빈사 상태에 빠졌던 이들이 다시 원기를 회복했다. 가장 보잘 것 없는 졸병에서부터 가장 혁혁한 공을 세운 용사에 이르기까지 각자가 의지를 다지고 마치 프랑스의 구원이 자신들에게 달려 있다는 기세로 싸웠다. 군인들이 많은 만큼, 숭고한 영웅들도 많았다. 그들은 승리 아니면 죽음을 택하라는 요청을 순순히 받아들였다. 그리고 마침내 승리를 거뒀다.

그런데 용감한 이들 중에서 단연 빛난 사람은 바로 폴이었다.

그가 행하고, 견디고, 시도하고, 또 성공했던 모든 일들은 자신이 잘 알고 있는 것처럼, 현실적인 인간의 한계를 뛰어넘는 것이었다. 9월 6일, 7일, 8일, 그리고 11일에서 13일까지, 그는 극도로 피곤에 지치고, 또 인간으로서 도저히 견디기 힘들 정도로 잠과 식량이 부족한 상태에서 오직 전진하고, 또 전진하고, 계속 전진해야 한다는 생각밖에 없었다. 응달이든 뜨거운 태양 아래서든, 혹은 그곳이 마른 강변이든 아르곤 협곡이든(두 지역은 모두 제1차 대전의 치열한 격전지들이었다.—옮긴이), 국경의 군대를 보강하기 위해 그가 속한 사단이 북쪽이든 동쪽이든 그 어디로든 나아가든 간에, 또는 맨바닥에 눕거나 밭을 기어가거나, 가만히 서 있을 때조차 그는 대검을 들고 오직 앞으로만 전진했다. 앞으로 내딛는 그의 걸음걸이는 말 그대로 해방이요 정복이었다.

또한 한 걸음 한 걸음 앞으로 내딛을 때마다 폴의 증오심은 한층 커져 갔다. 오! 자신의 아버지가 저들을 그토록 증오한 데에는 다 이유가 있었던 것이다! 폴은 오늘에 와서야 비로소 저들의 만행을 직접 확인한 셈이다. 도처에 방화와 약탈, 그리고 죽음만이 존재했다. 저들은 그저 즐기기 위해 인질들을 총살시키고 여자들을 짐승처럼 죽였다. 성당과 성들은 물론, 부자의 대저택에서 촌부의 농가에 이르기까지 남아 있는 건물이라고는 하나도 없었다. 이미 붕괴된 건물들조차 재차 파괴되고 이미 죽은 시체들을 가지고도 다시 고문을 자행했다.

그러니 그같이 악랄한 적들을 때려눕힌다는 것이 어찌 큰 기쁨이 아닐 수 있으랴! 비록 병력의 반을 잃었지만 폴의 연대는 고삐 풀린 사냥개 떼처럼 가차 없이 야수의 목덜미를 물어뜯었다. 국경에 가까워지면서 그들의 투지는 한층 가열되어 더욱 매서워진 듯했다. 하지만 적들 또한 그들에게 최후의 일격을 가하겠다는 광분을 품고 돌진하고 있었다.

그러던 어느 날, 폴은 둘로 나뉘는 갈래 길에서 이정표를 보게 되었다.

코르비니 14 km
오르느캥 31.4 km
국경 38.3 km

코르비니, 오르느캥이라! 전혀 예상치 못했던 그 지명들을 접하자 참으로 감회가 새로웠다! 그는 무수한 고민에 빠져 싸우는 데에만 열중한 나머지 자신이 거쳐 가는 지명에 거의 관심을 두지 않았다. 그런 그에게 그 지명들이 눈에 들어온 것은 순전히 우연이었다. 그런데 너무도 갑작스레 오르느캥 성에서 가까운 곳까지 온 것이었다! 코르비니까지 14킬로미터……. 너무도 기이한 상황에서 독일군이 공격하여 점령했던 그 작은 요새, 바로 프랑스 군대가 향해 가려는 곳이 코르비니란 말인가?

그날 아군은 이른 새벽부터 적들과 맞섰다. 그런데 적들의 저항은 전보다 무기력해 보였다. 분대의 선봉에 서 있던 폴은 블레빌이라는 마을로 가라는 명령을 받았다. 분대장은 그에게 적들이 그 마을에서 퇴각할 경우 그곳으로 들어가되, 그 이상은 전진하지 말라고 지시했다. 그리하여 폴은 마을의 끝 자락에 위치한 집들을 지나가게 되었고, 바로 그곳에서 오르느캥을 알리는 도로 표지판을 본 거였다.

이정표를 보고 폴은 상당히 긴장하면서도 걱정을 했다. 독일군의 단엽기가 그곳을 저공 비행하고 있었기에 함정일 가능성이 컸기 때문이었다.

「마을로 되돌아가 적들을 기다리며 바리케이드를 쳐라」

폴이 대원들에게 말했다.

그런데 갑자기 코르비니 쪽으로 나 있던 길가의 숲이 우거진 언덕 뒤에서 〈탁탁〉거리는 굉음이 들려왔다. 소리가 점점 더 또렷해지자 폴은 단번에 그것이 장갑차의 엄청난 엔진 소리임을 알아차렸다.

그러자 폴이 대원들에게 소리쳤다.

「어서 도랑으로 들어가라! 퇴비 더미 속에 몸을 숨기고, 일제 착검이다! 그리고 절대 아무도 움직이지 마라!」

그는 위험을 직감하고 있었다. 장갑차가 마을을 관통하여 중대를 향해 돌진할 수도 있었고, 공포를 불러일으키다 이내 다른 길로 도망칠지도 몰랐다.

폴은 서둘러 갈라진 참나무 고목 위로 기어올라가 길 쪽으로 늘어진 나뭇가지들 사이에 자리를 잡았다. 그러자 곧 장갑차가 모습을 드러냈다. 상당히 오래된 모델이어서 군인들의 철모가 삐죽이 밖으로 나와 있었지만 철판을 두른 괴물 같았다.

장갑차는 전속력으로 전진하면서 위험한 징후라도 보이면 즉각 덤벼들 기세였다. 장갑차 안에는 군인들이 잔뜩 등을 구부리고 있었는데, 그 숫자를 세어 보니 대략 여섯 명이었다. 그리고 두 대의 기관총이 앞으로 쭉 튀어나와 있었다.

폴은 어깨에 총을 장착하고 운전병을 겨눴다. 그 독일병은 덩치가 크고 얼굴은 핏빛으로 물든 것처럼 진홍색이었다. 폴은 침착하게 기회를 살피다가 이내 그를 겨냥해 방아쇠를 당겼다.

「돌격하라!」

폴은 나무에서 굴러 떨어지듯 뛰어내려 오며 외쳤다.

그러나 공격할 필요가 없게 되었다. 가슴에 총을 맞은 운전병은 의식이 남아 있었는지 순간 브레이크를 밟아 차를 멈추었다. 마침내 포위되었다고 생각한 독일군들은 두 손을 들었다.

「카머라트! 카머라트(Kamerad, 동지라는 뜻의 독일어 — 옮긴이)!」

갑자기 그들 중 한 명이 무기를 던지고 장갑차에서 뛰어내리더니 폴에게 달려왔다.

「전 알자스 인입니다. 중사님. 알자스 스트라스부르 출신이에요! 아! 중사님, 참으로 오랫동안 이 순간이 오기만을 기다려 왔습니다!」

대원들이 포로들을 마을로 데려가는 동안, 폴은 그 알자스 인에게 물어 보고 싶었던 질문을 서둘러 던졌다.

「장갑차는 어디서 오는 길이었나?」

「코르비니에서요」

「코르비니에는 사람들이 많은가?」

「거의 없습니다. 250명의 바덴(Baden, 독일 남서부에 있는 지방 — 옮긴이) 출신 후위대가 고작이지요」

「그럼 요새에는?」

「거의 비슷비슷합니다. 부서진 망루는 보수할 필요가 없다고 생각했는데 그만 기습 공격을 당하고 말았습니다. 그곳에서 자리를 지킬지 아니면 국경으로 퇴각할지 여부를 두고 그들은 망설이고 있습니다. 때문에 우리를 정찰대로 파견한 거랍니다」

「그럼, 우리가 진군할 수 있겠나?」

「네. 하지만 즉시 해야 합니다. 안 그러면 저들은 2개 사단 병력을 보강할 것입니다.

「언제쯤 말인가?」

「내일, 내일 정오경입니다. 2개 사단 병력이 국경을 넘어올 것입니다」

「빌어먹을! 시간이 없잖아」

폴이 말했다.

장갑차를 유심히 살피고 포로들로부터 무기를 압수하고 몸을 수색한 후, 폴은 앞으로 취할 방법에 대해 심사숙고했다. 바로 그때 마을에 남아 있던 부하들 중 한 명이 다가와 프랑스 분견대 1대대가 도착했다고 알렸다. 이어 중위 한 명이 폴을 찾고 있었다.

폴은 서둘러 그 장교에게 상황을 설명했다. 상황이 급박해졌으므로 즉시 행동을 취해야 한다고 알렸다. 그리고 자신이 탈취한 바로 그 장갑차를 타고 직접 정찰을 떠나겠다고 전했다.

「좋네. 난 마을을 지키겠네, 그리고 가능한 한 빨리 사단에 이 상황을 타진할 수 있도록 조치를 취하겠네」

그리하여 폴은 병사 여덟 명과 함께 장갑차를 타고 코르비니를 향해 질주해 나갔다. 그들 중 특별히 기관총을 맡은 두 병사는 열심히 작동법을 익히고 있었고 알자스 인 포로는 어디서든지 그의 철모와 군복이 눈에 띄도록 일어서서 지평선을 살피도록 했다.

겨우 몇 분도 안 되는 사이에, 어떠한 상의나 상세한 작전 내용에 대한 의견 교환 없이 이 모든 결정이 이루어졌다.

장갑차의 운전대를 잡으며 폴이 외쳤다.

「신의 가호가 있기를! 이보게, 친구들, 다들 끝까지 모험을 감행할 각오가 돼 있는가?」

「그 이상도 할 각오가 돼 있습니다, 중사님」

귀에 익은 한 목소리가 그의 바로 옆에서 대답했다.

바로 엘리자베스의 남동생인 베르나르 당드빌이었다. 베르나르가 제9중대에 소속되어 있었기 때문에 그나마 잠시 폴은 그를 피할 수 있었다. 아니, 적어도 그와 말을 하지 않을 수 있었다. 그러나 이 젊은이가 투지 넘치는 병사라는 점은 잘 알고 있었다.

「아! 너로구나」

폴이 말했다.

「여부가 있겠습니까. 부대 중위님과 함께 왔는데 매형이 장갑차에 올라 함께 갈 이들을 차출하는 걸 보고 기회다 싶었죠!」

베르나르가 즐겁게 외쳤다. 그러고는 이내 어색해하는 목소리로 이렇게 덧붙였다.

「매형의 명령을 받으며 멋지게 한방 쏠 기회가 온 거죠. 그리고 매형과 이야기할 기회도 생기고요……. 이제까지는 그럴 기회가 없었으니까……. 내가 기대했던 것과는 달리, 매형이 나와 함께 있다는 느낌도 안 들고……」

「그렇지 않아, 전혀…… 다만 걱정이 돼서……」

「누나 때문에요?」

「그래」

「이해해요. 하지만 그렇다고 해도 우리 사이가…… 뭐랄까…… 불편하게 느껴진다는 건 좀 이해가 안 돼요」

바로 그때, 알자스 인이 낮은 목소리로 상황을 알렸다.

「다들 몸을 숨기시오……. 독일 창기병들이요……!」

독일군 정찰대 1개 대대가 숲을 우회하면서 샛길에서 튀어나왔다. 장갑차가 그들 옆을 지나자, 알자스 인이 독일 정찰대에게 이렇게 외쳤다.
「동지들, 급히 서둘러 도망치시오! 저기 프랑스 군들이 있소……!」

이런 상황을 틈타 폴은 처남의 질문을 회피할 수 있었다. 그가 일부러 속력을 더 올리자 장갑차가 깨지는 듯한 굉음을 내며 언덕을 오르더니 이내 질풍처럼 내려갔다.

적의 분견대는 훨씬 수가 많았다. 알자스 인은 그들을 부르거나 수신호를 보내면서 즉각 퇴각하라고 부추겼다. 그러고는 웃으며 말했다.

「이거, 저들의 꼴을 보니 참 우습군요. 우리 뒤를 허둥지둥 마구 쫓아오네」

그리고 이렇게 덧붙였다.

「중사님, 미리 말씀드리지만 그런 속도로 가다간 코르비니 한복판에 놓이게 될 겁니다. 그걸 원하시는 겁니까?」

「아닐세. 도시를 훤히 내려다 볼 수 있는 곳에 이르면 멈출걸세」
폴이 말했다.

「한데 포위를 당하면 어떡하실 겁니까?」

「누구한테 말인가? 어쨌든 저 도망자들은 우리의 귀로를 막진 못할걸세」

그러자 베르나르 당드빌이 말을 거들었다.

「매형, 저는 매형이 귀로를 생각하리라고는 전혀 생각 못했는데요」

「사실, 전혀 생각을 안 하지. 왜 겁이 나?」

「오! 무슨 그런 말을!」

하지만 잠시 침묵을 지킨 후, 폴은 다소 누그러진 목소리로 다시 말했다.
「베르나르, 난 너를 데리고 온 것이 후회스럽다」
「매형이나 다른 이들보다 내게 위험이 훨씬 크단 말인가요?」
「아니」
「그럼, 제가 전혀 후회하지 않도록 해 주세요」
여전히 서 있던 알자스 인이 중사 위로 고개를 숙이며 가리켰다.
「저 우리 앞에 있는 종루의 꼭대기 보이시죠. 커튼처럼 드리워진 나무들 뒤로요. 저기가 바로 코르비니랍니다. 좌측 언덕 위로 비스듬히 올라가면 그곳에서 무슨 일이 일어나는지 훤히 다 볼 수 있을 겁니다」
이에 폴은 대꾸하듯 이렇게 말했다.
「코르비니에 들어가면 훨씬 더 잘 볼 수 있겠지. 너무 위험할 테지만……. 특히 자네는 포로이니, 아마 자네에게 총을 쏘려 할 거야. 그러니 코르비니에 닿기 전에 자네를 내려오게 해 줄까?」
「중사님, 절 뭐로 보시는 겁니까!」
어느 새 길은 마을로 들어가는 철길과 합쳐졌고, 이내 마을 어귀의 집들이 눈에 들어왔다. 그리고 몇몇 군인들의 모습도 보였다.
「저들에게 말 한마디 건네지 말게. 그들을 겁먹게 해선 안 돼……. 그렇지 않으면 저들은 결정적인 순간 배후에서 달려들지도 몰라」
폴은 코르비니 역을 알아보았다. 역은 완전히 점령된 상태였다. 도심까지 나 있는 대로를 따라 왔다갔다 하는 뾰족한 철모들이 보였다.
폴이 다급히 외쳤다.
「전진하라! 부대들이 집합해 있다면 분명 광장에 있을 것이다.

자, 기관총들은 준비됐겠지? 소총들도? 베르나르 내 것도 준비해라. 자, 첫 신호가 떨어지면 맘껏 총을 쏴라!」

장갑차는 맹렬하게 질주하더니 광장 한복판에 멈춰 섰다. 폴이 예측했던 대로, 100여 명의 군인들이 일제히 성당의 현관 앞에 집결해 있었고, 그들 옆에는 대검을 단 소총들이 다발로 놓여 있었다. 성당은 이제 잔해 더미에 묻혀 있었다. 광장의 거의 모든 집들은 폭격을 맞아 붕괴되어 있었다.

멀리 떨어져 있던 장교들은 그들이 정찰대로 보냈던 장갑차를 보자 환호성을 지르며, 쉴 새 없이 손을 흔들었다. 그들은 도시를 방어할지 여부를 결정하기 전에 장갑차가 돌아오기를 기다리고 있었던 것이 분명했다. 연락 장교들까지 합류한 듯 그들의 수는 참으로 많았다. 훤칠한 키의 장군 한 사람이 그들 모두를 굽어보고 있었다. 조금 떨어진 곳에는 자동차들이 주차하고 있었다.

도로에는 포석이 깔려 있었으나 인도와 광장이 전혀 구분되지 않았다. 폴은 도로를 따라가다, 장교들로부터 20미터 떨어진 곳에서 장갑차의 핸들을 급히 꺾었다. 그러자 그 무지막지한 기계는 군대가 모여 있는 곳으로 곧바로 돌진하여 그들을 뒤엎고 짓밟았다. 그러고는 옆으로 살짝 방향을 틀어 대검들과 소총 다발들을 모조리 빼앗고는 그들이 채 손쓸 틈도 주지 않고서 단번에 분견대의 중앙을 뚫고 들어갔다. 적들에게는 그야말로 죽음의 소용돌이이자, 대혼란이었다. 그들은 이리저리 도망쳤고 고통과 극심한 공포로 비명을 질러 댔다.

폴은 장갑차를 멈추고 이렇게 소리쳤다.

「일제 사격!」

그러자 광장 중앙에서 갑자기 나타난 그 난공불락의 토치카에서 총격이 시작되었다. 장갑차에 장착된 기관총 두 대에서 불길한 〈따다닥〉 소리가 터져 나왔다.

불과 5분 만에 광장은 사상자들로 뒤덮였다. 적의 장군과 장교들은 무기력하게 죽어 갔고, 살아남은 자들은 도망치기에 바빴다.

「사격 중지!」

폴이 다시 명령을 내렸다.

그는 장갑차를 역으로 내려가는 도로 끝까지 몰고 갔다. 역에 있던 군대들은 폭음 소리를 듣고 광장 쪽으로 달려왔다. 몇 차례 기관총을 발사하자 그들은 이내 이리저리 흩어졌다.

폴은 전속력을 내어 광장 주위를 세 바퀴 돌아 모든 접근로를 차단했다. 적들은 사방으로 흩어져 국경으로 향하는 대로나 오솔길을 따라 도망쳤다. 한편 코르비니 주민들은 집에서 뛰쳐나와 환호성을 질렀다.

그들에게 폴은 이렇게 지시했다.

「부상병들을 찾아 치료해 주시오. 그리고 성당의 종치기나 또는 종을 칠 줄 아는 사람이 있거든 불러 주시오. 다급한 일이오」

그러자 이내 성당지기가 나타났다. 폴은 그에게 이렇게 말했다.

「이보게, 경종을 울리게. 힘차게 말이야! 그리고 자네가 피곤해지면 다른 동무에게 대신하라고 해! 자, 어서 가게나……. 경종이야. 한시가 급해」

그것은 폴이 중위와 약속했던 신호였다. 그가 경종을 울리면 그것은 사단에게 계획이 성공했고 더 전진할 필요가 있음을 알리는 신호였다.

때는 오후 2시였다. 오후 5시가 되자, 참모 본부와 여단 병력이 코르비니를 장악했고, 75밀리 포병 중대도 몇 차례 포를 쏘았다. 밤 10시, 남은 사단 병력이 합류하면서 독일군은 요새 〈큰 요나〉와 〈작은 요나〉에서 쫓겨나 국경 앞까지 물러나 집결했다. 그리하여 새벽부터는 적들을 아예 국경 밖으로 내몰기로 결정했다.

「폴……」
저녁 점호를 마치고 폴과 함께 있던 베르나르가 말했다.
「폴, 저…… 할 말이 있어요……. 뭔가 매우 석연찮은 게 있어서…… 자꾸 맘에 걸려서요……. 매형이 한번 듣고 판단해 줬으면 해요. 좀 전에, 내가 성당 가까이에 있던 작은 길에서 산책을 하다가, 어떤 여자와 부딪혔거든요……. 점점 어둠이 깔리고 있어서 처음에는 그 여자의 행색을 분간하지 못했어요. 그런데 보도 위에 나막신 소리가 나기에 시골 아낙네인 줄 알았죠. 근데 내게 말하는 어투로 보니 영 시골 아낙 같지 않아 조금은 놀랐어요. 그 여자가 내게 이렇게 묻더군요.
〈이봐요, 뭐 좀 물어봐도 될까요……?〉
내가 그래도 된다고 하자, 이렇게 말하기 시작했죠.
〈그럼 한 가지 물어볼게요. 나는 여기에서 아주 가까운 작은 마을에 살고 있어요. 조금 전에 당신네 군대가 그곳에 있었을 때, 나도 그곳에 갔지요. 그 부대의 일원인 한 병사를 만나고 싶어서랍니다. 하지만 그가 속한 연대 번호를 몰라서요……. 그래요, 참 많이 변했을 거예요…….
그에게서 편지도 없었고…… 그도 내 편지들을 못 받았을 테니……. 오! 혹시라도 당신이 그를 알고 있다면 좋으련만……! 아주 용감한 젊은이지요!〉
그래서 내가 이렇게 물어봤어요.

〈부인, 혹시라도 제가 알고 있을지도 모르잖아요. 그 병사의 이름이 뭔가요?〉

〈들로즈, 폴 들로즈 하사라오.〉」

폴은 베르나르의 말에 놀라 소리를 질렀다.

「뭐라고! 나였단 말이야?」

「네, 바로 매형이었어요. 우연의 일치치고는 너무도 이상해 난 그 여자에게 우리 매형이라고 말하지 않고 그냥 매형의 연대와 중대 번호만을 알려 줬어요. 그랬더니 다시 이렇게 묻더라고요.

〈아! 그렇군요. 그럼 연대가 코르비니에 있나요?〉

〈예, 조금 전부터요.〉

〈그러면 젊은이, 당신도 폴 들로즈를 알고 있나요?〉

〈이름만 알고 있는데요.〉

사실, 매형, 내가 왜 그렇게 대답했는지 모르겠어요. 이내 나는 놀라는 기색을 감추려고 대화를 계속했죠.

〈그는 중사로 진급했고 일일 명령 하달 시에 수훈자로 거명되었다고 들었어요. 제가 더 알아보고 모셔다 드릴까요?〉

〈아직은 아니에요. 아직은 아니랍니다. 너무 떨릴 것 같아서요.〉

떨릴 것 같다니? 점점 더 알쏭달쏭했죠. 그 여자는 매형을 참 열심히 찾았으면서 직접 만나는 일은 뒤로 미루는 것 같았어요.

그래서 내가 다시 물었죠.

〈그에게 관심이 많으세요?〉

〈네, 많죠.〉

〈아주머니 가족이라도 되나요?〉

〈내 아들이랍니다.〉

코르비니의 촌부 93

〈네? 아주머니 아들이라고요!〉

분명 그때까지 그 여자는 내가 자신에게 심문을 하고 있으리라 추호도 의심하지 않았죠. 그러다 내가 너무 소스라치게 놀라자 마치 방어라도 하려는 듯 어둠 속으로 물러서더군요.

난 슬며시 호주머니에서 작은 손전등을 꺼냈어요. 그러고는 스위치를 누른 다음 그 여자에게 바싹 다가가 얼굴에 들이댔죠. 내가 그 같은 행동을 하자 그녀는 당황하며 잠시 꼼짝 않고 있더라고요. 이내 그 여자는 머리를 덮어썼던 숄을 다시 둘러쓰고, 예상 밖으로 세차게 내 팔을 쳐서 손전등을 놓치고 말았죠. 사방은 고요한 가운데 칠흑처럼 어두웠어요. 그 여자가 어디에 있었을까요? 내 앞에? 아니면 내 오른쪽이나 왼쪽에? 아무런 소리가 안 나서 그 여자가 어둠 속에 아직 남아 있는지 아니면 이미 떠나 버렸는지 도무지 짐작조차 할 수 없었죠……. 나중에 떨어진 손전등을 찾아 다시 켰을 때야 비로소 알게 되었죠. 그 여자가 급히 달아나느라 나막신 한 켤레를 놓고 갔거든요. 다시 그 여자를 찾아봤지만 허사였죠. 이미 온데간데없이 사라진 후였어요」

폴은 처남이 들려주는 이야기에 더욱 주의를 기울이며 귀담아들었다.

그러고는 이렇게 물었다.

「그럼, 그 여자의 얼굴을 보았어?」

「오! 아주 분명히 보았죠. 기백이 넘치는 강렬한 인상의 얼굴에…… 검은 눈썹과 머리…… 냉혹함도 느껴졌어요……. 그리고 복장은 농촌 아낙네처럼 입고 있었지만 너무 말끔하고 단정해서 일부러 변장한 듯한 느낌도 들었죠」

「나이는 어느 정도로 보였어?」

「마흔 살쯤이요」

「다시 보면 알아볼 수 있겠어?」

「그럼요」

「아까 숄을 걸쳤다고 했지? 색깔이 무슨 색이었어?」

「검은색이요」

「어떻게 매는 거였어? 매듭으로 매는 거였어?」

「아뇨, 브로치로 매는 거였죠」

「브로치는 카메오였나?」

「네, 둘레를 금으로 장식한 아주 큰 카메오였어요. 근데 매형이 어떻게 그걸 알아요?」

폴은 상당히 오랫동안 아무 말이 없었다가 이렇게 중얼거렸다.
「내일 오르느캥 성으로 가자. 그곳에 걸려 있는 초상화 한 점을 보여 줄게. 그걸 보면 네가 가까이서 봤던 그 여자와 놀랄 정도로 닮았다는 걸 알게 될 거야……. 자매 사이라면 몰라도…… 너무 닮았단 말이야……. 혹 그게 아니라면…… 혹시라도……」
폴은 처남의 팔을 잡고 이렇게 설득했다.
「잘 들어, 베르나르. 우리 주변에는 과거와 현재 모두 끔찍한 사실들이 존재한다고……. 그건 내 삶과 엘리자베스의 삶을 짓누르고 있어……. 결과적으로는 너의 삶 또한 짓누를 거야. 그것들은 아주 무시무시한 심연이지. 그 속에서 나는 발버둥을 치고 있고 내가 모르는 적들은 20년 전부터 내가 전혀 이해할 수 없는 어떤 계략을 계속 추진해 오고 있어. 그 싸움이 시작되자마자, 나의 부친은 살해당하셨지. 그리고 오늘, 그들은 바로 나를 공격하고 있지. 베르나르, 네 누나와 나의 결혼은 깨졌어. 그리고 더 이상 아무것도 우리 둘 사이를 가까워지게 만들 수 없단다. 마찬가지로, 너와 나 사이에도, 예전에는 기대했을 만한 우정과 신뢰를 가능하게 해 줄 무언가가 이제 더 이상 없단다. 베르나르, 왜냐고 묻지 마. 또 더 알려고도 하지 마. 아마도 어쩌면 언젠가는, 난 그날이 오길 바라지 않지만, 언젠가 때가 되면 왜 내가 잠자코 있어 달라고 했는지 그 이유를 알게 될지도 모르니까」

폴이 오르느캥 성에서 본 것

이른 새벽부터 울려 대는 나팔 소리에 폴 들로즈는 잠을 깼다. 그리고 뒤이어 대포 소리가 들려와 싸움이 시작됐음을 알 수 있었다. 프랑스 포병 중대의 75밀리 속사포의 짧고 메마른 소리와 독일 포병대의 77밀리 속사포의 거칠고 요란한 소리가 서로 맞서고 있었다.

「매형, 가죠? 아래에 커피가 준비됐어요」

베르나르가 말했다.

매형과 처남은 포도주 가게 위층의 방 두 개를 얻어 사용하고 있었다. 푸짐한 아침 식사를 하면서, 폴은 자신이 지난밤 코르비니와 오르느캥의 점령을 위해 수집했던 정보들을 이야기하기 시작했다.

「8월 19일 수요일만 해도, 코르비니 주민들은 전쟁의 공포가 비켜 갔다며 매우 기뻐했겠지. 당시 전쟁은 알자스 지방과 낭시

(Nancy, 프랑스 북동부 로렌 지방의 뫼르트에 모젤 현의 주도—옮긴이) 바로 앞까지 벌어지고 있었으니까. 물론, 벨기에에서도 교전이 있었지. 하지만 독일군은 리즈롱 계곡의 침투로에 대해선 별로 신경 쓰지 않았던 것 같아. 사실 이곳은 협소하기도 하고 또 겉으로 보아선 별로 중요치 않아 보였겠지. 코르비니에서 1개 여단이 적극적으로 방어 작전을 펴고 있었고, 사람들은 큰 요나와 작은 요나 요새에 있는 콘크리트 회전식 포탑(砲塔, 적의 화기나 공중 포격으로부터 포, 사수, 포실 등을 방호하기 위한 목적으로 만든 강철제의 장갑 구조물—옮긴이) 아래에서 만반의 준비를 하고 기다렸다는군」

「그럼, 오르느캥은요?」

「당시 오르느캥에는 엽보병 중대가 있었어. 그 중대의 장교들은 성에서 거주했지. 그리고 엽보병 중대는 용기병 분견대 1대대의 지원을 받아 밤낮으로 국경선을 따라 순찰을 돌고 있었지.

비상사태가 터지면 즉시 이를 요새에 알리고 강력하게 저항하며 퇴각하도록 되어 있었던 거야.

그런데 그 수요일 저녁은 너무도 고요했다더군. 용기병 대여섯 명이 국경을 넘어 독일의 에브르쿠르트가 보이는 곳까지 구보를 했대. 그런데 우리 편도 그랬지만 에브르쿠르트까지 닿아 있는 철로 위에서도 아무런 군대의 움직임이 없었대. 평화로운 상태로 밤이 지나가는 듯했지. 단 한 차례의 총성도 없었으니까. 그리고 확인한 바로는 새벽 2시까진 단 한 명의 독일 병사도 국경을 넘지 않았다고 했거든. 그런데 바로 정각 2시에 어마어마한 폭음이 한 차례 울렸다는군. 그리고 뒤이어 매우 짧은 간격으로 폭음이 네 차례 들렸고. 그 다섯 차례의 폭음은 독일군이 쏜 420밀리 대포의 포탄 5발이 단 한 방에 큰 요나의 회전식 포탑 세 채와 작은 요나의 회전식 포탑 두 채를 날려 버릴 때 났던 거였지」

「뭐라고요! 하지만 코르비니는 국경에서 24킬로미터나 떨어져 있잖아요. 420밀리의 포탄은 사정 거리가 그렇게까지 멀진 않을 텐데!」

「어쨌든, 코르비니에 다시 대형 포탄 여섯 발이 떨어져 성당과 광장을 파괴했어. 그런데 바로 그 포탄 여섯 발은 20분 뒤에 떨어졌다더군. 그러니까 그 시각은 비상 경계령이 떨어진 후 코르비니에 주둔해 있던 수비대가 광장으로 집합할 즈음이었던 거지. 사실, 일은 그렇게 일어났던 거야. 그로 인해 초래된 참상이 어떠했을지 너도 짐작할 수 있겠지」

「그럼요. 하지만 다시 말하지만 국경은 24킬로미터 떨어져 있다고요. 그 정도 떨어진 거리라면 포격이 있은 후에도 아군은 군대를 재정비하고 공격에 대비할 시간이 충분히 있었을 거예요. 적어도 서너 시간은 충분히 있었을 거라고요」

「그러나 실제 채 15분도 안 되었지. 포격이 끝나기가 무섭게 공격이 시작됐거든. 공격이라? 사실 그렇지도 않았지. 우리 아군, 그러니까 코르비니의 군대가 요새 두 곳에서 달려 나왔을 때 이미 대다수가 죽거나 패주한 상태였고, 남은 군사들은 적들에게 둘러싸여 제대로 저항 한번 못하고 학살을 당하거나 항복할 수밖에 없었거든. 너무도 갑작스럽게 일어난 일이었지. 마치 눈부신 조명 아래 서 있어서 자신이 어디에 있는지 또 뭘 어떻게 해야 할지 모르는 것처럼 말이야. 그렇게 해서 상황은 즉각 종료되었지. 단 10분 만에 코르비니는 적들에게 포위되고, 공격을 받고, 빼앗겨 점령을 당한 셈이지」

「그럼, 적들은 어디서 온 건가요? 도대체 어디서 나온 거냐고요?」

「그걸 도무지 모르겠어」

「그럼 국경에 있던 야간 순찰대들도 못 봤대요? 경비 초소들은요? 아님 오르느캥 성에 파견된 중대는요?」

「전혀. 그들에게선 아무런 소식도 없어. 경계를 서고 유사시에 알리라는 임무를 받은 사람들이 무려 300명이나 되는데 전혀 그들에 관한 아무런 소식을 들을 수 없다니, 이게 말이 돼? 이제 코르비니 주둔군은 도망친 패잔병들이나 주민들이 신원을 파악하여 묻어 주었던 전사자들 가운데에서 재편성되어야 할 판이야. 그런데 그 오르느캥의 엽보병 300명은 흔적도 없이, 그림자도 남기지 않고 모두 사라져 버린 거야. 도망친 것도 아니고, 그렇다고 부상당한 것도 아니고, 죽은 건 더 더욱 아니란 말이지. 나 원, 참……」

「도무지 믿기지 않아요. 사람들에게 물어보긴 했어요?」

「어제 밤 열 명의 사람들에게 물어봤지. 그들은 한 달 전부터 코르비니 경비를 책임지고 있는 독일 국민병(國民兵)의 감시를 피해 가며 이 모든 문제에 대해 세심히 조사해 왔지만 그럴듯한 가설조차 세우지 못하고 있어. 단 한 가지 확실한 건, 이 사건이 이미 오래전부터 아주 치밀하게 준비되어 왔다는 거야. 요새들, 회전식 포탑들, 성당, 광장의 위치가 정확히 파악당했고, 대포들도 진지에 미리 배치되어 정밀하게 조준돼서 열 한 발의 포탄이 정확히 열한 개의 목표 지점에 닿도록 되어 있었던 거야. 자, 내 이야기는 이게 다야. 나머지는 아직도 오리무중이야」

「그럼 오르느캥 성은요? 그리고 누난요?」

폴은 자리에서 일어났다. 나팔 소리가 아침 점호 시간임을 알리고 있었다. 집중 포격은 한층 심해지고 있었다. 폴과 베르나르는 함께 광장으로 향했고 폴은 다시 말을 계속했다.

「그 또한 풀리지 않고 있어. 어처구니없게도 말이야. 아니 어쩌면 더 한층 얽힐지도 모르지. 적들은 코르비니와 오르느캥 사이의 평원을 가로지르는 길 하나를 막아 놓고 통행을 제한하면서 아무도 절대 건너지 못하도록 하고 있어, 만일 그걸 어길 경우 죽이겠다면서 말이야」

「그럼, 누나는요?」

베르나르가 다시 물었다.

「모르겠어. 그 이상은 아무것도 몰라. 그리고 끔찍하게도 죽음의 그림자가 모든 것과 모든 사건들 위로 드리워졌다는 거야. 이렇게 나도는 소문의 근거지를 확인해 보지 못했지만 성 근처에 있던 오르느캥 마을은 더 이상 존재하지 않는 것 같아. 완전히 파괴되어, 아니 그보다는 제거되었다는 표현이 나을 것 같아. 400여 명의 그곳 주민들이 포로가 되었다는군. 그렇다면……」

목소리를 낮춘 폴은 떨면서 이렇게 말했다.

「그렇다면 말이야, 그들은 성에다 무슨 짓을 한 걸까? 지금도 성은 보이긴 해. 멀리서 망루와 벽은 눈으로 확인할 수 있지. 저 성벽 뒤에서 도대체 무슨 일이 일어났을까? 그리고 엘리자베스에게 무슨 일이 생겼을까? 그녀가 저 짐승들 속에서 혼자 모든 능욕에 노출된 채 지낸 지도 이제 4주가 되어 가는데 말이야. 아, 가엾은 사람……!」

그들이 광장에 도착하자 해가 막 떠오르고 있었다. 폴은 대령의 부름을 받았고, 대령으로부터 사단장이 전하는 열정 어린 치하의 말을 전해 들었다. 또한 대령은 그에게 십자무공 훈장과 소위 계급으로 특진이 추천되었다는 말과 소대의 지휘권이 부여됐다고 알려 주었다.

그리고 대령은 웃으며 이렇게 덧붙였다.

「내가 전하려는 말은 그게 다네. 하지만, 자네가 바라는 게 있다면 말해 보게」

「두 가지 있습니다. 대령님」

「어서 말해 보게」

「우선, 이곳에 함께 있고 저의 처남이기도 한 베르나르 당드빌이 지금부터 제 소대의 하사로 배치됐으면 합니다. 그는 그럴 만한 자격이 있습니다」

「그렇게 하겠네. 그 다음은?」

「그 다음은, 잠시 후 국경으로 향할 때, 같은 길에 위치한 오르느캥 성으로 제 소대가 갔으면 합니다」

「그 말은 곧 자네 소대가 성의 공격을 맡겠다는 말인가?」

그러자 폴은 불안해하며 물었다.

「지금 뭐라고 말씀하셨습니까? 공격이라뇨? 적들은 그 성에서 6킬로미터 떨어진 국경을 따라 집결하고 있지 않습니까?」

「어제까지는 다들 그런 줄 알고 있었지. 허나 실제 저들이 모여 있던 곳은 오르느캥 성이었다네. 오르느캥 성은 적들이 지원군이 오기만을 기다리며 악착같이 지키기에 좋은 최상의 방어진지란 말일세. 그 증거는 바로 적들이 반격을 한다는 사실이네. 자, 저기 우측 아래를 보게. 포탄이 터지는 게 보이지. 저 멀리로는 유산탄이…… 둘…… 셋…… 보이고. 저들이 인근 언덕에 우리가 배치한 포대들의 위치를 파악하고 모두 전멸시키기 위해 퍼붓고 있네. 저들은 적어도 포대 20여 문(門)을 가지고 있을 걸세」

「그렇다면…… 그렇다면 우리 포병 중대들의 조준 방향은……」
폴은 너무도 끔찍한 생각이 떠올라 괴로워하며 말을 더듬었다.
「저들을 향하고 있지. 그건 두말할 필요가 없지 않나. 75밀리 포병 중대가 오르느캥 성을 포격한 지 한 시간은 족히 될걸세」
이 말에 폴은 그만 소리를 질러 버렸다.
「대령님, 지금 뭐라고 하셨습니까? 오르느캥 성이 포격을 받고 있다니……」
폴 옆에 있던 베르나르 당드빌도 고통에 짓눌린 듯한 목소리로 그가 했던 말을 반복했다.
「포격을 받다니요, 그게 있을 수 있습니까?」
그들이 보인 뜻밖의 반응에 놀란 장교가 물었다.
「자네들 그 성을 알고 있나? 자네들 거라도 되는가? 그래? 아니면 그곳에 아직도 살고 있는 친척들이라도 있나?」
「제 아내가 살고 있습니다. 대령님」
폴의 얼굴은 너무도 창백했다. 그는 애써 감정을 조절하여 흔들리지 않으려고 했지만 그의 손은 조금씩 떨리고 있었고, 턱에선 경련이 일었다.
육중한 리마일로 대포 세 문이 견인차를 통해 〈큰 요나〉 요새 위로 들어올려지면서, 75밀리 포대로 고집스레 계속되던 공격에 힘을 실어 주고 있었다. 그러나 폴 들로즈의 발언 이후 그 같은 공격은 오히려 모두에게 끔찍한 의미를 띠게 되었다. 대령과 그 자리에 있던 다른 장교들은 아무 말이 없었다. 이제 상황은 치명적인 모습으로 변해 버렸고, 전쟁은 소름 끼치도록 끔찍한 비극으로 치닫고 있었다. 자연의 재앙보다 더 거세게, 그리고 그만큼 맹목적이고 부당하며 무자비하게 전개되는 상황이었다. 이제는 도저히 손쓸 방도가 없었다. 그 자리에 있던 사람들 가운데 그 누구도 선뜻 나서 사격을 중지하거나 그 강도를 줄여야 한다고 말할 생각조차 하지 못했다. 그리고 폴 역시 그러한 생각을 하지 못했다.

다만 이렇게 중얼거렸다.

「적의 포화가 조금은 수그러든 것 같습니다. 어쩌면 퇴각을 하고 있을지도……」

그러나 그 같은 희망은 포탄 세 발이 도시 아래 성당 뒤편에 떨어져 폭발하면서 여지없이 깨졌다. 대령은 고개를 저었다.

「퇴각을 한다고? 아직은 아니네. 그곳은 그들에게 너무 중요한 곳이기에 지원군을 기다리고 있을 게야. 저들은 우리 연대가 행동을 개시한 후에나 포기할걸세……. 그러니 더 늦출 수도 없는 일이라네」

실제 몇 분 후 전진하라는 명령이 대령에게 하달되었다. 연대는 도로를 따라 오른쪽에 위치한 평원 속으로 골고루 펴져 나갔다.

대령이 장교들에게 말했다.

「자 갑시다, 제군들. 폴 들로즈 중사의 소대가 선두에 나설 것이오. 중사, 가야 할 목표 지점은 바로 오르느캥 성이네. 그곳으로 가는 작은 지름길이 두 곳 있으니 그리로 가면 될걸세」

「예, 알겠습니다. 대령님」

폴은 부하들과 함께 길을 떠났다. 그의 모든 고통과 분노는 한층 심해져 행동의 욕구로 표출되었다. 그는 분노에 휩싸여 힘이 한없이 솟아나는 듯했고, 혼자서도 적진을 정복할 수 있을 것만 같았다. 그는 양떼를 모는 양치기 개처럼 지칠 줄 모르고 서둘러 이 길에서 저 길로 옮겨 갔다. 그는 부하들에게 권고와 격려의 말을 끊임없이 했다.

「이봐, 자네. 자네는 좋은 녀석이지. 내가 잘 아네. 그러니 약해지지 말게……. 자네도 마찬가지야……. 다만 자넨 너무 목숨에 연연하지. 그리고 그냥 웃어넘길 일에도 너무 투덜거리지……. 그렇지 않은가, 이보게 제군들, 웃어넘겨야 되지 않겠나? 기왕에 해야 하는 일이라면, 전적으로 뒤도 돌아보지 말고 해야 되지 않겠어? 안 그런가?」

그들 바로 위로 포탄들이 창공을 가르며 지나가고 있었다. 때로는 휘파람 소리를 내면서 또 때로는 구슬픈 소리를 내며 하늘에 궁륭을 그리는가 싶더니 이내 폭발했다.

「머리를 숙이고 엎드려!」

폴이 외쳤다.

그러나 폴은 적들의 포격에 아랑곳하지 않고 그대로 서 있었다. 오히려 뒷쪽의 인근 사방 언덕에서 들려오는 아군의 포격 소리에 매우 불안해하고 있었다. 그것은 파괴와 죽음을 들고 앞으로 전진하는 소리처럼 들렸다. 저건 어디로 떨어질까? 또 이건? 대포알들과 파편들을 쏟아 붓는 살인의 비가 또 어디로 내릴 것인가? 그리고 이 말을 여러 번 되뇌였다.

〈엘리자베스! 엘리자베스……!〉

상처입고 고통스러워하고 있을 아내의 모습이 떠올라 그를 괴롭혔다. 이미 여러 날 전부터, 그러니까 엘리자베스가 오르느캥 성을 떠나길 거부했음을 알게 된 후부터 그는 그녀를 생각하면서도 격분하여 치를 떨거나 화를 내지 않게 되었다. 그는 더 이상 과거의 혐오스런 기억들과 그가 사랑하는 아름다운 여인을 뒤섞지 않았다. 증오하는 여자를 떠올릴 때에도 아내가 그녀의 딸이라는 생각이 들지 않았다. 두 사람은 전혀 다른 종족이었고 둘 사이에는 아무런 관계가 없었다. 그녀는 자신의 생명보다 더 소중히 여기는 의무를 따르고자 용감하게 생명의 위험을 무릅썼다. 그런 그녀가 폴의 눈에는 너무도 고귀해 보였다. 그녀는 그가 사랑하고 아끼던 여인이었고 또 아직도 그가 사랑하는 여인이었다.

폴은 멈춰 섰다. 그리고 위험을 무릅쓰고 부하들과 시야가 좀 더 트인 지역으로 나아갔다. 그러자 이내 위치를 추적당했는지 적들이 포탄을 퍼부어 대기 시작했다. 병사 여러 명이 쓰러졌다.

「정지! 모두 땅에 엎드려!」

폴은 그렇게 명령을 내린 후 베르나르를 붙들었다.

「너도 엎드려야지! 왜 쓸데없이 서 있는 거야? 거기 잠자코 있어……. 꼼짝하지 말고……」

폴은 그를 땅바닥에 엎드리게 한 후 애정 어린 몸짓으로 그를 붙잡고 팔로 목을 감싸면서 다정하게 말했다. 마치 사랑하는 엘리자베스를 대신하여 모든 애정을 처남에게 쏟으려는 것처럼. 그는 자신이 전날 저녁 베르나르에게 했던 모진 말들을 잊어버린 듯 했고, 자신이 그토록 거부해 왔던 애정 어린 말들을 그에게 하고 있었다.

「꼼짝하지 말고 있어야지! 너도 알잖아. 널 이 들끓는 화덕 같은 전쟁터에 데리고 오지 말았어야 했어. 난 네게 책임이 있어. 네가 다치는 것을 원치 않아……」

차츰 포화가 수그러들었다. 병사들은 포플러 나무들이 양 갈래로 줄지어 늘어선 곳까지 기어갔고 그 길을 따라 전진해 나갔다. 그 길은 움푹한 길이 하나 나올 때까지 능선을 향해 완만한 경사를 이루고 있었다. 폴은 비탈길을 기어 올라가 오르느캥 고원을 내려다보았다. 저 멀리 폐허가 된 마을과 허물어진 성당이 눈에 들어왔다. 좀 더 왼편으로 돌무더기와 나무들이 어지러이 뒤섞인 가운데 성벽들이 모습을 드러냈다. 바로 오르느캥 성이었다.

사방을 둘러보니 농장들, 건초 더미, 창고들 할 것 없이 모두가 화염에 휩싸여 있었다…….

뒤로는 프랑스 군대가 사방으로 흩어지고 있었다. 포병 중대 1대대는 인근 숲을 은신처로 삼아 자리를 잡고서 연신 쉴 새 없이 포탄을 쏘아 대고 있었다. 저만치 성 위쪽과 폐허들 사이로도 포탄이 치솟아 오르는 게 보였다.

그 같은 광경을 더 이상 보고만 있을 수 없던 폴은 다시 소대의 선두로 돌아와 자리를 잡았다. 바로 그때 적의 대포가 일제 사격을 멈추더니 갑자기 잠잠해졌다. 그러나 그 후, 폴의 소대가 오르느캥으로부터 3킬로미터 떨어진 곳에 이르렀을 때, 주위에서 포탄들이 빗발치기 시작했다. 그제야 폴은 저 멀리 독일 분견대가 포화를 퍼부으며 오르느캥 성으로 퇴각하고 있다는 걸 알아차렸다.

그런 데도 프랑스 군의 75밀리 포와 리마일로 포는 여전히 으르렁대고 있었다.

폴은 베르나르의 팔을 붙잡고 떨리는 목소리로 이렇게 말했다.
「내게 만일 불행이 닥치면, 엘리자베스에게 내가 용서를 청하더라고 전해라. 그래, 내가 용서를 청하더라고……」

그는 갑자기 다시 아내를 만나지 못할까 봐 두려움에 사로잡혔다. 그리고 아내의 잘못이 아니었는 데도 죄인으로 취급하여 그녀를 내버리고 모진 고통을 겪게 했다는 생각에 자신이 결코 용서받지 못할 잔혹한 짓을 그녀에게 저질렀음을 깨달았다. 그는 걸음을 재촉하며 오르느캥 성을 향해 나아갔고, 부하들이 멀리서 따르고 있었다.

그런데 리즈롱 계곡이 한눈에 들어오면서 지름길이 대로로 통하는 지점에 이르렀을 때, 폴은 자전거병 한 사람과 마주쳤다. 그는 대령의 명령이라며, 총공격을 위해 연대 전체가 올 때까지 소대는 기다려야 한다고 전했다.

그러나 폴에게 그 명령은 가장 견디기 힘든 시련처럼 여겨졌다. 폴은 끓어오르는 흥분에 사로잡혀 신열과 분노로 치를 떨었다.

「자, 매형, 너무 흥분하지 말아요! 우린 제때 도착할 수 있을 거예요」

「제때라고…… 뭘 하기 위한 제때……? 죽었거나 다친 그녀를 발견하기에 딱 좋은……? 아니면 그녀를 전혀 찾을 수도 없는 제때란 말인가? 그리고 또 뭐라고! 저 빌어먹을 우리 대포들이 가만히 있을 수 없다니? 적들은 이제 더 이상 응수도 하지 않는데 왜 지금도 포격을 계속하고 있는 거야? 시신들…… 파괴된 집들밖에 더 남았겠느냐고……」

「독일의 퇴각을 엄호하는 후위대 때문이겠죠」

「그래, 바로 그래서 우리 보병들이 여기 있는 거 아니겠어? 그게 바로 우리가 해야 할 일이잖아. 전면적인 포격을 개시하고 이 대검을 들고 공격하는 거 말이야……」

마침내 소대는 제3중대의 잔여 병력의 지원을 받고 대위의 지휘 아래 다시 진격을 시작했다. 경기병 일개 분견대가 독일 패잔병들의 퇴로를 차단하고자 마을을 향해 그곳을 구보로 지나갔다. 한편 중대는 성을 향해 옆길로 빠졌다.

앞으로 나아가는 길에 오직 죽음 같은 정적만이 흘렀다. 어쩌면 함정일지도 몰랐다. 그토록 견고하게 방어하고 바리케이드를 쳤던 적의 병력이 최후의 저항을 준비하고 있단 말인가? 그러나 성의 앞뜰까지 나 있는 오래된 참나무 오솔길에는 수상한 조짐이 전혀 보이지 않았다. 단 한 사람도 보이지 않았고, 어떠한 소리도 들리지 않았다.

폴과 베르나르는 여전히 선두에서, 소총 방아쇠에 손가락을 댄 채 예리한 시선으로 작은 초목들 사이로 보이는 희미한 빛들을 훑고 있었다. 가장 가까운 위치에 있던 성벽의 크게 벌려진 틈 사이로 연기 기둥이 피어오르고 있었다.

가까이 다가가니 어디선가 신음소리와 거친 숨소리, 그리고 찢어질 듯한 탄식이 들려왔다. 독일 부상병들이었다.

그런데 갑자기 성벽의 또 다른 면에서, 마치 땅속에서 지진이 일어나 지표 밖으로 뚫고 나온 것처럼, 지축이 흔들리는 소리가 들려왔다. 그것은 대단한 폭발이었다. 폭발이 계속 이어지자 마치 천둥 소리가 되풀이되는 것 같았다. 모래와 먼지 구름으로 가려져 사방이 어두웠고 온갖 종류의 장비들과 잔해들이 하늘로 치솟아 올랐다. 적들은 성을 폭파시키고 있었던 것이다.

「어쩌면, 저건 우리를 겨냥했던 걸지도 몰라요. 우리도 함께 폭파시키려 했을 거예요. 근데 측정을 잘못했나 봐요」

베르나르가 폴에게 한 말이었다. 그들이 철책을 넘어 들어갔을 때, 펼쳐진 성안 광경은 너무도 참혹했다. 정원은 뒤엎어져 있고, 망루는 가운데 부분이 포탄을 맞아 둘로 갈라져 있었다. 한마디로 성은 완전히 파괴된 상태였다. 부속 건물들은 아직도 화염에 휩싸여 있었고, 죽어 가는 이들은 마지막 몸부림을 치고 있었다.

다. 그들이 한쪽으로 차곡차곡 쌓여 있는 시체들을 보았을 때 너무도 끔찍스러워 뒤로 물러설 수밖에 없었다.
　말을 타고 달려온 대령은 이렇게 외쳤다.
「전진! 전진이다! 정원을 가로질러 퇴주하는 군대가 있을지도 모른다」
　폴은 그 길을 잘 알고 있었다. 이미 몇 주 전 그는 너무도 비극적인 상황에서 그곳을 둘러보지 않았던가. 그는 잔디밭을 가로질러 돌무더기와 뿌리 뽑힌 나무들 사이로 달려갔다. 그러나 숲의 입구에 있던 작은 별채가 눈에 들어오자 그는 걸음을 멈추고 제자리에서 꼼짝도 하지 않았다. 그를 뒤따라오던 베르나르와 다른 모든 부하들도 끔찍한 광경에 경악을 금치 못하며 벌어진 입을 다물 줄 몰랐다.
　별채의 벽면에는 시신 두 구가 한 사슬로 배 부분이 휘감긴 채 벽 고리에 묶여 있었다. 그리고 시신들의 상체는 배에 묶인 사슬 앞쪽으로 기울어져 있어, 팔들이 땅바닥까지 축 늘어져 있었다.
　남자와 여자의 시체였다. 폴은 단번에 제롬과 로잘리임을 알아보았다. 총살을 당한 것 같았다.
　그들 옆으로 사슬이 계속 이어졌다. 세 번째 고리가 벽에 고정되어 있었다. 회반죽 벽은 피로 얼룩져 있었고 포탄 자국도 선명했다. 분명 또 다른 세 번째 희생자가 있었고 그 시체는 치워진 게 분명했다.
　폴은 벽면에 다가가, 회반죽 벽 속에 박혀 있던 포탄 파편 하나를 발견했다. 그리고 회반죽 벽과 포탄 조각 사이, 총알 구멍 가장자리에서 머리카락 한 줌을 찾아냈다. 황금빛 머리카락, 엘리자베스의 머리카락이 분명했다.

H. E. R. M.

 순간, 폴은 절망과 공포를 느끼기보다는 무슨 수를 써서라도, 지금 당장 복수를 해야겠다는 분노에 사로잡혔다. 그는 주위를 둘러보았다. 정원에서 신음하며 죽어 가는 적의 부상병들이 모두 그 끔찍한 살인을 저지른 죄인들처럼 보였다.
 「이 비열한 놈들! 이 살인마들……!」
 그는 이를 갈았다.
 「확, 확실해요……? 그, 그게 정말 누나 머리카락이 확실하냐고요?」
 베르나르가 더듬거리며 물었다.
 「그럼, 물론이지. 놈들이 저 두 사람처럼 누나를 총살했을 거야. 난 저 두 사람을 잘 알고 있어. 성의 관리인과 그 아내라고. 아! 가엾은 사람들……」
 폴은 풀밭 위에서 간신히 기어가고 있던 독일 병사 하나를 발견하곤, 이내 총을 들어 개머리판으로 그를 내리치려고 했다. 바로 그때, 대령이 그 모습을 보고 그의 곁으로 다가왔다.

「이보게, 들로즈 중사, 무슨 짓인가? 그리고 자네 중대는 어디 있나?」

「아! 대령님! 지금 제 심정을 모르셔서 그러시는 거죠……」

폴은 상관에게 달려들었다. 그는 정신 나간 사람처럼 총을 휘두르며 이렇게 말했다.

「저들이 죽였다고요, 대령님. 저자들이 제 아내를 총살했다고요……. 자, 저 벽을 좀 보세요. 아내를 시중들던 사람들이었답니다. 저 두 사람도 총살당했습니다. 대령님, 제 아내는 겨우 스무 살이었습니다……. 아! 저자들을 깡그리 없애 버려야 해요. 개떼처럼 싹 없애야 한다고요……!」

그러자 베르나르가 그를 잡아끌었다.

「시간을 낭비해선 안 돼요, 매형. 싸울 수 있는 놈들에게 복수를 하자고요……. 저쪽에서 총성이 들렸어요. 포위된 자들이 있는가 봐요」

폴은 이제 자신이 어떤 행동을 하는지조차 의식하지 못했다. 그는 처남의 손을 뿌리치고 고통에 짓눌리고 격분하여 제정신을 잃은 듯 가던 길을 마저 걸었다.

10분 후, 그는 중대에 다시 합류하여, 예배당이 보이는 곳에 위치한 교차로를 지나갔다. 그곳은 그의 아버지가 단도에 맞아 쓰러졌던 곳이었다. 좀 더 멀리 성벽 쪽을 바라보니, 전에 있던 쪽문을 대신하여 큰 구멍이 나 있었다. 그곳을 통해 성안으로 보급 수송차가 드나들었던 것 같았다. 거기서 800미터 떨어진 평원 한가운데 샛길과 큰 대로가 만나는 지점에서 총격이 맹렬히 벌어지고 있었다.

　10여 명의 패주병들이 길을 따라 쫓아온 경기병들에게 포위된 가운데 활로를 찾아 도망치고 있었다. 하지만 이제 그들은 폴이 이끄는 중대의 배후 습격을 받아 큰 나무들과 잡목들이 우거진 얼마 안 되는 네모진 땅으로 피신했다. 그들은 그곳에서 사력을 다해 저항하고 있었다. 하지만 곧이어 그들은 한발 한발 뒤로 물러났고, 차례대로 쓰러져 갔다.

「왜 저들은 그냥 퇴각하지 않고 저항을 할까? 뭔가 시간을 벌려고 하는 것처럼 말이야」

　잠시도 쉬지 않고 정신없이 총을 쏘아 대던 폴이 중얼거렸다. 싸움에 대한 그의 열정도 조금씩 가라앉고 있었다.

「저길 봐요!」

　베르나르가 상기된 목소리로 외쳤다.

　나무들 아래, 독일 병사들을 가득 실은 자동차 한 대가 국경에서 이쪽을 향해 오고 있었다. 지원군이란 말인가? 아니었다. 자동차는 즉시 방향을 틀었다. 그런데 그 차와 관불 숲에서 마지막까지 싸우고 있던 병사들 사이에, 커다란 회색 망토를 두른 한 장교가 서 있는 것이 아닌가! 그는 손에 권총을 들고 병사들에게 저항할 것을 독려하면서, 정작 그 자신은 그를 구하고자 보낸 차를 향해 뒷걸음질치고 있었다.

「저길 좀 봐요, 매형, 저기」

　베르나르가 반복해서 말했다.

　폴은 아연실색하고 말았다. 베르나르가 가리킨 그 장교는, 바로…… 아니, 도저히 받아들일 수 없지 않은가. 하지만…… 그는 베르나르에게 물었다.

「뭘 말하고 싶은 거지, 베르나르?」

「똑같은 얼굴이에요. 어제 본 그 얼굴과 같다고요, 매형. 어제 저녁 매형에 관해 내게 물었다던 바로 그 여자 말이에요!」

그러자 폴도 그를 알아보았다. 조금의 망설임도 없었다. 정원의 쪽문 옆에서 그를 죽이려고 했던 바로 그 수수께끼의 인물, 아버지의 살인자이자 초상화의 여인이며 엘리자베스와 베르나르의 어머니인 헤르민 당드빌과 상상할 수 없을 정도로 너무 닮았던 사람. 베르나르는 총을 어깨에 대고 겨누었다.

「안 돼, 쏘지 마!」

베르나르의 동작에 놀란 폴이 외쳤다.

「왜요?」

「그를 생포하도록 하자」

폴은 증오감에 사로잡혀 달려들었다. 그러나 장교는 이미 자동차까지 달려간 상태였다. 독일 군사들이 이미 그자의 손을 잡았고 그를 끌어올리고 있었다. 폴은 단 한 방에 운전병을 맞혔다. 그러자 자동차는 방향을 잃고 나무에 부딪히려 했다. 그 순간 장교가 핸들을 잡았다. 그자는 차체를 바로 잡고 아주 능숙하게 장애물들을 피하더니 울퉁불퉁한 곳을 벗어나 이내 국경으로 향했다.

결국 그를 놓쳐 버리고 만 것이다.

그자가 총알 세례를 피하고 사라지자마자, 그때까지 맞서 싸우던 적들은 항복하기 시작했다.

폴은 분노가 솟구쳐 올랐지만 어쩔 수 없는 일이었다. 그에게 그자는 말 그대로 악의 화신이었다. 이 긴 비극의 시작에서 마지막 순간까지, 암살에서 첩보, 음모와 배반, 그리고 사격에 이르기까지, 초지일관 단 한 사람에 의해 그 모든 비극이 전개되었다니. 범죄의 화신이 아니라면 그자는 도대체 무엇이란 말인가.

그의 죽음만이 폴의 가슴에 맺힌 증오를 풀 수 있을 것 같았다. 바로 그자였다. 그자가 확실하다는 것에 폴은 추호의 의심도 없었다. 바로 그자가 엘리자베스를 총살시켰던 괴물이었다. 아! 비열한 놈 같으니! 엘리자베스를 총살하다니! 지옥과도 같은 장면이 떠올라 그를 괴롭혔다…….

그는 소리를 질렀다.

「도대체 그자가 누구란 말인가? 그자에 대해 알아볼 방법이 없을까? 어떻게 그자를 잡아 처절한 고통을 주고 목 졸라 죽일 방법이 없느냔 말이야……?」

「포로들 중 한 명을 신문해 보죠?」

베르나르가 말했다.

더 이상 전진하지 않는 것이 좋을 것 같다고 판단한 대위의 명령에 따라 중대는 연대의 나머지 병력과 연계하고자 퇴각을 했다. 그리고 폴은 자신의 소대와 함께 성을 책임지고, 포로들을 그곳으로 데리고 가라는 특별 지시를 받았다.

출발하자마자, 폴은 서둘러 포로들 중 상급 병사들 두세 명과 하급 병사 몇 명을 신문했다. 그러나 그들은 바로 전날 코르비니에서 왔고 성에서는 단 하룻밤만을 보냈기에 얻을 수 있는 정보들이 너무도 막연했다.

그들은 큰 회색 망토를 두른 장교를 위해 희생하여 포로 신세가 되었으면서도 그자의 이름조차 모르고 있었다.

그들은 그자를 소령이라 불렀고, 그들로부터 알아낼 수 있는 정보는 그게 다였다.

그러나 폴은 쉽사리 물러서지 않았다.

「하지만, 너희의 직속 상관이잖아?」

「아닙니다. 저희가 속한 분견대의 상관은 중위님이었는데, 그분은 폭약을 발파하다가 부상을 당했습니다. 그때 다들 도망쳤죠. 저희는 중위님을 데리고 가고 싶었지만 소령이 강하게 거부하며, 누구든 자기 명령을 저버리는 자는 죽이겠다고 위협하면서 손에 권총을 들고 중위님 앞을 그냥 지나치라고 명령했습니다. 조금 전, 싸움을 하는 동안에도 그는 뒤로 10여 보 정도 떨어진 곳에서 계속 권총으로 저희를 위협하며 자신을 방어하라고 강요했습니다. 저희들 중 세 명은 그가 쏜 총에 맞아 숨졌습니다」

「그자는 자동차가 와서 구해 주기를 기대하고 있었겠지, 그렇지 않은가?」

「네, 그리고 우리 모두를 구해 줄 지원군도 올 것이라 기대했습니다. 하지만 자동차 한 대만 와서 그만 구해 갔죠. 그 소령만을 데리고 갔습니다」

「중위는 그자의 이름을 알고 있지 않겠나? 그는 얼마나 다쳤나?」

「중위님 말입니까? 다리 한쪽이 부러졌습니다. 저희가 정원의 별채에 눕혀 드렸지요」

「총살을 행했던 바로 그 별채 말인가?」

「네」

별채는 겨우내 오렌지 나무와 같은 과실수들을 들여놓는 온실로 사용하고 있었다. 별채로 다가가자, 로잘리와 제롬의 시신은 어느새 치워지고 없었다. 을씨년스럽게 쇠사슬들만이 철 고리 세 개에 차례대로 꿰여 벽에 나란히 매달려 있었다. 폴은 두려움에 몸을 떨면서도 다시 탄환 자국들을 바라보았다. 벽면에는 작은 포탄 파편이 그대로 박혀 있었고 그 사이에 엘리자베스의 머리카락이 여전히 끼어 있었다.

하필 프랑스 군의 포탄이라니! 이는 살인의 잔인함에 끔찍스러움을 더해 주었다.

따지고 보니, 전날 폴이 장갑차를 탈취해 대담하게 코르비니까지 몰고 가 기습 공격을 하고 프랑스 군대에게 길을 터 준 일은 결국 아내를 살해하도록 조장한 꼴이 되었던 셈이다! 적들은 퇴각하면서 성의 주민들을 총살함으로써 보복을 했던 것이다! 엘리자베스는 벽에 사슬로 묶여 꼼짝 못한 상태로 총알 세례를 받았던 것이다! 그런데 끔찍하지만 아이러니컬하게도 총알을 맞아 죽은 그녀의 시신은 또 한 번, 밤이 오기 전 코르비니 인근의 언덕 고지에서 프랑스 포병 중대가 쏘아 댄 포탄들의 파편을 맞은 것이었다.

폴은 포탄 조각을 빼내어 그 속에 박힌 금발 머리카락들을 하나하나 떼내서 정성껏 모았다. 그런 다음 베르나르와 함께 별채 안으로 들어갔다. 그곳에는 이미 간호병들이 임시 구호소를 차려 놓고 있었다. 폴은 짚으로 된 침대 위에 누워 있는 독일군 중위를 찾아냈다. 그는 치료를 잘 받아서 질문에 대답할 수 있는 상태였다.

곧 그는 한 가지 사실을 분명히 알게 되었다. 즉, 코르비니 성에 주둔했던 독일 군대는 말하자면 그 전날 코르비니와 인접한 요새들에서 미리 퇴각했던 군대들과 아무런 접촉이 없었다는 사실이었다. 성을 점거했던 동안 그 안에서 무슨 일이 벌어졌는지에 대해 말이 새나갈 것이 두려워, 주둔군은 전투 병력이 도착하자마자 이내 성을 떠나 버렸다는 것이다.
 전투 병력의 일원이었던 독일군 중위는 당시 상황을 이렇게 진술했다.
「그때가 저녁 7시였는데, 당신네 75밀리 포병 중대가 이미 성의 위치를 파악한 상태였소. 성에서 우리는 한 무리의 장군들과 상급 장교들만을 발견했소. 그들의 짐을 싣고 떠날 운송 차량들과 그들이 타고 갈 자동차들도 이미 준비된 상태였소. 그들은 나에게 가능한 시간을 오래 끌고 성을 폭파하라고 명령했소. 결국 소령이 모든 조치를 마친 후였소」
「그 소령의 이름이 뭐요?」
「모르오. 그는 한 젊은 장교와 함께 산책을 하고 있었는데, 장군들조차 그에게는 예의를 갖춰 존경을 표했소. 그런데 바로 그 젊은 장교가 나를 부르더니〈황제의 말처럼〉그 소령의 말을 따르라고 엄명하더군요」
「그럼, 그 젊은 장교는 누구요?」
「콘라트 왕자라오」
「황제의 아들 중 한 사람인가?」
「그렇소. 그는 어제 오후 늦게 성을 떠났소」
「그럼, 그 소령은 이곳에서 밤을 보냈단 말이오?」
「그랬을 걸로 생각하오. 어쨌든 오늘 아침까지 그가 있었으니까 말이오. 우리는 폭약에 불을 붙이고 떠나려 했지만 너무 늦었다오. 이 별채 옆에서 그만 난 부상을 당했으니……. 벽 옆에서 말이오……」
 폴은 마음을 가다듬고 말했다.
「벽 옆이라니, 프랑스 인 세 명을 총살한 바로 그 벽 말이오?」

「그렇소」

「그들을 언제 총살한 거요?」

「어제 저녁, 6시경일 거요. 우리가 코르비니에서 도착하기 전이니까」

「누가 그들을 총살하라 시켰소?」

「소령이오」

폴은 머리에서 이마와 뒷덜미로 땀방울이 흘러내리는 게 느껴졌다. 그의 예감이 맞았던 것이다. 엘리자베스는 저 이름도 모르고, 정체도 알 수 없는 놈의 지시로 총살을 당했던 것이다. 혼동할 정도로 엘리자베스의 어머니, 헤르민 당드빌의 얼굴을 닮은 그자 말이다! 폴은 떨리는 목소리로 질문을 계속했다.

「그렇다면, 프랑스 인 세 사람이 총살당한 게 확실하오?」

「그렇소. 성의 주민들이잖소. 그들은 배반을 했소」

「남자 하나와 여자 둘이오?」

「그렇소」

「하지만 별채에는 두 구의 시신만이 묶여 있지 않소?」

「그렇소. 두 구만 있을 거요. 콘라트 왕자의 명에 따라 소령이 영주 부인의 시신은 매장시켰기 때문이오」

「어디에다 말이오?」

「그것에 대해선 소령으로부터 전해 들은 바가 없소」

「하지만 적어도 그들이 왜 그녀를 총살했는지는 알고 있을 거 아니오?」

「그녀가 매우 중요한 비밀을 알아냈던 것 같소」

「포로로 만들어 데리고 갈 수도 있었을 텐데……」

「물론 그렇소. 허나 콘라트 왕자가 그녀를 더 이상 필요로 하지 않았소」
「뭐라고?」
폴은 벌떡 일어섰다. 그러자 중위는 음탕한 미소를 지으며 말을 다시 이었다.
「당연하지 않소! 왕자가 어떤 사람인지는 다들 잘 아는데. 황실의 돈 후앙 아니오. 그가 성에 거주하기 시작했던 몇 주 전부터 여자를 꼬드길 시간은 얼마든지 있지 않았겠소……. 게다가…… 글쎄 싫증이 날 때도 되었고……. 하지만 소령이 그 여자와 하인 두 사람이 왕자를 독살하려 했다고 주장하니, 더 봐줄게 뭐가 있었겠소?」
그는 더 이상 말을 이을 수 없었다. 폴이 몸을 구부려 그의 목을 잡았기 때문이었다. 폴은 얼굴에 경련을 일으키며 매우 분명한 어조로 이렇게 말했다.
「어디, 한마디만 더 해 봐. 목을 비틀어 버릴 테니까……. 넌 다쳤다는 게 오히려 운이 좋았다고 생각해야 돼……. 안 그랬으면…… 안 그랬으면……」
옆에 있던 베르나르도 흥분하여 그를 밀어젖혔다.
「그래, 넌 운이 좋았어. 그리고 네가 너희 콘라트지 뭔지 하는 왕자 나부랭이를 잘 아는 모양인데. 그래, 그 돼지 같은 새끼…… 내가 그놈 낯짝에다 대고 직접 말해야 하는데……. 그놈의 가문도 모조리 빌어먹을 돼지 새끼들이라고……! 쳇, 너희 놈들 모두가 다 돼지 같은 놈들이야……!」
독일군 중위는 그들이 그처럼 갑자기 분개하는지 전혀 이해하지 못해서 어안이 벙벙해진 얼굴이었다. 폴과 베르나르는 중위를 두고 밖으로 나왔다.

밖으로 나온 폴은 가눌 수 없는 절망감에 괴로워했다. 그는 자제력을 잃은 듯했다. 이제까지 그를 사로잡았던 분노와 증오가 끝도 없는 낙심으로 변하고 있었다. 그는 쏟아지는 눈물을 꾹꾹 억누르며 간신히 참았다.

안타까운 마음에 그를 보고 베르나르가 이렇게 소리쳤다.

「자, 봐요, 매형! 저자의 말은 한마디도 믿지 말아요」

「그럼, 천만에 말씀이지! 하지만 무슨 일이 벌어졌는지는 짐작이 간다. 그 불한당 같은 왕자 놈은 엘리자베스 앞에서 우쭐대며 자기가 지배자라는 걸 이용했겠지……. 한번 생각해 봐! 아무런 보호자도 없이 혼자 있는 여자를 어디 가만두었겠어? 얼마나 큰 고통을 겪었을까……. 아 불쌍한 사람! 얼마나 치욕스러웠을까! 매일매일이 전쟁이었겠지……. 갖은 위협과 가혹 행위에 맞서 싸워야 했겠지……. 마지막 순간, 저항했던 벌로 그녀를 죽였겠지……」

「매형, 복수합시다」

베르나르가 낮은 목소리로 말했다.

「물론이지. 하지만 그녀가 여기에 남아 있었던 건 나 때문이었다는 사실을 결코 잊을 순 없을 거야. 다 내 잘못이야. 구체적인 얘기는 나중에 들려줄게. 내 얘기를 듣고 나면 내가 얼마나 매정하고 잘못했는지를 알게 될 거야……. 하지만 그래도……」

폴은 생각에 잠겼다. 소령의 얼굴이 그의 머릿속에서 떠나질 않았다. 그는 같은 말만을 되풀이했다.

「하지만 그래도…… 그래도…… 너무도 이상한 일들이잖아……」

오후 내내, 프랑스 군대는 리즈롱 계곡과 오르느캥 마을을 통해 성으로 계속해서 몰려들었다. 혹시나 있을지도 모를 적의 반격에 대비하기 위해서였다. 폴의 소대는 휴식을 취하고 있었는데 마침 그때를 이용해 폴은 베르나르와 함께 정원과 폐허가 된 성을 샅샅이 훑었다. 그러나 엘리자베스의 시신이 묻혀 있을 만한 장소는 그 어디에도 없었다.

오후 5시경, 그들은 로잘리와 제롬에게 적당한 묘지를 만들어 주었다. 작은 둔덕을 만들어 꽃을 심고 꼭대기에 십자가 두 개를 꽂아 주었다. 군종 신부가 와서 위령 기도를 올려 주었다. 폴은 그들의 무덤 앞에 무릎을 꿇었다. 목숨을 바쳐 주인에게 끝까지 헌신했던 두 충직한 하인들을 떠올리니 가슴이 북받쳤다.

그리고 그 둘의 복수도 해 줘야겠다고 다짐했다. 그런데 그가 복수하려는 마음을 다잡을수록 한층 고통스럽게 그를 괴롭히듯 증오스런 소령의 얼굴이 떠올랐다. 그자의 얼굴은 폴이 당드빌 백작 부인과 관련해 가지고 있던 기억들과 이제는 뗄래야 뗄 수 없는 이미지가 돼 버렸다.

그는 베르나르를 데리고 성 쪽으로 향했다.

「베르나르, 소령이라는 자와 코르비니에서 네가 본 촌부(村婦)처럼 생겼다던 여자가 서로 닮았다는 게 분명하지?」

「그럼요, 틀림없대도요」

「그럼, 좋아. 내가 전에 한 여인의 초상화에 대해 말한 적이 있지. 지금 그걸 보러 가자. 그 그림을 보고 네가 어떤 인상을 받았는지 말해 줘야 해」

폴이 살펴보니, 성채 중 헤르민 당드빌의 침실과 규방이 있는 쪽 건물은 폭약이나 포탄의 폭발에도 붕괴되지 않고 그대로 있었다. 따라서 어쩌면 그녀의 규방도 원래 상태로 남아 있을지도 몰랐다.

계단이 붕괴되어 하는 수 없이 그들은 무너진 석재들을 계단 삼아 2층까지 올라가야 했다. 복도의 몇 군데만이 짐작이 가능했고, 문이란 문은 모조리 뜯겨나갔고 방들은 처참할 정도로 엉망진창이었다.

「이쪽이야」

기적과 같이 간신히 지탱하고 서 있는 두 벽면 사이의 빈 공간을 가리키며 폴이 베르나르에게 말했다.

그것은 바로 헤르민 당드빌의 규방이었다. 파손되고, 금이 가고, 바닥에는 잔해들이 잔뜩 널려 있었지만, 폴은 단번에 그 방을 알아볼 수 있었다. 결혼 첫날밤 그가 언뜻 보고 지나쳤던 가구들은 예전 모습 그대로 자리를 지키고 있었다. 창의 덧문 일부가 햇빛을 가리고 있었다. 그러나 방 안에는 폴이 맞은편 벽을 주시하기에 충분할 정도로 빛이 들어오고 있었다. 그런데 그 벽을 보자마자 폴은 이내 소리를 질렀다.

「초상화가 사라졌어!」

대단한 실망스러운 일이었다. 하지만 그것은 적수가 초상화와 관련이 있다는 매우 중요한 증거이기도 했다. 초상화를 치웠다면, 초상화가 명백한 증거물이라는 뜻이 아니고 무엇이랴? 놀라움을 감추지 못하고 있는 그에게 베르나르가 이렇게 말했다.

「어쨌든, 단언컨대 초상화가 있었다 해도 내 생각은 바뀌지 않았을 거예요. 그 소령과 코르비니의 촌부에 대한 내 확신은 조금도 흔들리지 않아요. 근데, 그 초상화는 누구를 그린 거였죠?」

「전에 네게 말했지, 어떤 여자라고」

「어떤 여자요? 우리 아버지가 직접 걸었던 그림이었나요? 아버지가 수집했던 그림들 중 하난가요?」

「그렇다니까」

폴은 베르나르를 속이고 싶었기에 그렇게 잘라 말했다.

폴이 덧문 하나를 떼어 내자 그림이 걸려 있던 벽면에 커다란 장방형 자국이 나 있었다. 몇 군데를 자세히 살펴보니 초상화가 급하게 떼어졌음이 틀림없었다. 카르투슈가 액자 틀에서 떨어져 바닥에 거꾸로 뒤집혀져 있었다. 폴은 베르나르가 그 안에 새겨진 서명을 보지 못하도록 몰래 집어 들었다.

벽면 판지를 유심히 들여다본 폴은 베르나르가 다른 덧문을 떼어 내자 그만 탄성을 내지르고 말았다.

「무슨 일이에요?」

순간 깜짝 놀란 베르나르가 물었다.

「저기…… 저기 좀 봐……. 벽에 적힌 서명 말이야……. 그림이 걸려 있던 바로 그 자리에……서명과 날짜가 적혀 있어」

사람 키만 한 높이쯤 되는 곳에 하얀 회반죽 벽을 연필로 긁어 파듯이 두 줄로 이렇게 적혀 있었다.

날짜: 1914년 9월 16일 수요일 저녁, 서명: 헤르만 소령.

헤르만 소령이라고! 자신도 모르는 사이 폴은 그 서명을 뚫어져라 바라보며, 그 두 줄이 뜻하는 바가 무엇인지 생각해 내려 애썼다. 그동안 베르나르도 몸을 기울여 서명을 유심히 바라보았고 놀라움에 연신 이렇게 중얼거렸다.

「헤르만(Hermann)…… 헤르민(Hermine)…… 헤르만…… 헤르민……」

너무도 비슷한 이름들이지 않은가! 헤르민은 소령이 벽에다 자신의 계급과 함께 써 놓은 성(姓)인지 이름인지 알 수 없는 글자와 동일한 철자들로 시작되고 있지 않은가. 소령 헤르만(Hermann)! 그리고 백작 부인 헤르민(Hermine)! H. E. R. M……. 이 철자 네 개는 오르느캥 성벽 쪽문 앞에서 폴을 죽이려 했던 자의 단도에 새겨져 있지 않았던가! H. E. R. M……. 이 철자들은 폴이 성당 종탑에서 붙잡았던 첩자의 단도에도 새겨져 있었다! 베르나르가 말했다.

「내 생각엔 여자의 필체 같아요. 하지만 그렇다면……」

그리고 그는 생각에 잠기며 말했다.

「그렇다면…… 어떻게 결론을 내려야 할까요? 어제 본 그 촌부와 헤르만 소령이 동일 인물이라고? 다시 말해, 그 촌부가 남자이든가 아니면 소령이 여자이든가…… 그게 아니면, 전혀 다른 두 사람인 한 여자와 한 남자가 연루된 문제라고……? 근데 내가 보기엔 그 남자와 그 여자가 우연의 일치라기엔 너무 닮았지만 후자 쪽이 더 설득력이 있다고 봐요. 왜냐면, 한 동일 인물이 어제 저녁 여기다 서명을 남기고, 다시 프랑스 전선을 뛰어넘어, 촌부로 변장하고 코르비니까지 와 내게 접근할 수 있었다고는 도무지 믿을 수 없거든요……. 게다가 오늘 아침 다시 독일군 소령으로 변장해서 성을 파괴하도록 하고, 퇴각하면서 자신의 병사들까지 죽인 후 끝내 자동차를 타고 사라졌다니…… 이게 가능하기나 한 일이겠어요?」

폴은 아무 말도 없었다. 그도 나름대로 생각에 잠겨 있었다. 잠시 후 그는 옆방으로 자리를 옮겼다. 그 방은 헤르민 백작 부인의 규방과 엘리자베스가 거처했던 침실 사이에 위치한 중간 방이었다.

엘리자베스가 쓰던 침실은 잔해들로 뒤엉켜 엉망이었다. 그러나 중간 방은 파손이 그리 심하지 않은 것 같았다. 방 안의 세면대, 헝클어진 침대보를 유심히 살펴보니 계속 사용되었던 것 같았고, 바로 전날에도 누군가가 잤다는 것을 쉽게 알 수 있었다.

탁자 위에는 독일 신문들과 함께 프랑스 신문 한 부가 놓여 있었다. 프랑스 신문은 9월 10일자로 마른 강변에서의 대승리를 보도하고 있었다. 그런데 그 기사 바로 위에 붉은 연필로 큼지막하게 가위표가 쳐 있었고 〈거짓말! 거짓말!〉이라는 말과 함께 H라는 서명이 있었다.

「헤르만 소령이 사용했던 방이군」

폴이 베르나르에게 말했다.

그러자 베르나르는 그의 생각이 맞는다는 듯 이렇게 덧붙였다.

「그런데 헤르만 소령이 어제 밤 문제가 될 만한 서류들은 모두 태웠나 봐요……. 저 벽난로에 재가 가득 쌓여 있는 게 보이죠?」

베르나르는 벽난로로 가다가 몸을 굽혀 그 안에서 반쯤 타다만 봉투들과 종이들을 끄집어냈다. 그러나 아무리 읽으려 애써 보아도 말들은 서로 이어지지 않고, 문장들도 앞뒤 연결이 전혀 되지 않았다.

그러던 중 우연히 침대 쪽으로 눈을 돌렸을 때, 베르나르는 침대 매트리스 아래 숨겨진 옷 봉투를 하나 발견했다. 아마도 소령은 서둘러 떠나는 바람에 가져가는 것을 잊어버린 듯했다. 옷 봉투를 끄집어내어 열어 보는 순간, 베르나르는 그만 소리를 내질렀다.

「아! 세상에! 어이없구나!」

「무슨 일이야?」

다른 한쪽에서 방을 뒤지고 있던 폴이 말했다.

「이 옷가지 말이에요……. 그 촌부가 입던 바로 그 옷이에요……. 내가 코르비니에서 우연히 만났던 그 여자요. 틀림없대도요……. 밤색에, 까슬까슬한 모직 천하며 영락없어요. 게다가 자, 봐요. 이 검은 레이스 달린 숄이요……. 제가 말했던 거라고요……」

「무슨 말이야?」

폴이 달려오며 외쳤다.

「자, 한번 보라고요. 이 숄처럼 생긴 거요. 매우 오래된 거라고요. 낡고 해졌잖아요! 또 안은 벌레가 먹었고요. 내가 말했던 브로치도 보이죠?」

폴은 단번에 그 브로치를 알아보았고 온몸에 소름끼쳤다. 이 얼마나 끔찍한 일이란 말인가! 헤르만 소령의 방에서, 그것도 헤르민 당드빌의 규방 바로 옆에서 저 옷가지들과 브로치를 발견하다니! 날개를 펼친 백조 문양과 눈에 루비가 박힌 금빛 뱀의 테두리 장식까지…… 틀림없는 그 카메오였다! 어릴 때부터 폴은 그 카메오를 잘 알고 있었다. 아버지를 죽인 여자의 웃옷에 그것이 달려 있었고, 헤르민 당드빌 백작 부인의 초상화에서 다시 보지 않았던가! 그리고 이번에 다시 헤르만 소령의 방에서 똑같은 것을 보게 된 것이다. 소령이 두고 간 코르비니 촌부의 옷가지들 속에서, 검은 레이스가 달린 숄에 꽂힌 채로 말이다! 베르나르가 결정을 내리듯 말했다.

「이제 증거가 확실해졌네요. 옷들이 있으니 내게 매형에 관해 물어봤다던 그 여자는 어제 밤 이곳에 다시 온 거예요. 하지만 촌부와 꼭 닮은 장교는 서로 무슨 관계일까요? 매형에 관해 내게 물어 왔던 촌부가 그보다 앞서 두 시간 전에 엘리자베스를 총살하도록 시킨 바로 그자일까요? 그렇다면 저들은 누구죠? 지금 우리가 상대하고 있는 놈들은 대체 어떻게 생겨 먹은 암살범과 첩자들일까요?」

이에 폴은 단언했다.

「그야 물론 독일 놈들이지. 암살과 첩보 활동은 의례 그놈들이 행하는 전쟁 수법이니까. 아주 평화로운 가운데 전쟁을 시작하지. 베르나르, 내가 그 전쟁에 대해 말해 준 적이 있었지. 우리는 이미 20년 전부터 그 전쟁의 희생자들이었다고. 아버지가 살해당하시면서 그 비극이 시작되었지. 그런데 지금 우리는 또 다른 죽음을 애도하고 있으니…… 아! 가엾은 엘리자베스! 그러나 이게 끝이 아닐 거야」

그러자 베르나르가 이렇게 말했다.

「하지만 그자는 도망쳤잖아요」

「그자를 다시 보게 될 거야. 난 확신한다. 만일 그놈이 오지 않으면, 내가 찾으러 갈 테다. 그리고 그날은 그놈의 제삿날이 될 거야……」

그 방에는 안락의자가 두 개 있었다. 폴과 베르나르는 그곳에서 밤을 보내기로 했다. 그리고 그들은 지체하지 않고 복도 벽에다 자신들의 이름을 새겨 넣었다. 그런 다음 폴은 부하들에게 가서 아직까지 건재한 헛간들과 다른 부속 건물들 중 부하들이 잠을 잘 만한 데가 있는지 둘러보도록 지시했다. 그런데 제리플루르라는 이름을 가진 용감한 오베르뉴(프랑스 중남부 지방—옮긴이) 출신의 당번병이 그에게 성지기의 별채 바로 옆에 위치한 오두막집 안에서 깔끔한 침대보와 요 두 벌을 찾아냈다고 알렸다. 따라서 침대 두 개가 마련된 셈이었다.

폴은 그가 찾은 침대에서 자기로 했고 제리플루르와 그의 동료 하나가 대신 성으로 가 소령이 쓰던 방의 두 안락의자에서 자게 되었다.

별다른 위험 징후 없이 밤이 지나갔다. 그러나 엘리자베스에 대한 기억에 사로잡힌 폴은 신열과 불면의 밤을 보내야만 했다.

그는 겨우 아침이 되어서야 깊은 잠에 들었으나 이번에는 악몽에 시달렸고, 그마저 갑작스레 울린 기상나팔 소리에 깨고 말았다.

베르나르가 그를 기다리고 있었다.

점호는 성의 안뜰에서 있었다. 그런데 제리플루르와 그의 동료가 보이질 않았다. 그러자 폴은 베르나르에게 이렇게 말했다.

「아직 안 일어났나 보군. 그들을 깨우러 가 볼까」

그들은 잔해 더미를 가로질러 이층으로 올라가 무너진 방들을 따라 걸어갔다.

그러나 그들이 헤르만 소령이 거했던 방 안으로 들어갔을 때, 침대 위에는 제리플루르가 온통 피범벅이 되어 쓰러진 상태로 죽어 있었고, 안락의자 하나에는 그의 동료가 처참하게 죽어 있었다.

시신들 주위에는 어떠한 소란이나 싸움의 흔적이 전혀 없었다.

두 병사는 잠을 자고 있는 동안 살해된 것 같았다.

폴은 주변에서 살해에 쓰였던 무기를 찾아내었다. 그것은 바로 단도였는데, 나무로 된 손잡이에 H. E. R. M.이라는 철자가 새겨져 있었다.

엘리자베스의 일기

연이은 비극적인 사건들, 서로 얽히고설켜서 가혹할 정도로 정확히 맞물려 전개되었던 사건들에 뒤이어 일어난 이 이중 살인 사건을 보며, 두 젊은이는 말문이 막혀 옴짝달싹 못하고 서서 뭔가 끔찍하고 불쾌하기 짝이 없는 운명이 깃들어 있다고 느꼈다.

전쟁터에서 그토록 많이 보아 왔지만 그들에게 이번처럼 죽음이 불길하고 불쾌하게 느껴진 적은 없었다.

죽음이라니! 그들에게 죽음은 우연히 다가와 은밀히 진행되는 질병이 아니라, 어둠 속에서 슬며시 미끄러져 들어와 상대방을 염탐하고 때를 기다렸다가, 결정적인 순간 팔을 뻗는 유령처럼 여겨졌다. 그리고 그 유령은 형체도 갖추고 있었다. 그것은 바로 헤르만 소령의 얼굴이었다.

폴이 입을 열었지만 기겁한 듯 그의 목소리는 둔탁했고, 마치 어둠 속에서 악의 세력들을 불러 모으는 것 같았다.

「어제 밤 그놈이 온 거야. 그놈이 와서 벽에다 우리가 표시한 이름들을 본 거라고……. 그자의 눈엔 베르나르 당드빌과 폴 들로즈는 죽여 없애야 하는 적들이었겠지……. 그래서 때를 기다려 우리를 없애려고 했을 거야. 아마 이 방에서 잠자고 있던 사람들이 너와 나라고 확신하고 단도를 내리친 게 분명해……. 그 결과 이 불쌍한 제리플루르와 그의 동료가 우리 대신 죽게 된 거야」

다시 한동안 침묵을 지킨 후, 폴은 이렇게 중얼거렸다.

「저들은 돌아가신 아버지처럼 죽임을 당한 거야……. 그리고 엘리자베스가 죽은 것처럼…… 또 성지기와 그의 아내가 죽은 것처럼…… 바로 동일한 손에 의해…… 그래, 똑같은 손이지. 베르나르, 알겠지! 그래, 참 받아들이기 어려운 일이야, 그렇지? 그래, 나 역시 이성적으로는 도저히 받아들일 수 없어……. 하지만, 단도를 쥐고 있는 건 늘 같은 손이야……. 과거에도 그렇고 지금도 그래」

베르나르는 무기를 유심히 살펴보았다. 그는 네 개의 철자를 보며 이렇게 말했다.

「헤르만, 맞죠? 헤르만 소령?」

그러자 폴이 격한 어조로 단언했다.

「그래…… 근데 그게 그의 실제 이름일까? 그의 진짜 정체는 뭘까? 그걸 모르겠어. 하지만 그 모든 범죄를 저지른 사람이 서명으로 이 네 개의 철자를 쓴 사람임엔 분명해. H. E. R. M」

폴은 소대원들에게 경계경보를 발령하고 군종 신부와 군의관을 부른 다음, 대령에게 특별 면담을 신청하여 비밀로 부쳐 온 모든 이야기를 털어놓기로 결심했다. 그렇게 하면 대령에게 엘리자베스의 처형과 두 병사의 암살에 관해 어느 정도 설명은 될 것이기 때문이었다. 하지만 대령은 연대와 함께 국경선 너머에서 전투를 벌이고 있는 중이며, 제3중대 역시, 들로즈 중위가 지휘하고 있는 분견대를 빼고 긴급 소집되었다는 사실을 알게 되었다. 그래서 하는 수 없이 폴은 직접 부하들과 함께 조사를 하기 시작했다.

그러나 조사를 통해 드러난 단서는 아무것도 없었다. 살인범이 침투한 방법과 관련해 아무런 단서도 찾을 수 없었다. 외부에서 침투한 것이라면 정원의 울타리와 잔해 더미, 그리고 방 안에 작은 흔적이라도 남아 있어야 했다. 하지만 아무런 흔적도 찾을 수 없었다. 만일 어떠한 민간인도 성안으로 들어온 것이 아니라면, 이중의 살인을 저지른 범인은 제3중대에 속한 병사들 중 하나라는 결론을 내려야 했다. 하지만 그건 분명히 아니었다. 그렇다면 과연 어떤 추정을 내릴 수 있단 말인가? 폴은 아내의 죽음과 관련해서도 단서나 매장된 장소를 찾지 못했다. 그 점이 다른 무엇보다도 견디기 힘든 시련과 고통이었다.

독일군 부상병들에게도 물어봤지만 포로들이 그랬던 것처럼 모두가 모른다고 할 뿐이었다. 한 남자와 두 여자가 처형되었다는 사실은 모두가 분명히 알고 있었다. 하지만 그들은 처형이 있은 후, 즉 점령 부대가 떠난 후 성에 도착했다는 것이다.

폴은 오르느캥 마을까지 조사를 확대했다. 어쩌면 그곳의 마을 사람들이 뭔가 알고 있을지도 모를 일이었다. 혹시라도 어쩌면 주민들이 성의 여주인에 대해, 그녀가 성안에서 어떻게 살았고, 어떠한 고통을 겪다 죽었는지…… 어떠한 것이라도 들은 얘기가 있을지도 몰랐다.

그러나 오르느캥은 텅 비어 있었다. 단 한 사람도 보이지 않았다. 적들이 주민들을 독일로 끌고 간 것이 분명했다. 점령 초기부터 그들은 자신들의 무자비한 행동을 목격한 이들을 모조리 없애고 성 주변에는 아무도 살지 못하도록 만들었는지도 모른다.

결국 조사는 아무런 성과도 없었고, 사흘 동안 시간만 허비하고 말았다.

폴은 베르나르에게 말했다.

「그래도 엘리자베스가 완전히 사라질 순 없지 않나. 그녀의 무덤을 찾지 못한다 해도, 그녀가 여기 머물렀던 최소한의 흔적이라도 찾아낼 수 있지 않겠어? 그녀는 여기에 살았다고. 여기서 고통을 겪었지. 그녀를 떠올릴 수 있는 거라면 사소한 물건 하나라도 내겐 너무도 소중할 거야!」

그는 방에 남은 돌무더기와 회반죽 벽 더미들 속에서 그녀가 쓰던 방의 정확한 배치를 복원하려고 애썼다.

사실 잔해들은 그녀의 방뿐 아니라 1층 살롱들의 잔해들과 서로 뒤섞여 있었고, 게다가 2층 천장까지 내려앉은 상태였다. 그 같은 아수라장 속에서, 가루로 변한 벽 더미와 부스러기가 된 가구들을 뒤지다가 어느 날 아침 폴은 마침내 깨진 작은 거울 하나와 자개로 만든 빗, 그리고 은제 나이프 하나와 가위 한 벌을 발견했다. 틀림없이 엘리자베스가 쓰던 물건들이었다.

그중에서 두꺼운 수첩을 하나 발견한 순간, 폴의 가슴은 하염없이 무너져 내렸다. 그 수첩에는 젊은 아내가 결혼 전에 기입해 놓은 지출 경비와 장을 본 물건들, 방문해야 할 곳들의 목록들이 적혀 있는가 하면, 가끔씩 삶에 대한 그녀의 내밀한 생각들이 메모되어 있었다.

그런데 그 수첩에는 1914년이라는 연도가 표시된 겉표지와 함께 1월부터 7월까지 해당되는 부분만 남아 있었고, 나머지 다섯 달은 뜯겨져 있었다. 그리고 자세히 들려다 보니, 그 부분은 한꺼번에 뜯겨진 것이 아니라 제본으로 묶은 실들을 한 올 한 올 풀어 종이를 일일이 한 장 한 장 떼어 냈음을 알 수 있었다.

폴은 속으로 이렇게 생각했다.

〈엘리자베스가 저 종이들을 뜯어 냈겠지. 서둘러 떼어 낸 흔적이 없는 걸 보면……. 그날 그날 메모들을 적다가, 나중에 다시 읽어 본 후 쓸데없는 내용이라 생각해서 한가할 때 한 장 한 장 떼어 냈겠지……. 과연 어떤 내용이 적혀 있었을까……? 혹시 앞서 수첩 속에 계산서나 요리법과 함께 적었던 것보다 훨씬 내밀한 메모였을까? 내가 떠난 후 더 이상 계산서가 필요 없어지자 수첩이 남아 있다는 게 너무나 끔찍하게 느껴졌겠지. 어쩌면 절망과 불평…… 그리고 나에 대한 원망의 내용이 담겨 있었을지도 모르지……〉

그날은 베르나르가 곁에 없었기에 폴은 더욱 열심히 메모를 찾았다. 돌멩이 하나, 틈새 하나 빠트리지 않고 모조리 샅샅이 들추어 보았다. 깨진 대리석, 비틀어진 샹들리에, 갈기갈기 찢긴 양탄자, 불에 타서 검게 그을린 대들보 등 눈에 띄고 손에 잡히는 것은 하나도 놓치지 않았다. 폴은 오랜 시간 동안 오직 그 일에만 매달렸다.

그는 폐허를 여러 구역으로 세분하여 차례대로 조사했고, 잔해 더미에서 더 이상 알아낼 것이 없어지자, 이번에는 정원으로 나가 다시 세심히 살폈다.

그러나 아무런 성과를 얻지 못하자 이내 폴은 그 일이 다 부질없다고 느꼈다. 아마도 엘리자베스는 그가 발견하지 못하도록 그 종이들을 없애 버렸거나 아니면 잘 감춰 두었으리라. 혹시 그게 아니라면…….

그는 또다시 이렇게 중얼거렸다.

〈그게 아니라면 누군가가 그것들을 훔쳐 냈을지도 모르지. 소령은 분명 그녀를 철저히 감시했을 것이다. 그렇다면, 혹시……?〉

폴은 머릿속에 한 가지 가설을 그려 보았다.

촌부의 옷가지와 함께 레이스 달린 검은 숄을 발견했을 때 자신은 그것들에 별다른 중요성을 두지 않고 방 침대 위에 그냥 놓아 두었는데 혹시 소령이 그 옷가지를 다시 찾으러 오지 않았을까? 최소한 옷 주머니 안에 들어 있는 내용물이라도 찾으러…… 소령이 두 병사를 살해한 날 밤 옷가지를 가져가지 못한 것은 제리플루르가 침대 위에서 잠을 자고 있었기 때문에 미처 발견하지 못했을 것이다.

그러자 갑자기 폴은 접혀 있던 촌부의 치마와 윗옷을 펼쳤을 때 호주머니 속에서 종이 구겨지는 듯한 소리가 났음을 기억해 냈다. 그렇다면 그것은 헤르만 소령에게 발각되어 뜯겨진 엘리자베스의 일기가 아니었을까? 폴은 서둘러 이중 살인이 행해진 방으로 달려갔다. 그는 옷가지들을 집어 뒤지기 시작했다. 그리고 이내 탄성을 질렀다.

「아! 여기 있었구나! 이렇게 기쁠 수가……」

수첩에서 뜯겨 나간 종이들은 노랗고 큼지막한 봉투 안에 담겨 있었다. 종이들은 각각 따로따로 떨어져서 일부는 구겨지고 찢어져 있었다. 그러나 폴은 단번에 그 종이들이 8월과 9월에 해당하며, 그 두 달 사이에 몇몇 날짜들은 빠져 있다는 것을 알 수 있었다.

그리고 틀림없는 엘리자베스의 필체였다.

한편 수첩 안에 적힌 글들은 아주 자세히 적은 일기는 아니었다. 상심한 마음을 토로하기 위해 간단히 끼적거린 것들이었는데, 간혹 긴 문장이 눈에 띄고 추가로 적은 듯한 메모들도 보였다. 어떤 것은 밤에 쓰고, 또 어떤 것은 낮에 쓴 것 같았다. 때로는 펜으로 쓰다가 연필로 바꿔 쓴 흔적도 보였고, 어떤 것들은 읽기조차 힘들었다. 폴은 고통에 짓눌린 영혼이 눈물을 흘리며 떨리는 손으로 그 글들을 써 내려갔다는 인상을 떨쳐 버릴 수가 없었다.

폴의 마음은 그 어느 때보다 더 저미고 아파 왔다.

그는 혼자서 엘리자베스의 일기를 하나씩 읽어 가기 시작했다.

8월 2일 일요일

폴은 내게 그런 내용의 편지는 보내지 말았어야 했다. 너무도 잔인하지 않은가. 왜 나더러 오르느캥을 떠나라고 하는 것일까? 전쟁 때문에? 전쟁이 일어날 것이기 때문에 내가 이곳에 머물면서 나의 의무를 다할 용기가 없으리라 보았단 말인가? 그런 것이었다면, 그는 정말 나를 너무도 모르고 있는 거다! 그는 나를 비열하다고 보는 것일까. 아니면 내 가엾은 어머니를 의심할 만한 사람이라 여기고 있단 말인가……? 폴, 내 사랑 폴, 아! 당신은 나를 떠나지 말았어야 했어요…….

8월 3일 월요일

하인들이 떠난 이후 제롬과 로잘리는 부쩍 나를 걱정한다. 로잘리는 내게 같이 떠나자고 간청했다. 그래서 난 이렇게 말해 주었다.

「그러면 로잘리, 당신이나 떠나시지 그래요?」

그러자 로잘리가 이렇게 대답했다.

「오! 저희야 두려울 거 하나 없는 미천한 서민들이죠. 또 저희가 있을 곳은 바로 여기랍니다」

그래서 나도 그녀에게 내가 있을 곳도 바로 여기라고 말해 주었다. 하지만 그녀는 내 말을 이해하지 못하는 것 같았다.

그런데 이상하게도 제롬은 나를 보기만 하면, 고개를 끄덕이며 애처로운 눈빛으로 바라보곤 한다.

8월 4일 화요일

내 의무라? 그래, 그것은 이론의 여지도 없다. 그걸 포기하느니 차라리 죽는 편이 낫다. 하지만 어떻게 하면 그 의무에 충실할 수 있을까? 어떻게 해야 진실에 도달할 수 있을까? 내 마음은 용기로 가득하지만 흐르는 눈물은 어쩔 수가 없다. 내게 우는 일보다 더 잘할 줄 아는 게 있을까 싶을 정도다. 폴이 더욱 생각나서 물었다. 그는 지금 어디에 있을까? 어떻게 되었을까? 오늘 아침 제롬이 전쟁이 선포되었다고 말해 주었을 때, 나는 기절할 뻔했다. 그렇게 해서 폴은 싸움터로 간 것이었다. 어쩌면 부상당할지도 모른다! 아니 죽을지도! 오! 나의 하느님, 진정 저의 자리는 그가 싸우는 곳에 이웃한 어느 도시, 바로 그의 곁이 아닐는지요? 여기에 머물러 있다고 무슨 희망이 있을까? 그래, 내 의무는…… 나의 어머니를 지키는 것임을 잘 알고 있다……. 아! 엄마, 용서하세요. 하지만 엄마도 잘 아시겠지만, 제가 그를 너무도 사랑하여 그에게 무슨 일이 일어날까 염려가 되기 때문이랍니다…….

8월 6일 목요일

한없이 눈물만 나온다. 난 점점 더 불행해지고 있다. 하지만 내가 더욱 불행해진다 해도 절대 굴복하지 않으리라. 더군다나 그가 더 이상 나를 원치 않고 편지조차 보내지 않는데, 그를 다시 만날 수 있을까? 그가 날 사랑한다고? 아니, 그는 날 싫어한다! 나는 그가 너무도 증오하는 여자의 딸이지 않은가. 아! 이 얼마나 잔인한 운명이란 말인가! 도대체 가능하기나 한 말인가? 하지만 어쨌든 그가 엄마를 그렇게 생각하고 있으니, 내가 성심성의껏 의무를 다하지 못한다면, 정말 우리는 영영 다시 만날 수 없게 되지 않을까? 앞으로의 내 삶이 정녕 그렇단 말인가?

8월 7일 금요일

나는 제롬과 로잘리에게 엄마에 관해 많은 질문을 했다. 그들은 엄마와 몇 주 동안만 함께 지낸 터라 알고 있는 게 적었으나 아주 소상히 기억하고 있었다. 그들이 전해 준 이야기들은 그나마 내게 크나큰 기쁨이 되었다! 엄마는 착하고 참으로 아름다운 분이셨던 것 같다! 모든 이들이 엄마를 칭송했다고 한다. 로잘리가 이렇게 말했다.

「그분은 항상 명랑하시진 않으셨죠. 잘은 모르지만, 그때 이미 건강이 악화되었던 것 같아요. 하지만 미소를 지으시면 얼마나 푸근해 보이던지」

오, 가엾은 나의 사랑하는 엄마……!

8월 8일 토요일

오늘 아침, 아주 먼 곳으로부터 대포 소리가 들렸다. 이곳에서

40킬로미터 떨어진 곳에서 전쟁이 벌어지고 있다.

조금 전 프랑스 군대가 이곳으로 몰려왔다. 그들은 내가 종종 높은 테라스에서 리즈롱 계곡으로 행군하는 것을 보았던 바로 그 군인들이었다. 성에서 한동안 머물겠다며 군인들을 인솔하는 대위가 내게 양해를 구했다. 그리고 내가 불편해할까 봐 그는 부관들과 함께 제롬과 로잘리가 거주하는 별채에서 숙식하겠다고 했다.

8월 9일 일요일

폴은 여전히 아무런 소식이 없다. 나 역시 그에게 편지를 쓰지 못하고 있다. 모든 증거를 확보하기 전까지 그에게 나에 대한 소식이 전해지지 않았으면 한다.

하지만 뭘 어떻게 해야 할까? 이미 16년 전에 일어난 사건에 대한 증거들을 어떻게 찾는단 말인가? 열심히 찾아보고, 연구하고, 곰곰이 생각해 보지만 아직까지 아무것도 얻은 게 없다.

8월 10일 월요일

멀리서 대포 소리가 끊임없이 들려오고 있다. 하지만 대위는 아군 측에서는 적들의 공격을 예측할 만한 어떠한 움직임도 발견하지 못했다고 말해 주었다.

8월 11일 화요일

조금 전, 들판 쪽으로 나 있는 쪽문 근처 숲에서 보초를 서고 있던 한 병사가 단도에 찔려 살해되었다. 정원을 빠져나가려는 어떤 사람의 통행을 막으려다가 변을 당한 것 같다. 그런데 그 사람이 어떻게 성안으로 들어왔을까?

8월 12일 수요일

도대체 무슨 일이란 말인가? 내겐 너무 충격적이며 도무지 납득하기 어려운 사건이다. 게다가 그 이유를 알 순 없지만 뜻하지 않은 일들이 많이 일어났다. 근데 대위는 물론 그 외 모든 군인들은 이 점에 대해 별로 신경 쓰지 않고 오히려 농담까지 주고받고 있으니 나로서는 놀랄 수밖에 없다. 정말이지 나는 폭풍 전야의 위기감마저 느끼고 있는데 말이다. 내가 너무 신경이 예민해졌나.

그런데 오늘 아침에……

이 대목에서 폴은 더 이상 읽을 수 없었다. 그 말이 적힌 곳부터 다음 페이지까지 종이 한 장이 통째로 뜯겨져 있었다. 소령이 엘리자베스의 일기를 빼앗아 읽다가 뭔가 중요한 대목들은 찢어 버린 거라고 결론지을 수밖에 없었다. 그렇다면 그는 대체 무슨 이유로 그 대목만 찢어 버린 것일까? 일기는 그 다음 장부터 계속 이어졌다.

8월 14일 금요일

나는 대위에게 비밀을 털어놓는 것 외에 달리 방법이 없었다. 나는 그를 송악으로 둘러싸인 고목 옆으로 데리고 가서 그 나무에 귀를 대어 보라고 했다. 그는 꽤 인내심을 갖고 주의를 기울였지만 아무 소리도 들리지 않는다고 했다. 그래서 내가 귀를 대어 봤는데 정말 아무 소리도 들리지 않았다.

「자 보세요, 부인. 모든 게 지극히 정상입니다」

「대위님, 분명 그저께 이 나무, 바로 이 자리에서 웅성거리는 소리가 났답니다. 그것도 몇 십 분 동안 계속되었어요」

내 말에 그는 슬며시 미소를 지으며 이렇게 대답했다.

「부인, 그렇게 신경이 쓰이신다면, 아예 이 나무를 베어 버리도록 하겠습니다. 한데 부인, 우리 모두가 극도로 긴장 상태에 있는 만큼 잘못 오인한 건 아닐까요? 그러니까 일종의 착각이거나 환청 같은 거 말입니다. 사실 그 같은 소리가 어디서 나겠습니까?」

그래, 그의 말이 옳을지도 모른다. 하지만 난 분명 소리를 들었고…… 또 보았는데…….

8월 15일 토요일

어제 저녁 독일군 장교 두 명을 붙잡아 부속 건물 끝에 있는 세탁장에 가두었다.

그런데 오늘 아침 세탁장에 가 보니 그들은 온데간데없고 군복만 남아 있었다.

그들이 문을 부수고 달아난 모양이다. 실제 대령이 조사한 결과, 그들은 프랑스 군복으로 갈아입고 도망쳤고, 중간에 만난 보초병들에게는 코르비니로 가서 수행할 임무가 있다며 말하더라는 것이다.

그렇다면 도대체 누가 그들에게 프랑스 군복을 주었을까? 초소들을 무사히 통과한 것으로 보아 암호도 알고 있던 것 같은데…… 도대체 누가 그들에게 암호를 알려 주었을까……? 여러 날 계속해서 한 시골 아낙이 계란과 우유를 들고 온 적이 있었다. 촌부치고는 옷을 꽤 잘 차려 입었는데 요즘은 통 보이지 않는다……. 하지만 그 여자가 이번 일과 관련이 있다는 증거도 없지 않은가.

8월 16일 일요일

대위는 나더러 떠나라고 성화다. 이제 그는 더 이상 웃지도 않는다. 그는 꼭 넋이 나간 사람 같다.

「사방에 온통 첩자들로 가득합니다. 게다가 우리가 곧 적의 공격을 받을 거라는 조짐들이 보입니다. 그것은 코르비니로 가는 통로를 확보하기 위한 전면 공세는 아니고, 성을 목표로 한 습격인 것 같습니다. 부인, 제 직무상 말씀드리는데 저희는 곧 코르비니로 퇴각할 수밖에 없음을 알려 드립니다. 그러니 부인께서도 저희를 따라가시는 편이 이곳에 남아 있는 것보다 훨씬 안전할 겁니다」

나는 대위에게 무슨 일이 있어도 내 결심은 변함없다고 말했다.

제롬과 로잘리도 내게 애원했다. 그래도 소용이 없다. 난 떠나지 않을 것이다.

또다시 폴은 읽기를 멈춰야 했다. 이 대목에서도 한 페이지가 뜯겨져 나갔다. 이어진 8월 18일자 일기도 앞부분이 찢겨진 채 뒷부분 일부만 남아 있었다.

바로 그 때문에 방금 전 폴에게 보낸 편지에서는 그 말을 하지 않았다. 그는 내가 오르느캥에 남아 있다는 것을 알게 될 것이다. 내가 결심하게 된 동기들은 그게 다다. 하지만 그는 내가 뭘 희망하는지 모르겠지.

그 희망이라는 것도 너무 막연하고 너무도 하찮은 것에 그 바탕을 두고 있지 않는가! 그럼에도 나는 기쁨으로 넘쳐 있다. 나는 그것이 뭘 뜻하는지 확실히 이해하지 못하고 있지만 그것이 중요하다는 것은 느낌으로 알 것 같다. 아! 대위는 매우 고무되어 순찰대를 한층 증강할지도 모른다. 병사들도 모두 무기들을 점검하고 전투 의지를 다지겠지. 적들도 에브르쿠르트에 자리를 잡겠지! 그런데 그게 모두 나와 무슨 상관이란 말인가? 내겐 오직 단 하나의 생각만이 중요한데! 내가 사건의 발단을 제대로 찾긴 한 것일까? 그리고 제대로 길을 가고 있긴 한 걸까? 자, 어디 잘 생각해 봐야겠다……

엘리자베스가 막 자세한 설명을 하려던 순간에 페이지가 또 뜯겨져 나갔다. 역시 헤르만 소령의 소행이겠지? 분명 그럴 것이다. 하지만 그는 왜 이런 짓을 했을까? 8월 19일 수요일에 해당하는 페이지도 앞의 절반 정도가 뜯겨져 나갔다. 그런데 8월 19일은 독일군이 오르느캥을 비롯해 코르비니와 그 인근 전역을 기습 공격하기 바로 전날이었다……. 엘리자베스는 수요일 오후에 어떤 내용을 적은 것일까? 그녀가 무엇을 찾아낸 것일까? 과연 어둠 속에서 무엇이 모습을 드러냈던 것일까? 두려움이 폴을 엄습했다. 목요일 새벽 2시, 코르비니 위쪽 부근에서 첫 포격 소리가 났던 것이 떠올랐다. 그는 일기의 나머지 부분을 읽으면서 가슴이 조여 옴을 느꼈다.

밤 11시
나는 일어나 창문을 열었다. 사방에서 개 짖는 소리가 들려왔다. 개들은 서로 짖어 대더니 잠시 멈추고 귀를 기울이다가 다시 으르렁대기 시작했다. 전에는 한번도 들어 본 적이 없는 기괴한 소리였다. 개들이 잠잠해지자 이번에는 놀랄 정도의 정적이 감돌았다. 개들을 짖게 만든 그 불분명한 소리가 뭔지 나도 한번 귀 기울여 보았다.

그러자 내 귀에도 그 소리가 들렸다. 나뭇잎이 바스락거리는 소리와는 왠지 다른 소리였다. 그건 깊고 고요한 밤중에 의례 들려오는 소리가 분명 아니었다. 어디에서 들려오는 소린지 알 수 없었다. 처음에 나는 너무도 당혹스럽고 혼란스러운 나머지 내 속에서 나는 심장 소리를 잘못 들은 건 아닌지, 그게 아니라면 군대의 행군 소리가 아니었는지 갈피를 잡지 못했다.

저런! 내가 정신이 나갔군. 군대의 행군이라니. 그렇다면 국경에 있던 아군 전초 부대는 어떻게 되었단 말인가? 또 성 주변의 보초들은 어떻고……? 분명 싸움이, 총격전이 일어나겠지…….

새벽 1시

나는 창가에 꼼짝 않고 서 있었다. 개들은 더 이상 짖지 않는다. 세상이 다 잠든 것일까. 그런데 누군가가 숲에서 나와 잔디밭을 가로질러 가는 것을 분명히 보았다. 언뜻 보았다면 그냥 아군 병사들 중 한 명이라고 생각했을 것이다. 그러나 그 그림자가 내 창문 바로 아래를 지나가는 순간, 달빛에 비친 그 모습은 틀림없는 여자의 모습이었다. 나는 처음에 로잘리인 줄 알았다. 그러나 그녀는 분명 아니었다. 그 여자는 키가 훨씬 컸고, 걸음걸이도 로잘리보다는 경쾌하고 빨랐다.

나는 제롬을 깨워 위급 상황임을 알리려 하다가 그만두었다. 그 그림자가 난간 옆 뜰 쪽으로 사라지자 갑자기 이상한 새소리가 들려왔다……. 그런 다음 마치 유성이 땅속에서 내뿜어져 나오듯 한 줄기 빛이 하늘 위로 치솟았다.

그리고 더 이상 아무 일도 일어나지 않았다. 다시 정적이 흐르고, 어떠한 움직임도 보이지 않는다. 아무것도. 왠지 모르는 불안감이 몰려와 도저히 잠을 잘 수 없다. 모든 위험이 사방에서 갑자기 내게로 쏟아질 것만 같다. 그것들이 점점 다가와 나를 에워싸고, 나를 죄이고, 숨 막히게 하고, 결국 나를 짓눌러 버릴 것만 같다. 이제는 숨 쉬기도 힘들다. 무섭다…… 무서워…….

황제의 아들

폴은 엘리자베스의 처절한 고통이 배인 애절한 일기를 두 손으로 꽉 움켜쥐었다.

〈아! 가엾은 사람! 얼마나 고통스러웠을까! 하지만 이것은 시작에 지나지 않은가……. 그녀가 죽기 전까지 걸어야 했던 길은 얼마나 멀고도 험했을까…….〉

그는 더 읽는 것이 두려웠다. 엘리자베스에게 고통의 시간들이, 위협적이고 냉혹한 시간들이 다가오고 있었다. 그는 그녀에게 이렇게 외치고 싶었다.

「안 돼, 도망가란 말이야! 운명에 맞서지 말라고! 난 과거의 일을 모두 잊었어. 그리고 당신을 사랑해」

하지만 이미 늦어 버렸다! 바로 자신이 그녀를 잔인하게 고통으로 내몰지 않았던가! 그러니 지금이라도 그녀가 십자가를 짊어지고 골고다 언덕을 향해 걸어가며 지나왔던 모든 곳들을 그 역시 다 밟아 봐야 한다. 그는 그녀가 겪은 마지막 형벌이 얼마나 끔찍했는지는 이미 잘 알고 있지 않는가.

폴은 무슨 결심이라도 한 듯 갑자기 수첩을 뒤적이기 시작했다. 우선 8월 20일과 21일, 22일의 일기는 백지 상태였다……. 이날들은 일기를 쓸 수 없을 정도로 대단히 혼란스러운 날들이었으리라. 23일과 24일에 해당하는 페이지들도 빠져 있었다. 그 페이지들은 분명 당시 사건들을 상세히 전하며 설명하기 힘든 침입에 대해 뭔가 설명을 하고 있었을 것이다.

일기는 찢긴 장 중간부터 다시 시작되었고, 날짜는 25일 화요일이었다.

「…… 그래, 로잘리, 이젠 완전히 나은 것 같아요. 날 돌봐 줘서 고마워요」

「그럼, 열은 이제 없나요?」

「네, 로잘리. 이젠 말끔히 가셨어요」

「마님은 어제도 그렇게 말씀하시더니 금세 열이 올랐잖아요……. 아무래도 그분의 방문 때문에 그런 것 같아요……. 하지만 오늘은 방문하지 않는다고 했으니까……. 단, 내일은…… 마님께 그리 전하라고 하더군요……. 내일 5시에……」

난 아무 대답도 하지 않았다. 격분한들 무슨 소용인가? 귀로 듣는 굴욕의 말들은 그래도 덜 고통스럽지 않은가. 하지만 눈앞에 벌어지고 있는 광경을 봐야 한다는 건…… 잔디밭은 말뚝을 박아 묶어 둔 말들이 점령해 버렸고, 오솔길은 트럭과 운송 차량들로 가득하다. 정원의 나무들은 절반가량 잘려 나갔고, 장교들은 뜰에 드러누워 술을 마시며 노래를 부른다. 그리고 바로 앞 창가 발코니에는 독일 국기가 걸려 있으니…… 아! 비열한 인간들! 나는 아무것도 보지 않으려고 눈을 감았다. 그런데 그게 오히려 더 끔찍하다……. 아! 어제 밤의 일이 떠오른다……. 그리고 오늘 아침에 본 시신들이 널브러진 그 참혹한 광경. 그 불쌍한 사람들 중에는 아직 목숨이 남아 있는 이들도 있었다. 그들 주위로 괴물들이 덩실덩실 춤을 추었다. 가엾은 이들은 고통 속에 신음하면서도 죽여 달라고 애원하듯 외쳤다.

그리고 또…… 그리고 또…… 하지만 난 더 이상 생각하고 싶지 않다. 내 용기와 희망을 꺾으려 드는 것들은 더 이상 아무것도 생각하고 싶지 않다.

폴! 당신을 생각하며 이 일기를 쓰고 있어요. 내게 불행이 닥치면 당신이 이 글을 읽게 될 거라고 누군가 말하고 있는 것 같아요. 그러니 더 힘을 내서 쓰라고…… 그리고 매일 일어난 일을 당신에게 알리라고……. 어쩌면 당신은 이미 알고 있을지도 모르죠. 제가 쓰려는 이야기는 적어도 아직까진 너무 불분명해 보여요. 과거와 현재, 예전의 살인과 지난밤에 있었던 그 설명할 길 없는 공격 사이에 과연 무슨 관계가 있는 걸까요? 전 모르겠어요. 제가 만든 가설들과 함께 사건들을 상세히 당신에게 전할게요. 그러면 당신이 결론을 내리시겠죠. 그리고 결국엔 진실을 확인할 수 있게 되겠죠.

8월 26일 수요일

성안이 대단히 소란스럽다. 사람들은 사방으로 이리저리 분주히 오가고 특히 내 방 바로 아래에 있는 홀은 그야말로 요란스럽다. 벌써 한 시간 전부터 대여섯 대의 화물 차량과 수를 셀 수 없을 정도로 많은 자동차들이 잔디밭까지 밀고 들어왔다. 화물 차량들은 텅 비어 있었고, 각 리무진에서 내린 두세 명의 부인들은 과장된 몸짓을 하고 시끄럽게 웃어 댔다. 장교들은 그녀들을 맞으러 달려 나왔고, 좋아서 어쩔 줄 모르는 표정이었다. 그리고 모두들 성으로 향했다. 대체 무슨 짓들을 하려고 저럴까? 복도에서 발걸음 소리가 들리는 듯하다. 벌써 5시라니…….
 누군가 문을 두드린다…….

 모두 다섯 명이었다. 그가 먼저 들어왔고 비굴할 정도로 굽실대는 장교 네 명이 뒤따라 들어왔다.
 그가 프랑스 어로 퉁명스럽게 말했다.
「자, 보시오, 제군들. 이 침실과 다른 규방에 있는 모든 물건에는 절대 손대지 말 것을 명하는 바이오. 그리고 두 큰 거실을 제외하고는 모두 자네들에게 주겠소. 거기서 필요한 게 있으면 뭐든 가져가시오. 이것이 바로 전쟁, 전쟁의 특권이지 않겠소?」
 그는 참으로 어리석은 확신에 차서 〈그게 바로 전쟁의 특권이지!〉라고 소리쳤다.
 그리고 다시 말을 이었다.
「부인의 규방에 있는 것은 가구 하나도 움직여선 안 되오. 나도 그 정도 예의쯤은 알고 있는 사람이지」
 그러더니 이제는 나를 바라보며 이렇게 말하려는 것 같았다.
 〈자, 어때? 내가 기사답지 않나? 난 마음만 먹으면 뭐든지 다 가질 수 있지. 그러나 난 독일인이기에 예의를 지킬 줄도 안다고.〉
 그는 감사하다는 답변을 기다리는 듯했다. 그러나 난 이렇게 말해 주었다.

「그럼 약탈을 하시겠다는 겁니까? 저 밖의 화물차들을 봤을 때 알고 있긴 했지만……」

「전쟁의 특권으로 당신에게 속한 것은 약탈하지 않겠소」

「아……! 그러면 그 전쟁의 특권이라는 게 두 거실에 있는 가구들과 예술품들에게는 미치지 않는다는 건가요?」

그러자 그의 얼굴이 붉어졌다. 나는 웃음을 터뜨리며 말했다.

「알겠어요. 그것들은 당신 몫이에요. 잘 골랐군요. 그보다 더 귀중하고 값진 것도 없지요. 그 외 남은 쓰레기들은 당신의 부하들이 나눠 가지면 되겠네요」

장교들은 매서운 눈초리로 날 돌아보았다. 그의 얼굴은 더욱 더 붉어졌다. 그는 매우 얼굴이 동그랗고 짙은 금발 머리에는 포마드를 잔뜩 발랐고, 가운데를 기준으로 한 치의 오차도 없이 정확히 반 가르마를 하고 있었다. 좁은 이마 너머로 뭔가 대꾸할 말을 찾으려는 노력이 엿보였다. 마침내 그는 내게 가까이 다가와 승리에 가득 찬 목소리로 이렇게 말했다.

「프랑스 군은 샤를루아(벨기에의 남부 도시 — 옮긴이)에서 두들겨 맞았소. 모랑에서도 마찬가지였고, 도처에서 작살나고 있지. 그들은 모든 전선에서 후퇴하고 있소. 전쟁의 운명은 이미 판가름 난 셈이오」

나는 너무도 고통스러웠으나 뒤로 물러서지 않았다. 더욱 도전적인 눈빛으로 그를 바라보며 이렇게 중얼거렸다.

「이 무례한 놈!」

내 말에 그는 움찔거렸다. 장교들도 들었는지 그들 중 한 명이 대검(帶劍) 손잡이에 손을 갖다 대는 것이 보였다. 그가 과연 어떤 행동을 보일까? 뭐라 말할 것인가? 그는 몹시 당황하였고 자신의 명예가 실추되었다는 것에 심한 충격을 받은 것 같았다.

그는 이렇게 말했다.

「부인, 내가 누군지 모르는가 보군?」

「아뇨. 잘 알죠, 나리. 당신은 바로 카이저의 여러 아들 중 한 사람이 콘라트 왕자 아니십니까. 그래서 어떻다는 거죠?」

그는 위엄을 지키기 위해 꽤나 노력하며 의연한 태도를 취했다. 나는 그가 위협을 하거나 화를 낼 거라고 생각하고 있었다. 하지만 그는 웃음을 터트리는 것으로 대답을 대신했다. 자신은 아무 근심 걱정이 없는 대귀족임을 과시하려는 그런 웃음소리였다. 그러나 불쾌감을 느끼기에는 너무도 거만한, 그리고 화를 벌컥 내기에는 너무도 점잖은 웃음소리였다.

「참 귀여운 프랑스 여자야! 참 매력적이지 않나? 제군들! 자네들도 들었지? 참으로 당차지 않은가! 파리 여자가 저렇다네. 우아하면서도 장난기가 가득한 영락없는 파리 여자야」

그러더니 그는 과장된 몸짓으로 내게 인사를 하고는, 더 이상의 말도 없이 나가 버렸다. 계속해서 부하들에게 이런 농담을 하면서 말이다.

「참 귀여운 프랑스 여자야! 아! 제군들, 귀여운 프랑스 여자들은 말이지……!」

8월 27일 목요일

하루 종일 짐을 옮기고 있다. 전리품들을 가득 실은 화물차들이 국경을 향해 줄지어 갔다.

그것들은 내 가엾은 아버지가 그토록 열심히 애정을 쏟아 모은 소장품들로, 나의 결혼 선물로 주신 것이었고, 폴과 내가 살아 가면서 누려야 할 귀중한 장식품들이었다.
 가슴이 갈기갈기 찢겨지는 것만 같다!
 들려오는 전쟁 소식들은 안 좋은 얘기들뿐이다. 난 울고 또 울었다.
 콘라트 왕자가 왔다. 난 그를 맞아들여야만 했다. 그가 로잘리를 통해 만일 내가 그의 방문을 받지 않으면 코르비니 주민들이 그 대가를 톡톡히 치러야 할 거라고 경고했기 때문이다.

 이 대목에서 엘리자베스의 일기는 또다시 중단되었다. 그로부터 이틀 후인 29일자 일기부터 다시 시작되고 있었다.

 어제 그가 왔다. 오늘도 마찬가지다. 그는 깊이가 있고 교양 있는 사람으로 보이려고 무진 애를 썼다. 문학과 음악, 괴테, 바그너 운운하면서 말이다······. 그는 저 혼자 말하곤 했는데, 어느 때는 그게 화가 났는지 와락 이렇게 소리를 내지르기도 했다.
「뭐라, 대답 좀 하시오! 뭐요, 콘라트 왕자와 한담을 나누는 것이 당신 입장에서도 그리 불명예스런 일은 아니잖소!」
「간수와 잡담을 하는 수인은 없습니다」
 그러자 그는 강하게 반박했다.
「허나 당신은 감옥에 있는 게 아니지 않소? 제기랄!」
「제가 이 성 밖으로 나갈 수 있습니까?」
「정원을 산책할 수는 있지······」
「그럼, 성벽 안에 갇혀 있어야 한단 말이군요. 수인처럼요」
「그럼, 뭘? 뭘 원하는 거요?」
「여기를 떠나 다른 곳에 가서 살고 싶어요. 당신이 요구한다면 가령 코르비니도 괜찮고요」

「결국 나를 떠나겠다는 거잖소」

내가 아무 말이 없자, 그는 조금 몸을 기울이더니 작은 소리로 이렇게 말했다.

「당신, 나를 몹시도 싫어하지? 그렇지? 오! 내가 그걸 몰랐군. 난 여자들에게 익숙해져 있어서…… 당신이 싫어하는 건 콘라트 왕자인 거지, 그렇잖소? 독일인에…… 침략자다…… 그렇지 않았다면 사람 자체는 당신에게 뭐랄까…… 반감을 불러일으키는…… 그럴 만한 사람은 아니지……. 게다가 바로 지금 그 사람은…… 호감을 사려고 노력 중인데…… 자, 이해하겠소……? 그러니까……」

나는 벌떡 일어나 그를 정면에서 바라보았다. 난 한마디도 하지 않았으나, 그는 내 눈 속에서 혐오의 말을 읽었는지 하던 말을 멈추고 완전히 멍한 표정을 지었다. 그러고는 이내 본성을 드러내며 무례하게 내게 주먹을 쥐어 보였고, 문을 박차고 나가면서 이를 갈고 협박했다…….

이 다음 대목부터 또다시 두 페이지가 빠져 있었다. 폴의 안색이 납빛으로 변해 있었다. 이제까지 그 어떤 고통도 그의 마음을 이처럼 애태운 적은 없었다. 폴은 사랑하는 가엾은 엘리자베스가 여전히 살아 있는 것처럼 느껴졌고, 그가 보는 가운데 투쟁을 하는 것 같았으며, 그녀 자신도 그의 시선을 느끼는 것 같았다. 그런데 비탄과 사랑의 절규로 가득한 9월 1일자 일기를 접하자, 폴은 그 어느 때보다 심하게 마음이 흔들렸다.

폴! 오! 나의 폴, 아무것도 걱정하지 마세요. 그래요, 제가 두 페이지를 찢었답니다. 당신이 그처럼 추잡한 일을 결코 아시게 되는 걸 원치 않기 때문이죠. 그러나 이 일로 당신이 제게서 멀어지는 것은 아니겠지요? 그리고 한 야만인에게 능욕을 당했다고 제가 당신에게 사랑을 받을 만한 자격이 없는 건 아니겠지요? 오! 폴, 그가 내게 했던 말들은…… 어제도 다르지 않았어요……. 갖은 욕설에, 가증스런 협박과 한층 더 야비해진 약속들까지……. 그리고 완전히 격분해서…… 아뇨, 당신께 그것을 되풀이하고 싶진 않아요. 나는 이 일기를 통해 매일매일의 제 생각과 행동들을 당신께 전해야겠다고 생각했죠. 제 고통의 증언만을 전할 생각이었는데 하지만 이건 달라요. 전 용기가 없어요……. 제가 말씀드리지 못하고 침묵으로 대신하는 것을 용서하세요. 당신께서 나중에라도 저 대신 복수를 하실 때를 위해 제가 모욕당했다는 정도로만 아셨으면 합니다. 그 이상은 묻지 마세요…….

실제로 그날 이후로 콘라트 왕자가 매일 방문하는 일에 대해서는 더 이상 자세한 이야기를 하지 않았다. 하지만 그녀의 이야기 속에서 그녀 주위를 집요하게 맴도는 적의 존재가 느껴졌다! 그녀는 간략한 메모를 남기며 전과는 달리 더 이상 자신의 속내를 털어놓지 않았으면서 되는 대로 적었고, 날짜도 아예 빼 버리고 요일만 대충 썼다.

폴은 몸을 떨며 다시 읽어 나갔다. 그런데 새롭게 드러나는 사실들을 접하자 그의 두려움도 점점 커졌다.

목요일
매일 아침 로잘리가 그들에게 물었다. 프랑스 군의 퇴각이 계속

되고 있다고 한다. 그리고 그것은 패주와 다를 바 없으며 심지어 파리조차 함락된 것처럼 보인다. 정부는 피신했다고 한다. 우리가 패배한 것이다.

저녁 7시
그는 늘 내 방 창문 아래서 산책을 한다. 오늘은 전에 여러 차례 멀리서 본 적이 있는 한 여인과 동행하고 있다. 그녀는 항상 촌부(村婦)들이 입는 큰 망토를 두르고 있고, 레이스 달린 숄로 얼굴을 가리고 있다. 하지만 여느 때 그가 잔디밭 주위를 산책할 때 동행하는 사람은 소령이라 불리는 어떤 장교다. 그 역시 회색 망토의 깃을 세워 얼굴을 가리곤 한다.

금요일
병사들이 잔디밭에서 춤을 추고 있다. 군악대가 독일 국가를 연주하고 있고 오르느캥 종소리가 힘차게 울린다. 그들은 자기 편 군대가 파리에 입성한 것을 자축하고 있는 것이다. 그게 사실이 아니라고 어떻게 의심할 수 있겠는가? 안타깝게도! 그들의 기뻐하는 모습이 그것이 사실임을 가장 잘 말해 주고 있지 않은가.

토요일
내 방과 엄마의 초상화가 걸린 규방 사이에는 엄마가 쓰던 방이 하나 있다. 그런데 그 방에 소령이 기거하고 있다. 그는 왕자의 절친한 친구이자, 사람들 말로는 상당한 영향력이 있는 인물이라고 한다. 병사들은 그의 이름이 헤르만 소령이라고 했는데, 그들도 그것 밖에 아는 게 없었다. 그는 왕자 앞에서도 다른 장교처럼 굽실대지 않는다. 오히려 그 반대로 왕자와 친분이 두터운 사람처럼 대화를 나누는 것 같다.

지금 그들은 오솔길에서 서로 나란히 걷고 있다. 왕자는 헤르만 소령의 팔에 기대고 있다. 그들은 나에 대해 이야기하는 것 같은데 서로 뜻이 맞지 않나 보다. 헤르만 소령은 거의 화가 난 듯 보인다.

아침 10시
역시 내 짐작대로였다. 로잘리가 그들 사이에 심한 다툼이 있었다고 말해 주었다.

9월 8일 화요일
저들의 행동거지가 어딘지 모르게 이상하다. 왕자도, 소령도, 장교들도 모두 신경질적으로 보인다. 병사들도 더 이상 노래하지 않는다. 다투는 소리도 들려온다. 그렇다면 뭔가 상황이 우리에게 유리하게 바뀌고 있다는 말인가?

목요일
사람들이 더욱 부산해졌다. 우편물들이 수시로 도착하고 있는 것 같다. 장교들은 자신들의 짐 일부를 독일로 보냈다. 나에게 점점 희망이 생겨난다. 하지만 다른 한편으로는…… 아! 내 사랑 폴, 만일 당신이 그의 방문이 내게 주는 고통을 아신다면……! 그는 더 이상 상냥한 척하지도 않아요. 그는 가면을 벗어던졌죠……. 아니, 아니에요. 이에 대해선 말하지 않기로 했으니…….

금요일

　오르느캥의 전 주민들이 독일로 호송되었어요. 제가 당신께 이야기한 적이 있듯이 그 끔찍했던 날 밤사이에 일어난 사건에 대해 단 한 명의 증인도 남겨두길 원치 않았던 거랍니다.

일요일 저녁

　패전이라고 했다. 파리로부터 멀리 퇴각한다고. 그는 격분하여 이를 갈고 내게 위협을 한층 가하면서 그 사실을 시인했다. 나를 인질로 삼아 보복을 하려는 게 아닐지…….

화요일

　폴, 당신이 언젠가 전쟁터에서 그와 마주친다면 그를 개처럼 무자비하게 죽여 주세요. 허나 저런 자들이 직접 나가 싸우기나 할까요? 아! 제가 무슨 말을 하고 있는 건지…… 정신이 나갔나 봐요. 왜 제가 성안에 남아 있었을까요? 저를 강제로라도 데려가셨어야 했는데, 폴……폴, 그가 뭘 상상했는지 아세요……? 아! 비열한 인간…… 오르느캥 주민 열두 명을 인질로 삼고는 저더러 그들의 목숨에 책임을 지라는 거예요. 바로 저한테요. 참으로 비열하죠? 제가 어떻게 하느냐에 따라 그들이 살기도 하고 총살형을 당하기도 한답니다. 한 사람씩 차례대로…… 그처럼 비열한 행동이 어디 있겠어요? 그가 단지 저를 겁주려고 그렇게 하는 걸까요? 아! 이 얼마나 추악한 협박인가요! 지옥과도 같아요! 차라리 죽는 편이 나으련만…….

밤 9시

죽는다고? 아니다. 왜 죽어야 한단 말인가? 로잘리가 왔다. 예배당보다 좀 더 뒤쪽에 있는 정원의 쪽문을 지키는 보초병 중 한 명과 제롬이 오늘 밤 일을 꾸몄다고 한다.

새벽 3시에 로잘리가 나를 깨우러 올 것이고, 그러면 제롬이 숲 속의 아무도 접근하지 못하는 안전한 곳까지 도망칠 거라고······. 오! 하느님, 저희가 성공할 수 있게 해 주세요!

밤 11시

무슨 일이 일어났던 것일까? 왜 나는 침대에서 일어났던가? 그건 전부 악몽일 뿐이다. 암! 그렇고말고······. 그런데 몸에서 열이 나고 자꾸만 손이 떨려 글을 쓰는 것도 힘이 든다······. 탁자 위에 저 물 컵······? 잠이 오지 않을 때 마시곤 했던 저 물조차 손에 쥘 힘이 없다······.

아! 끔찍한 악몽이었다! 잠을 자는 동안 내가 꿈에서 보았던 것들은 결코 잊혀지지 않으리라! 나는 분명 잠을 자고 있었다. 꿈속에서 그 여자의 유령을 보았던 거다! 유령이라고······? 물론이지. 빗장으로 채워진 문들을 뛰어넘는 것이 유령밖에 더 있는가. 게다가 마루판 위를 걸을 때 가볍게 스쳐 가는 발자국 소리도 전혀 들리지 않았고, 치마의 바스락거리는 소리만 겨우 들리지 않았던가.

그 여자는 왜 여기에 왔을까? 방 안에 켜진 작은 전등 불빛 속에서 그녀를 보니, 탁자를 돌아 조심스럽게 내 침대를 향해 다가오고 있었다. 어둠 속이라 그녀의 얼굴은 보이지 않았다. 난 너무도 무서워 자고 있는 것처럼 보이려고 두 눈을 감았다. 그러나 그녀가 있다는, 그것도 아주 가까이 있다는 느낌이 점점 커졌고, 그녀가 뭘 하는지도 확실히 알 수 있었다. 그녀는 내 쪽으로 몸을 기울이더니 한참 동안 나를 바라보았다. 마치 나를 잘 몰라 내 얼굴을 찬찬히 살피려는 것처럼. 그때 내 심장은 불규칙하게 뛰고 있었는데 그 여자가 그 소리를 듣지 못했을까? 나 역시 그녀의 심장 뛰는 소리와 규칙적으로 내쉬는 숨소리를 들을 수 있었는데 말이다. 참으로 고통스러운 순간이었다! 도대체 그 여잔 누굴까? 그리고 여기에 온 목적은 무엇이란 말인가? 그녀는 충분히 살펴보았는지 옆으로 비켜섰다. 그러나 그리 멀리 간 것은 아니었다. 내가 살짝 감은 눈꺼풀 사이로 보니 내 옆에서 몸을 숙이고 조용히 뭔가에 열중하고 있는 것 같았다. 그리하여 마침내 나는 그녀가 더 이상 나를 주시하지 않는다는 확신이 들자, 두 눈을 뜨고 싶다는 유혹을 점점 뿌리치지 못했다. 단 1초라도 좋으니 눈을 떠 그녀의 얼굴을, 그 몸짓을 보고 싶었다…….

그리고 마침내 나는 보고야 말았다.

오, 이런 세상에! 하마터면 나도 모르게 소리를 지를 뻔했다.

그곳에 있던 여자, 전등 불빛 아래 내가 분명히 본 그 여자의 얼굴은 바로……오! 그건 너무도 불경한 말이기에 차마 쓰지 못하겠다! 그 여자는 내 옆에 무릎을 꿇고 앉아, 기도를 하고 있어야 했다. 눈물이 배인 미소에 찬 다정한 얼굴을 하고 말이다. 아니, 설령 죽은 사람과 뜻하지 않은 대면이었다 해도 그처럼 두려움에 떨진 않았을 것이다. 그러나 그 얼굴은…… 경련을 일으키며 증오와 사악함이 묻어나는 끔찍한 표정에는 야만과 지옥이 자리하고 있었다. 세상의 그 어떤 광경도 그보다 더 소름끼치도록 두려움을 주진 않을 것 같았다. 그리고 바로 그런 이유 때문에, 너무도 당혹스러운 초자연적인 광경을 보았던 터라 그 당시 나는 소리 한번

지르지 못했으리라. 이제야 겨우 마음이 진정되는 듯하다. 두 눈을 뜨고 바라보던 그 순간, 나는 내가 어떤 끔찍한 악몽의 희생자임을 알 수 있었다.

엄마! 엄마, 당신은 그런 사악한 표정을 지은 적도 없고 또 지으실 수도 없잖아요? 당신은 참 좋으신 분이셨죠? 그렇죠? 웃어 보이기도 하셨잖아요? 그런 당신이 아직 살아 계시다면 여전히 그처럼 선하고 다정하셨을 테죠? 사랑하는 엄마, 폴이 당신의 초상화를 보았던 그 끔찍한 저녁 이후, 저는 자주 방에 들어가 엄마의 얼굴을 익혔답니다. 제가 너무 어릴 때 돌아가셨기에 잊고 있었거든요. 그런데 화가가 제가 원했던 것과는 다르게 엄마를 그려 놓아 참으로 괴로웠어요. 하지만 그래도 방금 전 제가 본 그 사악하고 사나운 얼굴은 아니었죠. 왜 엄마가 저를 증오하시겠어요? 전 엄마의 딸인데. 아버지가 종종 제게 말씀해 주셨죠. 제가 엄마와 웃는 모습이 닮았다고. 또 제 눈을 볼 때면 당신의 다정한 눈빛을 다시 보는 것 같다고. 그러니…… 그러니…… 당신이 저를 싫어하시겠어요? 제가 꿈을 꾼 걸까요? 그게 아니라면, 꿈을 꾼 게 아니라면 제 방에서 당신을 닮은 그 여자를 본 것이 꿈이 아니었다면, 그건 환각이었을까요…… 정신 착란이요……. 너무 엄마의 초상화를 들여다보고 엄마만 생각하다 보니, 제가 낯선 사람에게서 엄마의 얼굴을 본 것일까요? 그렇다면 그처럼 흉측한 표정을 한 그 여자는 분명 엄마가 아니겠지요? 그러니 저 물을 마시지 말자. 그 여자가 따라 놓은 것이니, 어쩌면 독일지도 몰라……. 혹 어쩌면 깊이 잠들게 한 후 나를 왕자에게 넘기려 하는 것일지도……. 아! 그런데 그와 가끔씩 산책을 하던 여자가 떠오른다…….

하지만 난 아무것도 아는 게 없구나…… 전혀 아무것도. 피곤한 머리에서 온갖 잡념들만 빙빙 맴돌고……. 곧 새벽 3시다……. 로잘리를 기다리자. 참 고요한 밤이다. 성안이나 그 주변에서 아무런 소리도 들리지 않는다.

  3시를 알리는 종이 울리고 있다. 아! 드디어 이곳에서 벗어나는 거다……! 곧 자유의 몸이 되리라!

75밀리가 아니라 155밀리?

폴은 그녀의 탈출 계획이 성공했기를 바라는 초초한 마음으로 서둘러 페이지를 넘겼다. 그러나 그날 아침 엘리자베스가 알아보기 힘들 정도의 필체로 적은 글을 접하는 순간, 그는 이내 또다시 충격을 받고 고통스러워했다.

우리는 밀고당했고, 배반당했다. 병사 스무 명이 우리를 감시하고 있었다니…… 그들은 짐승들처럼 우리에게 달려들었다……. 지금 나는 정원 별채에 감금당해 있다. 바로 옆 작은 골방에는 제롬과 로잘리가 갇혀 있다. 그들은 결박되고 입에는 재갈까지 물려 있다. 그나마 나는 운신은 자유롭다. 그러나 문 앞에는 여러 명의 병사들이 지키고 있는 것 같다. 그들의 말소리가 들린다.

정오

폴, 당신께 글을 쓰기가 점점 더 어려워지고 있어요. 매 순간 보초병이 문을 열어 저를 살핍니다. 그나마 몸수색을 당하지 않아 제 일기장을 간수할 수 있었어요. 그리고 지금 어둠 속에서 서둘러 당신께 쓰고 있답니다…….

제 일기를……! 폴, 당신이 찾게 될까요? 이곳에서 일어났던 모든 일들을 그리고 제가 어떻게 되었는지를 당신이 알게 될까요? 저들에게 일기장을 빼앗기지 않기를 바랄 뿐이지요……! 저들은 제게 빵과 물을 가져다 주었어요. 저는 여전히 로잘리와 제롬과 떨어져 있습니다. 그리고 두 사람에게는 먹을 것도 가져다 주질 않아요.

2시

로잘리가 입에 물린 재갈을 풀어 내는 데 성공했어요. 그녀는 골방에서 제게 낮은 목소리로 말을 합니다. 그녀는 우리를 지키고 있던 독일 병사들이 서로 얘기하는 소리를 들었는데, 콘라트 왕자가 어제 저녁 코르비니로 떠났다고 합니다. 프랑스 군이 가까이 접근하자, 이곳에 있는 걸 매우 불안해했다고 해요. 저자들이 방어를 하게 될까요? 그리고 국경으로 퇴각을 하게 될까요……? 우리가 탈출에 실패했던 건 헤르만 소령 때문이었어요. 로잘리는 우리에게 희망이 없다는군요…….

2시 30분

로잘리와 저는 하던 말을 중단했어야 했어요. 방금 제가 다시 그녀에게 무슨 말을 하려고 했느냐고 물었어요……. 어째서 우리는 희망이 없다는 거냐고……? 그녀의 말로는 헤르만 소령이 악마 같은 존재랍니다.

그녀는 거듭 이렇게 말했어요.

「네, 악마랍니다. 게다가 그는 특별한 이유로 마님께 거슬리는 행동을 하고 있어요……」

「무슨 이유 말인가, 로잘리?」

「조금 이따 말씀 드릴게요……. 하지만 콘라트 왕자가 우리를 구하러 코르비니로부터 제때 오지 않는다면, 헤르만 소령은 이때를 이용해 우리 세 명을 모두 총살시킬 거예요……」

폴은 가엾은 엘리자베스가 적은 그 끔찍한 〈총살〉이라는 단어가 눈에 들어오자 크게 울부짖었다. 그 단어와 같이 마지막 페이지에 적힌 문장들은 이후 눈에 띄게 대중없이 되는 대로 몇 줄 정도 적혀 있었다. 그녀가 쓴 문장들은 마지막 때가 되자 가쁜 숨을 몰아쉬며 헐떡거리는 임종자의 모습을 떠올리게 했다.

경종이다……. 바람을 타고 코르비니로부터 들려오고 있다……. 이건 무슨 의미일까……? 프랑스 군대가 왔다는 건가……? 폴, 폴, 어쩌면 저들 중에 당신도 있겠지요……! 두 병사가 히죽거리며 들어와 이렇게 말했다.

「부인, 죽으시라는군요……! 세 명 모두 없애 버리라고…… 헤르만 소령이 없애 버리라고 말하더군요……」

아직은 나 혼자 있다……. 그러나 우리는 함께 죽게 되리라……. 하지만 로잘리는 내게 뭔가를 말하고자 했는데…… 그녀가 차마 하지 못했던 말은 무엇일까…….

5시

프랑스 대포 소리다……. 포탄들이 성 주변에 떨어져 터지고 있다……. 아! 그중 하나가 내게로 날아온다면 좋겠는데……! 로잘리의 목소리가 들려오길 기다리고 있다……. 그녀는 뭘 말하려 했던 걸까? 과연 어떤 비밀을 알아낸 것일까……? 로잘리는 말했다. 아! 너무 끔찍해! 아! 너무도 역겨운 진실이에요! 오, 하느님, 제게 일기를 쓸 시간을 주세요……. 폴, 당신은 전혀 상상도 못할 겁니다……. 제가 죽기 전에 당신이 이 사실을 아셔야 하는데…… 폴…….

그 페이지의 나머지 부분은 뜯겨져 나갔고, 그 다음 장부터는 그 달의 마지막 날까지 백지 상태로 남아 있었다. 엘리자베스는 로잘리가 들려준 말을 옮겨 적을 만한 시간과 힘이 있었던 것일까? 하지만 폴은 그 부분에 대해서 생각할 겨를이 없었다. 설령 밝혀진 진실이 있다고 한들, 또다시 어둠에 싸여 영원히 밝혀지지 않는 진실이 된다고 한들 그게 무슨 대수란 말인가? 그리고 콘라트 왕자와 헤르만 소령, 그리고 여자들을 괴롭히고 죽인 저 야만인들에게 복수를 한들 그게 무슨 소용이란 말인가? 엘리자베스는 이미 죽고 없는데……. 그는 방금 전 자기 두 눈으로 그녀가 죽은 것을 본 것만 같았다.

그녀가 죽었다는 사실을 제하면, 그에게 그 어떤 것도 생각하거나 노력할 만한 가치가 없었다. 그는 갑자기 무력감을 느끼며 팔다리가 마비된 듯 쓰러졌다. 그러곤 불행한 여인이 가장 잔인한 형벌들을 기록한 일기장에서 두 눈을 떼지 못한 채, 자기 안에서 서서히 극도의 허탈감과 망각의 거대한 욕구가 일어나는 것을 느꼈다. 엘리자베스가 그를 부르고 있었다. 그녀가 없는 마당에 싸워 본들 그 무슨 소용이란 말인가? 왜 그는 그녀의 뒤를 따라가지 못하는가?

누군가가 그의 어깨를 툭 쳤다. 누군가의 손이 다가와 그가 쥐고 있던 소총을 낚아챘다. 베르나르였다.

「그거 그냥 내려놓으세요, 매형. 군인으로서 목숨을 끊을 권리가 있다고 생각하는 거라면, 굳이 막지 않을게요. 허나 우선 제 말부터 들어요……」

폴은 저항하지 않았다. 자신도 모르게 죽음의 유혹이 그를 스쳐 지나갔던 것이다. 그런데 설령 그가 광기에 휩싸여 그만 일을 저질렀다 해도, 곧 의식을 회복하여 제정신을 차렸을 것이다.

폴은 정신을 차린 듯 말했다.

「어디 말해 봐!」

「길진 않아요. 한 3분 정도면 충분해요. 자, 들어봐요」

그러곤 베르나르가 설명하기 시작했다.

「필체를 보아하니 누나가 쓴 일기를 찾아낸 것 같은데, 그 일기가 매형이 짐작하여 알고 있던 것들을 확인시켜 주었나요?」

「그래」

「누나가 일기를 썼을 당시 제롬과 로잘리와 함께 죽음의 위협을 받고 있었나요?」

「그랬어」

「그러면 그 세 사람이 우리가 코르비니에 도착했던 바로 그날, 그러니까 16일 수요일에 총살당했나요?」

「그래」

「다시 말해, 우리가 이곳 코르비니 성에 도착했던 목요일 전날 오후 5시와 6시 사이죠?」

「그래, 근데 왜 그런 질문들을 하지?」

「왜냐고요? 자, 보세요, 매형. 내 말 잘 들으세요. 지금 내 손엔 매형이 엘리자베스가 총살당했던 바로 별채의 벽에서 꺼냈던 포탄 파편이 있어요. 자 여기요. 머리카락들이 여전히 붙어 있지요」

「그래서?」

「그래서 말이에요, 내가 방금 전 성을 지나다가 포병 중대의 특무 상사와 얘기를 나눴거든요. 그에게 우리의 대화와 조사 내용을 다 설명했죠. 그랬더니 그는 이 파편을 보면서 이건 75밀리 포가 아니라 155밀리 대포, 즉 리마일로 포에서 발사된 포탄 파편이라고 하더군요」

「무슨 말을 하는지 통 모르겠어」

「모르시는 게 당연하죠. 매형은 그 특무 상사가 방금 전 내게 환기시켰던 것들을 모르거나 아니면 잊고 있어서 그런 거예요. 자, 그러니까 16일 수요일 저녁 처형이 있던 바로 그때, 코르비니에서 포대가 포문을 열어 성을 향해 몇 발의 포탄을 발사했죠. 그때 우리 포대는 모두 75밀리 포대였답니다. 그리고 155밀리 리마일로 포대는 그 다음날인 목요일, 즉 우리가 성으로 진군할 때에야 비로소 발포되었대요. 따라서 리마일로 포는 목요일 아침에야 발포가 되었기 때문에 누나가 수요일 저녁 6시경 총살을 당해 매장되었고 그 포탄 파편에서 누나의 머리카락이 발견된다는 것은 현실적으로 불가능한 일이라는 거지요」

「그러니까……?」

이제야 알았다는 듯 폴의 목소리가 상기되었다. 베르나르는 다시 말을 이었다.
「그러니까, 목요일 아침 땅에 떨어진 리마일로 포탄 파편을 주워 다가, 바로 그 전날 저녁에 미리 잘라 놓은 누나의 머리카락에 고의로 박아 놓았다는 뜻이 되죠」
「아니 말도 안 돼! 무슨 목적으로 그 같은 짓을 했단 말이지?」
그러자 베르나르가 웃어 보였다.
「나 참, 매형도. 누나가 총살당한 것처럼 꾸며서 죽었다고 믿게 만들려고 그렇게 한 거죠」
그러자 폴은 그에게 달려들어 그의 어깨를 잡고 흔들며 말했다.
「베르나르! 너 뭔가 알고 있지! 그렇지 않고서야 그렇게 웃고 있겠어? 자, 어서 말해 봐! 그러면 별채 벽에 왜 그 총탄들이 박혀 있었지? 그리고 그 쇠사슬은? 그 세 번째 고리는 또 뭐야?」
「바로 그거예요! 연출을 지나치게 했던 거죠! 처형이 있었다면 그런 총탄 자국이 남아 있었겠어요? 그리고 또, 누나의 시신이 발견되지도 않았잖아요? 제롬과 그의 아내를 총살한 다음, 그들이 누나에게도 똑같이 그렇게 했다는 증거가 어디에 있죠? 아니면, 혹시 누가 알아요. 누군가 개입해서……」
폴은 약간의 희망이 보이는 듯했다. 헤르만 소령이 처형 명령을 내리긴 했지만, 처형 직전 코르비니에서 돌아온 콘라트 왕자가 엘리자베스를 살려 주었을지도 모르는 일이었다…….
그는 이렇게 더듬거렸다.
「어쩌면…… 그래, 어쩌면…… 일이 이렇게 됐을 수도 있지. 헤르만 소령은 코르비니에 우리가 있다는 걸 알고 있었지. 네가 만났다는 그 촌부(村婦) 기억나지? 그래서 헤르만 소령은 우리로 하여금 엘리자베스가 죽었다고 믿게 해서 그녀를 찾는 걸 단념시키려고 그처럼 일을 꾸몄을지도 모르지. 아! 그러나 실제로 일이 어떻게 된 걸까?」

베르나르는 폴에게 가까이 다가와 진지한 목소리로 말했다.

「매형, 제가 말씀드리는 건 희망 사항이 아니라 확실한 사실이에요. 앞서 말했던 건 매형에게 마음의 준비를 시키려고 했던 겁니다. 자, 지금부터 잘 들으세요. 사실을 말씀드리죠. 제가 포병 중대 특무 상사에게 물어본 것은 제가 알고 있던 사실들을 다시 확인하기 위해서였답니다. 조금 전 오르느캥 마을에서 국경으로부터 독일 포로들을 싣고 온 수송차가 도착했어요. 그 포로들 중 한 명과 몇 마디 말을 나눠 봤는데, 성에 주둔했던 병사더라고요. 바로 그자가 그 광경을 목격했답니다. 그는 알고 있었어요! 오! 다행히 누나는 총살당하지 않았어요. 콘라트 왕자가 처형을 막았답니다」

「뭐라고? 지금 뭐라고 했어? 그게 확실해? 그녀가 살아 있다고?」

폴은 기쁨에 넘쳐 큰 소리로 외쳤다.

「네, 살아 있어요……! 저들이 독일로 누나를 데려간 거죠」

「그 다음에는……? 헤르만 소령이 자신의 계획을 성공시키고자 그녀를 가만두지 않을 수도 있잖아! 계획이 완수된 후 죽였을 수도……」

「살아 있대도요」

「어떻게 그걸 알아?」

「그 포로가 말하더군요. 프랑스 귀부인을 보았다고. 그것도 바로 오늘 아침에요」

「어디서?」

「국경에서 그리 멀지 않은, 에브르쿠르트 인근의 한 저택에서요. 그녀의 목숨을 살려 주고, 헤르만 소령으로부터 그녀를 지켜 줄 만한 역량이 있는 사람의 보호를 받고 있대요」

그러자 폴은 경직된 표정을 지으며 건조한 목소리로 다시 물었다.

「무슨 말을 하는 거야?」

「콘라트 왕자를 말하는 거예요. 그는 집안에서조차 멍청이로 통하는 데다가 군복무도 취미 삼아 하고 있다는군요. 에브르쿠르트에 자기만의 사령부를 만들어 놓고 매일같이 엘리자베스를 찾아간대요. 그래서 걱정이 이만저만이 아니……」

베르나르는 하던 말을 중단하고 놀라서 이렇게 물었다.

「매형, 왜 그래요? 얼굴이 너무 창백해요……」

폴은 처남의 어깨를 붙잡으며 겨우 입을 떼었다.

「지금 엘리자베스가 처한 상황은 말이 아니야. 콘라트 왕자는 그녀에게 미쳐 있고…… 자, 생각해 봐. 이미 우리가 다 들었던 얘기잖아……. 그리고 그녀의 일기는 고뇌의 외침으로 가득 차 있어……. 그자는 엘리자베스에게 완전히 정신이 나갔어. 그자는 일단 잡은 먹이를 놔 주지 않을 거야. 무슨 말인지 알겠지? 순순히 물러서지 않을 거라고!」

「아! 매형, 전 믿을 수가 없어요……」

「거듭 말하지만, 순순히 물러서진 않을 거야. 그자는 단순한 멍청이만은 아니야. 교활하고 비열한 작자라고. 이 일기를 읽어 보면 너도 알게 될 거야……. 그리고 또 베르나르, 이제 그만 하면 말은 충분해. 지금 필요한 건 행동이지. 그것도 즉각 행동으로 옮겨야 해. 생각하고 자시고 할 시간도 없어」

「뭘 하시려고요?」

「엘리자베스를 그 작자로부터 빼내 와야지. 그녀를 구해 와야

해……」

「그건 불가능해요」

「불가능하다고? 겨우 여기서 12킬로미터에 떨어진 곳에서 내 아내가 그 불한당 같은 놈에게 온갖 능욕을 당하며 포로로 갇혀 있는데, 나보고 여기서 그냥 팔짱만 끼고 있으란 말인가? 자, 가자고! 가만히 있어서야 용기 있는 자라 할 수 있겠나! 베르나르, 행동 개시야! 만일 망설이는 거라면 나 혼자라도 가겠어」

「혼자 가시겠다고요……? 어디로요?」

「저 너머로! 나 혼자서도 돼……! 누구의 도움도 필요치 않아. 독일 군복 하나만 있으면 돼. 야밤을 틈타 건너갈 거야. 죽어야 한다면 적들을 죽일 거야. 그리고 내일 아침 엘리자베스는 자유의 몸이 되어 이곳으로 오게 될 거야」

베르나르는 고개를 저으며 다정하게 말했다.

「매형도 참 딱해요!」

「뭐라고? 무슨 뜻이지……?」

「무슨 뜻이냐고요? 그거야 물론 제가 매형의 뜻에 무조건 따를 거라는 거죠. 그리고 누나를 구하러 함께 갈 거라는 뜻이고요. 위험 같은 게 뭐 그리 대수겠어요? 다만 불행하게도……」

「불행하게라니?」

「아! 저, 매형. 이쪽에서는 더 이상의 강공은 하지 않겠답니다. 그래서 예비군과 국민군을 소집하고 있어요. 우리는 여길 떠날 거랍니다」

「떠, 떠난다고?」

폴은 깜짝 놀라며 말을 더듬었다.

「네, 오늘 저녁에요. 오늘 저녁, 우리 사단은 코르비니를 떠나

지금은 확실히 알 수 없는 어디론가 이동한다고 했어요……. 아마도 랭스나 아라스인 것 같아요. 결국, 서쪽이나 북쪽이겠죠. 이제 아시겠죠, 매형? 매형의 계획은 실현 불가능해요. 자, 그래도 용기를 내요. 그렇게 비탄에 잠긴 표정은 짓지 말고요. 제 맘도 터질 듯이 아프다고요……. 자, 뭐라고 말해야 하나? 어쨌든 지금 누난 위험한 상황은 아니잖아요……. 그리고 자신을 지킬 줄도 알 거예요……」

폴은 단 한마디 대꾸도 없었다. 그는 엘리자베스의 일기 속에 적혀 있던 콘라트 왕자의 가증스런 말을 떠올리고 있었다. 〈그게 바로 전쟁이지……. 그게 바로 전쟁의 특권이자 법칙이라고.〉 바로 그 전쟁의 법칙이 엄청난 무게로 폴을 짓눌렀다. 그러나 동시에 그 법칙이 담고 있는 보다 고귀하고 열광적인 것이 그를 엄습했다. 그것은 바로 국가의 안녕을 위해 모든 것을 내놓는 개인의 희생이었다.

전쟁이 특권이라고? 아니다. 전쟁은 의무다. 그것도 그 누구도 결코 논박할 수 없는, 너무도 절대적이라 영혼일지라도 남몰래 불평의 탄식조차 내뱉을 수 없는 매우 강제적인 의무 말이다. 엘리자베스가 죽음이나 치욕에 처해 있을지라도 전쟁의 의무는 폴 들로즈 중사를 봐주지도 않을 것이며 그에게 따르라고 명령한 길에서 단 1초도 우회하는 것을 허용치 않을 것이다. 그는 인간이기 이전에 군인이다. 그가 프랑스를 위해, 고통받고 너무도 사랑하는 조국을 위해 할 수 있는 다른 의무란 없다.

그는 엘리자베스의 일기를 조심스럽게 접었다. 그리고 처남을 데리고 밖으로 나갔다.

어스름이 내릴 무렵, 그는 오르느캥 성을 떠났다.

2부

이제르⋯⋯ 미제르

　베르나르와 폴을 싣고 프랑스 서부 지역으로 향해 가는 긴 운송 행렬 앞에 툴, 바르르뒤크, 비트리르프랑수아 등의 소도시들이 늘어서 있었다. 셀 수 없이 많은 열차들이 군인들과 물자를 가득 싣고 앞서거니 뒤서거니 하며 줄을 이었다. 그들은 프랑스의 넓은 교외를 지나 북으로 진군하면서 보베, 아미앵, 아라스를 지났다.
　가능한 한 국경에 빨리 도착하여 영웅적인 벨기에 군인들과 최전선에서 합세해야 했다. 전쟁이 교착 상태에 빠짐에 따라 그들이 거쳐 지나가는 지역들은 적군을 몰아내고 되찾는 땅이라는 것을 의미했다.
　행군 도중 폴 들로즈는 새로이 소위로 진급했다. 그는 마치 꿈을 꾸듯 북으로 진군해 나갔다. 즉, 그는 매일매일 싸우면서 매 순간 죽음의 위협을 무릅쓰고 차마 거역하지 못할 정도의 맹렬한 기세로 부하들을 독려하며 계속해서 북진했다. 용감무쌍한 진군은 폴 자신도 모르는 마치 미리 정해진 어떤 의지에 따라 척척 진행시켜 간 것 같았다. 진군하는 동안 베르나르가 웃고 즐기며, 명랑하게 능변으로 동료들의 사기를 진작했던 것과는 달리, 폴은 내내 말이 없고 넋 나간 사람 같았다. 피로와 궁핍, 열악한 상황 따위에도 전혀 아랑곳하지 않았다.

폴이 가끔씩 베르나르에게 고백했던 것처럼 진군은 그에게 깊은 쾌감을 안겨 주었다. 진군함으로써 유일한 목표를 향해 나아간다는 생각이 들었기 때문이다. 그 목표란 다름 아닌 엘리자베스를 구출하는 것이었다. 비록 공격 방향이 북부 전선이긴 했지만 그에게는 그곳이 엘리자베스가 있는 동부 전선이나 다름없었다. 그는 어디를 가든 한결 같은 증오심으로 적들에게 달려들었다. 어느 곳에서 전투를 하건 그것은 중요하지 않았다. 무슨 일이 있어도 반드시 엘리자베스를 구출해 낼 테니 말이다.

그런 그에게 어느 날 베르나르가 이렇게 말했다.

「우린 반드시 해낼 거예요. 매형, 누난 콘라트라는 코홀리개쯤은 너끈히 이겨 낼 테니까요. 그동안 우리는 독일 놈들에게 다가가는 거예요. 벨기에를 가로질러 돌진해 들어가 콘라트 놈을 뒤에서 덮쳐 버리는 거예요. 그리고 순식간에 에브르쿠르트를 빼앗는 거예요! 어때요? 생각할수록 통쾌하지 않아요? 물론, 매형은 독일 놈이라면 한 놈이라도 더 때려눕혀야 속이 시원하겠죠. 아! 매형의 얼굴에 날카로운 미소가 보이면, 전 속으로 이렇게 말하죠. 〈빵! 총알이 명중했군······.〉 아니면 〈상황 종료······. 매형 대검 끝에 또 한 놈이 걸렸군.〉 매형은 기회가 닿으면 매번 대검을 사용하니까요······. 아! 우리 폴 들로즈 소위님께서 참으로 잔인해지신 거죠! 사람을 죽이고 웃다니! 게다가 웃을 만하다고 생각하고 계시니 말예요!」

　루아유, 라시니, 솬(파리 북부 지방의 마을들──옮긴이)…… 더 나아가 바세 운하와 리스 강…… 그리고 마침내는 이프르! 바다까지 뻗어 있던 두 개 전선이 마침내 멈춰 선 곳! 마른 강(제1차 세계 대전의 〈마른 전투〉로 알려져 있다──옮긴이)과 엔 강(제1차 세계 대전 때 이 강을 경계로 네 차례 전투가 벌어졌으며 〈엔의 전투〉라고 일컬어진다──옮긴이), 우아즈 강과 솜 강을 지나, 젊은이들의 피로 붉게 물든 벨기에의 작은 개울이 바로 이프르였다! 바로 그곳에서부터 이제르 강(제1차 세계 대전 중 독일군이 영국 해안을 목표로 칼레를 거쳐 진군하려고 했을 때, 이 강의 유역에서 전투가 벌어졌다──옮긴이)의 끔찍한 전투가 시작되었다.

　그 지옥의 전장(戰場)에서 중사로 빠르게 특진한 베르나르와 소위로 진급한 폴 들로즈는 12월 초까지 살아남았다. 그들은 대여섯 명의 파리 출신 병사들과 두 명의 자원병, 한 명의 예비군, 그리고 적과 싸우기 위해서는 프랑스 군에 가담하는 것이 보다 효과적이라 판단하여 뢰슬라르서 도망 온 라쉔이란 이름의 벨기에 병사 한 명과 함께 총알도 피해 가는 최정예 부대를 만들었다. 폴이 지휘한 소대에서는 오직 그들만이 살아남았고, 소대가 재정비된 후에도 끝까지 남아 서로 힘을 합쳐 싸웠다. 그들은 오히려 모든 위험한 임무들을 자청하고 나섰으며, 임무가 끝나고 나면 찰과상 하나 없이 모두가 무사해서 마치 행운이 따르고 있는 듯했다.

　마지막 두 주 동안 최전방으로 뛰어든 연대는 벨기에와 영국 부대로부터 측면 지원을 받았다. 그리하여 영웅적인 총공세가 이루어졌다. 진흙탕과 홍수 속에서도 성난 대검은 쉴 줄을 몰랐고, 독일군은 수천 명, 수만 명씩 쓰러졌다.

베르나르는 뛸 듯이 기뻤다.

어느 날 그는 기관총 세례를 받으며 전진하면서 프랑스 어를 한마디도 알아듣지 못하는 한 어린 영국군 병사에게 이런 말을 했다.

「자, 봐! 토미! 세상에 누구보다 난 벨기에 인들을 칭송한다고. 하지만 내 코를 납작하게 만들 정도는 아니지. 그들이 우리 방식대로 싸우는 데에는 다 이유가 있지. 우린 싸울 때 맹수처럼 달려들거든. 하지만 내가 놀란 건 바로 자네들, 앨비언(Albion, 영국의 옛 명칭으로 〈하얀 나라〉란 뜻을 담고 있는데, 영국 남부 해안 백악질 절벽이 희게 보이는 데서 유래한 말이다 — 옮긴이)의 사나이들이야. 자네들은 좀 달라…… 자네들은 나름대로 일 처리 방식을 가지고 있더군……. 일 처리 능력이 정말 대단해! 흥분하거나 광분하지도 않으면서도 내심 뜨겁게 끓어오르는 뭔가를 마음속에 지니고 있지. 아! 예를 들자면 자네들이 후퇴할 때 한번 열을 받으니까 꽤 무섭대. 그래서 그런지, 자네들이 퇴각할 때는 오히려 땅 덩어리가 하나씩 늘어나더라니까. 자네들에겐 퇴각 명령이 전진 명령인 셈인가. 그 결과 매번 독일 놈들은 으깨지고 말이야」

그날 저녁 딕스무드(Dixmude, 이제르 강변의 도시 — 옮긴이) 인근에서 제3 중대가 사격을 하고 있는 동안, 폴과 베르나르가 모두 기이하다고 여길 만한 사건이 발생했다. 폴은 오른쪽 옆구리 아랫부분에 극심한 충격을 느꼈지만 전투 중이라 거기에 신경 쓸 여유가 없었다. 나중에 참호로 돌아와 살펴보니, 총알 하나가 그의 권총 가죽집을 뚫고 총신에 딱 달라붙어 있었다. 그런데 폴이 있던 위치에서 볼 때, 그 총알은 뒤쪽에서 날아온 것이 분명했다. 다시 말해 그의 소속 중대이거나 연대 내의 다른 중대에 속한 어느 병사가 쐈다는 얘기가 된다. 그렇다면 우연히? 아니면 사격 미숙으로 그랬단 말인가? 그런 일이 있은 후 다음날 이번에는 베르나르가 당한 것이다. 그 역시 행운이 따라 주어 다행히 큰 탈은 없었다. 총알 하나가 그의 배낭을 뚫고 들어와 견갑골을 스쳐 지나간 것이었다.

그로부터 나흘 뒤엔 폴의 군모에 구멍이 났는데 이번에도 총알이 날아온 방향은 후방 쪽이었다.

더 이상 의심의 여지가 없었다. 누군가가 그들을 살해하려 했으며, 적으로부터 매수당한 배반자가 프랑스 진영에 숨어 있는 게 분명했다.

「틀림없어요. 매형이 먼저 당했고 그 다음에 내가, 또 그 다음에 매형이 당했죠. 분명 헤르만의 소행이에요. 헤르만 소령이 딕스무드에 있는 게 틀림없어요」

그러자 폴이 덧붙였다.

「그리고 어쩌면 왕자도 있을지 몰라」

「어쩌면요. 어쨌든 저들의 일행 중 하나가 우리 가운데 끼어든 거라고요. 그자를 어떻게 찾아내죠? 대령님께 알릴까요?」

「맘대로 해, 베르나르. 하지만 적어도 우리와 소령 간의 사적인 싸움에 대해선 언급하지 않는 게 좋겠어. 나도 잠시나마 대령님께 알리려는 생각을 하긴 했지만, 이 일과 관련해 엘리자베스의 이름이 입에 오르내리는 게 싫어서 그만뒀어」

게다가 그는 상사들에게 신변을 보호해 달라고 청하고 싶지도 않았다. 그 후로 두 사람에 대한 암살 시도가 다시 일어나지 않았지만, 이번에는 하루가 멀다 하고 배반의 움직임이 포착되었다. 적에게 프랑스 포병 중대의 위치가 파악되었고, 아군의 공격이 사전에 노출되는 것 등으로 미루어 볼 때, 그 어느 곳보다 이곳에서 첩보 공작이 조직적으로 활발히 이루어지고 있음을 알 수 있었다. 그리고 그 첩보 조직을 통괄하는 주요 인물이 헤르만 소령이라는 점에서, 그가 이곳에 있다는 것은 의심할 여지가 없었다.

베르나르가 독일 전선을 가리키며 말했다.

「그자는 분명 저기에 있어요. 저 늪지에서 중요한 싸움이 일어나고 있는 만큼 그가 마쳐야 할 임무가 있을 테니까 분명 저기 있을 거예요. 그리고 우리가 여기 있으니 더 더욱 그렇겠죠」

「우리가 여기 있다는 걸 그자가 어떻게 알지?」

폴이 의아해하며 묻자, 베르나르가 오히려 반문했다.

「그자가 그걸 모르겠어요?」

어느 날 오후, 대령의 숙소로 사용하고 있던 한 오두막집에서 대대장들과 중대장들의 회의가 열렸다. 폴 들로즈도 그 자리에 참석하라는 명령을 하달받았다. 그는 사단의 총사령관이 운하 좌안에 위치한 작은 집 한 채를 탈취하라는 명령을 내렸다는 사실을 알게 되었다. 평소 그 집에는 뱃사공이 거주하고 있었는데 전쟁이 터지자 독일군의 요새가 되었다. 독일군 쪽에서는 언덕에 막강한 화력의 중포(重砲)를 배치하여 그들의 토치카를 방어하고 있었기 때문에 며칠 전부터 그 집이 골칫거리였다. 그래서 결국 뱃사공의 집을 제거하기로 결정이 났다.

대령은 다음과 같이 밝혔다.

「그 때문에 아프리카 중대에 의용병 100명을 요청했고, 그들은 오늘 밤 출발하여 내일 아침 공격에 가담할 것이오. 따라서 우리의 임무는 그들을 즉시 지원하여 일단 기습 공격이 성공하면, 그 중요한 위치로 보아 극심할 것으로 예상되는 적의 반격을 물리치는 것이오. 그 집의 위치는 제군들이 이미 알고 있다시피, 저 늪지를 사이에 두고 경계 지어져 있소. 우리의 아프리카 의용병들은 오늘 밤 허리까지 차오르는 그 늪지를 헤치고 공격을 감행할 것이오. 그리고 늪지의 우측으로는 운하를 따라 강둑길이 나 있는데, 그 길을 통해 우리는 빼앗긴 영토를 탈환할 것이오. 대포 두 문으로 그 길을 말끔히 쓸어 버린다면 대체로 소통은 원활할 것이오. 다만 뱃사공의 집 전방 500미터 지점에 낡은 등대가 하나 있었는데, 지금까지 독일군에 의해 점령된 상태였다가 방금 전 대포 사격으로 파괴되었소. 그곳에서 저들이 완전히 철수했는지는 아직 모르겠소. 따라서 적의 전초 부대와 부딪칠 위험을 감수해야 할 거요. 바로 이 점을 유의하기 바라오. 그리고 들로즈, 난 자네가 제일 믿음이 가네」

「감사합니다, 대령님」

「위험한 임무는 아니지만, 워낙 복잡하고 정확성을 요하는 일이라서 말이야. 오늘 밤 떠나게. 그 낡은 등대가 적들에게 점령된 상태라면 그냥 돌아오게. 허나 그렇지 않다면 10여 명의 듬직한 부하들을 데리고 우리가 가까이 갈 때까지 주의를 기울여 잠복해 있게. 그곳은 훌륭한 거점이 될걸세」

「예, 알겠습니다. 대령님」

폴은 서둘러 출발 채비를 했다. 그리고 의례 싸움 때면 그래왔듯이 자신만의 정예 부대를 소집했다. 파리 출신 병사들과 자원병들, 그리고 예비군 한 명과 벨기에 인 라쉔으로 구성된 그의 정예 부대원들에게 밤사이 동원될지도 모르니 대기하라고 일러두었다. 밤 9시가 되자 폴은 베르나르와 함께 길을 떠났다.
   그들은 적의 탐조등 때문에 한동안 운하 끝자락의 뿌리 뽑혀진 버드나무의 큼지막한 밑동 뒤에 숨어 있어야 했다. 이내 칠흑 같은 어둠이 주위를 휘감자 한 치 앞도 분간할 수 없었다.
   그들은 예기치 않은 불빛에 모습이 발각될까 봐 걷지 않고 조심스럽게 기어 갔다. 진흙 밭과 늪지 쪽으로 산들바람이 가볍게 불자 갈대들이 구슬픈 소리를 내며 흐느적거렸다.
「음산하군요」
베르나르가 중얼거렸다.
「쉿!」
「분부대로 하겠나이다, 소위님!」
   사방이 너무 고요해지자 불안을 느낀 나머지 적막을 깨뜨리려고 괜히 짖어 대는 개들처럼, 이따금 아무 이유 없이 대포 소리가 울렸다. 이어 또 다른 대포들이 지금까지 그냥 잠자고 있었던 게 아니라는 듯 맹렬하게 울기 시작했다.
   폭음이 한 차례 지나가자 또다시 정적이 감돌았다. 드넓은 지대에서 움직이는 물체라곤 하나도 없었다. 늪지의 풀들도 꼼짝 않고 서 있는 듯했다. 하지만 베르나르와 폴은 그들과 함께 출발한 아프리카 의용병들이 천천히 진군하고 있음을 느낄 수 있었다. 저들은 얼음처럼 차가운 물속에서 오랫동안 꼼짝 않고 버티면서 서서히 적진을 향해 다가가려 사력을 다하고 있을 터였다.
「점점 더 음산해지네」
베르나르가 울먹이는 소리로 말하자 폴이 꼬집듯 말했다.
「네가 오늘 밤 꽤나 감수성이 예민해져 있구나!」
「이제르! 이제르(Yser)! 미제르(misére, 재난, 근심거리를 뜻함.

여기서 작가는 이제르와 미제르라는 어감이 비슷한 두 단어를 함께 사용하여 제1차 세계 대전 당시 이제르 강변에서 일어난 프랑스와 독일 간의 접전이 치열했음을 나타내고 있다——옮긴이)!」

독일 인들의 말소리였다.

베르나르와 폴은 급히 땅에 엎드렸다. 적들은 반사경으로 길을 훑으며 늪지의 수심을 재고 있었다. 이후 베르나르와 폴은 두 차례 더 경계 상황을 맞았으나 운 좋게 낡은 등대 근처까지 무사히 다다를 수 있었다.

그때가 11시 30분이었다. 신중에 신중을 거듭하면서 그들은 붕괴된 돌 더미 사이로 조심스럽게 들어가 초소가 비어 있음을 확인했다. 그런데 계단의 무너진 디딤판 아래에 뚜껑이 열려져 있는 것이 보였는데 거기에는 지하실로 내려갈 수 있는 사다리가 하나 있었다. 캄캄한 지하실에서 대검들과 철모들이 빛에 반사되어 반짝였다. 그러자 베르나르가 위에서 전등으로 어둠 속을 휘저어 보더니 이렇게 단언했다.

「두려워할 거 하나도 없어요. 다들 죽었는데요. 조금 전에 있었던 포격을 맞고 쓰러진 게 분명해요. 독일 놈들이 저들을 지하실에 던져 넣은 것 같아요」

「그런 것 같군. 그렇다면 놈들이 다시 올 경우도 대비해야겠어. 저 시신들을 수습하러 다시 올지도 모르니까. 베르나르, 이제르 강변 쪽으로 올라가 보초를 서라!」

「그런데 만에 하나 저 녀석들 중 한 놈이 아직 살아 있다면 어쩌죠?」

「내가 내려가 확인해 보지」

「주머니들을 한번 뒤져 봐요. 저들이 적어 놓은 행군 수첩이 나오면 꼭 챙기세요. 흥미로울 것 같지 않아요……? 저들의 정신 상태가 어땠는지, 또 밥통 사정은 어땠는지 알아볼 수 있는 더 없이 좋은 자료죠」

베르나르가 밖으로 나가면서 그렇게 말했다. 폴은 사다리를 타고 아래로 내려갔다. 지하실은 상당히 넓었다. 대여섯 명의 사체들이 맨 바닥에 널브러져 있었는데 모두가 이미 싸늘하게 굳은 상태였다. 잠시 우두커니 서 있던 폴은 이내 베르나르의 말이 생각나 호주머니들을 뒤지면서 수첩이 있는지 찾아보았다. 그러나 그의 관심을 끌 만한 거라곤 하나도 없었다. 그러다 여섯 번째로 조금 마른 체격에 얼굴 전체에 심한 손상을 입은 한 사체를 수색하다가 점퍼 속에서 로젠탈이란 이름이 적힌 지갑을 발견했다. 그 지갑 속에는 프랑스와 벨기에 은행의 수표 몇 장과 스페인과 네덜란드, 그리고 스위스 소인이 찍힌 편지 꾸러미가 하나 들어 있었다. 그 편지들은 모두 독일어로 적혀 있었다. 프랑스에 거주하는 한 독일 첩자에게 보낸 것들이었는데 그자의 이름은 나와 있지 않았다. 그런데 편지들은 그 첩자의 손을 거쳐 폴이 방금 찾아냈던 로젠탈이란 병사에게 전달된 것이었고, 이자도 사진을 동봉하여 그 편지들을 〈각하〉라고 칭하는 제3의 인물에게 전달하려 했던 모양이었다.

「첩보 업무를 담당했군…… 기밀 정보에…… 통계 자료까지……. 빌어먹을 자식들!」

폴은 편지들을 대강 훑어보며 속으로 중얼거렸다.

그가 다시 지갑을 열어 봉투 하나를 꺼내려다 잘못하여 그만 봉투가 찢어지고 말았다. 그 안에는 사진 한 장이 들어 있었다. 그런데 그걸 보는 순간, 너무도 기겁한 나머지 폴의 입에서 외마디 비명이 터져 나왔다.

　그 사진은 오르느캥의 닫힌 방에 걸려 있는 초상화의 그 여자였다. 레이스 달린 숄을 두른 모습하며, 단호함이 느껴지는 미소 어린 표정까지 영락없는 바로 그 여자였다. 그런데 그 여자는 헤르민 당드빌 백작 부인이자 엘리자베스와 베르나르의 어머니가 아니던가? 인화지에는 베를린이란 검인 표시가 찍혀 있었다. 폴이 뒷면으로 넘기자 또다시 경악할 만한 글자가 눈에 들어왔다. 거기에는 이런 글자가 적혀 있었다.

　　스테판 당드빌 앞, 1902년

　스테판이라면, 당드빌 백작의 이름이 아니던가!
　그렇다면 이 사진은 1902년, 다시 말해 헤르민 백작 부인이 사망한 지 4년 뒤 베를린에서 엘리자베스와 베르나르의 아버지에게 보낸 것이란 말인데…… 그렇다면 여기서 두 가지를 추리해 볼 수 있었다. 먼저 그 사진은 헤르민 백작 부인이 사망하기 전에 찍었다가 백작이 그 사진을 받으면서 그해 연도를 표시한 것일지도 몰랐다. 그게 아니라면 헤르민 백작 부인이 아직도 살아 있다는 뜻이 되었다.
　그러자 폴은 자신도 모르게 헤르만 소령을 떠올렸다. 오르느캥 성의 닫힌 방에 걸려 있던 백작 부인의 초상화와 함께 그자의 얼굴이 폴의 혼란스런 뇌리에 각인되어 있었다. 헤르만! 헤르민! 지금 그는 또다시 헤르민의 얼굴을 죽은 독일인 첩자의 몸에서 발견한 것이다. 헤르만 소령은 첩보 활동을 진두지휘하며 이제르 강변을 배회하고 있음이 분명했다!

「폴! 폴!」

베르나르였다. 폴은 급히 자세를 바로 하고 사진을 감췄다. 사진에 대해서는 일절 말하지 않기로 결심하고 위로 올라갔다.

「어, 그래, 베르나르, 무슨 일이야?」

「독일군 소부대가 오고 있어요. 처음엔 초소 경비를 교대하러 온 척후대인 줄만 알고 맞은편에 머물러 있겠거니 생각했는데 그게 아니더라고요. 배 두 척을 띄우더니 운하를 가로질러 오지 않겠어요」

「정말 그렇군! 소리가 들려」

「그냥 쏘아 버릴까요?」

「아냐. 그러면 저들에게 경계하라는 신호를 주는 꼴이 돼. 차라리 좀 더 두고 보는 편이 나아. 게다가 그게 바로 우리의 임무 아닌가?」

바로 그 순간, 베르나르와 폴이 따라 걷고 있던 강둑길에서 경쾌한 휘파람 소리가 들려왔다. 그러자 배 쪽에서 같은 휘파람 소리로 응답을 하는 것이었다.

두 신호를 규칙적인 간격으로 교환하고 있었다.

그때 마침 성당의 종탑 시계가 자정을 알렸다.

그러자 폴이 추측했다.

「분명 접선이 있는 거야. 정말 흥미로워지는군. 자, 가 보자! 저 아래에 감쪽같이 몸을 숨길 만한 장소를 하나 봐 두었어」

그곳은 지하실 뒤쪽에 있는 빈 공간이었다. 벽돌로 된 벽이 지하실과 그곳을 나누고 있었는데, 벽 사이에 틈 하나가 나 있어 그 틈을 통해 쉽게 넘나들 수 있었다. 그들은 그 빈틈을 천장과 벽에서 떨어진 돌들로 서둘러 메웠다.

막 그 일을 마칠 때 즈음, 그들 머리 위에서 울리는 듯 발자국 소리가 들렸고 뒤 이어 독일어 몇 마디가 귀에 들어왔다. 적들의 수는 상당히 많았다. 베르나르는 바리케이드 구실을 하는 벽돌의 틈 사이에다 총구를 들이대었다.

「뭐 하고 있어?」

폴이 물었다.

「저들이 이리로 오면 어떡해요? 준비를 하는 거라고요. 그래야 제대로 진지를 지킬 수 있죠」

「어리석은 짓 하지 마, 베르나르. 무슨 말을 하는지 들어보기나 하자. 어쩌면 뭔가 알아낼 수도 있으니 말이야」

「매형은 독일어를 알아들을 수 있을지 모르지만, 전 한마디도 못 알아듣는데 듣긴 뭘 들어요……」

바로 그때였다. 강한 빛줄기가 지하실을 뚫고 들어왔다. 병사 하나가 내려오더니 큼직한 램프를 벽면의 못에 걸었다. 그 뒤로 대여섯 명이 내려오자 베르나르와 폴은 그들이 뭘 하려는 건지 짐작이 갔다. 분명 이곳에 있는 시체들을 치우러 온 사람들이었다.

작업은 그리 오래 걸리지 않았다. 15분이 지나자 지하실 안에는 단 한 구의 시체만 남았는데, 그것은 바로 첩자 로젠탈의 시신이었다.

위쪽에서 명령하는 듯한 목소리가 들려왔다.

「너희들은 거기 남아 우리를 기다려라. 그리고 카를, 너 먼저 내려가」

사다리 위쪽에서 누군가의 모습이 보였다. 폴과 베르나르는 붉은 바지와 파란색 군용 외투를 보자 그만 대경실색하고 말았다. 저건 프랑스 군복이지 않은가! 그자가 바닥으로 뛰어내리자마자 외쳤다.
「다 내려왔습니다. 각하. 이번엔 각하 차롑니다」
 그들은 자신들의 눈을 의심하지 않을 수 없었다. 그들의 눈에 들어온 사람은 다름 아닌 폴의 소대에 속한 벨기에 인 라쉔, 아니 자신을 벨기에 인이라고 하면서 라쉔이라 불러 달라던 놈이지 않은가! 이제야 그들은 자신들에게 날아왔던 그 세 발의 총알이 누구의 것인지 명확히 알 수 있었다. 이곳에서 배반자를 보게 될 줄이야! 불빛이 그의 얼굴을 선명히 비추었다. 아둔한 표정에, 살이 찌고 두 눈가가 불그스레한 40대 중년 남자의 얼굴이었다.
 그는 사다리가 흔들리지 않도록 기둥 부분을 꽉 움켜쥐고 있었다. 이윽고 한 장교가 조심스럽게 사다리를 밟고 내려왔다. 커다란 회색 망토를 걸치고 깃을 잔뜩 세운 사람이었다.
 아, 저자는 바로 헤르만 소령이지 않은가!

헤르만 소령

 폴은 울컥 치밀어 오르는 증오심에 당장이라도 복수를 하고 싶은 마음이 굴뚝같았지만, 베르나르가 경솔한 행동을 하지 못하도록 그의 팔을 손으로 누르고 있었다.
 하지만 폴 역시 그 악마의 모습을 보고 분노에 사로잡혔다. 그 순간 폴의 마음은 무척이나 혼란스러웠다. 저자는 자신의 아버지와 아내에게 비극을 안겨 준 범죄의 총체였고, 반드시 폴의 권총에 맞아 죽어야 하는 원수였다. 그런데도 지금 이 순간 옴짝달싹할 수 없다니! 상황을 미루어 볼 때, 지금 당장 때려눕히지 않는다면, 저자는 몇 분 후 또 다른 범죄를 향해 유유히 사라질 게 너무도 자명했다.
 「때마침 잘 왔군, 카를. 잘 왔어. 약속을 정확히 잘 지키는군. 그래, 뭐 새로운 거라도 있나?」
 소령이 가짜 라셴에게 독일어로 물었다.

「무엇보다, 각하! 우선 한 가지 허락을 해 주셨으면 하는 일이 있는데요……」

그렇게 대답하는 카를의 모습에는 공범이자 상사이기도 한 사람에 대한 왠지 모를 친밀감과 공손함이 뒤섞여 있었다.

그는 푸른색 군용 외투를 벗고, 죽은 자가 입고 있던 점퍼를 걸치더니 거수경례를 해 보였다.

「휴우……! 보시다시피, 각하, 저는 훌륭한 독일인입니다. 어떤 일이건 군말 없이 해 왔습니다만, 이 제복만 입고 있으면 숨이 막힙니다」

「그래서 탈영했다는 건가?」

「하지만 각하, 사실 그런 식으로 임무를 수행하는 건 매우 위험합니다. 프랑스 농부의 옷차림은 그래도 괜찮습니다. 허나 프랑스 군인의 군용 외투는 안 됩니다. 저들은 두려워하는 게 없습니다. 제가 그런 자들을 뒤따라 다녀야 하는데, 그럼 저더러 독일군의 총에 맞아 죽으라는 말씀이십니까?」

「그건 그렇고, 처남과 매형지간인 그 두 녀석은 어떻게 됐나?」

「세 차례 그들의 등에다 총을 쏘았는데 모두 다 실패했습니다. 그 총알을 피한 걸 보면, 보통 운수 대통한 놈들이 아닙니다. 그리고 계속 밀고 나갔다간 분명 걸렸을 게 뻔합니다. 그래서 말씀하신 대로, 저는 탈영하여 로젠탈과 저 사이에서 연락책 노릇을 하는 꼬마 녀석에게 각하를 뵈었으면 한다고 뜻을 전달했던 겁니다」

「그래서 로젠탈이 사령부를 통해 내게 자네 말을 전했지」

「근데, 각하께서 프랑스에 투입한 각하의 요원들에게 받은 편지 꾸러미와 동봉한 사진 한 장도 있었습니다. 각하께서도 잘 아시는 그 사진 말입니다. 제가 만일 발각된다 해도, 전 제 몸에서 그런 증거들이 나오길 원치 않았거든요」

「로젠탈은 내게 직접 그것들을 갖고 왔어야 했네. 그런데 불행하게도 그자가 어리석은 짓을 저질렀지」

「무슨 말씀입니까, 각하?」

「그는 포탄에 맞아 죽었네」

「설마요!」

「자네 발밑에 그의 시신이 있지 않나!」

카를은 어깨를 으쓱하면서 말했다.

「멍청한 자식!」

「그래, 그는 결코 요령 있게 행동할 줄 몰랐지」

소령은 망자에 대한 추도사를 마치고 다시 이렇게 덧붙였다.

「자, 그에게서 지갑을 꺼내오게, 카를. 양모 조끼 안쪽 주머니에 들어 있을걸세」

그러자 첩자는 몸을 구부려 주머니를 뒤져 보았다.

「없는뎁쇼, 각하!」

「그가 넣는 곳을 바꿨나 보군. 다른 주머니들을 한번 살펴보게」

「역시 없습니다」

「뭐라고? 가당치도 않아! 로젠탈은 항상 지갑을 갖고 다녔어. 심지어 잘 때도 몸에 지니고 잤단 말일세. 분명 죽는 순간에도 품에 지니고 있었을 거라고」

「그럼 직접 찾아보십시오, 각하」

「그럼 어떻게 됐단 말이지?」

「누군가 우리보다 먼저 이곳에 와 지갑을 가져간 거지요」

「누가? 프랑스 놈들이?」

첩자는 자세를 바로 하고 한동안 잠자코 있다가 소령에게 다가가 천천히 말했다.

「각하, 프랑스 놈들이 아니라, 프랑스 놈 한 명입니다」

「무슨 말인가?」

「각하, 들로즈가 좀 전에 그의 처남인 베르나르 당드빌과 함께 정찰을 떠났습니다. 당시 저로서는 어느 쪽으로 갔는지 알 수 없었죠. 그런데 이젠 알 것 같습니다. 그자가 바로 이곳에 왔던 겁니다. 등대 잔해들을 살피고, 죽은 자들을 목격하고, 주머니들을 뒤진 게 틀림없습니다」

「그렇다면 꽤나 골치 아프게 생겼군. 확실한가?」

소령이 다그치듯 물었다.

「확실합니다. 그가 이곳에 왔던 겁니다. 아마 한 시간 남짓 된 것 같습니다」

카를은 그렇게 말하고 웃으며 다시 덧붙였다.

「어쩌면 말입니다. 어쩌면 아직 이곳에 있을지도 모르죠. 어디 구멍 같은 데 숨어서……」

두 사람은 각자 주위를 한 번씩 둘러보았으나 기계적으로 그렇게 할 뿐, 심각하게 걱정한다거나 두려워하는 기색은 전혀 없었다. 소령이 잠시 생각하더니 입을 열었다.

「사실, 우리 요원들이 받은 편지들은 주소나 이름이 적혀 있지 않아서 그리 중요하진 않아. 하지만 사진은 좀 특별하지」

「좀이라뇨. 매우 중요하죠, 각하! 이젠 어떡하죠? 1902년에 찍은 사진인 데다 우리가 12년 전부터 찾으려 애썼던 것 아닙니까! 제가 얼마나 노력을 했습니까! 마침 전쟁이 일어나 스테판 당드빌 백작이 집에 놔둔 서류들을 뒤져 겨우 찾아낸 건데……. 게다가 그 사진은 각하께서 당드빌 백작에게 실수로 주셨다가 도로 찾아오고 싶어하셨던 거잖아요. 그게 지금 녀석의 손에 있다니! 당드빌 씨의 사위이자 엘리자베스 당드빌의 남편이며 우리의 철천지원수의 손아귀에 들어갔다니!」

「오! 제기랄! 나도 잘 알고 있어. 자네가 그렇게까지 환기시키지 않아도 된다고!」

소령은 눈에 보일 정도로 신경질을 내며 외쳤다.

「각하, 항상 현실을 직시하셔야 합니다. 각하께서 폴 들로즈를 상대로 세웠던 목표가 무엇이었습니까? 각하의 정체를 드러낼 만한 모든 단서들을 감추는 것이었고, 또 그렇게 하기 위해 그놈의 주의와 추적, 증오를 모두 헤르만 소령 쪽으로 돌리게 만드셨던 것 아닙니까! 안 그렇습니까? 그래서 각하께서는 단도 네 자루를 만들어 H. E. R. M.이라는 철자를 새겨 넣었고, 심지어 그 유명한 초상화가 걸렸던 벽에다 〈헤르만 소령〉이라는 서명까지 하신 것 아니십니까. 요는, 사전 준비를 철저히하셨다는 말씀이죠. 따라서 각하께서 헤르만 소령을 죽은 존재로 만든다면, 폴 들로즈도 자신의 적이 죽었다고 믿고 더 이상 각하를 생각하지 않겠지요. 허나 오늘 무슨 일이 벌어졌습니까? 그가 사진을 발견함으로써 헤르만 소령과 그가 결혼 당일 저녁에 보았던 초상화 사이에, 즉 다시 말해 현재와 과거 사이에 뭔가 확실한 관련이 있다는 증거를 포착하지 않았습니까」

「그렇긴 하네. 하지만 그자가 정체도 모르는 시신에서 그 사진을 찾아냈으니 그 근원지를 알아야 비로소 중요성을 인식하지 않겠나? 가령, 그가 장인인 당드빌 씨를 만난다면 또 모를까……」

「그의 장인 되는 사람은 폴 들로즈가 있는 곳에서 12킬로미터 떨어진 영국군 진영에 가담해서 싸우고 있습니다」

「그자들이 그걸 알고 있나?」

「아닙니다. 하지만 우연히 만날 수도 있죠. 게다가 베르나르가 그의 아버지와 서로 서신 왕래를 하고 있으니 분명 오르느캥 성에서 일어난 사건들을 모두 전했을 겁니다. 적어도 폴 들로즈와 그가 확인한 사건들은 말이죠」

「흠! 그들이 다른 사건들을 아는 것은 그리 중요치 않네. 무엇보다 엘리자베스를 통해 그들이 우리의 모든 비밀을 알게 되어 내 정체를 밝혀 내는 게 문제지. 그러나 그들은 그녀가 죽었다고 생각하고 찾을 생각도 없지 않은가?」

「그렇다고 확신하십니까, 각하?」

「무슨 뜻인가?」

그 두 공범은 서로의 시선을 맞대었다. 소령은 걱정스럽고 화가 난 눈빛으로, 첩자는 약간은 조소하는 눈빛으로 서로를 바라보았다.

「말하게. 무슨 말이냐니까?」

소령이 재촉했다.

「각하, 좀 전에 제가 들로즈의 가방을 뒤져 보았습니다. 뭐! 그리 오래는 아니고…… 아주 잠시였지만…… 그래도 두 가지 물건을 보기에는 충분한 시간이었죠……」

「어서 말하래도」

「우선, 각하께서 그 중요 부분들은 주도면밀하게 태우셨지만 불행히도 일부를 분실하셨던 그 필사본 낱장들을 보았습니다」

「그자 아내가 쓴 일기 말인가?」

「네」

그러자 소령이 욕설을 내뱉었다.

「이런 빌어먹을! 그때 전부 태웠어야 했는데! 아! 어리석은 호기심만 안 부렸어도……! 그럼 또 다른 하나는 뭔가?」

「또 다른 하나는…… 각하, 뭐, 별로 대단한 건 아닙니다. 포탄 파편 한 조각이니까요. 예, 작은 포탄 파편 조각이었습니다. 근데 제 눈에는 각하께서 저더러 엘리자베스의 머리카락을 붙여서 별채 벽에 박아 놓으라고 하셨던 바로 그 조각처럼 보였습니다. 각하, 이 점을 어떻게 생각하십니까?」

소령은 화가 나 발로 바닥을 차면서 폴 들로즈를 두고 욕지거리와 저주의 말을 퍼부었다.

「어떻게 생각하시냐고요, 각하?」

첩자가 같은 말을 반복해 묻자, 소령은 와락 소리를 지르며 대답했다.

「자네 생각이 맞다니까! 그 고약한 프랑스 녀석이 제 아내의 일기를 읽고 사실을 감 잡았을 수도 있겠지. 게다가 그가 수중에 포탄 조각을 지니고 있다면, 아내가 아직 살아 있다는 단서가 될 거고. 그건 내가 그토록 염려하던 바가 아닌가. 안 그래도 그 녀석 때문에 항상 등골이 쑤시는 데 말이야」

이제 소령의 분노는 극에 치달았다.

「아! 카를, 정말이지 그놈이 날 귀찮게 하는군그래. 그자와 처남이라는 그 애송이 녀석이 얼마나 무뢰한들인가! 제기랄! 난 그것도 모르고, 우리가 성으로 되돌아간 날 저녁, 그들이 자고 있을 거라 생각한 방의 벽면에 새겨진 이름을 보고, 자네가 그자들을 해결한 줄로 철썩 같이 믿고 있었으니……. 자네도 알겠지만 녀석들은 가만히 있지는 않을 거야. 더군다나 이제는 그 계집이 죽지 않았다는 사실까지 알고 있겠지. 그들은 그 계집을 찾아 나설 거라고. 암! 찾아내겠지. 그리고 그 계집이 우리의 모든 비밀을 알고 있으니……! 그 계집을 없애야 하네, 카를!」

「그럼, 왕자는 어떡하고요?」

첩자는 냉소를 지으며 물었다.

「콘라트는 멍청이야. 저 프랑스 집안의 작자들이 모조리 우리에게 불행을 안겨다 줄 거라고. 제일 먼저 당할 인간은 두말할 것도 없이 콘라트지. 그자는 한낱 말 많은 어린 계집한테 푹 빠질 정도로 어리석어. 즉시 그 계집을 제거하게, 카를. 자네에게 명하는 거네. 그리고 왕자가 돌아오기를 기다리지 말고……」

환한 불빛 아래 드러난 헤르만 소령의 얼굴은 소름이 끼칠 정도로 섬뜩하고 무서운 강도의 얼굴처럼 보였다. 그 얼굴이 남달리 추해서가 아니라 일그러진 난폭한 표정 등이 혐오감을 불러일으켰기 때문이었다. 폴은 분노에 휩싸인 그의 표정에서 초상화와 사진에서 보았던 헤르민 백작 부인의 표정을 다시 보는 듯했다. 헤르만 소령은 마치 살인이 자신이 살아 가는 목적이라도 되는 것처럼, 실패한 살인이 생각나자 무척이나 고통스러워하는 것 같았다. 이를 부득부득 갈고 있는 그의 눈은 벌겋게 충혈되어 있었다.

그는 손가락으로 공범의 어깨를 꽉 쥔 채, 넋 나간 듯한 목소리로 그것도 프랑스 어로 이렇게 말하는 것이었다.

「카를, 어쩌면 우리가 저들에게 손을 뻗칠 수 없을 정도로 행운의 여신이 저들을 보호하고 있을지도 몰라. 자네도 최근 세 차례나 실패하지 않았나. 오르느캥 성에서도 자네가 그자들이 아닌 다른 두 사람을 죽였지. 나 또한 언젠가 정원 쪽문 근처에서 그자를 죽이려다 실패하지 않았나. 그리고 바로 그 정원에서…… 바로 그 예배당 근처에서…… 자네, 잊은 건 아니겠지……? 벌써 16년 전 얘기니…… 그때 그자는 어린아이였지. 자네가 단도로 몸속 깊숙이 찔러 넣지 않았는가……. 그래, 바로 그때부터 자네의 서투른 짓거리가 시작된 거야……」

그러자 첩자는 냉소적이고 무례한 미소를 지어 보이더니 이내 웃음을 터트렸다.

「저한테 뭘 바라십니까, 각하? 전 막 일을 시작했던 터라 각하처럼 숙련된 솜씨가 아니었습니다. 게다가 그때 당시 그 살인을 하기 10분 전만 해도 그 부자(夫子)가 등장할 줄 알기나 했습니까. 사실 그들이 한 일이래 봐야 고작 카이저를 조금 성가시게 만든 것뿐이었죠. 사실 이제야 고백하는 거지만 당시 저는 손이 약간 떨렸지요. 반면 각하는…… 아! 각하께서 그자의 아버지를 처치하신 것은…… 아! 대단했지요! 각하가 그 자그마한 손으로 단번에 찌르시자 그가 〈윽!〉 하고 쓰러지면서 상황은 끝이 났죠!」

이번에는 폴이 천천히, 조심스럽게 벽 틈 사이로 총구를 갖다 대었다. 방금 카를의 말을 통해 드러났듯이 헤르만 소령이 아버지를 죽인 것은 더 이상 의심의 여지가 없었다. 바로 그자였다! 그리고 카를이란 첩자는 그자가 폴의 아버지가 살해했을 당시 폴을 죽이려 했던 소령의 하수인으로, 이미 그때부터 소령의 공범이었던 거였다.

베르나르는 폴의 동작을 보고 그에게 귀엣말을 했다.

「매형, 결심한 거군요, 그렇죠? 당장 해치워 버릴까요?」

「내 신호를 기다려. 허나 그자는 쏘지 마. 첩자를 쏴」

폴이 작은 소리로 대답했다. 하지만 그는 헤르만 소령과 베르나르 당드빌, 그리고 그의 누이인 엘리자베스가 뭐라 설명하기 힘든 수수께끼 같은 관계라는 생각에 베르나르가 정의의 심판을 내리는 것만은 허락하고 싶지 않았다. 그 역시 서투르게 행동한 파장이 어디까지 튈지 몰라 사격을 망설였다. 저 날강도 같은 놈은 도대체 누구란 말인가? 저놈의 정체는 도대체 뭐란 말인가? 오늘은 헤르만 소령이자 독일 첩보 활동의 우두머리이지만, 어제는 콘라트 왕자가 즐기는 여흥의 동반자이자, 오르느캥 성의 막강한 실력자였고, 또 촌부로 변장하여 코르비니를 배회하던 인물이 아니던가. 더욱이 예전에는 살인범에, 황제의 공범이자 오르느캥의 여주인이 아니었던가……. 그처럼 여러 인물들의 행색을 한 가면 뒤에 숨겨진 그의 진짜 모습은 어떤 거란 말인가? 폴은 소령을 정신없이 뚫어져라 바라보았다. 마치 사진을 보는 것처럼, 또 오르느캥 성의 닫힌 방에 걸려 있던 헤르민 당드빌의 초상화를 보는 것처럼. 헤르만…… 헤르민…… 이 두 이름이 그의 안에서 서로 뒤섞이고 있었다.

그 와중에 폴은 소령의 손이 여자처럼 섬세하고 작으며 백옥처럼 희다는 것에 주목했다. 가느다란 손가락에는 보석 반지가 끼워져 있었다. 부츠를 신고 있는 발 역시 여자처럼 가냘퍼 보였다. 얼굴도 너무 창백하고 수염 자국 하나 보이지 않았다. 하지만 그 여자 같은 외모는 그녀가 지닌 거칠고 쉰 목소리, 무거운 행동거지와 걸음걸이, 그리고 실제로 그에게서 보이는 거칠고 난폭한 기력과는 너무나도 대조적이었다.

소령은 팔로 얼굴을 괴고 한동안 골똘히 생각에 잠겼다. 카를은 그런 그의 모습을 동정이 가득한 시선으로 바라보면서 혹시라도 그가 과거에 저지른 죄과들을 떠올리며 양심의 가책을 느끼고 있는 건 아닌지 자문하고 있었다.

하지만 소령은 이내 생각을 떨쳐 버리고 다시 입을 열었다. 겨우 들릴 정도의 떨리는 듯한 목소리에선 증오만이 느껴졌다.

「그들에겐 안된 일이었지, 카를. 우리의 앞길을 막으려 했던 모든 자들 말이야. 내가 그 아버지를 없앤 건, 그래 그건 백 번 잘한 거야. 언젠가 그의 아들 차례가 오겠지……. 자, 지금은…… 지금은, 어린 계집부터 해치워야 해」

「제가 맡길 원하십니까, 각하?」

「아니, 자네는 여기에 남아 있어야 해. 나 역시 이곳에 머물러야 되고. 일들이 뜻대로 잘 돌아가지 않고 있으니 말이야. 1월초에는 그리로 갈걸세. 10일 날 아침이면 에브르쿠르트에 가 있을 거야. 그리고 마흔여덟 시간 안에 그 일을 끝마쳐야 해. 끝마치겠다고 내 장담하지」

그러자 첩자는 웃음을 터뜨렸고, 소령은 다시 침묵했다. 폴은 몸을 수그려 권총의 총신에 눈높이를 맞췄다. 여기서 좀 더 망설이는 것이 죄악처럼 여겨졌다. 이제 소령을 죽인다는 것은 복수를 한다거나 아버지의 살인범을 죽인다는 의미가 아니라, 새로운 살인을 막고 엘리자베스를 구출한다는 의미를 내포하고 있었다. 결과가 어떻든지 간에 즉시 행동을 해야만 했다. 그리고 마침내 그는 결심했다.

「준비됐어?」

그는 베르나르에게 작은 소리로 물었다.

「그럼요. 매형의 신호만을 기다리고 있는걸요」

그는 절호의 순간을 노리며 날카롭게 목표물을 겨누었다. 그리고 막 방아쇠를 당기려는 순간, 카를이 독일어로 말하기 시작했다.

「아 참! 각하, 뱃사공의 집에 대해 추진하고 있는 일은 알고 계십니까?」

「뭔가?」

「실제 공격이 있을 겁니다. 아프리카 의용병 100명이 이미 늪을 통해 진격해 오고 있습니다. 동틀 무렵이면 공격해 올 겁니다. 서둘러 이를 본부에 알려 대책을 강구하셔야 합니다」

「이미 마련해 놓았어」

「무슨 말씀이십니까, 각하?」

「대책을 세워 놓았다고. 이미 다른 소식통을 통해 그 사실을 알았고, 뱃사공의 집이 중요한 거점이라는 판단 하에 본부 사령관에게 전화를 걸어 새벽 5시경 300명의 군인들을 그곳에 보내라고 일러두었지. 아프리카 의용병들은 함정에 빠질 거야. 그들 중 단 한 사람도 살아서 돌아가진 못할 거야」

소령은 만족한 미소를 살짝 지어 보였고, 망토 깃을 세우며 덧붙였다.

「더욱이, 일을 보다 확실하게 하기 위해 오늘 밤 내가 그곳으로 갈 거네……. 혹시라도 병사들을 이쪽으로 보내 이미 죽은 것을 알고 있는 로젠탈의 서류들을 가져간 사람이 본부 사령관이 아닐까 알아볼 겸 말이야」

「하지만……」

「자, 이제 잡담은 그만하기로 하고, 자네는 로젠탈의 시신이나 처리하게. 자, 떠나자고!」

「제가 동행해 드릴까요, 각하?」

「필요 없어. 배 한 척을 타고 운하를 지나가면 돼. 뱃사공의 집은 여기서 40분도 채 안 걸릴 테니……」

첩자가 호출을 하자 군인 세 명이 지하로 내려와 시신을 밖으로 들어올렸다.

그러는 사이 카를과 소령은 사다리 아래서 꼼짝 않고 있었다. 카를은 등불을 빼들어 열린 문 위를 향해 비춰 주었다.

「쏠까요?」

베르나르가 속삭이듯 묻자 폴이 대답했다.

「아니」

「하지만……」

「쏘지 말라고……」

시신을 밖으로 옮기는 작업이 끝나자 소령이 명령했다.

「내가 올라갈 수 있게 잘 좀 비춰 봐. 그리고 사다리가 흔들리지 않도록 꽉 잡아!」

그는 사다리를 타고 위로 올라갔다.

「됐어. 자, 자네도 어서 서두르게」

첩자도 사다리를 타고 기어올랐다.

지하실 위에서 그들의 발소리가 들려왔다. 그 소리는 운하 쪽으로 멀어지는가 싶더니 이윽고 더 이상 아무 소리도 들리지 않았다.

그러자 베르나르가 외쳤다.

「아니, 이게 뭐예요? 매형, 왜 그러세요? 절호의 기회였잖아요. 한 번에 두 놈을 다 잡을 수 있었는데……」

「하지만 그 다음엔 어떻게 됐을까? 우리 위쪽으로 열두 명이나 있었잖아. 우리도 끝장났을 거라고」

「하지만 누나를 구해야죠, 매형! 정말이지 전 매형을 이해할 수 없어요. 어떻게! 그 괴물들을 사정거리 안에 두고, 그냥 떠나게 잠자코 있냐고요! 매형의 아버지를 죽인 살인범이자, 누나까지 죽이려 드는 놈을 코앞에 두고 매형은 겨우 우리의 목숨 따위를 걱정했단 말인가요?」

「베르나르, 넌 저들이 마지막에 나눈 대화 내용을 이해하지 못했구나. 적들은 우리가 뱃사공의 집을 공격할 계획이라는 걸 이미 알고 있어. 이제 곧 아프리카 의용병 100명이 늪 지대를 기어 지나갈 텐데, 그들은 길목을 지키고 있을 복병들에게 꼼짝없이 당하고 말거야. 그러니 그들부터 생각해야지. 우선 구해야 할 사람들은 그들이니까. 그처럼 수행해야 할 의무가 남아 있는 이상 우리는 죽음을 자초할 권리가 없는 거야. 너도 내 말에 동조하겠지?」

「그럼요. 하지만 어쨌든 좋은 기회는 놓친 거라고요」

「다시 기회가 올 거야. 어쩌면 조만간……」

폴은 헤르만 소령이 갔을 뱃사공의 집을 생각하며 그렇게 단언했다.

「그건 그렇고, 앞으로 어쩔 셈이에요, 매형?」

「의용병 분견대에 합류할 작정이야. 만일 그들을 통솔하는 중위가 내 의견에 동의한다면, 7시까지 기다리지 않고 즉시 공격을 개시할 거야. 그러면 정말 통쾌하겠지」

「그럼 저는요?」

「넌 대령에게 돌아가 상황을 보고해. 뱃사공의 집을 오늘 아침 탈환할 것이고 지원군이 올 때까지 사수할 거라고……」

그 말을 끝으로 둘은 헤어졌고 폴은 결심한 듯 늪지로 향해 달려갔다. 생각했던 것보다는 일이 순조롭게 풀렸다. 힘겹게 40여 분을 걸어가자 어디선가 사람들의 말소리가 들렸다. 그들에게 암호를 전하자 폴을 중위에게 데려다 주었다.

폴이 자세한 보고를 하자 장교는 작전을 포기하든지 아니면 앞

당겨야 하는 상황임을 납득했다.

부대는 종대(縱隊)로 전진했다.

새벽 3시경, 한 농부의 안내를 받아 무릎까지 빠지는 좁은 수로를 통해 부대는 적에게 들키지 않고 뱃사공의 집 근처까지 도달했다. 그러다 그만 한 보초병에게 발각되어 공격을 개시할 수밖에 없었다.

이 공격은 무훈담의 하나로 너무도 잘 알려져 있기에 여기서 상세히 전할 필요는 없을 것이다. 참으로 대단한 격전이었다. 적들도 만반의 방어 태세를 갖추고 맹렬한 기세로 저항했다. 여기저기 철사들이 뒤엉키고 곳곳에는 함정이 널려 있었다. 양쪽 병사들의 백병전은 뱃사공의 집 앞에서 시작하여 집 안으로 이어졌다. 결국 프랑스 군이 승리하여 독일군 여든세 명을 때려눕히거나 포로로 삼긴 했지만 아군 병력 절반을 잃을 정도로 손실이 컸다.

폴은 누구보다도 먼저 건물의 좌측 옆에 위치한 참호 속으로 뛰어들었다. 그곳에서 시작되는 적의 방어선은 이제르 강까지 반원을 그리며 배치되어 있었는데, 폴은 공격이 성공하기 전에 탈주병들의 퇴로를 미리 차단하겠다고 생각했다.

처음에는 밀리는 듯했으나 폴은 의용병 셋과 함께 제방까지 탈환했고, 이어 물속으로 뛰어들어 운하까지 거슬러 올라간 다음 뱃사공의 집 맞은편에 이르렀다. 그리고 마침내 그곳에서 예상했던 대로 선교(船橋) 하나를 발견했다.

바로 그 순간 폴은 어둠 속에서 희미한 그림자 하나를 발견했다.

「여기 있어라. 아무도 통과하지 못하도록 지키고 있어야 해」

그는 부하들에게 지시를 내린 다음 다리를 건너가 뛰기 시작

했다.

강기슭을 비추는 조명등 덕분에 그는 전방 50보 앞에서 문제의 그림자를 다시 분간할 수 있었다.

그가 외쳤다.

「멈춰라! 아니면 쏘겠다!」

그러나 그 그림자는 계속 도망을 쳤고, 폴은 일부러 그를 비켜 가도록 방아쇠를 당겼다.

그자도 멈춰서 연속적으로 네 발을 쏘아 댔다. 그 순간 폴은 몸을 구부림과 동시에 적의 다리를 향해 달려들어 그자를 넘어뜨렸다.

적은 제압을 당하자 아무런 저항을 하지 않았다. 폴은 망토로 상대의 몸을 둘둘 만 후 그의 목을 한 손으로 바투 잡았다.
 그리고 나머지 한 손으로 그자의 얼굴에 전등불을 갖다 대었다.
 그의 직감이 맞았다. 마침내 그의 손아귀에 헤르만 소령이 잡힌 것이었다.

뱃사공의 집

폴 들로즈는 단 한마디도 하지 않았다. 등 뒤로 손목이 묶인 포로를 앞에다 내동댕이쳐둔 채, 그는 어두운 가운데 간간이 빛이 비쳐 드는 곳을 지나 다시 다리 쪽으로 갔다.

공격은 계속 되고 있었다. 독일군 패잔병 상당수가 도망치려고 하자 다리를 지키고 있던 의용병들이 그들을 총알 세례로 맞이하며 포위했다. 그 같은 교란 작전이 그들의 패배를 앞당긴 셈이었다.

폴이 현장에 도착했을 때 전투는 이미 끝난 상태였다. 하지만 본부 사령관이 약속한 지원 병력을 받는다면 적들도 이내 반격을 해 올 것이 자명했기에 지체 없이 방어 진지를 구축해야만 했다.

뱃사공의 집은 독일군에 의해 철저히 요새화되었고 사방이 참호로 둘러싸여 있었다. 이층으로 된 건물 안쪽에 있는 방 세 개가 모두 하나로 트인 상태였고, 예전에 하인이 쓰던 고미다락방에 3단짜리 나무 계단을 덧대어 그 넓고 방대한 방에서 하나의 내실 역할을 하고 있었다. 층의 배치를 맡은 폴은 그곳에 포로를 끌어다 두었다. 그는 포로를 마루판에 눕히고, 끈으로 동여맨 다음 대들보에 단단히 묶었다. 그렇게 하면서도 폴은 끓어오르는 증오심에 사로잡혀 그의 목을 졸라 죽이기라도 하려는 듯 목을 꽉 움켜쥐었다.

하지만 폴은 자제했다. 일을 서둘러서 무슨 소용이 있겠는가? 그자를 직접 죽이거나 병사들에게 맡겨 총살을 시키기에 앞서, 그자의 해명을 들어보는 것도 큰 기쁨이지 않겠는가? 중위가 들어오자, 폴은 모두가, 특히 소령이 들을 수 있도록 큰 소리로 말하기 시작했다.

「중위님! 이 파렴치한 범죄자를 중위님께 맡기겠습니다. 독일 첩보대의 지휘관 중 한 명인 헤르만 소령이라는 작자입니다. 저는 그에 대해 확실한 증거들을 가지고 있습니다. 제게 불행한 일이 생기더라도 저자를 소홀히 다루어선 안 됩니다. 만에 하나 퇴각해야 할 상황이 생기더라도……」

폴의 말을 듣고 있던 중위가 미소를 지으며 말했다.

「그건 받아들일 수 없는 가정이네. 우리는 퇴각하지 않을걸세. 그럴 바에야 차라리 이 허술한 집을 날려 버리겠네. 그러면 헤르만 소령도 우리와 함께 날아가는 거지. 그러니 안심하게」

두 장교는 방어 방법에 대해 서로 의견을 나눈 다음 신속히 행동으로 옮겼다.

가장 먼저 선교부터 차단했고, 운하를 따라 참호를 팠으며 기관총을 설치했다. 그리고 건물의 이층 벽면에 모래주머니와 나무를 쌓아 다소 견고하지 못한 벽면들을 보강했다.

새벽 5시 30분, 독일군의 탐조등 불빛 아래 포탄 여러 개가 인근 지역에 떨어졌다. 그중 하나가 뱃사공의 집에 명중했고, 큼직한 파편들이 강 둑길을 휩쓸기 시작했다.

그러자 동트기 직전 급파된 자전거 분견대가 그 길을 통해 진격해 들어왔다. 그들 선두에는 베르나르 당드빌이 있었다.

그의 설명에 따르면, 보병 중대 두 개와 공병 소대 하나가 전대대의 진격에 앞서 출발했으나 적의 포탄 공세로 인해 늪 지대의 가장자리를 따라 포복 자세로, 강 둑길 경사면에 몸을 숨긴 채 진군하는 중이라고 했다. 때문에 그들의 진격은 지체될 수밖에 없고, 최소한 한 시간가량은 더 그들을 기다려야 한다고 전했다.

베르나르의 말에 중위가 대답했다.

「한 시간이라면 너무 긴데……. 하지만 가능하긴 하지. 그러면……」

중위가 새로운 지시를 내리고 자전거 부대의 위치를 배정하는 동안, 폴은 운하에서 다시 올라왔고 베르나르에게 헤르만 소령의 생포 소식을 전해 주었다. 그러자 베르나르도 그에게 새로운 소식을 전했다.

「매형, 이거 알아요? 아버지가 저와 함께 이곳에 오셨어요!」

폴은 소스라치게 놀랐다.

「장인 어른께서 이곳에 오셨다고? 너와 함께?」

「그렇다니까요! 너무도 우연히 함께 오게 됐죠! 하지만 아버지는 이미 오래전부터 우릴 만날 기회를 찾고 계셨다니, 상상해 보세요……. 아! 참 게다가 아버지는 통역 장교로 진급하셔서 소위가 되셨답니다」

폴은 베르나르의 말을 더 이상 듣고 있지 않았다. 그는 속으로 이렇게 중얼거렸다.

〈당드빌 씨가 이곳에 오다니…… 당드빌 씨는 헤르민 백작 부인의 남편이지 않은가. 그라면 아내가 살았는지 죽었는지 모를 리가 없다. 그게 아니라면 그는 교활한 악녀에게 속아 넘어갈 정도로 정말 어리석은 바보란 말인가? 그래서 사라진 아내에 대한 추억과 애정을 아직도 간직하고 있단 말인가? 아니다. 그럴 리 없다. 그건 믿을 수 없는 얘기다. 아내가 죽은 지 4년 후에, 그것도 베를린에서 그에게 온 사진이 있지 않은가! 그는 뭔가를 알고 있을 테고, 그렇다면……〉

폴은 몹시도 혼란스러웠다. 첩자 카를이 상기시켰던 얘기가 그로 하여금 일순간 당드빌 씨를 삐딱한 시각에서 보게 만들었다. 그리고 헤르만 소령이 막 생포된 순간 당드빌 씨가 그에게 나타나다니 더 더욱 이상하지 않은가! 폴은 다락방 쪽으로 몸을 돌렸다. 소령은 벽면에 얼굴을 붙인 채 꼼짝하지 않았다.

「그래, 장인 어른께서는 아직 밖에 계신가?」

폴이 처남에게 물었다.

「네. 병사 하나가 아버지에게 자전거를 내주고 우리를 따라 함께 달려왔는데, 경미한 부상을 당했어요. 그래서 아버지께선 지금 그를 돌보고 계세요」

「가서 모시고 와! 그리고 중위님만 괜찮다고 하시면……」

그의 말이 채 끝나기도 전에 어디선가 유산탄이 날아와 그들 앞에 쌓여 있던 모래주머니를 터트렸다. 점점 날이 밝아오자 대략 1킬로미터 떨어진 곳에서 어둠을 뚫고 적의 종대가 모습을 나타내기 시작했다.

아래층에서 중위가 외쳤다.

「모두들 준비하게! 그리고 내 지시가 있기 전까지는 절대 발포

해선 안 돼. 누구든 모습을 보여서도 안 돼……!」
 그로부터 15분 후, 폴과 당드빌 씨는 겨우 4, 5분 동안 서로 몇 마디 인사만 나눴을 뿐이었다. 게다가 폴은 장인 어른 앞에서 어떤 태도를 취해야 할지 생각할 겨를조차 없었기에 분위기는 너무도 어색했다. 과거에 겪은 비극과 그 비극에서 헤르민 백작 부인의 남편이 담당했을 법한 일들이 폴의 머릿속에 떠오르면서 진지를 방어해야 하는 문제와 서로 뒤섞였다. 그들은 가까운 가족 관계인 데도 서로 악수를 나누는 것조차 하는 둥 마는 둥 했다.
 폴은 매트리스 하나로 작은 창문을 막도록 지시했다. 베르나르는 방의 다른 한쪽 끝에 자리를 잡았다.
 당드빌 씨가 폴에게 말했다.
 「자네 잘 버틸 수 있다고 확신하는가 보군?」
 「물론입니다. 그리고 당연히 그래야만 하고요」
 「물론, 그래야겠지. 어제 이번 공격에 대한 결정을 내릴 때, 나는 내가 통역을 맡고 있는 영국군 장군과 함께 있었네. 이곳이 위치상 매우 중요한 요지라 사람들이 집착할 수밖에 없을 것 같더군. 그런데 바로 그때 난 폴, 자네를 다시 만날 수 있겠다는 생각을 했다네. 자네 연대가 여기 있다는 걸 알고 있었지. 그래서 파견될 부대에 함께 가겠다고 요청했네……」
 바로 그때, 또다시 포탄 하나가 지붕을 뚫고 들어와 운하 맞은편 벽면을 파고들었다.
 「아무도 안 다쳤나?」
 「네. 모두 무사합니다!」
 잠시 후 당드빌 씨가 끊겼던 말을 다시 이었다.
 「그런데 정말 희한하게도 간밤에 베르나르가 자네 대령과 함께 있는 걸 보게 됐다네. 자네도 짐작하겠지만 내가 자전거 부대에 합세할 수 있어 얼마나 기뻤는지 모른다네. 그건 내가 우리 베르나르와 함께 지내면서 자네와 다시 만날 수 있는 유일한 방법이었지. 그리고 우리 가엾은 엘리자베스의 소식을 전혀 모르고 있었다가 베르나르의 얘기를 듣게 되었고……」

「아! 베르나르가 성에서 일어났던 일을 모두 얘기하던가요?」

폴은 격한 어조로 물었다.

「적어도 알고 있는 것은 모두 다 말해 주었지. 그러나 전혀 납득할 수 없는 상황들도 많이 있었다고 하더군. 그리고 베르나르 말로는 폴, 자네가 좀 더 정확하게 알고 있다고 말하더군. 그래서 말인데, 도대체 엘리자베스는 어째서 혼자 오르느캥 성에 남았던 겐가?」

「그건 그녀 스스로 원했습니다. 저는 나중에서야 편지로 그녀가 그런 결정을 내렸다는 걸 알게 되었습니다」

「알겠네. 폴, 하지만 어째서 자네는 그 애를 데려가지 않았는가?」

「전 오르느캥을 떠나면서 그녀가 떠날 수 있도록 모든 조치를 취했습니다」

「그랬군. 하지만 자넨 그 애를 데리고 함께 오르느캥을 떠났어야 했네. 모든 불행은 바로 거기서부터 시작된 걸세」

당드빌 씨는 상당히 엄격한 어조였고, 폴이 아무런 말이 없자 한층 그를 몰아세웠다.

「어째서 자네는 엘리자베스를 데리고 가지 않았나? 베르나르 말로는 뭔가 상당히 심각한 일이 있었고, 자네가 뭔가 특이한 사건들에 대해 넌지시 말했다고 하던데…… 자네 내게 그걸 설명해 줄 수 있겠나……」

폴은 당드빌 씨에게서 숨겨진 적의를 느끼고 있었고, 이제는 그가 자신을 너무 몰아세우는 것 같아 몹시 화가 났다.

그는 이렇게 물었다.

「지금이 그런 질문을 하실 때라고 보십니까?」

「그렇고말고! 우리는 곧 헤어질 수도 있지 않나……」

폴은 상대방의 말이 채 끝나기도 전에 그를 향해 소리쳤다.

「네, 참 옳으신 말씀이시군요, 어르신! 그거 참 무서운 생각이십니다. 어르신의 질문에 제가 대답을 할 수 없는 것이나 어르신이 제 질문에 대답하실 수 없는 거나 모두 끔찍한 일이지요. 엘리자베스의 운명은 어쩌면 우리가 내뱉을 몇 마디 말에 달려 있을지도 모르지요. 왜냐하면 진실은 우리 가운데 있으니까요. 말 한 마디한마디가 진실을 백일하에 드러낼 테니 마음이 급할 수밖에요. 자. 그러니 이제부터 무슨 일이 일어나더라도 털어놓으셔야 합니다!」

그의 격양된 말에 놀란 듯 당드빌 씨는 이렇게 물었다.

「베르나르도 부르는 편이 낫지 않겠나?」

「아뇨! 아닙니다! 절대로 안 됩니다! 그가 알아선 안 되는 일이죠. 왜냐하면 문제에 관련된 사람이……」

「그래, 그 문제에 관련된 자가 누군가?」

당드빌 씨는 점점 더 놀랍다는 듯이 다그쳐 물었다.

순간 그들 곁에 있던 병사 한 명이 총탄을 맞고 쓰러졌다. 폴이 그에게로 달려갔으나 그는 이마에 총을 맞고 이미 사망했다. 앞서 폴이 크기가 너무 커서 일부만 막아 두었던 창문 사이로 또다시 총탄 두 발이 뚫고 들어왔다.

당드빌 씨는 폴을 도우면서 하던 얘기를 계속했다.

「어떤 사람이 문제가 되기에 베르나르가 들어서는 안 된다는 건가……?」

「베르나르의 모친입니다」

「그 애 어미라니? 무슨 소리를 하는 겐가? 그 애 어미와 관련된 일이라고……? 내 아내 말인가? 난 도무지 무슨 소린지 모르겠군그래」

바로 그때, 벽에 난 총안(銃眼)들 사이로 넘겨다보니, 뱃사공의 집 앞 운하 쪽으로 나 있는 좁은 도로 위, 그러니까 물이 범람한 평원 위쪽으로 적군 3개 종대가 전진해 오는 것이 보였다.

의용병을 지휘하고 있던 중위가 방어 태세를 점검하러 왔다가 이렇게 말했다.

「저들이 운하에서 200미터 지점에 다다르면 발포를 시작하겠다. 허나 저들의 대포가 이 허름한 집을 깡그리 부수지 않기를 바랄 뿐이다!」

「그럼 우리 지원군은요?」

폴이 물었다.

「그들은 30, 40분 후에 이곳에 도착할 거네. 그때까지는 75밀리포가 할 일이 꽤 많을걸세」

그러는 사이 허공에서는 포탄들이 서로 교차했다. 이쪽에서 쏜 포탄들은 독일군 종대 속에 떨어지고, 저쪽에서 쏜 포탄들은 아군 요새 주변에 떨어졌다.

폴은 사방을 분주히 뛰어다니며 부하들을 독려했다.

그런 와중에서도 폴은 이따금 다락방 쪽으로 다가가 헤르만 소령을 살폈고, 이내 자신의 위치로 되돌아오곤 했다.

그는 단 한순간도 군인으로서 주어진 의무를 잊지 않았고, 마찬가지로 당드빌 씨에게 해야 할 말들도 결코 잊지 않고 있었다. 하지만 그 두 가지 생각이 강박 관념이 되어 그의 안에서 뒤섞이면서 명철함이 사라져 버렸다. 지금부터 장인 어른에게 어떻게 설명해야 할지, 또 그 불가해한 상황을 어떻게 헤쳐나갈 수 있을지 도무지 판단이 서질 않았다. 당드빌 씨가 수차례 질문을 해 왔으나 그는 아무런 대꾸조차 하지 못했다.

그때 중위의 목소리가 들려왔다.

「준비……! 거총……! 발사……!」

네 차례에 걸쳐 발포 명령이 반복되었다.

가장 가까이 있던 적의 종대가 총 세례를 맞고 전열이 흔들리는 듯했다.

그러나 이내 다른 군대가 빈자리를 메우면서 다시 종대를 갖추었다.

그러자 이번에는 독일군 포탄 두 개가 뱃사공의 집에 떨어졌다. 일순간 지붕이 날아갔고 정면의 벽도 몇 미터가량 붕괴되었으며, 병사 세 명이 쓰러졌다.

그처럼 대혼전이 있은 후 잠시 일시적인 소강 상태가 찾아왔다. 하지만 폴은 아군이 위험에 직면했다는 것을 감지하고 더 이상 버티는 것은 불가능하다고 판단했다. 그는 돌연 결심이 선 듯, 당드빌 씨를 부른 뒤 다짜고짜 물었다.

「우선 한 가지 여쭤 보죠……. 저는 꼭 알아야겠습니다……. 당드빌 백작 부인이 죽었다고 확신하십니까?」

그리고 이내 폴은 이렇게 덧붙였다.

「그래요, 제 질문이 정신 나간 것처럼 들리시겠죠……. 장인 어르신께서 상황을 전혀 알지 못하시기 때문에 그렇게 들릴 겁니다. 하지만 저는 정신 나간 게 아닙니다. 충분히 그럴 만한 이유를 갖고 있기에 그렇게 묻는 겁니다. 헤르민 백작 부인이 정말로 죽었습니까?」

당드빌 씨는 마음을 진정한 후, 폴의 질문을 들어주기로 결심한 듯 말했다.

「내 아내가 아직 살아 있다고 추정할 만한 이유들이 있긴 한가?」

「매우 확실한 이유들이, 아니 반박할 수 없는 이유들이 있다고 감히 말씀드리겠습니다」

당드빌 씨는 어깨를 으쓱해 보이더니 단호하게 말했다.

「내 아내는 내 품에 안겨 숨을 거두었네. 내 입술로 그녀의 차가운 손을 느꼈지. 사랑하는 이에게서 느껴지는 죽음의 냉기가 얼마나 끔찍한 것인지 아나? 나는 그녀의 소원대로 내 손으로 직접 그녀에게 웨딩드레스를 입혀 주었고, 관 뚜껑에 못이 박힐 때까지 그 자리를 끝까지 지켰다네. 자 이제 되었는가?」

폴은 그의 말에 귀 기울이면서 이렇게 생각하고 있었다.

〈과연 그는 진실을 말한 것일까? 설사 그렇다 해도 그의 말을 받아들일 수 있을까……?〉

「이제 됐는가?」

당드빌 씨는 보다 강압적인 목소리로 거듭 물었다.

「그럼, 또 한 가지 묻겠습니다……. 당드빌 백작 부인의 규방에 걸려 있던 초상화가 그녀의 것이 맞습니까?」

「물론이지. 그녀의 전신 초상화라네……」

「어깨 주변에 검은 레이스 숄을 두른 여인의 모습인가요?」

「그렇다네. 그 숄은 그녀가 즐겨 두르던 것이었지」
「금으로 된 뱀 테두리 장식을 한 카메오가 달려 있고 그것으로 앞을 여미게끔 되어 있는 숄인가요?」
「그렇다네. 그건 내 어머니께서 주신 오래된 카메오였고, 아내는 늘 그것을 달고 다녔지」

그 말을 듣자 폴의 마음속에서 뜻밖의 격정이 일었다. 당드빌 씨의 확인을 그는 고백처럼 받아들였다. 그는 분노로 치를 떨며 이렇게 외쳤다.

「어르신, 제 아버지께서 암살당하셨다는 걸 잊으신 건 아니겠지요? 어르신과 제가 그 사건에 관해 자주 얘기하곤 했죠. 아버진 어르신의 친구이시기도 하고요. 그런데 아버지를 살해했고, 제 두 눈으로 목격한 그 여자가, 제 뇌리에 분명히 각인된 그 여자가 어깨에 검은 레이스 숄을 두르고 금으로 된 뱀 테두리 장식을 한 카메오를 달고 있었죠. 게다가 그 여자를 어르신의 부인 방에 걸린 초상화에서 다시 보았지요……. 그래요, 제 결혼식 첫날 밤, 그 초상화를 보았습니다……. 자, 이제 무슨 말인지 아시겠지요……? 분명 아실 겁니다!」

그 둘 사이에 잠시 냉랭한 침묵이 흘렀다. 당드빌 씨는 두 손으로 권총을 그러쥔 채 몸을 부들부들 떨고 있었다.

그런 그의 모습을 보니 폴의 마음속에선 의심이 더욱 커져만 갔고, 그의 입에서는 신랄한 비난이 막 터져 나올 참이었다. 폴은 속으로 중얼거렸다.

〈왜 저리 몸을 떨고 있는 걸까? 정체가 드러났기에 분개하여 저처럼 부들부들 떨고 있는 건 아닐까? 그렇다면 저자가 그의 아내와 공범이란 말인가? 결국……〉

순간, 당드빌 씨는 사색이 된 얼굴로 폴의 팔을 격하게 비틀며 이렇게 더듬거리며 말했다.

「가, 감히! 그런 막말을 하다니……. 그럼, 내 아내가 자네 아버지를 살해하기라도 했단 말인가……! 자네 제 정신이 아니군그래! 내 아내는 하나님과 세상 사람들 앞에 성녀와 다름없다네! 어찌 감히 그런 막말을 하는가! 아! 왜 내가 자네를 두들겨 패지 못하는지 알 수 없군」

폴은 거칠게 그를 뿌리쳤다. 소란스런 전투 속에서 그 둘은 다툼으로 더욱 흥분하고 자극을 받아 분노와 광포함에 사로잡혔고, 그들 주위에서 총탄과 포탄이 빗발치는 가운데 서로 붙들고 드잡이를 할 태세였다.

그러는 와중에 한쪽 벽면이 다시 무너져 내렸다. 폴은 부하들에게 명령을 내리면서도, 한쪽 구석에 있던 헤르만 소령을 떠올렸고 아울러 마치 공범과 대질을 시키듯 그 앞에 당드빌 씨를 데리고 가야 한다고 생각했다. 그런데 어째서 폴은 그 같은 생각을 행동으로 옮기지 못했던 걸까? 그는 갑자기 생각이 난 듯 호주머니 속을 뒤져 독일군 로젠탈의 시신에서 발견한 헤르민 백작 부인의 사진을 꺼냈다. 그러고는 백작에게 들이 내밀며 말했다.

「그리고 이거…… 이게 뭔지 아시겠죠? 아랫부분에 1902년이라고 날짜가 적혀 있죠. 그런데도 헤르민 백작 부인이 죽었다고 고집하시겠습니까? 네? 대답해 보세요! 베를린에서 찍은 사진으로, 당신 아내가 죽은 지 4년 뒤에 직접 당신에게 보낸 것 아닙니까!」

당드빌 씨는 비틀거리기 시작했다. 좀 전까지 그의 얼굴을 지배했던 분노는 온데간데없이 사라지고, 너무도 충격을 받은 듯 아연실색한 얼굴을 하고 있었다. 폴은 명확한 증거물이라도 된다는 듯이 그 앞에 사진을 흔들어 보였다. 그러자 백작이 이렇게 중얼거리는 소리가 들렸다.

「그걸 누가 훔쳐간 거지? 파리에 있는 내 서류철 속에 있었는데……. 내가 왜 저걸 찢어 버리지 못했던가……」

이어 그는 들릴 듯 말 듯한 소리로 또 이렇게 말했다.

「오! 헤르민, 나의 사랑 헤르민……!」

그의 말은 자백이지 않은가? 하나 그처럼 표현된 자백이, 다시 말해 범죄와 오욕으로 얼룩진 한 여인을 향한 그 같은 애정의 말이 대체 무슨 의미를 지니고 있단 말인가? 바로 그때, 아래층에서 중위가 외쳤다.

「열 명만 남고 모두 전방 참호로 간다! 들로즈, 정예 사격수들을 이끌고 집중 사격을 준비하게!」

의용병들은 베르나르의 지휘 아래 서둘러 아래층으로 내려갔다. 적군은 상당한 손실을 입었으나 운하를 통해 계속해서 접근해 오고 있었다. 이미 좌우 양편에서 공병대가 강기슭에 좌초한 배들을 재정비하여 한데 모으고 있었다. 총공세가 임박하자, 의용병들을 이끄는 중위는 부하들을 전진 배치시켰고, 뱃사공의 집 안에서는 포탄들이 빗발치는 가운데 사격수들이 후회 없는 일전을 벌이고자 만반의 채비를 마쳤다.

그러나 사격수들은 날아오는 총탄에 차례대로 맞아 다섯 명이 쓰러졌다.

결국 폴과 당드빌 씨는 서로 작전 모의를 하면서 다른 이들의 역할을 대신 맡아야 했다. 수적인 열세를 감안해 볼 때 계속 저항한다는 것은 사실상 불가능했다. 그러나 적어도 지원 병력이 올 때까지 어떻게 해서든 요새를 사수할 수 있을 것 같았다.

백병전 속에서 효과적인 사격이 불가능해지자, 프랑스 포병 중대는 포격을 중단했다. 하지만 독일 포병대는 여전히 사공의 집을 목표물로 삼고 쉴 새 없이 포탄을 쏟아 붓고 있었다.

 또다시 한 명의 병사가 부상을 당하여 그를 헤르만 소령이 있는 다락방에 옮겨 놓았으나 이내 숨을 거두고 말았다.

 전투는 물위나 물속, 배 위나 배 바깥 등 장소를 가리지 않고 계속되었다. 몸을 불사르며 소란을 일으키는 가운데 여기저기서 증오와 고통의 외침이, 공포에 질린 고함소리와 승리의 함성이 터져 나왔다……. 극심한 혼란 속이라 폴과 당드빌 씨는 조준하기조차 힘들 지경이었다.

 폴이 백작에게 말했다.

「지원을 받기 전에 우리가 와해될까 걱정입니다. 그래서 말씀인데요, 중위가 만일의 경우를 대비해 이 집을 폭파시킬 조치를 마련해 두었습니다. 장인 어르신은 이곳에 우연히 오신 것일 뿐, 어떠한 임무를 띄거나 전투 요원으로 배치된 것이 아닌 만큼……」

 그의 말이 끝나기 전에 당드빌 씨가 대꾸했다.

「난 프랑스 인으로서 이곳에 온 거네. 따라서 난 끝까지 이곳에 남아 있겠네」

「그렇다면 우리에겐 아직 얘기를 마무리할 시간이 남아 있겠군요. 어르신, 제 말씀을 잘 들으십시오. 되도록 간략히 말씀드리겠습니다. 그리고 조금이라도 알고 계신 부분이 있거든 그 즉시 알고 있으니 넘어가 달라고 제게 말씀해 주십시오」

 폴은 둘 사이에 그 깊이를 가늠할 수 없는 심연이 있다는 것을, 그리고 당드빌 씨가 죄가 있든 없든 간에, 또는 아내의 공범이든 아니면 아내의 속임수에 순진하게 넘어간 것이든지 간에, 자신은 모르고 있는 어떤 사실들을 백작이 알고 있다고 생각했다. 또한 그 사실들이란 것도 여러 사건들이 명확히 밝혀진 후에야 비로소 확실해질 수 있다고 생각했다.

그리하여 폴은 침착하고 조용한 어조로 얘기를 시작했고, 당드빌 씨는 잠자코 그의 말을 경청했다. 그러면서도 두 사람은 쉬지 않고 총에 탄약을 장전하여 어깨에 댄 채, 마치 사격 연습을 하고 있는 양 목표물을 조준하여 사격을 가했다. 사방에 죽음이 난무했다.

폴이 엘리자베스와 함께 오르느캥 성에 도착하여 초상화와 대면한 그 끔찍했던 장면을 얘기하려는 순간, 엄청나게 큰 포탄 하나가 그들의 머리 위에서 폭발했고 무수한 파편들이 튀어 올랐다.

그 때문에 의용병 네 명이 쓰러졌고, 폴 역시 목에 파편을 맞고 말았다. 그는 고통을 느끼진 않았으나 자신의 모든 생각들이 안개 속에서 차츰 희미해지더니 손에 잡히지 않는 것처럼 느껴졌다. 하지만 그는 애써 생각을 붙잡으려고 노력했다. 그야말로 놀라운 의지력으로 안간힘을 쓰며 잠시라도 생각하려고 애썼다. 그러자 희미한 기억이 머릿속에 그려졌다. 그의 눈에 장인의 모습이 들어왔는데, 장인은 그 곁에 무릎을 꿇고 있었다. 폴은 겨우 입을 떼었다.

「엘리자베스의 일기를…… 야영지에 있는 제 가방에서 찾을 수 있을 겁니다……. 몇 장은 제가 직접 쓰기도 했죠…… 보시면 알게 되실 겁니다…… 하지만 그전에…… 저쪽에 묶어 둔 독일 장교를 처리해 주십시오…… 그자는 첩자니…… 잘 감시하셔야 합니다……. 그자를 죽이십시오……. 그렇지 않으면 1월 10일에…… 아니, 그자를 무조건 죽이셔야 합니다. 그렇게 하실 거죠?」

폴은 더 이상 말을 잇지 못했다. 게다가 당드빌 씨도 더 이상 그의 말을 들을 상황도, 그를 보살필 만한 처지도 아니었다. 백작도 타격을 입은 듯, 피투성이가 된 얼굴을 하고 앞으로 쓰러진 채 쭈그려 앉아 신음을 했고, 그의 신음소리는 점점 더 작아지고 있었다.

바로 그 순간 넓은 방에 일제히 침묵이 흘렀고, 이따금 딸가닥하는 소총 소리만이 들려왔다. 독일군 대포도 더 이상 포격을 하지 않았다. 적의 반격은 성공으로 이어질 듯했고, 꿈쩍도 할 수 없게 된 폴은 중위가 예고했던 멋진 폭발이 있기만을 기다렸다.

그는 수차례 엘리자베스의 이름을 불렀다. 헤르만 소령도 죽게 될 것이므로 이제 어떠한 위험도 자신을 위협하지 못하리라고 생각했다. 그리고 베르나르가 자기 대신 그녀를 지켜 주지 않겠는가……. 하지만 그 같은 평온함이 점차 사라지면서 이내 고통이 자리를 대신하더니 매 순간이 고문의 시간이 되었다. 그를 사로잡은 것은 악몽인가? 아니면 환각인가? 그 환각은 폴이 헤르만 소령을 잡아 두고 병사의 시신을 옮겨 놓은 다락방에서 벌어지고 있었다. 세상에 끔찍하게도! 소령은 묶였던 끈을 풀고 자리에서 일어나 주변을 두리번거리고 있는 것이 아닌가! 폴은 사력을 다해 눈을 떴고, 정신을 차리려고 애썼다.

하지만 차츰 어둠이 짙어지면서 그의 시야를 덮었고, 그 어둠 너머로 밤에 희미한 유령을 보는 것처럼 소령의 행동을 분간할 뿐이었다. 소령은 자신의 망토를 벗더니, 옆에 있던 병사 시체에서 푸른색 군용 외투를 벗겨 내어 입고, 시신의 머리에 있던 군모를 쓰고, 목도리까지 두른 후 그가 차고 있던 소총과 대검, 심지어 탄약통까지 빼내었다. 그처럼 완전히 변모한 모습으로 그는 나무 계단을 내려왔다.

참으로 소름끼치는 광경이지 않는가! 폴은 자신의 눈을 의심하고 싶었다. 차라리 신열과 정신 착란으로 유령을 본 것이라고 믿고 싶었다. 하지만 눈앞에 어렴풋이 보이는 것은 너무도 분명한 현실이었다. 게다가 그 광경을 지켜보고 있는 것은 지옥의 고통보다 더 끔찍했다. 소령이 도망치고 있다니! 폴은 온몸에서 기력이 빠질 대로 빠져 더 이상 눈앞에서 벌어지는 상황에 대처할 힘이 없었다. 과연 소령은 폴과 당드빌 씨를 죽일 작정인가? 소령은 두 사람이 다쳐서 자신의 손아귀에 놓여 있다는 것을 알아차리기나 한 것일까? 사실 폴은 그 같은 생각을 할 여력조차 없었다. 기력이 쇠해 가는 그의 뇌리에는 오직 단 한 가지 생각만이 자리하고 있었다. 바로 헤르만 소령이 도망치고 있다는 것이었다. 소령은 프랑스 군복 덕분에 의용병들 속에 숨을 수 있을 것이다! 그리고 몇 가지 신호를 건네고 다시 독일군에 합류할 것이다! 그러면 그는 자유의 몸이 되리라! 그렇게 된다면 그는 다시 엘리자베스를 괴롭히고 그녀를 죽일 게 뻔했다! 아! 만일 폭탄이 터지기만 한다면! 뱃사공의 집이 폭발한다면 소령도 죽을 터인데……. 무의식 속에서도 폴은 그 같은 희망을 놓지 않았다. 하지만 그의 의식은 한층 더 희미해져 갔고, 생각도 점점 더 혼란스러워졌다. 급격히 그는 더 이상 볼 수도, 더 이상 들을 수도 없는 암흑 속으로 빠져들었다…….

그로부터 3주 후, 국군 병원으로 개조된 불로뉴의 고성(古城)

입구 계단 앞에 자동차 한 대가 멈춰 섰다. 군단장이 차에서 내렸다. 행정 장교가 병원 입구에서 그를 기다리고 있었다.

「들로즈 소위에게 내가 방문한다고 알렸겠지?」

「예, 장군님」

「그럼, 그의 병실로 날 안내하게」

폴 들로즈는 목에 붕대를 감은 채 서 있었다. 그의 안색은 편안해 보였고 피곤한 기색도 없었다.

용맹함과 냉철함으로 프랑스를 구한 사령관을 대면하자 폴은 깊이 감동하여 곧바로 군인답게 차려 자세를 취했다. 그러자 장군은 손수 손을 내밀어 악수를 청했고, 애정이 담긴 상냥한 목소리로 말했다.

「앉게나, 들로즈 중위……. 그래 중위라고 해야지. 자네는 어제부로 중위로 진급했으니 말이야. 아닐세, 고마워할 필요는 없네. 정말이래도! 오히려 우리가 자네에게 감사를 해야지. 그건 그렇고, 벌써 일어나 다녀도 되는 건가?」

「그럼요, 장군님. 상처가 별로 깊지 않았습니다」

「그거 다행이군. 나는 모든 장교들에게 만족하고 있다네. 허나 어쨌든 자네 같은 젊은이라면 그들 10여 명보다 낫네. 자네의 상관인 대령이 자네에 관한 특별 보고서를 내게 제출했는데, 참으로 누구와도 비할 바 없는 대단한 활약상이더군. 나는 규정의 예외를 두어 그 보고서를 일반인들에게 공개하면 어떨까 생각 중이라네」

「안 됩니다, 장군님. 그렇게 하지 않으시길 부탁드리겠습니다」

「자네 말이 맞긴 하네. 익명으로 남는 게 고귀한 영웅의 모습이지 않겠나. 그리고 지금 무엇보다 모든 영광을 돌려야 할 곳은 우리들의 조국 프랑스뿐이라네. 따라서 난 자네를 한 번 더 군령에 따라 표창하고, 이미 추천한 대로 자네에게 십자무공 훈장을 수여하고 싶네」

「장군님, 어떻게 감사를 드려야 할지……」

「웬 걸. 그리고 이보게, 자네가 뭔가 조금이라도 원하는 게 있다면, 자네를 사적으로 도울 수 있는 기회를 내게 준다 셈 치고 어서 말해 보게나」

폴은 웃음을 지으며 고개를 끄덕였다. 장군의 소탈하고 애정 어린 관심에 그의 마음은 절로 편안해지는 듯했다.

「그러다 제가 지나친 요구를 하면 어쩌시려고요, 장군님?」

「어서 말이나 해 보게!」

「그럼, 좋습니다. 장군님. 제가 바라는 건 말입니다. 우선 2주간의 요양 휴가를 주셨으면 합니다. 제가 퇴원하는 1월 9일 토요일부터 말입니다」

「그 정도라면 호의를 베푸는 것도 아니지. 당연한 거 아닌가!」

「그렇습니다, 장군님. 하지만 저는 휴가를 제가 원하는 곳에서 보내고 싶습니다」

「그렇게 하게」

「그리고 한 가지 더 있습니다. 장군님이 친필로 쓰신 통행 허가증을 소지했으면 합니다. 그걸 소지한다면 저는 프랑스의 모든 전선을 자유로이 드나들 수 있을 것이며, 제가 필요로 하는 모든 지원을 받을 수 있을 것입니다」

장군은 폴을 잠시 바라보더니 이렇게 말했다.

「자네가 방금 요구한 것은 아주 중대한 사안이라네, 들로즈」

「예. 잘 알고 있습니다. 장군님. 하지만 제가 시도하고자 하는 일도 중대한 것입니다」

「좋네! 그렇게 함세. 또 있나?」

「장군님! 제 처남인 베르나르 당드빌 중사가 저와 함께 뱃사공의 집 작전에 참여하여 저처럼 부상을 입고 같은 이 병원으로 후송되었습니다. 아마 그도 저와 같은 시기에 퇴원할 것 같습니다. 그래서 드리는 말씀인데요, 그에게도 저처럼 휴가를 주시어 저와 함께 갈 수 있도록 허락해 주셨으면 합니다」

「그렇게 함세. 또 있는가?」

「예. 베르나르의 부친이자 영국군 진영의 통역 소위인 스테판 당드빌 백작도 같은 날 제 옆에서 부상을 당했습니다. 그의 부상이 심각하긴 해도 생명이 위태로울 정도는 아니라고 들었습니다. 그리고 정확히 어딘지는 알 수 없으나 영국군 병원으로 후송되었다고 합니다……. 따라서 각하께서 그가 회복되는 대로 불러 주시어 참모 본부에 배속시켜 주셨으면 합니다. 제가 돌아와 업무를 보고드릴 때까지 말입니다」

「좋네. 그게 다인가?」

「네, 거의 다 말씀드렸습니다, 장군님. 각하의 호의에 감사를 드리는 뜻에서 한 가지 남은 청을 마저 드리겠습니다. 아직 독일에 억류되어 있는 프랑스 군 포로들 중 각하께서 특별히 관심을 가지시는 포로 스무 명의 명단을 제게 적어 주십시오. 그들은 오늘부터 늦어도 보름 후에는 자유의 몸이 될 것입니다」

「뭐라고?」

냉철함을 잃지 않는 장군이었지만 이번만은 조금은 어리둥절해 보였다. 그는 거듭 물었다.

「보름 후에 자유의 몸이 된다니! 스무 명의 포로가 말인가?」

「약속드리겠습니다」
「정말인가?」
「장담하겠습니다」
「포로들의 계급이 무엇이든, 그리고 그들의 사회적 지위가 어떻든 상관없이 말인가?」
「예, 장군님」
「그럼 정해진 합당한 절차를 통해서 말인가?」
「그 어떠한 이견도 제기되지 않을 방법을 통해서입니다」

장군은 다시 한번 폴을 바라보았다. 이제껏 부하들을 판단하여 그들의 진가를 평가했던 장군 나름의 방식으로 말이다. 그는 자신 앞에 서 있는 청년이 결코 허풍선이가 아니며, 결단력과 실천력을 소유했으며 일단 한번 품은 뜻을 굽히지 않고, 약속한 것은 반드시 해내고 마는 사나이라는 것을 알 수 있었다.

그래서 그는 이렇게 대답했다.
「이보게, 알겠네! 그 명단을 내일 건네주지」

〈독일 문명〉의 걸작

1월 10일 일요일 아침 들로즈 중위와 당드빌 중사는 코르비니 역에 내려 주둔 사령관을 찾아가 만난 후 그곳에서 다시 마차를 타고 오르느캥 성으로 향했다.

사륜마차 안에서 베르나르가 긴장을 풀려는 듯 몸을 쭉 뻗으며 말을 꺼냈다.

「어쨌든, 이제르 강과 뱃사공의 집 사이에 유산탄 파편이 떨어졌을 때 상황이 그렇게 돌아가리라고는 생각조차 못했죠. 그러고 나서 대단한 격전이 벌어졌죠! 매형도 저와 똑같이 느꼈겠지만 만일 지원 병력이 5분만 더 늦게 도착했다면 우리도 끝장났을 거예요. 억세게 운이 좋았던 거라고요!」

「그래. 억세게 운이 좋았지! 난 그 사실을 다음날 알았지. 눈을 떠 보니 아군의 야전병원이더군」

「하지만 화가 나는 건 헤르만 소령이라는 놈이 도망친 거였죠.

매형이 포로로 잡았다면서요? 그런데 그놈이 결박해 놓은 끈을 풀고 도망가는 것도 보았나요? 하여간 보통 놈이 아니라니까요! 분명 아무런 방해도 받지 않고 잘도 도망쳤을 거예요」

그러자 폴이 중얼거렸다.

「그렇고말고. 이제 그자는 곧 엘리자베스를 위협하려 들겠지」

「제기랄! 그자가 공범인 카를에게 1월 10일에 도착하여 이틀 안에 모든 일을 해치우겠다고 했으니 우리에겐 겨우 마흔여덟 시간이 남은 셈이네요」

그러자 폴이 목소리를 가다듬고 반대 의견을 제시했다.

「그런데 만일 오늘부터 일을 시작했다면 어쩌지?」

그들은 불안한 마음으로 서둘러 목적지를 향해 갔다. 그리고 지난 넉 달간 시도할 때마다 매번 멀어지기만 했던 목표 지점에 이번만큼은 확실하게 다가가는 듯했다. 오르느캥에서 국경은 바로 코앞이었고, 그 국경에서 얼마 떨어지지 않은 곳에 에브르쿠르트가 있었다. 에브르쿠르트에 닿기도 전에, 또는 엘리자베스가 있을 은신처를 발견하기도 전에 여러 난관에 부딪혀 아내를 구할 수 없을지도 몰랐다. 하지만 폴은 더 이상 안 좋은 쪽으로 생각하지 않기로 했다. 그는 총상을 입었으나 아직도 살아 있지 않은가. 엘리자베스 역시 살아 있을 것이다. 그러니 이제는 그 둘 사이에 어떠한 난관도 없을 것이다.

오르느캥 성, 아니 오르느캥 성터(남아 있던 성의 잔해들이 11월에 또다시 폭격을 받아 그 터만 남아 있었다)는 재향 군부대의 야영지로 활용되고 있었고, 최전선에 파 놓은 참호들은 국경선을 따라 길게 늘어서 있었다.

전략상의 이유로 상대방이 무리하게 전진을 하지 않는 상황이었기에 이쪽 편에서도 전투를 벌이지 않고 있었다. 양 진영은 상대에 대한 방어 태세로 팽팽한 긴장감을 유지한 가운데, 서로에 대한 정찰만이 활발히 이뤄지고 있었다.

한편 폴은 함께 저녁 식사를 한 재향 부대의 중위를 통해 이런 사실을 알게 되었다.

폴이 그에게 계획을 털어놓자 중위는 이렇게 결론 짓듯 말했다.

「이보게, 동지! 난 전적으로 당신 편이라오. 하지만 오르느캥에서 에브르쿠르트로 가는 문제라면 단언하지만 그건 불가능할 거요」

「난 건너갈 거요」

「그래? 그럼 공중으로?」

장교는 웃으며 말했다.

「아니오」

「그럼, 지하로?」

「그럴지도 모르죠」

「꿈 깨시오. 우리도 대호(大戶)를 파고 갱(坑)을 만들어 보는 등 갖은 시도를 다해 보았다오. 허나 모두 허사였소. 이곳은 오래된 암반층으로 되어 있어 땅을 파고 들어가는 것 자체가 불가능하오」

그러자 이번에는 폴이 웃어 보였다.

「이보게, 동지! 내게 단 한 시간만 곡괭이와 부삽으로 무장한 네 명의 건장한 부하들을 빌려 주시오. 오늘 밤 에브르쿠르트로 갈 테니 말이오」

「오! 오! 단 네 명이서? 그것도 한 시간 안에 10여 킬로미터의 터널을 파겠단 말이오!」

「그 이상은 필요 없소. 게다가 이 일은 절대 비밀이오. 시도 자체도 그렇지만 발각될 경우에 어떤 일이 일어날지 모르니 말이오. 내가 전하는 보고서를 통해 오직 총사령관만이 그 사실을 알게 될 것이오」

「알겠소. 내가 직접 네 명의 장정을 고르겠소. 그들을 어디로 보내면 되겠소?」

「주루(主樓) 근처의 노대(露臺)로 보내 주시오」

그 노대는 강의 굽이를 따라 정확하게 코르비니 시를 향해 있었기 때문에 4, 50미터 높이에서 리즈롱 계곡을 아래로 굽어볼 수 있었다. 또한 거기서는 저 멀리 종탑과 인근의 언덕들이 한눈에 들어왔다. 사실 주루는 거대한 토대밖에 남지 않아 자연 암반과 뒤섞인 기초 벽채들이 길게 늘어서 노대를 지탱하고 있었다. 그리고 정원은 월계수와 참빗살나무 울타리로 성의 흉벽까지 이어져 있었다.

폴은 바로 그곳으로 향했다. 수차례 그는 조망대를 성큼성큼 거닐며 강물을 굽어보기도 하고, 드리워진 송악 그늘 사이로 주루의 무너진 돌무더기들을 점검해 보기도 했다.

부하들을 데리고 나타난 중위가 말했다.

「그래, 이곳이 당신이 정한 출발점이오? 이곳은 국경과는 오히려 등진 곳이라오」

그러자 폴이 농담 섞인 어조로 대답했다.

「체! 모든 길은 베를린으로 통하지 않소!」

그는 말뚝으로 표시해 둔 원을 가리키며 부하들에게 작업을 시작하도록 독려했다.

「자, 친구들! 시작해 봅시다!」

그리하여 그들은 대략 지름 3미터 정도의 너비로 부식토를 파 들어갔다. 한 20여 분이 지나자 150미터 깊이의 구멍이 생겼다. 그 정도 깊이가 되자 시멘트로 단단히 엉겨 붙은 자갈 층이 나왔고, 작업이 한층 어려워졌다. 시멘트는 생각보다 워낙 견고하여 균열이 생긴 틈을 곡괭이로 파서야 겨우 부술 수 있었다. 폴은 조마조마한 마음으로 정신을 집중하여 작업 진행 상황을 줄곧 지켜보았다.

그리고 한 시간가량이 지나자 그가 외쳤다.

「중지!」

그는 혼자 구덩이 속으로 들어가 아주 천천히 땅을 파기 시작했는데, 한번 구덩이를 팔 때마다 매번 그 결과를 유심히 살폈다.

그러곤 굽혔던 허리를 펴며 말했다.

「됐어!」

「뭐가요?」

베르나르가 물었다.

「우리가 있는 곳은 옛날에 오래된 주루에 인접해 있던 방대한 건물의 한 층이야. 그 건물이 수세기 동안 깎여 내려오면서 저 정원이 생겨난 거지」

「그래서요?」

「그래서, 이 땅을 밀어 버리면 오래된 방들 중 하나의 천장을 뚫을 수 있다는 얘기지. 자 보라고」

폴은 돌멩이를 하나 집어 들고, 그것을 구덩이 한가운데 작은 구멍 속으로 밀어 넣었다. 그러자 돌이 사라지면서 곧이어 둔탁한 소리가 들려왔다.

「이제 입구만 넓히면 돼. 그동안 우리는 사다리와 등잔을 구해

오자……. 가능한 한 밝게 불을 비춰야 해」
「우리에게 송진 횃불이 있긴 하오」
폴의 말에 중위가 말했다.
「잘됐군!」
폴의 말은 틀리지 않았다. 그가 사다리를 구멍 아래로 집어넣자, 중위와 베르나르와 함께 아래로 내려갈 수 있었다. 그러자 그들 앞에 매우 넓은 방 하나가 펼쳐졌는데, 천장을 떠받치는 굵은 기둥들이 비정형화된 성당 구조물처럼 두 줄의 중앙 홀과 보다 좁은 규모의 측랑(側廊)들로 방을 구분하고 있었다.
방의 구조를 파악한 폴은 동료들에게 두 줄의 중앙 홀 바닥을 주시하도록 했다.
「바닥이 콘크리트로 돼 있소. 자, 눈여겨보시오……. 게다가 자, 여길 보시오. 내가 예상했던 대로 기둥과 기둥 사이의 간격에 레일이 두 줄 있소……! 저기 또 다른 기둥 사이에도 레일이 두 줄 깔려 있고……!」
「그렇다면, 대체 그게 무엇을 뜻한단 말인가요?」
베르나르와 중위가 함께 외치듯 물었다.
「그건 간단하지. 우리 앞에 코르비니 시와 요새 두 곳의 함락을 둘러싼 엄청난 비밀과 관련된 명확한 해답이 있다네」
의아해하며 또다시 중위가 물었다.
「무슨 말이오?」
「코르비니와 요새 두 곳은 겨우 몇 분 사이에 붕괴되지 않았소? 적의 대포가 국경을 넘지도 않았는데 어떻게 국경에서 24킬로미터나 떨어진 코르비니에 적의 대포가 떨어질 수 있단 말이오? 저들은 이곳을 통해 들어온 거요. 이 지하 요새를 통해서 말이오」

「그럴 리가……!」

「자, 이 레일들을 보시오. 이것들을 이용해서 포격 시 사용할 거대한 두 문의 대포를 이동시킨 거라오」

「그렇지만! 지하 동굴에선 포격을 할 수 없지 않소? 그럼 구멍이 어디에 있단 말이오?」

「레일을 따라가다 보면 나오겠지. 불을 잘 비춰 봐, 베르나르! 자, 여기 축에 고정되어 회전하도록 되어 있는 기단이 하나 있군. 크기가 상당하지 않아? 어떻게 생각하오? 그리고 저기 또 다른 기단이 있군」

그러자 베르나르가 답했다.

「하지만 입구는 없는데요?」

「베르나르, 네 바로 앞에 있잖아!」

「이건 그냥 벽인데……」

「그 벽이 바로 언덕의 암반과 함께 리즈롱 계곡 위에 위치한 노대를 떠받치고 있는 거야. 코르비니 시 바로 앞까지 말이야. 그리고 이 벽 안에 회전 구멍이 두 개 있었는데 나중에 다시 메워졌겠지. 자세히 들여다보면 보수 공사를 한 흔적을 발견할 수 있을 거야」

베르나르와 중위는 놀라운 사실 앞에서 벌어진 입을 다물지 못했다.

「하지만 이건 대단한 공사였을 텐데……!」

중위가 감탄하자 폴은 이렇게 대꾸했다.

「물론, 대규모 공사였겠죠! 하지만 너무 놀라진 마시구려, 동지! 내가 알기로는 이미 16, 17년 전부터 시작한 거라오. 게다가 내가 이미 말했다시피, 우리가 오르느캥의 옛 건축물들의 하층부에 있는 만큼 공사도 부분적으로만 이뤄진 것이라오. 그리고 정해진 목표에 따라 옛 건축물을 발굴하여 개조하는 것에 그쳤을 것이오. 이보다 훨씬 더 큰 규모의 공사가 있었다오」

「그게 뭐요?」

「두 대포를 여기까지 운반하는데 필요한 터널 공사라오」

「터널이라고?」

「그렇고말고요! 그게 아니라면 어떻게 대포들을 옮겼을 거라 생각하오? 자, 반대 방향으로 레일들을 따라가 봅시다. 그러면 터널에 이를 거요」

실제로 조금 안쪽으로 들어서자, 두 레일이 하나로 합쳐지면서 폭과 높이가 일제히 대략 250미터가량인 구멍 하나가 나타났다. 입을 크게 벌린 듯한 구멍은 매우 완만한 경사를 이루며 지하 깊숙이 뻗어 있었는데, 내벽은 벽돌로 되어 있었고, 벽면에는 습기로 인한 얼룩 자국조차 전혀 보이지 않았으며 바닥 역시 완전히 마른 상태였다.

폴은 웃으며 말했다.

「자, 에브르쿠르트로 가는 노선이오. 햇볕을 피해 11킬로미터 가량 가면 되오. 이렇게 해서 코르비니 요새는 감쪽같이 숨겨져 왔던 거라오. 우선 수천 명의 군인들이 이 길을 지나 수적으로 열세였던 오르느캥 수비대의 목을 죄였을 거요. 그런 다음 다시 마을까지 계속 진격했겠지. 그와 동시에 괴물 같은 대포 두 문을 옮겨와 땅 위에 올려놓고, 이미 정해 놓은 목표 지점에 설치한 것이라오. 임무를 완수하고 나서 그들은 다시 구멍을 메우고 가버린 것이오. 이 모든 일은 채 두 시간도 걸리지 않았을 게요」

「하지만 고작 그 두 시간을 위해서 프로이센 왕이 무려 17년 동안이나 공사를 진행시켰단 말인가요?」

베르나르가 묻자, 폴은 이렇게 말했다.

「실제로 그랬어. 프로이센 왕은 우리를 위해 그처럼 일한 셈이지! 자! 그분의 노고를 치하하면서 길을 떠나자고!」

「우리 부하들을 함께 데리고 가지 않겠소?」

중위가 폴에게 제안했다.

「고맙지만 처남하고 단둘이서만 가는 편이 나을 듯싶소. 만일 적들이 터널을 붕괴했다면 다시 도움을 청하러 돌아오겠소. 허나 그럴 리는 없을 거요. 적들은 터널의 존재가 누구에게도 알려지지 않도록 각별히 주의를 했던 만큼, 나중에 다시 사용할 때를 대비해 터널을 잘 관리하고 있을 테니 말이오」

그리하여 마침내 오후 3시, 폴과 베르나르는 베르나르의 표현을 빌자면 〈황제의 터널〉 안으로 들어갔다. 두 사람은 완전 무장을 하고, 식량과 군수품을 갖춘 채 터널 끝까지 위험천만한 여정을 감행하겠다고 결연한 의지를 다졌다.

그리고 얼마 지나지 않아, 그러니까 200미터도 못 미친 곳에서 그들이 지닌 휴대용 램프의 불빛에 우측으로 꺾여 올라간 계단 층계참이 눈에 들어왔다.

그러자 폴이 말했다.

「제1분기점이군. 내 계산대로라면 최소한 세 개는 더 있을 거야」

「그럼 이 계단은 어디로 통하는 걸까요……?」

「분명 성으로 통하겠지. 네가 정확히 성의 어느 부분으로 통하느냐고 묻는다면, 난 그 문제의 초상화가 있던 방이라고 말하겠어. 총공격이 있던 날 밤 헤르만 소령이 성에 온 것 기억 나? 그놈이 그 방을 통해 들어온 것은 조금도 의심할 여지가 없지. 그의 공범인 카를도 그와 함께 왔을 거고. 그러곤 벽 위에 우리의 이름이 새겨져 있는 걸 보고 그 방에서 자고 있던 이들을 단도로 찔러 죽였던 거지. 제리플루르와 그의 동료를」

그러자 베르나르가 약간 장난기 어린 투로 말했다.

「들어 봐요, 매형. 이미 조금 전부터 난 매형 때문에 무지 놀라고 있어요. 매형은 무슨 예언력과 투시력을 지닌 사람처럼 행동하고 있으니 말이에요! 곧장 파야 할 곳을 지적하더니, 직접 목격한 사람이라도 되는 양 지나 온 일들을 얘기하지 않나, 모든 걸 알고 있고 모든 걸 예언하고 있잖아요! 매형 혹시 아르센 뤼팽과 자주 어울리기라도 했던 거 아닌가요?」

그러자 폴은 걸음을 멈추고 이렇게 물었다.

「왜 그 이름을 들먹이는 거지?」

「뤼팽이요?」

「그래」

「뭐, 그냥 해 본 소린데……. 혹시 무슨 관계라도 있나 해서요……?」

「아니, 전혀……. 하지만……」

폴은 웃음을 터트리더니 다시 이렇게 말했다.

「이상한 일이 있긴 했어. 이상한 일? 그래, 분명 꿈은 아니었으니까…… 어쨌든 말이야……. 우리가 떠나온 그 야전 병원에서 어느 날 아침 난 신열에 들떠 선잠이 들었어. 네가 알면 너무 놀라겠지만, 내 방에 정체를 알 수 없는 한 장교가, 그래 아마 군의관이었을 거야……. 그가 탁자 앞에 앉아 조용히 내 가방을 뒤지고 있더라고! 난 반쯤 몸을 일으켜서 그가 탁자 위에 내 온갖 서류들을 늘어놓는 것을 보았지. 물론 그 서류들 중에는 엘리자베스의 일기도 있었어. 내 쪽에서 소리가 나자 그제야 그는 몸을 돌려 나를 보더군. 물론, 그는 모르는 사람이었어. 가는 콧수염에 기백이 있어 보였고, 아주 부드러운 미소를 지닌 사람이었지. 그가 내게 말하더군⋯⋯. 아니, 정말이지 그건 꿈이 아니었어⋯⋯. 그가 이렇게 말했어. 〈움직이지 마시오⋯⋯. 흥분하지도 말고⋯⋯.〉 그러더니 서류들을 그러모아 다시 가방 안에 넣더니 내게로 다가와 말하더군. 〈우선 내 소개를 하지 않은 점을 용서하시오. 곧 내 소개를 하리다. 그리고 당신의 허락도 없이 가방을 뒤진 일에 대해서도 용서를 구하겠소. 사실 당신에게 설명하고자 당신이 깨어나기만을 기다렸다오. 자, 이제 말하겠소. 나는 비밀 경찰 내부에 나와 내통하는 한 밀정으로부터 헤르만 소령이라는 작자의 첩보 활동과 관련된 자료들을 넘겨받았소. 그 자료들을 보니 수차례 당신이 거론되더군요. 그래서 우연히 당신이 이곳에 있다는 것을 알게 되어 당신을 만나고 얘기를 나누고자 이렇게 온 것이오. 결국 이렇게 나만의 방법을 통해 이 병실에 들어오게 되었지⋯⋯. 허나 당신은 환자인 데다가, 잠이 들어 있었고, 내 시간 또한 귀중한 터라(난 몇 분밖에 시간이 없다오), 당신의 서류를 뒤질 수밖에 없었소. 그러나 그렇게 행동한 데에는 타당한 이유가 있으니 양해하기 바라오.〉 난 어안이 벙벙한 채 그 알 수 없는 인물을 계속 바라보았지. 그는 군모를 쓰고 있었는데, 이내 물러갈 것처럼 이렇게 말하더군. 〈들로즈 중위, 당신의 용기와 수완을 높이 칭송하는 바이오. 당신이 해낸 모든 일은 참으로 찬탄할 만한 것이고, 이뤄 낸 결과들도 모두가 하나같이 최고의 것이었소.

하지만 보다 더 빨리 목표에 도달하기 위해서는 뭔가 특별한 재능이 필요한데, 당신에겐 그것이 부족하오. 당신은 사건들 간의 관련성을 잘 포착하지 못하고 있고, 그 때문에 결론을 이끌어 내지 못하고 있소. 가령 당신 아내의 일기 중 그녀가 떨리는 심정

으로 발견했다고 말한 대목들에서 당신이 아무런 힌트를 발견하지 못했다는 것은 참으로 유감스러울 뿐이라오. 만일 당신이 독일인들이 왜 성 주변을 비우고자 그처럼 갖은 노력을 기울였는지에 의문을 품고, 바늘에 실을 꿰듯이 추론에 추론을 거듭하여 과거와 현재를 의문시하고 독일 황제를 만났던 기억을 되살렸다면, 그리고 그 밖에 서로 연결되어 있던 무수한 일들을 떠올려 보았다면 당신은 국경을 사이에 두고 양편 사이에 분명 비밀스런 통로가 있으며, 그곳이 바로 코르비니를 향해 쏘았던 발포 지점과 정확히 이어진다는 것을 알아냈을 것이오. 내 직감으로는 그 장소는 노대가 있는 곳인 듯하오. 그리고 당신이 그 노대에서 송악에 둘러싸인 고목을 발견하게 된다면 그 인근이 분명 당신의 아내가 지하의 소리를 들었다고 말했던 바로 그곳이 될 것이오. 그곳부터는 당신이 직접 작업을 해 나가야만 하오. 다시 말해 적지를 통과하고 또…… 아니지. 여기까지만 말해 두겠소. 너무 자세한 행동 지침은 오히려 당신을 방해할 수도 있으니 말이오. 게다가 당신에게 일을 구구절절 다 설명하지 않아도 알아서 잘 하리라 보오……. 그럼 잘 지내시오, 중위! 아! 참, 내 이름을 말해 두는 편이 낫겠군. 나는 군의관이오……. 어쨌든 나중에라도 내 진짜 이름을 알게 될 텐데 굳이 밝히지 않을 이유도 없지! 난 아르센 뤼팽이라고 하오.〉 그렇게 말한 후 그는 이내 다정한 표정으로 내게 인사를 했지. 그러곤 아무 말 없이 뒤돌아 병실을 나갔어. 내가 겪은 이상한 이야기는 그게 다야. 여기에 대해서 어떻게 생각해, 베르나르?」

「누군가 장난을 친 것 같은데요」

「그래? 그럴지도 모르지. 하지만 그 군의관이라는 사람이 누군지, 또 그가 어떻게 내 병실까지 들어왔는지 아무도 내게 속 시원히 말해 주지 못했어. 게다가 누군가 장난을 친 거라고 보기에는 그가 했던 말들이 당시 내가 처했던 상황과 너무도 딱 들어맞았지」

「하지만 아르센 뤼팽은 죽었는데……」

「그래, 나도 알아. 그는 죽은 걸로 돼 있지. 하지만 워낙 대단한 인물이니 혹시 또 모르지. 살아 있을지도……! 그가 살아 있든 죽었든, 혹은 그가 가짜든 진짜든지 간에 어쨌든 그 뤼팽이라는 자는 내게 큰 도움을 주었어」

「그럼, 매형의 목표는 뭔가요?」

「그야 오직 단 하나, 엘리자베스를 구하는 거지」

「그럼 구출 계획은요?」

「아직 구체적인 건 없어. 모든 게 그때그때의 상황에 따라 달라지겠지. 한 가지 확실한 건 내가 제대로 가고 있다는 거야」

정말로 그가 제시했던 가정들이 모두 들어맞았다. 한 10여 분쯤 걸어가자 그들 앞에 교차로가 하나 나왔고, 그곳에서 다시 우측으로 꺾자 또 다른 터널이 이어졌으며 역시 레일이 깔려 있었다.

「제2분기점이야. 코르비니로 통하는 길이지. 바로 이곳을 통해 독일군은 우리 군대가 미처 전열을 가다듬기도 전에 코르비니 시로 진군했던 거야. 그리고 같은 날 저녁 네가 만났다는 촌부도 바로 이곳을 지나갔겠지. 분명 출구는 시에서 얼마 떨어지지 않은 곳에, 그리고 자칭 촌부라고 했던 자가 소유한 농장 같은 곳에 위치해 있을 거야」

「그럼, 제3분기점은요?」

「바로 여기야」

「이건 계단인데요?」

「그래. 하지만 분명 이 계단은 예배당과 통해 있을 거야. 아버지가 살해되던 바로 그날, 분명 독일 황제는 이곳에 와서 그가 직접 지시하고 그를 수행했던 여자가 지휘하여 진행 중이었던 공사를 시찰했겠지. 그때까지만 해도 예배당은 정원의 담장에 둘러싸이지 않은 상태였으니 분명 비밀 통로의 입구 역할을 했을 테고, 지금 우리가 따라가고 있는 중앙 통로로까지 이어져 있을 거야」

폴은 중앙 통로를 지나 여러 갈래로 갈리는 지맥들 사이에서 또 다른 통로 두 개를 찾아냈다. 그 위치와 방향으로 미뤄볼 때, 그 길들은 국경 근처까지 뻗어 있는 것 같았다. 그리고 바로 그 통로들이 독일의 첩보와 침공을 위한 경이로운 체제를 보완해 주고 있었다.

그 자리에서 베르나르는 감탄을 금치 못했다.

「참 대단하네요. 이게 바로 내가 미처 알지 못했던 바로 〈독일 문명〉이로군요. 저자들은 전쟁에 일가견이 있나 보네요. 작은 요새 하나를 포격하기 위해 무려 20년 동안 초지일관 터널 하나를 파들어 갔으니……. 프랑스 인들이라면 그럴 생각이나 했겠어요? 저 정도가 되려면 상당한 수준의 문명이 필요한데, 우리에겐 언감생심이죠. 아! 대단한 녀석들이라니까요!」

터널 상단 부분에서 환풍구를 발견하자, 베르나르의 탄성은 더욱 커졌다. 급기야 폴이 그에게 잠자코 있든지 작은 소리로 말하라고 주의를 준 후에야 진정하는 듯했다.

「잘 들어 봐, 베르나르. 저들이 이 통로를 연락 노선으로 이용하는 것이 이롭다고 판단했다면, 분명 저들은 우리 프랑스 인들이 사용할 수 없도록 어떤 조치를 취해 놓았을 거야. 에브르쿠르트는 여기서 멀지 않으니 말이야. 어쩌면 곳곳에 청음(聽音) 초소나 보초들을 세워 두었을지도 몰라. 저자들은 아주 사소한 거라도 그냥 아무 생각 없이 해 두는 법이 없지……」

실제, 폴의 주장에 무게를 실어 주려는 것처럼, 레일 사이에 주철 판들이 미리 준비해 놓은 듯한 발파공(發破孔)들을 덮고 있었고, 전기 스파크가 한 번만 일어도 이내 폭발할 것만 같았다. 첫 번째 것은 5번, 두 번째 것은 4번, 그런 순으로 숫자가 매겨져 있었다. 폴과 베르나르는 주철 판들을 조심스레 피하면서 들고 있던 등잔불을 잠깐씩만 켰기에 아주 천천히 한발 한발 앞으로 걸어 나갈 수밖에 없었다.

저녁 7시경, 지면 위에서 웅성대는 소리가 아주 희미하게 들려왔다. 아니 그 같은 소리가 들려오는 것 같았다. 그러자 그들은 매우 고무되었다. 그들 바로 위가 독일 땅이었으며 독일 사람들의 일상적인 삶의 소리가 반향되는 메아리처럼 그들에게까지 들려오고 있었다! 그러자 폴이 입을 열었다.

「우리가 여기까지 아무런 방해 없이 들어올 수 있다니……. 아무래도 이상해! 이 터널이 생각했던 것과는 달리 감시 체계가 잘돼 있는 것 같진 않군」

「그들에게도 약점이 있겠죠. 제아무리〈독일 문명〉이라도 결함이 있지 않겠어요?」

내벽을 따라 한층 상쾌한 바람이 불어 왔다. 신선한 바깥 공기가 이따금씩 안으로 들어오고 있었다. 그때 갑자기 어둠 속 저 멀리서 불빛 하나가 보였다. 그러나 그 불빛은 조금의 미동도 없었다. 불빛 주변 또한 조용한 것으로 보아, 아마도 철로의 어딘가에 고정해 놓은 신호등 중 하나 같았다.

그들이 가까이 다가가 보니 전구의 불빛이었다. 터널 출구에 마련된 한 가건물 안에 설치된 전구에서 새어 나오는 불빛이 크고 하얀 벽들과 모래와 자갈 더미들을 비추고 있었다.

폴이 중얼거렸다.

「채석장이야. 이곳에 터널 입구를 설치하고 채석장을 마련해 평화 시에도 아무런 의심을 사지 않고 작업을 계속할 수 있었던 것이야. 소위 채석장의 발파 작업이라며 인부들을 폐쇄된 좁은 공간에 몰아넣은 후 은밀히 작업을 진행시켰을 게야」

「정말 대단한 〈독일 문명〉이군요!」

베르나르가 또 한번 탄성을 질렀다.

바로 그때 폴이 베르나르의 입을 막으려는 듯 손으로 그의 팔을 꽉 붙들었다. 불빛 앞으로 뭔가가 지나갔는데, 그 그림자가 몸을 일으키더니 이내 땅에 엎드리는 것 같았다.

극도로 주의를 해 가며 그들은 가건물이 있는 곳까지 기어갔다. 그러고는 창문 높이까지 눈이 닿도록 절반쯤 몸을 일으켜 세웠다.

그 안에는 대여섯 명의 군인들이 서로 뒤엉켜 드러누워 있었고, 여기저기 빈 술병들과 더러운 접시들, 기름종이들과 돼지고기 찌꺼기들이 너저분하게 널려 있었다.

그들은 터널을 지키는 초병들이었는데 인사불성이 되도록 취해 있었다.

그런 그들의 모습을 보고 베르나르가 빈정거렸다.

「어쨌든 이 역시 그 대단한 〈독일 문명〉이에요!」

「우린 정말 운이 좋았어. 어째서 그처럼 감시가 소홀했는지 이제야 알겠어. 오늘이 바로 일요일이라 그랬던 거야!」

탁자 위에는 무선 전신기 한 대가 놓여 있었고, 벽에도 전화기가 부착되어 있었다. 주변을 둘러보던 폴은 두꺼운 유리판 밑으로 다섯 개의 구리 손잡이가 담긴 판을 발견했는데, 그것은 좀 전 터널에 보았던 다섯 개의 발파공과 전선으로 연결되어 있는 것이 분명했다.

그곳을 지난 베르나르와 폴은 계속 레일을 따라 암반 속에 깊이 깎은 좁은 길로 들어갔다. 그 길을 따라 가 보니 다시 탁 트인 공간이 나왔는데, 그곳에는 무수한 불빛들이 빛나고 있었다. 여러 막사들로 이루어진 병사들의 거주지였다. 그들 앞에 마을 전체가 한눈에 펼쳐졌다. 여기저기서 군인들이 왔다갔다 하는 모습이 보였다. 그들은 마을을 우회했다. 문득 자동차 소리와 함께 전조등 두 개에서 뿜어 나오는 거친 불빛이 주의를 끌었다. 그 빛을 피해 그들은 방책을 뛰어넘고 관목 숲을 가로질렀다. 그러자 환하게 밝혀진 거대한 저택이 눈앞에 나타났다.

자동차는 현관 앞에 멈춰 섰는데, 그곳에는 하인들과 병사들이 모여 있었다. 장교 두 명과 모피를 두른 귀부인 한 명이 차에서 내렸다. 돌아 나오는 자동차 전조등의 불빛을 통해 살펴보니, 저택의 정원은 드넓었고 높은 담들로 둘러싸인 폐쇄된 공간이었다.

폴이 말했다.

「내가 짐작했던 대로군. 우리는 지금 오르느캥 성과 대칭을 이루는 곳에 와 있어. 도착점인 오르느캥 성에서처럼 출발점인 이곳에서도 뭇 시선들을 피해 작업을 용이하게 하고자 단단한 성벽을 쌓았겠지. 이곳은 지하와는 달리 작업장이 탁 트인 곳에 위치해 있긴 해도, 채석장이나 작업장, 막사, 주둔군, 참모용 별장,

정원, 차고 등 모든 군사 제반 시설들이 성벽들로 둘러싸여 있어서 분명 외부와 접촉은 엄격한 통제를 받았을 거야. 다시 말해 이 안에서는 그만큼 쉽게 돌아다닐 수 있었다는 말이 되지」

바로 그때, 두 번째 자동차에서 장교 세 명이 내렸다. 그리고 차고 쪽으로 가 먼저 온 자동차 옆에 나란히 자리를 잡았다.

「연회가 있나 봐요」

베르나르가 말했다.

그들은 가능한 한 가까이 다가가 보기로 했다. 건물을 둘러싸고 있는 가로수 길을 따라 자리한 두꺼운 관목이 그것을 가능하게 했다.

그들은 한동안 잠자코 서 있었다. 그러자 1층 뒤쪽에서 함성과 웃음소리가 들려왔다. 그들은 그곳이 바로 연회 장소이며 회식자들이 탁자에 앉아 식사를 하고 있다는 것을 알 수 있었다. 그곳에서는 노랫소리와 고함소리까지 들려왔다. 반면 건물 밖에는 어떠한 움직임도 보이지 않았다. 정원은 인적 없이 황량하기만 했다.

그러자 폴이 말했다.

「이곳은 꽤 조용하군. 베르나르, 나 좀 도와주고 나서 어딘가에 숨어 있어」

「저 창문들 중 하나를 통해 올라가려고요? 그런데 덧창이 닫혀 있잖아요?」

「그리 단단히 잠겨 있진 않을 거야. 중간에 빛이 새어나오는 거 보이지?」

「설사 그렇다 해도, 그 다음엔 어쩔려고요? 다른 집들도 많은데 굳이 이 집에만 매달릴 이유는 없잖아요?」

「이유야 있지. 네가 직접 말해 주지 않았어? 한 부상당한 독일 포로가 말하기를, 콘라트 왕자가 에브르쿠르트 인근의 한 저택에 있다고 말이야. 이 건물이 참호로 둘러싸인 진지 한가운데에 있으면서 터널의 입구에 위치해 있는 걸로 보아 그가 있을 거라는 확신이 들어……」

그러자 베르나르가 웃으며 말했다.

「어쩐지 유별나게 호화로운 분위기를 풍기는 연회 같더라……. 매형 말이 옳아요. 자, 넘어가 보자고요!」

그들은 오솔길을 가로질렀다. 베르나르의 도움을 받아 폴은 손쉽게 일층 상단 기둥의 돌출 부분을 잡고 이층의 석조 난간까지 기어오를 수 있었다.

「됐어! 저쪽으로 되돌아가 위급한 일이 생기면 휘파람으로 알려!」

폴은 난간을 성큼 뛰어넘어 조심조심 손가락을 덧창들 사이에 난 틈으로 밀어 넣은 다음 덧문 하나를 뒤흔들었다. 그리고 마침내 잠금 장치의 고리를 빼내는 데 성공했다.

서로 엇갈리게 쳐진 커튼 덕분에 내부의 시선에 들킬 염려 없이 자유롭게 움직일 수 있었다. 한편 커튼 윗부분은 제대로 엇갈려 있지 않고 삼각형 모양의 빈 공간이 생겨, 난간 위에 선다면 그곳을 통해 내부를 들여다 볼 수 있을 것 같았다.

그래서 폴은 몸을 앞으로 기울여 고개를 내밀어 안을 들여다보았다.

그의 눈앞에 펼쳐진 광경은 참으로 놀라웠다. 너무도 충격을 받아 그의 두 다리가 후들후들 떨렸다!

콘라트 왕자의 연회

방에는 탁자 하나가 창문 세 개와 평행으로 길게 뻗어 있었다. 탁자 위에는 술병들, 물병들, 유리잔들이 엄청나게 쌓여 있었고, 과자와 과일을 담은 접시들이 더 이상 놓을 자리조차 없이 가득했다. 술병들 위로 꽃 바구니 하나가 올려져 있었는데 샴페인 병들로 쌓아올려 만든 장식용 케이크 같았다.

회식자들은 스무 명가량 있었는데 무도회 복장을 한 여성들이 대여섯 명 끼어 있었고, 나머지는 모두 장교들로 화려하게 치장하고 잔뜩 차려입은 모습이었다.

방 한가운데 창문과 마주한 곳에 콘라트 왕자가 자리를 잡고 연회를 주관하고 있었다. 그리고 그의 좌우 양편으로 여인이 한 명씩 배석하고 있었는데, 폴은 그들 세 사람을 보자 그의 상식으로서는 도저히 그들이 함께 있는 모습을 용납할 수 없었고, 다시금 그 안에서 고통이 치밀어 오르는 것을 느꼈다.

그 자리에 있던 두 여인 중, 황태자의 오른편에 자리하고 있던 여인은, 갈색 모직 드레스에 잔뜩 긴장한 모습을 하고, 검은 레이스가 달린 숄로 그녀의 짧은 머리카락을 절반쯤 가리고 있었다. 폴이 그 여자를 보고 고통을 느꼈다면 그것은 지극히 당연하다고 볼 수 있다. 허나 콘라트 왕자 왼편에 서 있는 또 다른 여인, 왕자가 그녀를 돌아보며 환심을 끌고자 상스러운 수작을 부리는 대상이 되고 있던 여인이 보자, 폴은 그만 대경실색하고 말았다. 그는 손이라도 닿는다면 차라리 그녀의 목을 비틀어 버리고 싶었다. 도대체 엘리자베스가 저기서 뭘 하고 있단 말인가? 술에 찌든 장교들과 누군지 알 수 없는 의심스런 독일인들 사이에서, 그리고 콘라트 왕자 바로 곁에서 말이다. 증오심을 품고 있어도 성에 차지 않을 저 괴물 곁에 서서 그녀는 도대체 무슨 짓거리를 하고 있단 말인가? 헤르민 당드빌 백작 부인과 엘리자베스 당드빌이라! 모녀가 한자리에 있다니! 폴은 아무리 다르게 부르려 해도 콘라트 왕자와 함께 나란히 선 두 여인을 다르게 호칭할 수 없을 것 같았다. 잠시 후, 콘라트 왕자가 자리에서 일어나 샴페인 잔을 손에 들고 외쳐 대는 소리를 듣자 혹시나 했던 일이 끔찍스러운 현실이 되어 버렸다.

「호흐!(Hoch!, 〈자!〉, 〈건배!〉를 뜻하는 독일어—옮긴이) 호흐! 호흐! 우리들의 자상한 친구를 위해 축배를 드세! 호흐! 호흐! 호흐! 헤르민 백작 부인의 건강을 위하여!」

그 듣기에도 끔찍한 말을 폴은 마침내 듣고야만 것이다.

「호흐! 호흐! 호흐! 헤르민 백작 부인을 위하여!」

연회에 모인 사람들도 목이 터져라 외쳤다.

그러자 백작 부인은 잔을 들어 단숨에 들이켠 다음 무슨 말인가 하기 시작했다. 폴로서는 그가 무슨 말을 하는지 알아들을 수 없었으나 다른 사람들은 으레 흥건히 취한 취객들이 남의 말에 애써 귀를 기울이는 것처럼, 그의 말을 귀담아 들으려 하고 있었다.

엘리자베스 역시 귀를 기울였다.

그녀는 회색 드레스를 입고 있었는데, 깃이 높고 소매가 손목까지 내려오는 단순한 디자인의 옷으로 이미 폴의 눈에도 익숙한 복장이었다.

하지만 그녀의 목에 걸려 있는 네 줄씩이나 되는 굵은 진주 목걸이는 그가 처음 보는 것이었다.

「오, 가엾은 사람! 가엾은 사람!」

폴은 더듬거리며 중얼거렸다.

그녀는 미소를 짓고 있었다. 과연 그랬다! 콘라트 왕자가 그녀에게 몸을 기대며 뭐라고 몇 마디 하자 그녀의 입가에 미소가 번졌다.

한편, 왕자는 신이 났는지 혼자 들떠서 요란법석을 떨었고, 그런 그에게 헤르민 백작 부인은 계속 연설을 하면서도 손으로 부채질을 하며 그에게 조용히하라고 주의를 주고 있었다.

어쨌든 그 모든 광경은 폴에게 끔찍스러울 따름이었다. 그는 너무도 고통스러워 이제는 오직 한 가지 생각만 하고 있었다.

〈그래, 여길 떠나자! 싸움도 포기하고, 저 가증스런 배우자를 기억에서 지워 버렸듯이 내 인생에서도 아예 지워 버리기로 하자!〉

그리고 절망한 채 이렇게 되뇌었다.

〈과연 헤르민 백작 부인의 딸답군!〉

그가 자리를 막 떠나려던 순간, 그녀의 사소한 동작 하나가 그의 눈에 들어왔다. 엘리자베스가 손안에 꼭 쥐고 있던 손수건으로 남몰래 흐르는 눈물을 닦고 있었던 것이었다.

그제야 폴은 그녀의 안색이 유난히 창백하다는 것을 알아보았다. 지금까지는 강렬한 빛 때문에 창백해 보이겠거니 생각했지만 자세히 보니 그것은 죽어 가는 이에게서나 볼 수 있는 창백함이었다. 그녀의 가녀린 얼굴에서 모든 핏기가 사라진 듯했다. 그러고 보니 방금 전의 미소도 왕자의 농담에 대한 화답으로 입술을 억지로 일그러뜨려 만든 슬픈 미소였던 것을……! 폴은 속으로 자문해 보았다.

〈그렇다면 그녀는 여기서 뭘 하고 있단 말인가? 자신이 행한 잘못을 뉘우치고 회한의 눈물이라도 흘리고 있단 말인가? 그게 아니라면 살고 싶어서, 두려움과 협박에 못 이겨 비굴해진 자신 때문에 울고 있단 말인가?〉

그는 계속해서 그녀에게 욕을 퍼부으면서도, 그녀가 참기 힘든 시련을 견뎌낼 힘조차 없어 보이자 크나큰 연민의 감정에 휩쓸렸다.

그사이 헤르민 백작 부인은 연설을 마친 후 다시 잔을 들이마셨고, 잔이 비워지자 냅다 빈 잔을 뒤로 던졌다. 장교들과 귀부인들도 그의 행동을 따라했다. 열정적으로 잔을 부딪치며 건배들을 주고받는 가운데, 취기 속에서 애국자나 된 듯 왕자는 자리에서 일어나 독일 국가를 부르기 시작했다. 그러자 다른 이들도 열광적으로 따라 불렀다.

엘리자베스는 그 자리와는 무관한 사람처럼 탁자에 팔꿈치를 대고 양손으로 턱을 괸 채 앉아 있었다. 하지만 콘라트 왕자는 여전히 선 채로 큰 소리로 노래를 부르면서 그녀의 팔을 잡더니 거칠게 낚아채며 말했다.

「너무 빼지 말라고, 예쁜 아가씨!」

그녀가 거부의 몸짓을 취하자 그는 이내 광분했다.

「뭐야! 뭐! 항의라도 하는 거야? 우는 척한 걸 내가 모를 줄 알아? 아! 부인은 장난도 잘 쳐! 앗! 이런, 제기랄! 뭐야? 부인은 잔을 비우지도 않았잖아!」

그는 비틀거리며 잔을 들고는 엘리자베스의 입술에 갖다 대었다.

「이봐! 내 건강을 위해 마시라고. 당신 주인님의 건강을 위해서! 어라? 거부하겠다……? 알았어! 이제 샴페인은 싫다는 거지. 샴페인은 그만! 네가 원하는 건 라인의 포도주겠지! 안 그래? 너희 나라 노래가 기억나는가 보군. 〈우린 당신들의 독일 라인 강을 가졌네. 우리 술잔에 담겨 있었지…… 라인의 포도주!〉」

그러자 장교들은 자리에서 일어나 이번에는 독일 민요인 〈라인의 상사(上士)〉를 목이 터져라 부르기 시작했다.

「저들은 가지지 못하리. 독일의 라인 강을. 비록 그들이 탐욕스런 까마귀 떼처럼 소리쳐 원한다 해도……」

그러자 왕자는 한층 격분하여 엘리자베스에게 말했다.

「저들은 라인의 포도주를 마시지 못할 거야. 허나 넌 마셔야지!」

그러곤 또 다른 잔에 술을 따랐다.

그는 또다시 엘리자베스의 입에 강제로 들이대려고 했고, 그녀가 잔을 밀어내자 그녀의 귓가에 뭐라고 아주 작은 소리로 말을 건넸다. 그러는 사이 잔이 기울어져 술이 흘러내린 바람에 그녀의 옷이 더럽혀졌다.

모두가 일제히 그녀의 반응을 기다리면서 숨을 죽였다. 엘리자베스는 보다 창백해진 얼굴이었으나 꼼짝하지 않았다. 반면 왕자는 그녀에게 몸을 굽혀 짐승 같은 얼굴을 들이밀고는 위협을 하는 표정을 짓는가 하면 이내 간청하는 표정을 지어보기도 하고, 명령하는 표정을 짓다가 이내 희롱하는 표정으로 바꾸는 것이었다. 참으로 역겨운 모습이 아닐 수 없었다! 폴은 엘리자베스가 저항하며 자리를 박차고 일어나 희롱하는 사람에게 칼을 휘두르기만 한다면 당장이라도 자신의 목숨을 내놓고 싶은 심정이었다. 하지만 그녀는 머리를 뒤로 젖히더니, 두 눈을 감고 힘없이 잔을 받아 이내 몇 모금 마시는 것이었다.

그러자 왕자는 술잔을 흔들어 대며 승리의 환호성을 질렀다. 그러곤 이내 그녀가 입술을 대었던 자리에 자신의 입술을 갖다 대더니 게걸스럽게 마시기 시작했고 단숨에 잔을 비웠다.

「호호! 호호! 동지들, 모두 일어서! 의자 위에 올라가 탁자 위에 한 발을 걸치게! 자! 세계의 정복자들이여, 모두들 일어나게! 독일의 힘을 노래하세! 독일인의 호기를 노래하세!〈저들은 독일의 자유로운 라인 강을 가질 수 없다네. 대담한 젊은이들이 날씬한 아가씨들에게 환심을 사려고 노력하는 한.〉엘리자베스! 난 라인의 포도주를 넉 잔이나 마셨어. 엘리자베스! 네가 뭘 생각하는지 안다고. 사랑을 생각하고 있지! 동지들, 안 그런가? 난 주인이라고! 오! 참! 파리 여자지······. 파리의 아가씨······ 그래 우리에게 필요한 건 파리야······. 오! 파리! 오! 파리······」

그는 완전히 취해서 비틀거렸다. 그의 손에서 미끄러져 나간 술잔은 술병의 주둥이 부분에 부딪히면서 깨져 버렸다. 그러자 그는 탁자 위에 무릎을 꿇고 앉아 깨진 접시들과 술잔들 사이에서 또 다른 술병을 손에 쥐더니 바닥으로 굴러 떨어지며 이렇게 더듬거렸다.

「우리에겐 파리가 필요해……. 파리와 칼레……. 아빠가 그렇게 말하셨지……. 개선문…… 카페 앙글레…… 그랑 세즈 살롱…… 물랭루주……!」(19세기 당시 파리를 대표하는 명소들임 — 옮긴이)

소란은 일순간 멈췄다. 그러자 헤르민 백작 부인이 강압적인 목소리로 이렇게 명령하는 것이었다.

「모두들 나가게! 각자 집으로 돌아들 가게나! 제군들! 가능한 빨리! 부탁하네!」

장교들과 귀부인들이 서둘러 빠져나갔다. 건물의 맞은편에서 수차례 휘파람 소리가 울려 퍼졌다. 그러자 이내 자동차들이 차고에서 나와 속속들이 대기하는가 싶더니 대대적인 출발이 이어졌다.

한편 백작 부인은 하인들에게 손가락으로 콘라트 왕자를 가리키면서 말했다.

「그를 방으로 옮기게」

눈 깜짝할 사이에 왕자는 물건 치워지듯 방으로 옮겨졌다.

헤르민 백작 부인은 엘리자베스에게 가까이 다가왔다.

왕자가 탁자 아래로 굴러 떨어진 지 겨우 5분도 지나지 않았으나, 소란스런 연회가 끝난 거실에는 적막감이 감돌았다. 두 여인만이 남아 어질러진 자리를 지키고 있었다.

두 여인은 아무 말 없이 서로를 바라보았다. 서로에게 증오심을 품고 있는 듯 이상한 눈빛이었다. 폴은 그들에게서 눈을 떼지 않았다. 그 두 여인을 번갈아 주시하면서, 그는 이미 두 사람이 서로 만난 적이 있음을, 그리고 곧 두 사람이 서로 나눌 말들도 예전에 했던 얘기의 연속이거나 결론이 될 것임을 단번에 알 수 있었다. 그런데 예전에 어떤 얘기를 나눴단 말인가? 그렇다면 엘리자베스가 헤르민 백작 부인에 관해 뭔가를 알고 있단 말인가? 그녀는 그토록 혐오하던 그 여인을 자신의 어머니로 받아들였단 말인가? 그 두 여인은 서로 확연히 구분되었다. 서로 전혀 다른 외모를 지니고 있기 때문이기도 했지만 서로 다른 본성을 지니고 있어서 더욱 그랬다. 하지만 저 두 사람을 서로 이어 주는 일련의 증거들이 얼마나 많았던가! 그리고 그것들은 더 이상 증거들이 아니라, 너무도 생생한 현실들이었기에 폴은 그것에 논박할 생각조차 하지 못했다. 당드빌 씨가 백작 부인의 위장된 죽음 이후 몇 해가 지나 베를린에서 찍어 보낸 그녀의 사진 앞에서 당혹스러워했던 것은, 그 자신이 바로 위장된 죽음의 공범이자 또 다른 많은 사건들의 공범이기 때문이 아니었을까? 그러자 폴은 모녀 간의 고통스런 상봉이 과연 어떤 의미를 지니는지에 대해 다시 생각하기 시작했다. 과연 엘리자베스는 어디까지 알고 있는 것일까? 수치와 오욕, 배반과 살인의 그 끔찍한 일련의 사건들 중 그녀는 어디까지 명확하게 알고 있단 말인가? 어쩌면 자신의 어머니를 비난하고 있을까? 그게 아니라면, 크나큰 죄의 무게에 짓눌리는 자신을 느끼며 자신이 저지른 비열한 행동까지 어머니의 탓으로 돌리고 있는 것일까? 폴은 속으로 이렇게 혼잣말을 했다.

〈그래, 그래. 분명 그럴 테지. 하지만 어째서 두 사람은 서로를 저처럼 증오의 눈으로 바라보고 있단 말인가? 저들 사이에는 오직 죽음만이 해결할 수 있는 증오가 존재하는 것 같다. 게다가 죽이겠다는 욕구는 두 사람 중 엘리자베스의 눈빛 속에서 보다 강렬하게 빛나고 있지 않은가……!〉 폴은 그 같은 인상을 너무도 강렬히 받아, 두 사람 중 어느 하나가 당장이라도 뭔가 행동을 취할 것만 같았다. 그래서 엘리자베스를 구하기 위해서는 자신이 뭔가 수단을 강구해야만 한다고 생각했다. 그러나 실제로는 전혀 뜻밖의 일이 벌어졌다. 헤르민 백작 부인이 자신의 호주머니에서 커다란 지형도를 하나 꺼내는 것이었다. 그것은 보통 자동차 운전사들이 으레 사용하는 것이었다. 그녀는 그것을 펼치더니 손가락으로 한 지점을 가리켰고, 빨간 선으로 표시된 선을 따라 계속 손끝으로 가리킨 후 또 다른 하나의 점에서 손가락을 멈췄다. 그리고 뭔가를 엘리자베스에게 말하자 이내 그녀의 얼굴이 환해졌다.

그러자 이번에는 엘리자베스가 백작 부인의 팔을 움켜쥐고 웃음과 흐느낌이 뒤섞인 목소리로 열심히 뭔가를 말하는 것이었다. 그녀의 말을 들으며 백작 부인은 연신 고개를 끄덕였는데, 마치 이렇게 말하려는 것 같았다.

「그래…… 우리는 서로 생각이 같아……. 모든 게 네가 원하는 대로 될 거야……」

폴은 엘리자베스의 얼굴이 환희와 감사로 넘치자, 행여 그녀가 적의 손에 입이라도 맞추려는 것은 아닐까 싶을 정도였다. 그리고 백작 부인이 자리에서 일어나 문 쪽으로 걸어가 문을 열었을 때, 그는 또다시 저 불행한 여인이 어떤 함정에 빠진 게 아닐까 노심초사했다.

백작 부인은 문 밖으로 신호를 보낸 후 다시 제자리로 돌아왔고, 제복을 입은 한 사람이 안으로 들어왔다.

그러자 폴은 상황을 알 수 있었다. 헤르민 백작 부인이 데려온 사람은 다름 아닌 카를이었다. 그의 공범이자 첩자인 카를은 백작 부인의 계획을 실제로 옮기는 사람이자, 엘리자베스를 죽이는 임무를 맡았던 자가 아니던가! 젊은 여인의 임종 시간이 임박하고 있었다.

카를은 고개를 숙여 인사를 했다. 헤르민 백작 부인은 그를 엘리자베스에게 소개한 후, 그에게 지도상의 길과 두 지점을 손으로 가리키며 그가 해야 할 일을 설명했다.

그는 시계를 꺼내 살피더니, 틀림없이 약속을 지키겠다는 듯한 몸짓을 취하며 말했다.

「제시간에 완수하겠습니다」

이내 엘리자베스는 백작 부인의 권유에 따라 밖으로 나갔다.

그들이 나눈 말들은 한마디도 들리지 않아 그 내용을 알 수 없었으나 눈 깜짝할 사이에 벌어진 광경은 폴에게 너무도 분명하고 끔찍한 의미를 지녔다. 백작 부인은 자신이 지닌 전권을 이용해 콘라트 왕자가 잠들어 있는 사이 엘리자베스에게 자동차로 미리 정해 놓은 인근 지역으로 도망치라는 계획을 제안했을 터였다. 그리고 엘리자베스는 그 같은 뜻밖의 제안을 선뜻 받아들인 거였다. 그런데 그 도망 계획은 다름 아닌 카를의 지휘와 감독 아래 벌어질 참이었다! 그것은 함정이 틀림없었다. 그럼에도 고통에 짓눌려 미칠 지경이 된 젊은 여인은 그처럼 순진하게 원수가 파 놓은 함정에 제 발로 걸려들고 만 것이다. 이제 두 공범들은 단둘이 남아 회심의 미소를 지으며 서로를 바라보았다. 사실, 너무도 쉽게 일이 진행되어 그런 상황에서는 성공했다는 것이 그리 대단한 것도 아니었다.

당시 두 사람 사이에는 말에 앞서 무언의 짧은 손짓과 두 번의 몸짓만이 오갔는데, 지독히 파렴치한 행동들이었다. 첩자인 카를은 백작 부인에게 두 눈을 고정시킨 채, 늑골 모양의 줄무늬가 그려진 군복 상의 안쪽의 칼집에 꽂혀 있던 단도를 반쯤 꺼내 보였다. 그러자 백작 부인은 반대한다는 몸짓을 취하며 그 파렴치한에게 작은 병을 건넸다. 그것을 받아 든 첩자는 어깨를 으쓱해 보이며 이렇게 대답했다.

「좋으실 대로 하십시오! 전 상관없습니다」

그런 다음, 두 사람은 서로 가까이 앉아 열띤 대화를 가졌는데, 백작 부인이 뭐라고 지시를 내리면 카를이 거기에 수긍하거나 반박하는 식이었다.

순간 폴은 직감적으로 기겁한 자신을 추스르지 않는다면, 심하게 요동 치는 자신의 마음을 가다듬지 못한다면 엘리자베스를 영영 잃게 될지도 모른다는 생각이 들었다. 그녀를 구하기 위해선, 무엇보다 절대적으로 명철한 두뇌가 필요했고 상황에 따라 머뭇거리거나 이것저것 생각할 겨를 없이 즉각적인 결정을 내려야만 했다.

한데 그 결정이란 것도 현실적으로 그가 적들의 계획을 알고 있지 못하였기에 순전히 즉흥적으로 내릴 수밖에 없었고 어쩌면 틀리게 내릴 수도 있는 상황이었다. 어쨌거나 그는 권총을 장전했다.

폴은 엘리자베스가 떠날 채비를 마친 후 다시 거실로 돌아와 첩자와 함께 떠날 거라고 추측했다. 그런데 잠시 후 백작 부인이 벨을 눌렀고, 이내 하인 한 명이 들어왔다. 백작 부인이 그에게 뭔가를 말하자, 그 하인은 밖으로 나갔다. 이어 휘파람 소리가 두 번 들리고, 자동차의 시동 켜는 소리가 나더니 가까이 다가오는 소리가 났다.

카를은 반쯤 열려진 문을 통해 복도 쪽을 바라보았고, 다시 백작 부인 쪽으로 몸을 돌려 이렇게 말하는 것 같았다.
「그녀가 옵니다……. 지금 내려오고 있어요……」
그러자 폴은 엘리자베스가 곧바로 차를 향해 갈 것이며 카를이 동승할 거라는 것을 알 수 있었다. 상황이 이렇게 돌아가는 마당에 지체 없이 행동을 취해야 했다.
그 순간 폴은 잠시 머뭇거렸다. 카를이 아직 저곳에 있으나 이때를 이용해 거실로 뛰어든 다음 그자와 헤르민 백작 부인을 한꺼번에 처치할까? 그렇게 된다면 엘리자베스의 목숨을 노리는 두 강도를 없앤 셈이니 그녀는 안전할 것이다.
하지만 그 같은 시도는 너무 대담한 것이어서 폴은 실패가 염려되었다. 그는 난간에서 뛰어내려 베르나르를 불렀다.
「엘리자베스가 자동차로 떠날 거야. 카를이 함께 동승해서 그녀를 독살하려는 것 같아. 날 따라와…… 총을 들고……」
「뭘 하시려고요?」
「어디, 생각해 보자고!」
그들은 오솔길을 따라 즐비한 덤불숲 속을 미끄러지듯 지나 별장을 우회했다. 그 근처에는 인적이 거의 없었다.
「들어 봐요! 차 한 대가 떠나고 있어요……」
베르나르가 그렇게 말하자, 폴은 매우 불안해하면서 그의 말을 부정했다.
「아니! 아니지! 저건 시동 거는 소리야!」
실제로 그들 눈에 건물의 정면이 들어오자 현관 앞에 리무진 한 대가 서 있었고, 차 주변으로 십여 명의 군인들과 하인들이 무리를 지어 서 있는 게 보였다. 마침 차의 전조등이 정원의 맞은편 쪽을 비추고 있었기에, 폴과 베르나르가 숨어 있던 장소는 어둠 속에 묻혀 보이지 않았다.

한 여자가 현관 계단을 내려와 차 안으로 모습을 감췄다.

그러자 폴이 말했다.

「엘리자베스야! 그리고 이번엔 카를이군……」

첩자는 계단을 내려오다 말고 멈춰 서더니 운전병에게 뭔가 지시를 내렸다. 폴의 귀에도 단편적이지만 그의 말이 들려왔다.

막 출발하려는 것 같았으나 아직 얼마간 시간이 남아 있었다. 폴이 손을 쓰지 않고 가만히 있는다면 그 자동차는 살인범과 희생양을 싣고서 그의 눈앞에서 사라질 판이었다. 참으로 끔찍한 순간이었다. 그러나 지금 개입한다면 위험하고 전혀 효과를 얻지 못할 것 같았다. 카를을 죽인다 해도 헤르민 백작 부인이 추진하는 계획을 막지 못할 것이 아닌가! 베르나르도 같은 고민을 했는지 이렇게 속삭였다.

「엘리자베스를 데려올 생각은 아니겠죠? 저렇게 초병들이 많은데……」

「내가 원하는 건 오직 하나, 카를을 때려눕히는 거야」

「그런 다음엔요?」

「그 다음엔? 사람들이 우리에게 달려들어 붙잡을 테지. 그리고 신문과 조사를 하고, 소란이 일겠지……. 콘라트 왕자가 사건에 개입할 테고……」

「그럼 우린 총살감이잖아요. 사실 매형의 계획은……」

「그럼, 다른 계획이라도 있어?」

그는 거기서 말을 멈췄다. 첩자인 카를이 매우 화가 난 듯 운전병에게 뭐라고 욕설을 퍼부어 대고 있었다.

「이 바보 같은 자식아! 늘 이 모양이라니까! 뭐, 차에 기름이 떨어졌다고? 그래, 이 오밤중에 어딜 가서 구하겠다는 거야? 그걸 어디서 구해? 뭐? 차고에서? 그럼, 이 얼간이 냉큼 갔다 와! 근데 내 모피 망토는? 깜박할 게 따로 있지? 어서 가서 가져와! 내가 직접 운전해야겠어. 너 같은 멍청이에게 맡겼다간 무슨 일을 당할지 모르니……」

카를의 말이 끝나기가 무섭게 운전병은 차고로 향해 달려갔다. 그자의 모습을 보자, 순간 폴은 자신도 어두운 곳에 그대로 머물러 눈에 띄지 않는 가운데 불빛이 보이는 차고까지 달려갈 수 있음을 깨달았다.

그가 베르나르에게 말했다.

「자, 이리 와! 좋은 생각이 났어!」

잔디 위로 달려갔기 때문에 그들의 발소리는 거의 들리지 않았다. 이윽고 마구간이자 차고로 사용하는 부속 건물들 쪽에 다다랐고, 밖으로 전혀 모습을 들키지 않은 채 안으로 들어갈 수 있었다. 건물 뒤쪽 창고를 보니 안쪽에 운전병이 있었고, 문은 활짝 열려진 상태였다. 운전병은 우선 양복 걸이에서 거대한 암염소 가죽 망토를 빼낸 후 자신의 어깨에 걸머진 다음, 휘발유 통 네 개를 집어 들었다. 그리고 그 상태로 창고를 나와 폴과 베르나르 앞쪽으로 지나가는 것이었다.

그 순간 눈 깜짝할 사이에 두 사람은 운전병을 습격했다. 그는 채 비명도 질러 보기 전에 땅에 거꾸러져 꼼짝하지 못하게 되었고 입에는 재갈이 물려졌다.

폴이 말했다.

「자, 됐어. 이제 그자의 망토와 군모를 내게 줘. 이런 변장까지 안 하면 얼마나 좋겠어. 허나 목적을 위해서라면 어쩔 수 없지……」

「그럼 정말 모험을 할 작정이에요? 카를이 자기 운전병이 아닌 걸 알아보기라도 하면 어쩌려고요?」

「그자는 쳐다볼 생각조차 하지 않을 거야」

「하지만 말이라도 걸어 오면?」

「대답하지 않으면 돼. 게다가 이곳 울타리만 벗어나면 그자를 두려워할 게 전혀 없지」

「그럼 저는요?」

「넌, 저 포로를 잘 묶어서 어디 골방 같은 곳에 가둬 놔. 그런 다음 아까 창문이 있던 난간 뒤쪽의 숲 속에 가 있어. 오늘 밤 안으로 엘리자베스를 구출해서 너와 다시 합류하여 터널을 통해 우리 모두 무사히 돌아갈 수 있기만을 바랄게. 만일 내가 돌아오지 않으면……」

「그러면요?」

「그러면, 너 혼자라도 돌아가. 날이 밝기 전에 말이야」

「하지만……」

베르나르가 더 이상 말을 꺼내기도 전에 폴은 이미 멀리 달려가고 있었다. 그는 일단 결심한 행동에 대해 두 번 생각하지 않으려는 사람 같았다. 하지만 돌아가는 상황을 놓고 볼 때 충분히 그럴 만했다. 다행히 카를은 그에게 욕설만 잔뜩 퍼부어 댈 뿐 변장한 폴에게는 별로 관심을 주지 않았다. 첩자는 암염소 가죽 망토를 걸친 후 운전석에 앉았고, 폴이 그의 옆 좌석에 앉는 동안 기어를 조작했다.

자동차가 움직이기 시작하자, 현관 쪽에서 다급하게 그를 부르는 목소리가 들렸다.

「카를! 카를!」

폴에게는 불안과 초조의 순간이었다. 헤르민 백작 부인이었다. 그녀는 첩자에게 다가와 프랑스 어로 나지막하게 말했다.

「자네에게 부탁이 있는데, 카를……. 참, 저 운전병이 프랑스 어를 모르겠지?」

「독일어도 겨우 하는데요, 각하. 일자무식이죠. 그러니 맘 편히 말씀하셔도 됩니다」

「그래. 그 약 말일세, 열 방울까지만 사용해. 안 그랬다간……」

「알았습니다, 각하. 그리고 또요?」

「모든 일이 잘되면 여드레 후에 내게 편지를 쓰게. 내 파리 주소로 보내게. 그 전에는 보내 봤자 소용이 없을 거야」

「그럼, 프랑스로 돌아가시게요, 각하?」

「그래. 내 계획이 무르익지 않았는가……」

「예전의 그 계획이요?」

「그래. 이제는 때가 됐어. 이미 며칠 전부터 비가 오고 있고, 참모 편에서도 행동을 곧 취하겠다는 기별이 왔지. 그러니 나도 내일 저녁에는 그쪽에 가 있을 거야. 이제 손가락 하나만 까딱하면 충분하지……」

「오! 손가락 하나면 충분하죠. 그 이상도 필요 없죠. 저 역시 가담한 일이지만 모든 게 완벽한 상태입니다. 허나 각하께서는 제게 다른 계획을 말씀하셨죠. 첫 번째 계획을 보완하는 거라고…… 해서 솔직히 말씀드리지만 그건……」

「그땐 그게 필요했어. 다만 우리에게 운이 따르지 않았을 뿐이지. 만일 이번에 내가 성공하기만 한다면 이제까지 잇단 불운에 마침표를 찍게 될 거야」

「허나 황제의 재가(裁可)를 받으셨습니까?」

「필요 없어. 이번 계획은 사람들의 입에 오르내릴 일이 아니야」

「허나 매우 위험하고 힘들 수도 있습니다」

「그건 어쩔 수 없는 일이지」

「그곳에선 제가 필요하지 않습니까, 각하?」

「아니. 그 작은 계집이나 처치하게. 당분간은 그걸로 충분해. 그럼, 잘 가게」

「네, 잘 지내십시오, 각하」

첩자가 클러치를 빼자 자동차가 출발했다.

중앙 잔디밭을 둘러싸고 있는 오솔길은 정원의 철책 문을 통과하려면 반드시 지나야 했다. 그 길은 경비대가 사용하고 있는 별채 앞까지 이어졌다. 그리고 사방으로 높은 담들이 우뚝 솟아 있었다.

별채에서 장교 한 명이 나왔다. 그러자 카를이 암호를 댔다.

「호엔슈타우펜!(중세 독일에서 1138-1208년, 1215-1254년까지 왕위를 차지하였던 왕조의 이름 — 옮긴이)」

그러자 철책 문이 열렸고 자동차는 대로로 향해 돌진했다. 차는 에부르쿠르트의 작은 마을을 지나 낮은 구릉 지대 사이를 구불구불하게 달렸다.

마침내 밤 11시, 폴 들로즈는 인적이 드문 들판에서 엘리자베스와 첩자인 카를과 함께 셋만이 남게 되었다. 첩자를 제거하기만 하면, 이에 대해 폴은 전혀 걱정하지도 않았지만, 엘리자베스는 자유의 몸이 될 것이다. 그렇게만 된다면 그는 다시 왔던 길을 되돌아가, 암호를 대고 콘라트 왕자의 저택으로 들어간 다음 베르나르를 다시 만나기만 하면 됐다. 폴의 의도대로 계획이 진행되고 완수만 한다면, 세 사람 모두 함께 터널을 통해 오르느캥 성으로 되돌아갈 것이다.

거기까지 생각이 미치자 폴에게 기쁨이 물밀듯 밀려왔다. 마침내 엘리자베스를 보호할 수 있게 된 것이다. 물론 엘리자베스는 시련을 계속 겪으면서 용기를 꺾고 흔들리긴 했지만 자신이 그녀 곁을 떠나 겪게 된 불행이니 만큼 너그러이 용서해야만 하리라. 그는 이제까지 겪어온 비극적 사건들의 모든 과정들을 잊었고, 또 잊고만 싶었다. 곧 임박한 비극의 대단원과 승리, 오로지 아내의 구출만을 생각하고 싶었다.

그는 되돌아갈 때 길을 잃지 않도록 도로를 세심히 살폈고, 일을 벌이자면 어차피 도중에 차를 세워야 하겠기에 맨 처음 멈춘 곳에서 기습하겠다는 계획을 세웠다. 그리고 첩자를 죽이지 않기로 결심하고 단 한 방에 그를 기절시켜 쓰러뜨린 뒤 꽁꽁 묶은 다음, 길옆 덤불숲 어딘가에 던져 버릴 생각이었다.

가다 보니 큰 마을이 하나가 나왔고 이내 차는 작은 마을 두 곳을 지나 큰 도시에 접어들었다. 그곳에서는 일시 정지하여 자동차 등록 서류들을 보여 주어야 했다.

그 후로는 줄곧 들판들이 펼쳐졌고, 작은 숲 군락을 지날 때에는 나무들이 차의 불빛을 받아 환히 빛났다.

바로 그 순간, 전조등 불빛이 희미해졌고 카를이 차의 속도를 줄였다.

「이런 바보 같은 녀석! 전조등을 손보는 것도 잊었군! 카바이드를 충전했나?」

물론 폴은 대답하지 않았다. 그러자 카를은 계속해서 투덜거렸고 급기야 욕설을 퍼부으며 브레이크를 밟았다.

「이 바보 천치야! 도대체 어디가 어딘지 앞을 분간할 수 없잖아……. 어서, 가만히 있지만 말고 성냥불이라도 켜 봐!」

차가 길가에 멈춰 서자, 폴은 자리를 박차고 나왔다. 드디어 때가 온 것이다.

일단 그는 첩자의 거동을 살피면서 전조등을 손보는 척했고, 전조등 불빛에 자신의 모습이 비춰지지 않도록 신경을 썼다. 카를은 차에서 내려 뒷문을 열고 뭐라고 대화를 나누는 것 같았으나 폴에게는 들리지 않았다. 이내 그는 폴이 있는 앞쪽으로 다가와 이렇게 물었다.

「그래, 이 멍청아! 다했어?」

폴은 일에 전념하는 척하며 그에게서 등을 돌렸다. 그리고 그가 두 걸음만 더 다가온다면 그의 사정권 안으로 들어올 것이었다. 폴은 숨죽이며 호기만을 노리고 있었다.

한 1분여 정도의 시간이 흘렀고, 그는 주먹을 꽉 쥐었다. 그는 필요한 동작이 뭐라는 것을 정확히 알고 있었고, 막 행동에 옮기려던 찰나였다. 순간 갑자기 뒤에서 첩자가 그를 덮쳐 쓰러뜨렸고, 그는 제대로 저항 한번 못해 보고 그 자리에 꼬꾸라지고 말았다.

첩자는 무릎으로 폴을 누르며 이렇게 소리쳤다.

「아! 세상에…… 빌어먹을 놈! 그래서 네놈이 대답을 못한 게로군……! 어쩐지 내 옆에 앉아 있는 꼴이 이상하다 싶더니만…… 생각도 못했지 뭐야……. 방금 불빛이 네놈의 옆모습을 비춰서야 알았으니…… 아! 이런 세상에! 이놈은 도대체 뭐야? 혹시 프랑스 개 자식 아냐?」

폴은 벗어나려고 안간힘을 썼다. 곧 그의 압박에서 벗어날 수 있을 것 같았다. 실제로 상대의 힘이 꺾이더니 폴은 점점 그를 제압하기 시작했다. 그리고 폴은 기세등등하게 이렇게 외쳤다.

「그래! 프랑스 인, 폴 들로즈다! 네놈이 예전에 그토록 죽이길 원했던 사람이지! 네놈이 없애려는 엘리자베스의 남편 말이다……! 그래, 바로 나다. 난 네놈이 누군지 알지……. 가짜 벨기에 인 라쉔이자 첩자 카를이지!」

상대는 아무 말이 없었다. 사실 조금 전 첩자의 힘이 갑자기 약해진 데에는 다 이유가 있었다. 그는 허리춤에서 단도를 꺼내 보이더니 폴을 위협했다.

「오호라! 폴 들로즈라고……! 이거 기막힌 횡재군, 그래! 수확이 대단하겠어……. 두 놈을 차례대로 잡게 생겼으니…… 그것도 남편과 아내를 말이야……. 아! 제 발로 걸어서 내 수중에 들어오다니…… 저런! 꼴좋게 생겼다, 이 애송이 녀석……!」

그 순간, 폴은 자신의 얼굴 밑으로 예리한 단도 날이 번쩍이는 것을 보았다. 그는 엘리자베스의 이름을 읊으며 가만히 두 눈을 감았다.

다음 순간 세 발의 총성이 연달아 터져 나왔다. 두 사람이 서로 뒤엉킨 가운데 뒤에서 누군가가 총을 쏜 것이었다.

첩자는 지독한 욕설을 내뱉었다. 폴을 잡고 있던 한 손이 힘없이 풀렸고, 다른 손에 쥐고 있던 단도를 땅에 떨어었다. 그러곤 이내 땅바닥에 엎어지면서 신음소리를 내며 이렇게 말했다.

「아! 망할 계집 같으니라고…… 망할 계집……. 이럴 줄 알았으면 차 안에서 미리 목 졸라 죽이는 거였는데……. 일이 이렇게 될 줄 알았지……」

그는 점점 잦아드는 목소리로 더듬거렸다.

「완, 완전히 당했군! 아! 망할 계집……. 내가 당할 줄이야……!」

그러곤 아무 말이 없었다. 그는 몇 차례 경련을 했고, 마지막으로 고통스럽게 숨을 몰아쉬었다. 그게 다였다.

그제야 폴은 벌떡 일어나 몸을 일으켰다. 그는 자신을 구해 준 여인, 자신의 총을 손에 들고 있는 여인에게로 달려갔다. 그러곤 기쁨에 넘치는 목소리로 이렇게 외쳤다.

「엘리자베스!」

폴은 기쁨에 겨워 양팔을 벌리고 그녀에게 달려가다가 그대로 멈춰 서 버렸다. 어둠 속에 나타난 여인의 그림자는 엘리자베스가 아니었다. 그녀보다 키가 크고 강인해 보였다.
 폴은 한없이 고통스러워하며 이렇게 더듬거리며 말했다.
「에, 엘리자베스…… 다, 당신인가……? 저, 정말 당신이 맞소……?」
 그렇게 말하긴 했지만, 그는 자신이 어떤 대답을 듣게 되리라는 것을 예감하고 있었다. 그리고 아니나 다를까 여자는 이렇게 말했다.
「아뇨. 들로즈 부인은 우리보다 앞서 다른 차로 떠났습니다. 카를과 저는 그녀와 합류하기로 했답니다」
 그러자 폴은 아까 베르나르와 함께 저택을 우회할 때 차의 시동 소리를 들은 기억이 났다. 그보다 앞서 차가 떠났긴 했지만 그 간격은 채 몇 분도 되지 않는다는 것을 생각하곤 폴은 용기를 내어 이렇게 외쳤다.
「그럼, 어서 서두릅시다. 속력을 낸다면 분명 따라잡을 수 있을 거요……」
「따라잡으시겠다고요? 그건 불가능합니다. 두 대의 차는 서로 다른 길로 갔거든요」
「상관없소. 같은 목적지를 향해 가고 있다면 말이오. 들로즈 부인을 어디로 데려간 겁니까?」
「헤르민 백작 부인이 소유한 어떤 성으로요」
「그럼, 어디에 있는 성 말인가요……?」
「그건 모릅니다」
「모른다고요? 그게 말이 되오? 적어도 이름은 알고 있지 않겠소?」
「카를이 말해 주지 않아 전혀 모릅니다」

불가능한 싸움

　여자의 마지막 말은 폴을 끝도 없는 좌절의 나락으로 이끌었다. 하지만 그는 콘라트 왕자의 연회석상에서 그랬던 것처럼 지금도 뭔가 즉각적인 행동이 필요하다고 느꼈다. 물론 모든 희망은 완전히 사라진 상태였다. 동이 트기 전에 터널을 통해 돌아가겠다는 계획이 모두 수포로 돌아간 것이다. 과연 언제쯤 그렇게 할 수 있을런지? 또 설령 그렇게 했다손 치더라도 과연 어떻게 적들을 피해 프랑스로 돌아갈 수 있을 것인가? 사실 이제 공간과 시간 모든 면에서 그는 불리한 상황에 있었다. 실패를 겪고 나면, 모든 것을 쉽게 단념하고 최후의 순간만을 기다리기 마련이었다.
　하지만 그는 전혀 흔들림이 없었다. 물론 그는 실패를 다시 돌이킬 수 없다는 것을 잘 알고 있었다. 지금까지 자신을 이끌어 왔던 힘을 계속 이어 가야 했고 보다 더 맹렬한 기세로 몰아붙여야만 했다.

그는 첩자에게 다가갔다. 여자는 그의 시신 위로 몸을 숙이고 램프를 들이대면서 그의 몸을 살피고 있었다.

「죽었습니까?」

폴이 물었다.

「네. 죽었어요. 총알 두 발을 등에 맞았어요」

그러곤 그 여자가 중얼거렸다. 넋이 나간 듯 그녀의 목소리는 완전히 변해 있었다.

「끔찍하게도 제가 일을 저질렀군요. 제가 그를 죽였어요? 선생님, 이건 살인이잖아요? 전 그럴 수밖에 없었던 거잖아요……? 어쨌든 너무 끔찍해요……. 제가 카를을 죽이다니……!」

여자의 얼굴은 일그러져 있었다. 그 여자는 아직 젊고 상당히 아름다웠지만 꽤 천박해 보였다. 여자는 시신에 두 눈을 고정한 채 좀처럼 눈을 떼지 않았다.

「당신은 누구십니까?」

폴이 그렇게 묻자 여자는 흐느끼면서 대답했다.

「그의 친구였죠……. 그보단 나은, 아니 오히려 그보다 못한 사이였죠……. 그는 나와 결혼하겠다고 맹세했지만…… 카를의 맹세란……! 선생님, 그는 대단한 거짓말쟁이에다 너무도 비열한 인간이었어요……! 아! 제가 그에 대해 알고 있는 걸 다 말하자면 끝도 없답니다…… 저 역시, 차츰 입을 다물 수밖에 없었고, 그러다 보니 그의 공범이 되어 가더군요. 그는 너무도 무서웠어요! 전 더 이상 그를 사랑하지 않았지만 그가 두려워 순순히 말을 따를 수밖에 없었죠……. 결국엔 증오만이 남았어요……! 그도 내가 자신을 증오하고 있다는 걸 알고 있었죠. 그는 자주 내게 이렇게 말했으니까요. 〈넌 언젠가 내 목을 조르려 할 거야.〉 하지만, 선생님 그건 아니였어요……. 물론 그런 생각을 했던 건 사실이지만 제겐 그럴 만한 용기가 전혀 없었죠. 다만 조금 전 당신을 찌르려고 하는 걸 보고…… 특히 당신의 이름을 듣고 일을 저지르고 말았답니다」

「내 이름 때문이라니. 어째서죠?」

「당신은 들로즈 부인의 남편이잖아요」

「그런데요?」

「그녀를 알고 있거든요. 오래전부터는 아니지만. 실은 오늘 알았어요. 오늘 아침 카를이 벨기에서 돌아와 제가 사는 도시에 들러 절 콘라트 왕자의 저택으로 데려갔죠. 프랑스 귀부인이 한 명을 모처(某處)의 성으로 데려가야 하니 저더러 그녀의 시중을 들라는 거였죠. 사실, 전 그게 무슨 말인지 알고 있었어요. 그러니까 저더러 공범이 되어 그 여자의 신뢰를 얻으라는 거였죠……. 하지만 그 프랑스 여자를 보니…… 울고 있었죠……. 그녀는 참으로 다정하고, 아름다워서 제 마음이 돌아섰죠. 그래서 전 그녀를 돕겠다고 약속했어요……. 다만 이렇게 카를을 죽이면서까지 돕게 될 줄은 꿈에도 몰랐는데……」

그러다 여자는 갑자기 몸을 일으키더니 거친 목소리로 말했다.

「하지만 선생님 그럴 수밖에 없었어요. 그의 속셈을 뻔히 알고 있었기에 달리 어쩔 도리가 없었다고요. 그 사람이든 저든 간에 둘 중 하나는 말이에요……. 그리고 결국 그가…… 잘된 거예요. 전 전혀 후회하지 않아요……. 세상에 그처럼 비열한 인간은 또 없을 거예요. 그리고 저런 인간들에 대해선 전혀 망설일 게 없죠. 네, 전혀 후회하지 않아요」

「그는 헤르민 백작 부인을 위해 헌신하지 않았던가요?」

폴이 묻자 여자는 몸서리를 치면서도 낮은 목소리로 이렇게 대답하는 거였다.

「아! 제발 부탁이니, 그 여자에 대해선 말도 꺼내지 마세요. 그 여자는 훨씬 더 끔찍한 사람이죠! 여전히 살아 있으니! 아! 행여 그녀가 절 의심하기라도 하는 날엔……!」

「그 여자는 누굽니까?」

「누군들 제대로 알겠어요? 여기저기 누비고 돌아다니는 데다가, 가는 곳마다 주인 노릇을 하죠……. 사람들은 황제의 말을 따르듯 그녀의 말에 따른답니다. 그녀를 두려워하지 않는 사람은 단 한 사람도 없죠. 그녀의 오빠도 마찬가지죠……」

「그녀의 오빠라니?」

「네. 헤르만 소령 말이에요」

「뭐요? 당신 지금 헤르만 소령이 그녀의 오빠라고 말했소?」

「물론이죠. 그를 보기만 해도 알 수 있어요. 헤르민 백작 부인을 그대로 빼어 닮았으니까요!」

「하지만 그 두 사람이 함께 있는 걸 본 적이 있소?」

「글쎄요…… 기억이 잘 안 나요……. 근데 왜 그런 질문을 하세요?」

폴은 마냥 흘러가 버리는 시간이 너무도 아까워 여자에게 자기 주장을 이야기할 수 없었다. 순간 이 여자가 헤르민 백작 부인에 대해 어떤 생각을 하는지가 뭐 그리 중요하겠는가.

그래서 그는 다시 이렇게 물었다.

「백작 부인은 왕자의 별장에 머물고 있죠?」

「지금은 그렇죠……. 왕자는 2층 뒤쪽에, 그 여자는 같은 층 앞쪽에 기거하고 있어요」

「만일 내가 그녀에게 가서 카를이 우연한 사고를 당해 운전병인 나를 보내 그 사실을 알리라 했다고 전한다면 그녀가 내 말을 믿을 것 같소?」

「물론이죠」

「그녀가 카를의 운전사 얼굴을 알고 있진 않겠죠?」

「그럼요. 그가 벨기에서 데려온 군인이라 그녀는 모를 거예요」

폴이 잠시 생각에 잠기더니 말했다.

「그럼, 날 도와주시오」

그들은 시신을 길옆 도랑으로 밀어 넣고는 나뭇가지들로 덮었다.

「난 별장으로 돌아갈 거요. 당신은 마을이 나올 때까지 걸어가시오. 마을 사람들을 깨워 카를이 운전사에게 살해되었고 당신은 간신히 도망쳤다고 전하시오. 그런 다음 경찰에 신고하고, 당신이 신문을 받고, 별장에 전화가 걸려 올 때 즈음이면 모든 상황은 끝나 있을 거요」

그러자 여자는 몹시 걱정스러워하며 폴에게 물었다.

「하지만 헤르민 백작 부인은 어떻게 하시려고요?」

「그 점에 대해선 아무 염려 마시오. 내가 그녀를 건드리지 않는 한 그녀는 당신을 의심하지 않을 것이오. 모든 수사는 내게 집중될 것 아니오? 게다가, 지금은 다른 선택의 여지가 없소」

그리고 나서 그는 더 이상 여자의 말을 들으려 하지 않은 채 운전대를 붙들고 차를 몰기 시작했다. 여자는 두려운 나머지 간청을 해 보았지만 폴은 뒤도 돌아보지 않고 그 자리를 떠났다.

그는 새로운 계획을 세밀하게 세운 다음 어느 때보다도 실현 가능성이 크다는 생각에 강한 열정이 솟구쳤고 결의가 넘쳤다.

그는 속으로 이렇게 중얼거렸다.

〈백작 부인을 만나야지. 카를이 죽었는지 걱정이 되어 나더러 현장에 데려가 달라고 하건, 그냥 별장의 어디쯤에서 날 맞든지 간에, 무슨 수를 써서라도 기필코 엘리자베스가 갇혀 있는 성의 이름을 알아내고 말겠어. 그녀를 구출한 후 함께 탈출할 수 있는 방법도 캐내야지.〉

하지만 그 모든 계획들이 얼마나 모호한 것들인가! 그리고 장애는 또 얼마나 많겠는가! 모두가 불가능한 것들이지 않는가! 가령 백작 부인에게 모든 여건이 그녀에게 불리한 상황이라고 말한다면, 과연 그처럼 배포가 큰 여자가 말로 속이거나 위협을 한다고 고분고분해지겠는가? 그처럼 배포가 큰 여자라면 말로 속이거나 위협을 한다 해도 먹혀들 사람이 아니었다.

허나 아무려면 어떤가! 폴은 의심하지 않았다. 자신의 계획을 끝까지 밀고 나간다면, 반드시 성공할 것이고, 보다 빨리 성공하기 위해서는 서두를 필요가 있었다. 그리하여 그는 들판을 가로질러 질풍처럼 차를 몰았고 마을과 도시를 지날 때도 속도를 늦추지 않았다.

이윽고 별장의 입구에 다다르자, 검문소 앞에 우뚝 서 있던 보초에게 이렇게 외쳤다.

「호엔슈타우펜!」

그러자 당직 장교가 그에게 몇 가지 질문을 했고 이내 그를 현관 계단 옆에 위치한 초소의 하사관에게 보냈다. 그런데 하사관만이 유일하게 별장 안으로 자유로이 접근할 수 있었기 때문에 그를 통해 백작 부인에게 보고가 올라갈 터였다.

「좋소. 난 우선 차를 차고에 대러 가겠습니다」

폴은 그렇게 말하고 차고로 향해 차를 몰았다. 차고에 도착하자 그는 전조등을 껐고, 별장으로 향해 가면서 하사관에게 다가가기에 앞서 우선 베르나르를 찾아 자신이 겪은 일을 전해 주어야겠다고 생각했다.

마침내 그는 별장 뒤 덤불 숲 속에서 베르나를 찾아내었다.

「어떻게 매형 혼자 왔어요?」

걱정스러워하며 베르나르가 물었다.

「응, 그렇게 됐어. 엘리자베스는 앞서 출발했던 차에 타고 있었어」

「저런, 세상에……! 그럴 수가……!」

「그러게 말이야. 하지만 곧 만회하게 될 거야」

「어떻게요?」

「아직은 모르지. 우선 네 얘기부터 들어 보자. 그래, 어디 있었던 거야? 그 운전병은 어떻게 하고……?」

「그 점은 염려 붙들어 매세요. 아무도 그를 찾아내지 못할 테니까……. 적어도 오늘 아침, 다른 운전병들이 차고에 오기 전까지는 말예요」

「좋아. 그것 말고는 별다른 일이 없었나?」

「한 시간 전쯤 순찰대가 정원을 돌더라고요. 저야 물론 들키지 않도록 몸을 숨겼죠」

「그러고 나서?」

「그러고 나서 터널까지 가 보았죠. 그곳에서도 사람들이 분주히 오가기 시작했는데, 그들로 하여금 정신을 차려 일상으로 돌아오게 만드는 일이 있었죠!」

「그게 뭔데?」

「우리도 알고 있는 어떤 인물이 나타났거든요. 내가 코르비니에서 우연히 만났던 그 여자, 헤르만 소령과 끔찍히도 닮은 여자 말이에요」

「그녀가 순시하던가?」

「아뇨. 어디론가 떠나는 길이던데……」

「참, 그래. 떠나는 길이었을 거야」

「아무튼 어디론가 떠나 버렸어요」

「근데, 그건 믿기지가 않는걸. 그녀가 프랑스로 가는 거였다면 그처럼 서둘러 떠날 필요가 없거든……」

「내가 두 눈으로 떠나는 걸 보았는데요」

「하지만 어디로? 어느 길로 가던가?」

「아니, 터널이지 어디긴 어디에요? 그 터널이 더 이상 쓸모가 없어졌다고 생각하시는 건 아니겠죠? 내 두 눈으로 분명히 보았는데 그 여자가 터널을 지나갔어요. 참으로 편하게 가더군요……. 기관사 한 명이 모는 전기 광차(鑛車)를 타고 가더라니까요. 매형 말대로, 그녀의 여행 목적이 프랑스로 가는 거였다면 코르비니 분기점에서 방향을 바꿔야 했을 거예요. 어쨌든 그로부터 두 시간쯤 뒤에 광차가 되돌아오는 소리를 들었어요」

헤르민 백작 부인이 사라졌다는 것은 폴에게 또다시 새로운 충격을 주었다. 그렇다면 이제 엘리자베스를 어떻게 찾아내고 또 어떻게 구출한단 말인가? 행여 자칫 잘못했다가는 파국으로 치달을지도 모르는 암담한 상황에서 과연 어떻게 문제의 실마리를 찾아낼 수 있을 것인가? 폴은 몸에 힘을 주며 의지력을 다졌고, 완전한 성공에 도달할 때까지는 자신의 계획을 계속 밀고 나가겠다고 결심했다.

그러고 나서 베르나르에게 물었다.

「그밖에 또 주목할 만한 건 없었어?」

「없었어요」

「사람들의 왕래도 없었고?」

「없었어요. 하인들은 잠들어 있었고 불은 꺼져 있었죠」

「모든 불이 다?」

「아참, 하나만 빼고. 바로 저기, 우리 머리 위쪽 말이에요」

불이 켜진 방은 2층이었고, 폴이 콘라트 왕자의 연회를 엿보던 창문 바로 위였다.

「저 불빛 말이야. 혹시 내가 난간 위에 서 있던 동안에도 켜져 있었나?」

「네, 끝 무렵에 켜졌죠」

그러자 폴은 이렇게 중얼거렸다.

「내가 수집한 정보에 따르면, 저건 콘라트 왕자의 방이야. 그자는 몹시 취해 방으로 실려 갔거든……」

「그러고 보니, 그때 그림자를 몇 개 본 것 같아요. 이후론 줄곧 아무런 움직임이 없었고요」

「그랬을 거야. 술이 깨려면 한참 걸릴 테니 잔뜩 잠에 곯아 떨어져 있었을 거야. 그 꼬락서니를 이 두 눈으로 봐야 하는데……! 그 방에 침입해서 말이야」

그러자 대뜸 베르나르가 나섰다.

「그건 쉬워요」

「어떻게?」

「그 방 옆이 화장실인데 그곳을 통해 들어가면 돼요. 왕자를 위해 환기 좀 되라고 창문을 반쯤 열어 두었거든요」

「하지만 사다리가 있어야 되는데……」

「차고 벽에 매달아 놓은 사다리가 하나 있긴 하던데……. 그걸 가져올까요?」

「그래, 그래. 빨리 서두르자」

폴의 머릿속에는 처음의 투쟁 계획과 관련해 새로운 묘책이 떠올랐고, 이제 그 목표점을 향해 다가갈 수 있을 것만 같았다.

그는 우선 별장 건물의 좌우 주변에 인적이 드물고, 초소의 병사들도 현관 계단에서 꼼짝하지 않는다는 것을 확인한 후, 베르나르가 돌아오자 사다리를 오솔길 쪽 외벽에 기대 세웠다.

두 사람은 이내 사다리를 오르기 시작했다.

반쯤 열린 창문은 화장실이 맞았다. 이웃한 방의 불빛이 화장실을 비추고 있었고, 방 안에서는 코 고는 소리만 요란하게 들려왔다. 폴은 고개를 내밀었다.

콘라트 왕자는 가슴 부분에 얼룩이 진 제복을 그대로 입은 채, 꼭두각시처럼 침대를 가로질러 대짜로 누워 잠들어 있었다. 곤하게 깊이 잠들어 있는 터라, 폴은 아무런 거리낌 없이 방 여기저기를 돌아다니면서 살폈다. 현관 구실을 하는 작은 방 하나가 복도와 방을 구분하고 있었는데, 방과 복도 사이에 있는 문 두 개의 빗장을 모두 밀고 이중 자물쇠를 풀어야만 복도로 나갈 수 있었다.

따라서 밖에서는 안의 소리가 전혀 들리지 않는 가운데, 그들은 콘라트 왕자와 함께 있게 되었다.

「자, 시작하자!」

서로 맡은 일을 배정하고 나자 폴이 말했다.

우선 왕자의 얼굴에 돌돌 만 수건을 갖다 댄 후 그의 입 양 끝에 우겨 넣었다. 그러는 사이 베르나르는 다른 수건들을 가지고 그의 손목과 발을 동여맸다. 이 모든 작업은 조용히 이루어졌고, 왕자도 저항이나 비명소리 하나 없었다. 그러다 잠이 깬 왕자가 눈을 떴다. 처음에는 자신에게 무슨 일이 일어났는지 모르는 사람처럼 침입자들을 쳐다보았다. 그러다 결국 자신이 위험한 상황에 처해 있음을 깨닫고 점점 두려움에 사로잡혔다.

그런 꼴을 보고 있던 베르나르는 냉소를 지으며 말했다.

「빌헬름의 후손답지 않게 용기가 없나 보군! 웬 겁이 그리도 많으셔! 자, 젊은 친구, 평상시대로 하라고. 그 많던 재치는 다 어디로 간 거야?」

폴은 마침내 수건의 절반 이상을 그의 입속에 틀어넣었다. 그런 다음 베르나르에게 말했다.

「자, 이제 떠나자!」

「뭘 하시게요?」

「이자를 데려가야지」

「어디로요?」

「프랑스로」

「프랑스로요?」

「당연하지! 이자를 붙잡아 두면, 우리에게 쓸모가 있을 거야!」

「하지만 빠져나가기가 쉽지 않을 거예요」

「터널이 있지 않은가?」

「그건 불가능해요! 지금은 감시가 너무 심하다고요」

「잘 생각하면 방법이 있을 거야」

폴은 권총을 꺼내 콘라트 왕자에게 겨누었다.

「자, 내 말 잘 들으시오. 물론 생각이 복잡해 내 질문을 잘 이해하지 못할 테지. 허나 이 권총 하나면 이해가 안 되던 것도 다

이해가 되겠지? 안 그래? 아무리 술에 취하고 겁에 질려 있다 해도 이건 매우 분명한 의사 표시가 아니겠소? 그리고 만약 당신이 내 말을 순순히 따르지 않고, 소란을 부린다거나 나와 내 동료가 위험에 처한다면 당신은 끝장인 줄 아시오. 이 브라우닝 권총의 총탄이 당신의 관자놀이에 닿는 순간 당신의 머리는 날아갈 테니 말이오. 내 말 알아듣겠지?」

왕자는 고개를 끄덕였다.

「좋소! 베르나르, 저자의 발을 풀어 줘. 단 팔은 몸에 꽁꽁 묶어 두고⋯⋯. 좋아⋯⋯ 자, 출발!」

사다리를 타고 내려오는 일은 최상의 여건 속에서 진행되었다. 그들은 덤불 숲 한가운데를 지나 방책이 있는 곳에 다다랐다. 방책은 병영으로 사용되는 방대한 영지와 정원을 가르고 있었고, 그곳에서 그들은 한 사람이 먼저 방책을 넘은 다음 왕자의 몸을 소포 꾸러미처럼 서로 건네받은 뒤 나머지 한 사람도 마저 넘었다. 그런 다음 같은 길을 계속 따라가 마침내 처음 도착했던 채석장에 이르렀다.

이미 날이 밝아 계속 나아가기도 어려웠지만, 터널 입구에 설치된 경비 초소에서 나오는 듯한 불빛이 그들 앞을 가로막듯 빛나고 있었다. 초소 안에 불이란 불은 모두 켜진 상태였고, 사람들은 가건물 밖에 나와 서서 커피를 마시고 있었다.

터널 앞에는 병사 하나가 어깨에 총을 맨 채 왔다갔다 하고 있었다.

그러자 베르나르가 이렇게 소곤거렸다.

「우린 둘인데, 저들은 여섯이에요. 게다가 첫 총성이 울리면, 이곳에서 5분 거리에 진을 치고 있던 독일 놈들 수백 명이 가세할 거라고요. 상대조차 안 되는 싸움인데, 어떠세요?」

사실 상황을 어쩌지 못하도록 더욱 어렵게 만드는 것은 그들이 실제 두 명이 아니라 세 명이며, 끔찍하게도 그들의 포로가 가장 큰 장애가 된다는 거였다. 그를 데리고 달리는 것도, 도망치는 일도 불가능했다. 뭔가 계략이 필요했다.

천천히, 그리고 신중하게 그들의 발이나 왕자의 발밑에서 돌멩이 하나 구르지 않도록 애를 쓰며 환한 지역 밖을 우회하여 약 한 시간 정도가 지난 후 터널 근처에 이르렀다. 그들은 바위투성이의 경사면을 방어를 위한 첫 번째 버팀벽으로 삼았다.

폴은 아주 낮은 목소리로, 하지만 왕자에게는 들릴 정도의 소리로 말했다.

「여기 있어. 여기 있으면서 내가 지시하는 것을 잘 따라야 해. 우선, 왕자를 맡고 있어……. 한 손으로 총을 잡고, 다른 한 손으로는 저자의 멱살을 꽉 잡고 있어야 해. 만일 저자가 반항하기라도 하면 그 즉시 머리를 날려 버려. 우리에겐 안된 일이지만 그에게도 마찬가질 테니까. 난 가건물에서 얼마 떨어진 곳으로 가서 초소에 있는 다섯 명을 유인할 테니까. 그때 터널 입구에서 보초를 서고 있던 놈이 동료들과 합류하려고 따라올 경우, 넌 왕자를 데리고 그곳을 지나가면 돼. 허나 만약 그놈이 제 임무에 충실하느라 제자리에서 꼼짝하지 않는 경우, 총을 쏘라고. 상처 입을 정도로…… 그리고 지나가면 돼」

「네, 그럴게요. 하지만 독일 놈들이 절 쫓아올걸요」

「물론 그럴 거야」

「그러면 우릴 붙잡을 텐데」

「그러진 못할 거야」

「그걸 확신하세요?」

「물론!」

「매형이 그렇다면야……」

「자, 그럼 넌 이해했을 테고……」

그러고 나서 폴은 왕자를 보며 말을 이었다.

「그럼, 당신도 이해했겠지? 절대 복종하지 않거나, 경솔한 행동을 하거나 또 잘못 판단한다면 목숨을 잃게 될 수 있으니 그런 줄 아시오!」

한편 베르나르도 폴의 귀에 대고 이렇게 말했다.

「노끈을 하나 주웠는데, 그걸 저자의 목에다 매 둘 거예요. 조금이라도 엉뚱한 수작을 하면, 작은 동작 하나가 지 신세에 어떤 영향을 준다는 걸 알게 되겠죠. 다만, 매형, 미리 말해 두지만, 저자가 상황을 착각하여, 또는 상황이 자기에게 유리한 줄 알고, 덤벼들기라도 하면 쏠 수밖에 없다고요……. 가차 없이 말이죠……」

「안심하라고…… 저자는 너무 겁이 많아 덤벼들지도 못해. 말 잘 듣는 개처럼 터널의 반대편 끝까지 졸졸 따라갈걸!」

「그럼, 일단 그곳에 도착하면 어떻게 해요?」

「일단 도착하면 저자를 오르느캥 성안에 가둬. 하지만 저자의 이름을 아무에게도 말해선 안 돼」

「그럼, 매형은 어쩔 건가요?」

「난 신경 쓰지 마」

「하지만……」

「위험한 건 우리 둘 다 똑같아. 우리가 해야 하는 도박은 엄청난 거라고. 그만큼 실패할 가능성도 많아. 하지만 우리가 성공한다면, 엘리자베스를 구할 수 있지. 그러니 기꺼운 마음으로 해 보는 거야. 자, 좀 이따 보자고, 베르나르. 10분 후면, 모든 게 어떤 식으로든 결판날 거야」

두 사람은 오랫동안 서로를 껴안았고, 곧이어 폴은 자리를 떴다.

폴이 앞서 말했던 것처럼, 아무리 노력을 한다 해도 대담하고 민첩하게 행동하지 않는다면 성공하기 힘들었다. 성공 가능성이 희박한 작전을 행하는 만큼 비장한 각오로 행동해야 했다.

아직 10분이 남았지만 이제 모험은 막바지로 접어들고 있었다. 10분 후면 승리와 죽음, 양단간에 결판이 날 터였다.

그때부터 폴이 행하는 모든 행동은 하나같이 치밀한 순서에 따르는 듯하여, 마치 성공을 확신한 듯 사전에 충분한 시간을 갖고 그 시작부터 세심하게 준비해 온 것 같았다. 그러나 실제로는 그때 그때의 비극적 상황에 따라 즉흥적으로 모든 행동들을 결정한 것이 아니었던가! 폴은 모래를 채취하고자 마련된 작은 구릉들 사이로 몸을 바싹 붙인 채로 우회한 후, 채석장과 주둔군 부대의 야영지를 잇는 협로로 접어들었다. 그러다 마지막 구릉 위에서 우연히 돌덩어리에 몸을 부딪쳤다. 그 돌덩어리를 만져 보니 흔들리렸는데, 자세히 보니 그 뒤로 모래와 자갈들이 쌓여 있다는 것을 알게 되었다.

그는 대뜸 이렇게 중얼거렸다.

〈내가 필요로 하는 게 바로 이거지!〉

그가 세차게 발길질을 하자, 모래와 자갈 더미는 산사태가 난 것처럼 움푹 팬 골짜기를 따라 와르르 무너져 내렸다.

순간, 폴은 몸을 날려 쏟아져 내리는 돌들 사이에 엎드린 채, 마치 우연한 사고의 희생자인 양 도와 달라고 소리를 지르기 시작했다.

그가 엎어져 있는 곳은 굴곡이 진 협로였기 때문에 병영에서는 아무런 소리도 들을 수 없지만, 겨우 100여 미터 떨어진 터널 앞 가건물에서는 아주 작은 소리도 들을 수 있었다. 그의 외침소리를 들은 군인들이 초소에서 뛰쳐나와 그에게로 달려왔다.

적어도 다섯 명은 돼 보였다. 모두들 다급히 폴을 에워싸며 일으켜 세운 뒤 무슨 일이냐고 물었다. 폴은 겨우 들릴 듯 말 듯한 소리로 하사관에게 가쁜 숨을 몰아쉬며 두서없는 대답을 했다. 그러자 사람들은 그가 헤르민 백작 부인을 찾으라고 콘라트 왕자가 보낸 심부름꾼이라는 결론을 내렸다.

폴은 자신의 계략이 매우 짧은 시간 동안 먹혀들겠지만, 적어도 그 찰나만큼은 매우 유용할 거라고 확신했다. 베르나르가 그 시간 동안 터널 앞에 서 있는 여섯 번째 병사를 무찌르고 콘라트 왕자와 함께 도망칠 수 있을 것이기 때문이었다. 또 어쩌면 그 보초가 이곳으로 달려올지도 모르고……. 그게 아니라면 베르나르가 권총을 사용하지 않고서, 다시 말해 아무런 주의를 끌지 않은 채 그 보초를 따돌릴지도 몰랐다.

폴은 점차 목소리를 높여 가며 알아들을 수도 없는 말들을 늘어놓았고, 하사관은 무슨 소리를 하는 거냐며 화를 냈다. 바로 그때 저쪽에서 총성이 한 발 들리더니, 연이어 다른 두 발의 총성이 들려왔다.

순간 하사관은 총성을 듣고 당황하는 눈치였다. 병사들도 폴에게서 한 걸음 물러나 그 소리에 귀를 기울였다. 그 틈에 폴은 병사들 사이를 빠져나왔다. 어둠 속이라 그들은 누가 떠나는지도 전혀 모르는듯했다. 첫 번째 우회로에 이르러 폴은 달리기 시작했고 몇 차례 껑충 뛰더니 마침내 가건물에 다다랐다.

언뜻 보니, 한 30보쯤 되는 터널 입구 앞에서 베르나르가 도망치려고 발광하는 콘라트 왕자와 몸싸움을 벌이고 있는 것이 보였다. 그들 옆에서는 보초가 신음을 하면서 땅을 기고 있었다.

폴은 앞으로 어떻게 해야 할지 매우 정확한 판단이 섰다. 베르나르를 도와 함께 도망치려 한다면 그것은 미친 짓이 될 것이었다. 적들이 곧 뒤쫓아올 것이고 그럴 경우 콘라트 왕자는 살아남게 될 것이기 때문이었다. 그건 좋은 방법이 아니다. 중요한 것은 이미 협로를 나와 그 모습이 보이기 시작한 초소의 병사들을 이쪽으로 몰려오지 못하도록 막아 베르나르가 왕자를 데리고 도망갈 시간을 버는 것이었다.

폴은 가건물에 반쯤 몸을 숨긴 채, 그들을 향해 권총을 겨누며 외쳤다.

「멈춰라!」

그러나 하사관은 그의 위협을 무시하고 환하게 불이 밝혀진 곳으로 접어들었다. 폴은 총을 쏘았다. 하사관은 부상만 입었는지 거친 목소리로 명령했다.

「전진! 돌격하라! 전진하라고 이 겁쟁이 녀석들아!」

하지만 병사들은 꼼짝도 하지 않았다. 폴은 저들이 가건물 옆에 세워 둔 총들 중 하나를 집어 들고, 다시 병사들에게 조준을 했다. 뒤를 힐끔 돌아보니 베르나르는 마침내 콘라트 왕자를 제압하여 터널 깊숙한 곳으로 끌고 가고 있었다.

폴은 속으로 이렇게 생각했다.

〈이제 5분만 더 버티면 베르나르는 가능한 멀리 도망치겠지.〉

그런 생각을 하자 마음이 편해졌고, 자신의 규칙적인 맥박 소리를 통해 5분이라는 시간마저 셀 수 있을 것 같았다.

「전진! 돌격하란 말이다! 전진!」
 하사관은 계속 고함을 질렀다. 그는 콘라트 왕자를 알아보진 못했지만 도망치는 두 사람의 그림자를 분명히 본 것 같았다.
 그는 무릎을 세워 폴에게 총을 쏘았다. 폴도 그에 맞서 총을 쏘았는데 결국 팔에 총상을 입고 말았다. 하사관은 더욱 기를 쓰며 고래고래 소리를 질렀다.
 「전진! 두 놈이 터널로 달아나고 있다! 전진하라! 지원군이 저기 온다!」
 총소리를 듣고 병영에서 병사 대여섯이 달려오고 있었다. 폴은 가건물 안으로 들어가 창틀을 부수고 총을 세 차례 쏘아 댔다. 병사들은 몸을 피했으나, 지원군들이 달려와 하사관의 명령에 따라 흩어졌다. 폴은 그들이 인근 비탈을 기어 올라가 자신을 포위하려는 것을 알았고 다시 총을 몇 발 쏘았다. 하지만 소용 없었다! 더 이상 버티기에는 희망이 없어 보였다.
 그래도 폴은 적들과 거리를 유지하며 계속해서 총을 쏘아 댔고 최대한 시간을 끌고자 안간힘을 다했다. 하지만 적들은 그를 포위한 채, 터널로 달려가 도망치는 자들을 뒤쫓으려는 책략을 가지고 있었으니……. 폴은 마음을 단단히 먹었다. 그는 매 초가 흐를 때마다 베르나르 역시 멀어진다고 생각하자 매 순간이 너무도 소중하게 여겨졌다.
 병사 세 명이 벌어진 터널 구멍 안으로 들어갔고, 이어 네 명, 또 이어 다섯 명의 병사가 들어갔다.
 게다가 가건물에도 총탄이 빗발치듯 쏟아지기 시작했다.
 폴은 아랑곳하지 않고 상황을 어림해 보았다.
 〈지금쯤 베르나르가 600, 700미터 정도 갔겠군. 그를 뒤쫓는

세 명의 병사들은 50미터쯤 가 있을 테고……. 이제는 75미터 갔겠군. 다 잘되어 가고 있어.〉

독일군 한 무리가 간격을 좁히며 가건물로 다가오고 있었다. 폴 혼자 그 안에 있으리라고는 생각조차 하지 못한 것이 분명했다. 그만큼 그는 사력을 다했다. 이제는 항복하기만 하면 되었다.

그는 속으로 생각했다.

〈이제 때가 됐군. 베르나르가 위험 지대를 벗어났겠지.〉

그는 갑자기 터널 안에 설치된 발파 장치들과 연결된 손잡이들이 있긴 배전판으로 달려들었다. 권총 손잡이로 유리를 깨트린 뒤, 첫 번째와 두 번째 손잡이를 잡아당겼다.

그러자 지축이 흔들리는 것 같았다. 터널 속으로 요란한 천둥소리가 울렸고, 되돌아오는 메아리처럼 그 소리가 오랫동안 퍼져 나갔다.

베르나르 당드빌과 그를 쫓으려는 사냥개 떼 사이에 길이 차단되었다. 이제 베르나르는 안심하고 콘라트 왕자를 프랑스로 데려갈 수 있으리라.

폴은 두 팔을 들어 보이며 가건물에서 나와 경쾌한 목소리로 외쳤다.

「동지요! 동지!」

그는 이미 10여 명의 병사들에 의해 에워싸여 있었고, 그들을 지휘하던 한 장교가 광분하여 고함쳤다.

「총살시켜라……! 지금 당장…… 당장 말이다……. 총살시켜……!」

승자의 법칙

 그들은 폴을 난폭하게 다뤘지만 그는 조금도 저항하지 않았다. 심지어는 가파른 수직의 낭떠러지에 붙들어 매 놓았을 때도 그는 머릿속으로 계속해서 이런 계산만 하고 있었다.
 〈수학적으로 계산할 때 두 번의 폭발은 각각 300미터와 400미터 지점에서 일어난 게 분명해. 따라서 베르나르와 콘라트 왕자가 폭파 지점 저편에, 그리고 그들을 쫓는 군인들은 이편에 있었던 게 틀림없어. 그럼, 모든 게 다 잘된 셈이야.〉
 그는 조소하는 듯한 표정으로 고분고분하게 굴었고 처형 준비에 순순히 응했다. 군인 열두 명이 장전한 총을 들고 강렬한 조명등 불빛 아래 일렬로 늘어서서 명령이 내리기만을 기다리고 있었다. 폴의 총에 부상을 당한 하사관은 발을 질질 끌며 그에게 다가와 이를 갈았다.
 「넌 총살형이야……! 총살형……! 이 더러운 프랑스 놈아……」

그러자 폴이 비웃으며 대꾸했다.

「그렇게는 안 될걸. 암, 안 되고말고······. 일이 그처럼 서둘러 진행되겠나?」

「넌 총살형이야. 우리 중위님이 그렇게 말했어」

「어, 그래? 그럼, 그 중위님은 지금 뭘 기다리는 건가?」

중위는 터널 입구에서 뭔가를 급히 조사하고 있었다. 그 안으로 쫓아 들어갔던 병사들이 폭발 때 생긴 가스에 허우적대며 달려 나왔다. 베르나르가 처치할 수밖에 없었던 초병은 피를 너무 많이 흘려 정보를 알아내기 어려운 상태였다.

바로 그때 새로운 소식이 병영에서 도착했다. 별장에서 온 전령이 전하기를, 콘라트 왕자가 사라졌으니 장교들에게 보초 경비를 배로 늘리고 특히 터널 인근을 잘 지키라는 지시가 내렸다고 했다.

물론 폴은 이런 식은 아니었지만 자신의 처형을 지연시킬 만한 다른 종류의 교란이 일어나기를 기대했다. 날은 점점 밝아 왔고 폴은 다음과 같이 추측해 보았다. 인사불성이 되도록 취한 콘라트 왕자가 방치되어 있는 방에 하인들 중 하나가 그를 살펴보러 갔을 것이다. 그리고 방문이 잠긴 걸 확인하고 경계 벨을 울렸을 테고 곧바로 수색이 벌어졌겠지······. 그런데 어느 누구도 왕자가 터널을 통해 납치당했다는 사실을 의심조차 하지 않는다는 점이 폴로서는 상당히 놀라웠다. 터널 앞을 지키던 보초는 기절하여 말을 할 수 없는 상태였고, 병사들은 멀리서 목격한 두 도망자들 중 한 명이 다른 한 명을 끌고 갔다는 사실을 짐작하지 못하고 있었다. 요컨대, 모두들 왕자가 살해당했다고 생각했다. 그래서 그들은 침입자들이 왕자의 시체를 채석장 어딘가에 버리고 도망친 걸로 예측했다. 즉, 그들 중 두 명은 도망을 치는데 성공을 했고, 나머지 한 명을 붙잡았다고 본 것이다. 대담함에 있어 상상을 초월하는 계획에 대해 그들은 전혀 고려할 생각조차 하지 않았다.

어쨌든 사전 조사 없이, 또 조사 결과를 상부에 보고하지 않은 채 폴을 총살시킨다는 것은 있을 수 없는 일이었다.

그는 별장으로 호송되었고, 독일군 외투를 벗은 후 면밀하게 몸수색을 받았고, 다시 건장한 사나이 네 명의 감시를 받으며 어느 방 안에 감금되었다.

폴은 그곳에서 졸면서 몇 시간을 보냈다. 가뜩이나 몸이 피곤했던 터라 그 시간은 그에게 적절한 휴식을 제공한 셈이었다. 카를은 죽었고, 헤르민 백작 부인은 부재중이며, 엘리자베스는 어딘가에 숨겨진 상태였기에 이제 그는 일이 진행되는 대로 자신을 내맡기기만 하면 되었다.

오전 10시경, 장군 한 명이 폴을 심문하기 위해 방문했다. 그는 폴에게서 만족스런 대답을 전혀 얻어 내지 못하자 노하는 것 같았는데 그래도 상당히 감정을 자제하는 듯했다. 폴은 거물급 범죄자들을 대하는 것처럼 자신에게 일종의 배려를 하고 있음을 느낄 수 있었다.

폴은 속으로 중얼거렸다.

〈모든 게 다 잘되어 가는군. 이 방문 조사는 시작에 지나지 않아. 좀 더 비중 있는 사절, 가령 특명 전권 공사 같은 자의 방문이 줄을 잇겠지.〉

장군의 말을 들어 보니 사람들이 계속해서 왕자의 시신을 찾고 있다는 것을 알 수 있었다. 게다가 폴과 베르나르가 차고에 감금해 둔 운전병이 발견되어 그의 증언에 따라 새로운 사실이 드러났다. 그리고 초소들을 통해 자동차가 나갔다가 다시 돌아온 사실이 밝혀지면서 별장 밖으로까지 수색을 확대한 모양이었다.

정오가 되자 폴에게 풍성한 식사가 제공되었다. 그리고 대접이 융숭해져서 맥주와 커피까지 나왔다.

폴은 이런 생각을 했다.

〈어쩌면 총살될지도 모른다. 하지만 그 전에 절차에 따라 콘라트를 살해한 영광을 누린 이 신비스런 사람의 정체를 밝히려 들 테고, 일을 감행한 이유와 그로 인해 얻은 결과가 무엇인지를 정확히 알기 전에는 절대 죽이지 않을 것이다. 내가 유일한 정보 제공자이니만큼……〉

폴은 자신이 주도권을 쥐고 있는 입장이며, 자신의 계획이 성공하는데 있어 뜻하지 않게 일조했던 적들의 입장이 급박하다는 것을 분명히 알 수 있었다. 그래서 한 시간 뒤 별장의 작은 거실로 인도되어 요란하게 차려입은 두 명의 사내에게 다시 한번 몸수색을 받고, 도가 지나치다 싶을 정도로 포박당했을 때에도 전혀 놀라지 않았다.

폴은 속으로 중얼거렸다.

〈적어도 제국의 수상이 나를 보러 오는가 보군……. 그렇지 않고서야……〉

사실 그는 내심 상황을 고려하면서 수상보다 더 높은 자가 개입할지도 모른다고 예상하고 있었다. 그때 창문 너머로 자동차 한 대가 멈추는 소리가 들리자 요란하게 차려입은 두 사람이 동요하는 것을 보고 그는 자신의 예상이 적중했다고 생각했다.

모든 것이 준비된 상태였다. 귀하신 분의 등장이 있기 전부터 두 사람은 군대식 기립 자세로 잔뜩 태를 부렸고, 병사들은 더욱 경직되어 꼭두각시마냥 서 있었다.

마침내 문이 열렸다.

입구에서 바람이 불어왔고 허리에 찬 검과 박차들이 철컥대는 소리가 들렸다. 사내는 도착하자마자, 몹시 서두르며 급히 다시 떠나야 한다는 인상을 풍겼다. 이곳에 일을 보러 온 일을 극히 제한된 몇 분 안에 처리해야 할 정도로 시간이 없다는 식의 분위기였다.

그가 한 번 손가락을 까닥이자 그 자리에 있던 모든 사람들이 열을 지어 물러갔다.

독일 황제와 프랑스 장교 단 두 사람만이 남아 서로의 얼굴을 마주하고 있었다.

이어 황제는 분개한 목소리로 물었다.

「자넨 누군가? 뭘 하러 이곳까지 왔나? 그리고 자네의 공범들은 어디에 있는가? 누구의 명령을 받고 일을 저질렀나?」

사실 그에게서 사진이나 신문의 삽화들을 통해 보았던 이미지를 찾기 어려웠다. 그만큼 황제는 나이가 들어 초췌해졌고 곳곳에 주름이 팼으며 군데군데 얼룩진 누르스름한 얼굴을 하고 있었다.

폴은 증오심에 몸을 떨었다. 그것은 그가 개인적으로 겪은 고통 때문에 고조된 증오심이 아니라, 인간이 상상할 수 있는 가장 큰 범죄를 저지른 자에 대해 누구나 갖는 혐오와 경멸로 생겨 난 증오심이었다. 될 수 있는 한 형식적인 격식과 관례를 벗어나지 말자고 결심했음에도 폴은 이렇게 대답했다.

「날 풀어 주게 하십시오!」

그러자 황제는 놀라서 펄쩍 뛰었다. 분명 자신에게 그런 식으로 말하는 것을 처음 듣는 모양이었다. 그는 노기 서린 목소리로 소리쳤다.

「내 말 한마디면 자네를 총살시킬 수도 있다는 걸 잊었나 보군! 감히! 분수도 모르고……!」

폴은 잠자코 있었다. 황제는 검의 손잡이를 손으로 잡고 방 안을 왔다갔다 했는데, 양탄자 위로 검의 끝이 질질 끌렸다. 그는 두 차례 멈춰 서서 폴을 바라보았는데 폴이 눈 하나 깜짝하지 않자 격분한 듯 다시 걷기 시작했다.

그러더니 갑자기 전기 벨을 눌렀다.

「저자를 풀어 줘라!」

황제는 호출을 듣고 달려온 수행원들에게 명령했다.

포박에서 풀린 폴은 자리에서 일어나 상관 앞에 선 병사처럼 차려 자세를 취했다.

다시 방 안에 두 사람만 남게 되자 황제는 폴에게 다가왔다. 폴과 자신 사이에 탁자 하나를 장벽처럼 놓고, 그는 여전히 거친 목소리로 물었다.

「콘라트 왕자는?」

「콘라트 왕자는 살아 있습니다, 폐하. 그는 잘 지내고 있습니다」

「아!」

카이저는 그제야 안심하는 표정이었다.

그런 다음 그는 문제의 핵심을 애서 비켜가려는 듯 이렇게 말을 이었다.

「그렇다 해도 자네와 관련된 일은 변하지 않아. 침략 행위에…… 첩보 활동……. 나의 가장 훌륭한 신하들 중 한 명을 살해한 것은 그렇다 치더라도 말이야······」

「첩자 카를 말입니까, 폐하? 그자를 죽인 건 정당방위였습니다」

「하지만 죽였지 않나? 그 살인 행위와 나머지 다른 일들을 고려할 때, 자네는 군법에 따라 마땅히 처형될 거네」

「아니죠, 폐하. 콘라트 왕자의 목숨이 제 목숨과 직결되는데요」

황제는 어깨를 으쓱해 보였다.

「만일 콘라트 왕자가 살아 있다면, 그를 찾아낼 것이네」

「아니요, 폐하. 그를 찾아내지 못할 겁니다」

그러자 황제는 주먹으로 탁자를 내리치며 말했다.

「독일 땅에서 내가 찾아내지 못할 곳은 없다」

「콘라트 왕자는 독일에 없습니다, 폐하」

「뭐라고? 지금 자네 무슨 말을 하는 겐가?」

「콘라트 왕자는 독일에 없다고 말씀드렸습니다, 폐하」

「그럼, 어디에 있단 말인가?」

「프랑스에 있습니다」

「뭐, 프랑스!」

「예, 폐하. 프랑스 오르느캥 성에서 제 친구들의 보호를 받고 있습니다. 만일 제가 내일 저녁 6시에 그들과 합류하지 못한다면, 콘라트 왕자는 군 당국에 인도될 것입니다」

폴의 말에 황제는 숨이 턱까지 막히는 듯했다. 돌연 노기 띤 근엄한 모습도 사라졌고, 엄청난 충격에 당혹감을 감추지 못했다. 황제의 아들이 포로가 된다면, 모든 능욕과 비웃음이 그와 그의 왕조, 그리고 독일 제국 전체에 쏟아질 것이고, 온 세상 사람들의 조롱을 받을 게 뻔했다. 또한 적들은 그처럼 거물급 인질을 지니고 있다는 것을 얼마나 으스대며 무례한 태도를 보이겠는가!

그 같은 고민과 걱정들이 황제의 불안한 눈빛과 굽어진 어깨에 그대로 드러나 있었다.

그 순간 폴은 온몸에 전율이 일 정도로 짜릿한 승리감을 맛보았다. 그는 자신의 무릎 아래서 은혜 베풀기를 청하는 패배자를 대하듯 황제를 내려다보았다. 힘의 균형이 완전히 깨져 폴 쪽으로 기울어졌고 자신이 승리했음을 밑에서 올려다보고 있는 카이저의 눈빛을 통해 확인할 수 있었다.

황제는 간밤에 일어난 비극적인 사건의 여러 단계들, 즉 터널을 통해 그가 침입했고, 마찬가지로 터널을 통해 납치가 이루어졌고, 침입자들의 도주로를 확보하고자 갱도를 폭파시킨 일련의 과정을 대충 그려 보았다.

제정신이 아니고서야 어떻게 그 대담한 모험을 감행할 수 있었을까 하는 생각이 미치자 폴에게 중얼거리듯 물었다.

「자넨 대체 누군가?」

폴은 경직된 자세를 약간 풀고 떨리는 한 손을 두 사람을 가르고 있는 탁자 위에 올려놓으며 진지하게 말했다.

「지금으로부터 16년 전, 9월의 어느 날 늦은 오후……」

「뭐? 지금 무슨 말을 하는 건가……?」

폴이 뜻밖의 말을 꺼내자 어리둥절해하며 황제가 되물었다.

「폐하께서 질문을 하셨기에 대답을 드리는 겁니다」

폴은 변함없이 진지한 어조로 다시 말을 이었다.

「16년 전 9월의 어느 날 늦은 오후에 폐하께서는 한 사람의 안내를 받으며…… 참! 그를 누구라고 말해야 할까요? 그냥 폐하의 첩보 담당자라고 해 두겠습니다…… 에브르쿠르트에서 코르비니에 이르는 터널 공사 현장을 방문하셨습니다. 폐하께서 오르느캥 숲에 위치한 작은 예배당을 나오던 순간, 프랑스 인 두 명, 그러니까 더 자세히 말씀드리자면 프랑스 인 부자(父子)와 우연히 마주쳤지요……. 그때를 기억하시겠습니까, 폐하? 비가 내리고 있었고…… 예기치 못한 사람들과 마주치자 폐하는 몹시 불쾌해져서 좋았던 기분이 일순간 싹 가셨을 겁니다. 그로부터 10분 뒤, 폐하를 수행하던 귀부인이 다시 숲에서 나와 폐하와 면담을 해야 한다는 구실을 대며 프랑스 인 한 사람을 독일 땅으로 끌고 가려고 했습니다. 그는 거부했지요. 그러자 여자는 그의 아들이 보는 앞에서 그를 살해했습니다. 그 사람의 이름은 들로즈였습니다. 저의 아버지셨죠」

이 모든 말을 귀담아 듣고 있던 카이저는 점점 더 어안이 벙벙하다는 표정이었다. 그의 안색이 점점 더 짜증이 뒤섞인 듯했으나, 폴을 의식해서인지 애써 점잖은 모습을 잃지 않으려 했다. 황제에게 들로즈 씨의 죽음은 전혀 안중에 없는 사소한 사건에 지나지 않았을 것이다. 그가 그때의 일을 기억이나 하고 있겠는가? 분명 자신이 지시 내린 일은 아니었지만 어쨌든 범죄를 저지른 자에게 관대했기에 공범이 되고만 살인 사건에 대해 해명할 의사가 없다는 듯, 황제는 잠시 침묵을 지키더니 입을 열었다.

「헤르민 백작 부인은 자신의 행동에 책임을 진다네」

「허나 자기 자신에 대해서만 책임을 지겠죠. 그녀 나라의 정의(正義)는 그녀의 행동에 대해 책임 추궁을 하지 않았으니까요」

황제는 그와 함께 독일의 윤리나 최고 정책에 관해 토론할 생각이 추호도 없다는 듯 어깨를 으쓱해 보였다. 그러곤 시계를 쳐다보더니 벨을 눌러 몇 분 후에 떠나겠다고 알린 다음, 다시 폴을 향해 돌아서며 말했다.

「그래, 자네는 부친의 죽음에 대한 복수를 하고자 콘라트 왕자를 납치했단 말인가?」

「아닙니다, 폐하. 그건 헤르민 백작 부인과 저의 문제입니다. 콘라트 왕자와는 해결해야 할 문제가 따로 있습니다. 그가 오르느캥 성에 머물 당시, 그 성의 주인인 한 젊은 여인을 끈질기게 따라다녔습니다. 그녀에게 매정하게 거절을 당하자 왕자는 그녀를 포로로 삼아 이곳 별장까지 끌고 왔습니다. 그녀는 바로 제 아내입니다. 저는 아내를 찾기 위해 이곳에 왔습니다」

황제의 태도를 보아하니, 그 이야기에 대해선 전혀 모르는 것 같았고 아들의 무모한 행동에 매우 난감한 표정이었다.

「자네 확신하는가? 그 부인이 이곳에 있다고?」

「어제 밤까지만 해도 이곳에 있었습니다, 폐하. 하지만 헤르민 백작 부인이 그녀를 없애겠다고 결심한 후 제 아내를 첩자 카를에게 맡겼습니다. 콘라트 왕자가 찾지 못하도록 데리고 가 독살하라고 말입니다」

「거짓말! 가증스런 거짓말이야!」

황제가 버럭 소리를 질렀다.

「여기 헤르민 백작 부인이 첩자 카를에게 건네준 약병이 있습니다」

「그래서? 그래서 어쨌단 말인가?」

카이저는 화난 목소리로 물었다.

「그래서라뇨, 폐하? 첩자 카를은 죽었고, 제 아내가 있는 곳은 알 수가 없었기에 저는 다시 이곳에 왔습니다. 콘라트 왕자는 곤하게 자고 있더군요. 전 제 동료와 함께 그를 방에서 끌어내렸고, 터널을 통해 프랑스로 보냈습니다」

「자네가 그렇게 했단 말이지?」

「네, 폐하」

「그럼, 콘라트 왕자를 풀어 주는 대신 자네 아내를 풀어 주길 원하겠군그래?」

「그렇습니다, 폐하」

「하지만, 나 역시 그녀가 어디에 있는지 모르는데!」

「그녀는 헤르민 백작 부인이 소유하고 있는 어느 성안에 갇혀 있습니다. 잠시만 생각해 보십시오, 폐하…… 여기서 자동차로 몇 시간 안에 도착할 수 있는 성인데, 아마도 150～200킬로미터 가량 떨어진 곳에 있을 겁니다」

황제는 잠시 생각에 잠긴 듯 입을 다물었고, 이따금 검의 손잡이로 탁자를 신경질적으로 두드렸다.

「자네의 요구는 그게 단가?」

「아닙니다, 폐하」

「또 뭔가?」

「프랑스 군 사령관이 제게 건넨 프랑스 포로 스무 명의 명단이 있습니다. 그들을 석방해 주십시오」

더 이상 참을 수 없다는 듯 황제는 펄쩍 뛰듯 일어나 소리쳤다.

「자네 미쳤군! 포로 스무 명이라고? 아마 장교들이겠지? 부대장이나 장군들 말이야!」

「명단에는 일반 병사들도 포함되어 있습니다, 폐하」

황제는 그의 말을 귓등으로 넘기고 있었다. 끓어오르는 분노를 불규칙한 동작과 두서없는 탄식으로 대신하며, 폴을 매섭게 쏘아보았다. 일개 프랑스 중위가 포로인 주제에 주인처럼 요구하는 것들을 모두 들어주어야 한다는 생각에 몹시 불쾌한 모양이었다.

무례한 적을 벌하는 대신, 그와 해결을 짓고 모욕적인 제안들 앞에서 고개를 숙여야만 하다니! 하지만 어쩌겠는가? 그 외는 달리 방법이 없었다. 그의 적수는 고문을 받아도 전혀 굽힐 것 같지 않았다.

폴은 다시 말을 이었다.

「폐하, 콘라트 왕자를 풀어 주는 대신 제 아내를 놓아주는 것은 매우 불평등한 거래일지 모릅니다. 폐하께 제 아내가 포로가 되든 풀려 나든 뭐 그리 중요하겠습니까? 매우 하찮은 일이겠지요. 따라서 콘라트 왕자의 석방에는 그에 상응하는 합당한 교환 상대가 있어야 함이 마땅하고…… 그렇다면 프랑스 포로 스무 명은 별로 많은 것도 아니지요……. 게다가 그 일은 공개적으로 행해질 필요도 없습니다. 폐하가 원하신다면, 포로들이 한 명씩 그와 급이 같은 독일 포로들과 맞교환되어 되돌아갈 수도 있고…… 그렇게 되면……」

이 얼마나 무례하고 빈정거리는 말투인가! 패배의 쓰라림을 달래며 언뜻 한발 양보한 것처럼 보이지만, 실제 황제의 자존심에 일격을 가하면서 은근슬쩍 그 사실을 감추며 던지는 조롱이지 않은가! 폴은 일순간 승리의 쾌감을 깊이 맛보았다. 황제는 자존심에 비교적 경미한 상처를 입었음에도 뼈아픈 고통을 느끼는 듯 보였고, 자신의 원대한 계획이 좌절되고, 운명의 엄청난 무게에 짓눌리고 있는 한 나약한 인간의 모습으로 비쳐졌다.

폴은 속으로 생각했다.

〈자, 이만하면 제대로 복수를 한 셈이군. 하지만 이건 시작에 지나지 않아.〉

황제의 항복 선언이 임박한 순간이었다. 마침내 황제가 입을 열었다.
「어디 생각해 보고…… 지시를 내리겠네」
그러자 폴이 이의를 제기했다.
「기다리면 상황은 더욱 위험해질 수 있습니다, 폐하. 콘라트 왕자의 포획이 프랑스에 알려질 수도 있고……」
「그럼, 콘라트 왕자를 돌려보내게. 그렇게 한다면 같은 날 자네 아내를 돌려주겠네」
하지만 폴도 물러서지 않았다. 그는 자신을 전적으로 믿으라고 요구했다.
「폐하, 그런 식으로 일이 진행되어선 안 된다고 봅니다. 제 아내는 매우 끔찍한 상황에 처해 있는 데다 그녀의 목숨마저 걸린 문제입니다. 저를 당장 그녀가 있는 곳으로 보내 주시길 청합니다. 오늘 밤, 제 아내와 함께 프랑스로 가겠습니다. 오늘 밤 저희는 반드시 돌아가야 합니다」
폴은 매우 단호하게 되풀이해서 말했고, 또 이렇게 덧붙였다.
「프랑스 군 포로들에 대해선 말입니다, 폐하. 그들의 석방은 폐하가 명시하시는 조건에 따라 행해지게 될 것입니다. 이것이 그들의 명단이고 이것은 그들이 수용된 장소입니다」
폴은 연필 한 자루와 종이 한 장을 꺼냈다. 그의 설명이 끝나자마자 황제는 명단을 낚아채어 보고는 이내 얼굴이 굳어졌다. 명단에 적힌 이름 하나하나를 보자, 그는 치밀어 오르는 분노에 사로잡혔다. 황제는 방금 전의 합의를 깨트리겠다는 듯 종이를 동그랗게 구겨 버렸다.
그러다가 갑자기 그는 성가시고 화나는 문제를 완전히 끝내 버리겠다는 듯, 서둘러 열에 들뜬 동작으로 세 차례 벨을 눌렀다.

한 부관이 급히 들어와 그 앞에 우뚝 섰다.

황제는 한동안 생각을 하더니 이내 지시를 내렸다.

「들로즈 중위를 자동차로 힐덴스하임 성으로 데리고 가게. 그리고 다시 거기서 그의 아내와 함께 에브르쿠르트 전초 기지까지 데려가게. 여드레 후, 자네는 같은 장소에서 그를 다시 만나야 하네. 그는 콘라트 왕자를 데리고 나올 거고, 자네는 이 명단에 적힌 프랑스 포로 스무 명을 데리고 가게. 교환은 눈에 띄지 않는 장소에서 행해져야 하네. 보다 구체적인 내용은 들로즈 중위와 함께 상의하여 정하도록 하게. 자 여기 그 명단이 있네. 상황 보고는 내게 개인적으로 전하도록 하고」

황제가 그 모든 지시를 어찌나 위엄이 있으면서도 짧고 힘 있게 말하는지 마치 그 모든 조치들을 자신의 의지에 따라 결정한 것처럼 보였다.

그처럼 사건을 일단락 지은 후 황제는 고개를 높이 치켜들고 손에는 승자의 검을 쥐고 낭랑한 박차 소리를 내며 방을 나갔다.

〈마치 자기가 승리를 한 듯하군. 서투른 배우 같으니……!〉

그렇게 생각하며 폴은 웃음을 터뜨렸다. 황제의 부관은 무슨 영문인지 몰라 어리둥절해하며 그를 바라보았다.

이윽고 차에 시동 거는 소리가 들려왔다.

생각해 보니 황제와 면담은 10분도 채 되지 않았다.

잠시 후, 폴도 그곳을 떠나 차를 타고 힐덴스하임 성을 향해 달려갔다.

132고지(高地)

참으로 즐거운 여정이지 않은가! 차를 타고 가는 폴 들로즈의 마음은 더 할 수 없이 가벼웠다! 마침내 그는 목표에 다가가고 있는 것이었다. 이번 목표는 종종 가혹한 좌절만을 안겨 주던 무모한 계획들과는 달리 그가 행한 노력의 결실이자 당연한 결과였다. 폴은 조금이라도 불안한 기미를 보이지 않았다. 일단 승리를 하고 나면 그에 따른 결과로 모든 장애물들이 일제히 사라지듯이 폴이 황제를 상대로 거둔 승리가 바로 그런 것이었다. 엘리자베스는 힐덴스하임 성에 있고, 그는 지금 지칠 줄 모르는 기세로 그 성을 향해 달려가고 있는 것이다! 날이 밝아오자 전날 밤 어둠 속에서 모습을 감췄던 풍경들이 낯익은 모습으로 다가왔다.

〈그래, 이 마을을 지났지……. 이 부락도 지났고…… 이 강을 따라갔지…….〉

그는 이어지는 작은 덤불숲들도 알아보았고, 첩자 카를과 격투를 벌인 길가의 도랑도 발견했다.

한 시간가량을 달려가자 마침내 힐덴스하임의 봉건 요새가 굽어보고 있는 한 언덕에 다다랐다. 큼직한 외호(外濠)가 성 앞에 있었고, 그 위에 걸쳐진 도개교를 통해 성의 입구에 다가갔다. 성의 문지기는 처음엔 의심스러운 표정을 짓더니 장교가 몇 마디 건네자 즉시 육중한 성문을 열어 주었다.

성안에서 달려 나오는 두 명의 하인에게 폴이 엘리자베스에 대해 묻자 프랑스 부인은 연못가에서 산책을 하고 있다고 대답했다.

「나 혼자 가겠소. 곧 다시 떠납시다」

겨울비가 내린 후 다시 모습을 보인 창백한 태양이 두꺼운 구름 사이를 미끄러지듯 지나며 잔디밭과 숲 속을 환히 비추고 있었다. 폴이 온실을 따라 걸어가자 가느다란 폭포수가 품어져 나오는 인조 바위들이 나왔다. 그 바위를 건너가니 어두운 전나무들이 에워싼 가운데 백조와 야생 오리들이 흥겹게 노니는 커다란 연못이 하나 나왔다.

연못 가장자리에는 조각상들과 돌 의자들이 놓여진 테라스가 자리하고 있었다.

그리고 바로 그곳에 엘리자베스가 있었다.

그녀의 모습을 보자, 폴은 형언하기 어려운 감정이 북받쳐 올랐다. 사실 전쟁 발발 전날부터 그에게 있어 엘리자베스는 이미 잊혀진 존재가 아니었던가! 바로 그날부터 그녀는 이루 말할 수 없는 참혹한 시련들을 겪었고, 남편 앞에 어엿한 아내로, 나무랄 데 없는 어미의 딸로 서겠다는 이유 하나만으로 그 모든 고통을 견뎌 오지 않았던가! 하지만 여전히 헤르민 백작 부인에 대한 증오가 전혀 가시지 않은 상황에서, 게다가 어제 밤 콘라트 왕자의 연회에 참석한 엘리자베스의 태도에 몹시 분개했던 마음이 사그리지지 않은 상황에서 그녀와 재회를 하게 되었으니……! 그러나 이 순간 그런 감정들은 참으로 멀게만 느껴졌다! 그 모든 것들이 지금 이 상황에서 얼마나 대수롭지 않게 느껴지는지……! 콘라트 왕자의 파렴치한 행각과 헤르민 백작 부인의 범죄, 두 여인을 이어 주는 혈연 관계, 치열한 싸움들, 그가 겪은 모든 고통과 저항, 심지어 증오까지……. 그 모든 것들은 너무도 사랑하는 가엾은 여인을 20보 앞에 두고 있는 시점에서 참으로 무의미하게 여겨졌다. 폴은 엘리자베스가 흘렸던 눈물만을 생각했고 겨울바람 속에서 떨고 있는 그녀의 야윈 모습만을 바라볼 뿐이었다.

폴은 천천히 다가갔다. 오솔길의 자갈 위로 그의 발자국 소리가 나자, 젊은 여인이 뒤를 돌아보았다.

일순간 그녀는 미동도 하지 않았다. 폴은 그녀의 눈빛을 통해 자신이 실재하는 사람이 아니라, 꿈속의 안개로부터 불쑥 나타난 유령처럼 보고 있다는 것을, 그리고 그 유령은 그녀의 눈에 환각처럼 자주 나타나곤 했으리라는 것을 알 수 있었다.

그녀가 희미하게 미소를 짓긴 했지만 그 모습이 어찌나 슬퍼 보이든지 폴은 그만 두 손을 모으고 무릎을 꿇을 뻔했다.

그는 겨우 입을 열었다.

「엘리자베스…… 엘리자베스…… 」

그러자 그녀는 몸을 일으켜 가슴에 한 손을 갖다 대었다. 그녀는 전날 밤 콘라트 왕자와 헤르민 백작 부인 사이에 있을 때보다 한층 더 창백해 보였다. 그녀는 자욱한 안개가 시야를 가린 듯 자신 앞에 서 있는 폴이 희미하게 보였다. 그리고 서서히 그녀의 시야가 밝아지면서 눈앞의 현실이 사실로 다가온 듯했다. 이제는 그녀도 폴을 바라보고 있었다! 그는 쓰러질 듯 몸을 휘청거리며 뛰어갔다. 하지만 그녀는 자신의 몸을 가누면서 팔을 뻗어 그가 더 이상 가까이 오지 못하도록 막았다. 그녀는 마치 그의 영혼 깊은 곳까지 들어가 그가 무슨 생각을 하는지 알아보려는 듯 그윽한 시선으로 바라보았다.

폴은 더 이상 움직이지 않았다. 사랑으로 가득 찬 그의 가슴은 세차게 뛰고 있었다.

드디어 그녀가 중얼거렸다.

「아! 당신, 절 사랑하는군요…… 여전히 절 사랑하는군요……. 이제는 확실히 알겠어요」

하지만 그녀는 폴의 접근을 거부하듯 여전히 팔을 뻗은 상태였고, 폴 역시 앞으로 나가려하지 않았다. 그들의 삶과 행복이 서로의 눈빛 속에 담겨 있었고, 서로의 눈빛이 열정적으로 뒤섞인 가운데 그녀가 계속 말했다.

「당신이 포로가 되었다고 말하더군요. 그게 사실인가요? 아! 당신 곁으로 데려다 달라고 얼마나 애원했는지 몰라요! 제가 얼마나 비굴하게 살았는지 모르실 거예요! 전 심지어 그들의 연회에 나가 저들의 농담에 웃음 짓고, 저들이 강요하는 보석에, 진주 목걸이까지 걸쳤죠. 난 당신을 만나기 위해 그렇게 할 수밖에 없었어요……! 그들은 매번 약속은 했지요……. 그러더니 그날 밤 절 이곳까지 데려왔어요. 전 또다시 속았다고 생각했죠……. 그게 아니라면 또 다른 함정이거나……. 어쩌면 마침내 절 죽이기 위해 이곳으로 데려온 거라고……. 그런데 당신이 이렇게 오다니……! 이렇게 당신이……! 여보, 사랑하는 나의 폴……!」

그녀는 두 손으로 폴의 얼굴을 만졌다. 그러다 갑자기 절망한 듯한 표정을 지었다.

「그런데 또 떠나는 건 아니죠? 내일까지만요, 네? 설마 몇 분 후 저들이 당신을 내게서 다시 빼앗아 가는 건 아니겠죠? 여기 머무실 거죠, 네? 아! 폴, 전 더 이상 용기가 없어요……. 이제 절 떠나지 말아요……」

엘리자베스를 바라보며 폴이 미소를 짓자 그녀는 매우 놀라는 눈치였다.

「당신, 어떻게 된 거예요, 너무나 행복한 표정을 짓고 있네요!」

폴은 웃음을 터뜨렸고, 이번에는 그녀가 거부해도 결코 받아들이지 않겠다는 듯 끌어안으며 그녀의 머리카락과 이마, 뺨, 입술에 차례로 입을 맞추며 말했다.

「내가 웃는 건, 이처럼 웃고 당신에게 입 맞추는 것 외에 내 마음을 달리 표현할 방도가 없기 때문이오. 또한 내가 그동안 참으로 말도 안 되는 일들을 상상했기 때문이라오……. 그래요, 어제 밤 연회 때…… 당신을 멀리서 보았소. 죽고 싶을 정도로 괴로웠소……. 영문도 모르고 당신을 비난했으니…… 참으로 난 바보였다오!」

하지만 엘리자베스는 그가 그토록 즐거워하는 이유를 이해하지 못하겠다는 듯 같은 말을 반복했다.

「참 행복해 보여요! 어떻게 그처럼 행복해할 수 있죠?」

「이보다 더 행복할 때가 없기 때문이오! 자, 생각해 보오……. 우리 두 사람은 저 아트레우스 가문(그리스 신화에 등장하는 혈육상잔의 비극으로 유명한 가문. 아트레우스와 티에스테스 두 형제가 벌인 왕위 쟁탈전에 그들의 아들들이 인육으로 희생을 치렀고, 결국 아트레우스도 조카의 손에 죽임을 당했다——옮긴이)이 겪은 것들과도 비교가 안 되는 불행들을 겪고 다시 이렇게 재회했잖소. 우리는 이제 함께요. 더 이상 그 무엇도 우리를 떼어 놓을 수 없소. 그러니 내가 행복하지 않겠소?」

그녀는 폴의 말에 매우 놀라워하며 불안한 목소리로 물었다.
「더 이상 그 무엇도 우리를 떼어 놓을 수 없다고요?」
「물론이오. 그게 그렇게 이상하오?」
「그럼, 저와 함께 이곳에 머무는 건가요? 이곳에서 함께 사는 건가요?」
「아! 그건 아니오. 허나…… 그보다 더 좋은 생각이 있다오! 어서 지금 짐을 챙기시오. 서둘러 여길 떠납시다」
「어디로요?」
「어디라니? 물론, 프랑스라오. 모두 심사숙고한 후에 정한 일이니 당신은 그저 맘 편히 따르기만 하면 되오」

그녀는 여전히 영문을 모르겠다는 듯 그를 바라보았다. 그런 그녀에게 폴이 재촉했다.

「자, 서두릅시다. 차가 우리를 기다리고 있소. 그리고 난 베르나르에게 약속했소……. 그렇소, 당신의 남동생 베르나르 말이오. 오늘 밤 그와 합류하기로 약속했다오……. 자, 당신 떠날 준비가 됐소? 아, 왜 그리 놀라는 거요? 아직 설명이 더 필요하오? 앞으로 우리는 서로에게 설명할 기회가 많을 거요. 당신이 독일 황태자를 반하게 한 일이며…… 당신이 총살당한 일……. 그리고 또…… 그리고 또…… 어쨌든 말이오! 내 손을 잡고 따라와 주지 않겠소?」

 그제야 엘리자베스는 폴의 말이 진실임을 깨닫고, 그에게서 눈을 떼지 않고 말했다.
「그게 정말이에요? 우리가 자유의 몸이 되었나요?」
「완전히 자유롭다오」
「프랑스로 돌아간다고요?」
「곧장 말이오」
「더 이상 아무것도 두려워할 게 없단 말이죠?」
「전혀」
 그러자 그녀는 갑자기 모든 긴장이 풀렸는지 웃음을 터트리기 시작했다. 그리고 어린아이가 한껏 장난을 치면서 도가 지나칠 정도로 즐거워하는 것처럼 웃음을 그치지 않았다. 조금 더 했다면 아마 노래까지 부르고 춤도 췄을 것이다. 그녀의 눈에서는 눈물이 흐르고 있었고, 곧 이어 더듬거리며 말했다.

「자유의 몸이라……! 다 끝났군요……! 제가 고통스러웠냐고요……? 전혀, 아니었어요……. 아! 내가 총살당한 줄로 아셨다고요? 하지만 맹세코 그리 끔찍하지 않았어요……. 그 얘긴 나중에 해 드릴게요. 다른 일들도 아주 많았죠……! 그럼 당신이 저들보다 강한가요? 그 말로는 다 못할 콘라트 왕자보다 그리고 황제보다 말이에요? 세상에, 참으로 묘하군요! 참으로 묘해요……!」

그녀는 말을 중단하고 돌연 폴의 팔을 붙잡았다.

「여보, 어서 여길 떠나요. 이곳에 단 1초라도 더 머물다간 미쳐 버릴 거예요. 저자들이 무슨 짓을 또 할지 모르구요. 저들은 음흉한 범죄자들이라고요. 자, 어서 떠나요……. 자, 어서요……」

마침내 그들은 성을 떠났다.

가는 도중 그들의 앞길을 막을 만한 소란은 전혀 일어나지 않았다. 저녁 무렵 그들은 에브르쿠르트가 눈앞에 보이는 전방 지역까지 도착했다.

전권을 가진 황제의 부관은 반사경에 켜게 한 후, 백기(白旗)를 흔들도록 명령하고 몸소 엘리자베스와 폴을 데리고 현장에 나타난 프랑스 장교에게 인도했다.

그러자 프랑스 장교가 후방에 전화를 걸었고, 이윽고 자동차 한 대가 왔다.

밤 9시, 엘리자베스와 폴을 태운 자동차는 오르느캥 성의 철책문 앞에 이르러서야 멈춰 섰다. 폴은 마중 나온 베르나르를 향해 달려갔다.

「어이, 베르나르! 내 말 잘 들어. 간단히 말할게. 지금 엘리자베스를 데리고 왔어. 그래, 지금 여기 차 안에 있어. 우린 코르비니로 떠날 거야. 너도 우리와 함께 가자. 내가 너와 내 가방을 챙기는 동안, 넌 콘라트 왕자를 주의 깊게 감시하고 있어. 참, 그를 이곳까지 잘 데리고 왔겠지?」

「그럼요」

「자, 어서 서두르자. 지난 밤 네가 터널로 들어가는 것을 보았다던 그 여자를 다시 만나야 해. 지금 그 여자는 프랑스에 있으니까 추적이 가능할 거야」

「하지만 매형, 그 여자의 종적을 쫓으려면 우선 터널로 돌아가 코르비니 인근에서 빠지는 곳부터 찾는 게 수월하지 않을까요?」

「그건 시간 낭비야. 그리고 지금은 중간 단계는 생략하고 곧장 싸움에 돌입해야 한다고」

「근데, 매형! 누나도 구출했는데 싸움은 이미 끝난 거 아닌가요?」

「그 여자가 살아 있는 한 싸움은 끝나지 않을 거야」

「도대체 그 여잔 누구에요?」

폴은 대답하지 않았다.

밤 10시, 그들 세 사람은 차를 타고 코르비니 역 앞에서 내렸다. 열차는 이미 끊겼고, 마을 사람들은 모두 잠들어 있었다. 그럼에도 폴은 거기서 물러서지 않았다. 군 초소에 가서 특무 상사를 깨우는가 하면, 역장과 우체국 직원을 불러오게 했다. 세심히 조사한 끝에, 그는 당일 월요일 아침, 한 여자가 샤토티에리(파리에서 북동쪽으로 80킬로미터 떨어져 있는 마른 강 연변에 위치해 있다 ―옮긴이)행 열차 표를 샀으며, 앙토냉이란 이름으로 정기 통행

증을 소지하고 있었다는 사실을 알아냈다. 그리고 그 여자 외에는 혼자 기차를 탄 여자가 없었다는 사실과 그 여자가 적십자 유니폼을 입고 있었다는 정보도 입수했다. 그녀의 인상착의, 그러니까 키와 얼굴을 대조해 보니 헤르민 백작 부인과 일치했다.

폴은 밤을 보내고자 엘리자베스와 베르나르와 함께 역 근처 호텔로 가면서 단언하듯 말했다.

「분명 그 여자야! 그 여자가 분명해! 이곳을 통해서만 코르비니를 떠날 수 있으니까. 내일 화요일 아침 그 여자가 떠났던 같은 시각에 우리도 떠나자고. 그 여자가 프랑스에서 저지를 계획을 아직 실행에 옮기지 않았기만을 바랄 뿐이야. 어쨌든 우리에게 기회는 단 한 번뿐이니 놓쳐선 안 돼」

그러자 베르나르가 더 이상 궁금함을 참지 못하고 또다시 물었다.

「근데, 그 여잔 도대체 누구냐니까?」

「누구냐고? 엘리자베스가 말해 줄 거야. 앞으로 우리에게 한 시간이 남았으니 서로 하고 싶은 말이 있으면 하자고. 그런 다음 좀 쉬자. 우린 지금 휴식이 필요하니까」

다음날 그들은 샤토티에리 행 기차에 올랐다.

폴의 확신은 흔들림이 없었다. 헤르민 백작 부인의 의도는 알 수가 없었지만 자신이 길을 제대로 가고 있다고 확신했다. 실제로 그들은 적십자 소속의 한 간호사가 혼자 일등칸을 탔으며 바로 전날 그들이 지나는 역들을 똑같이 지났다는 증거들을 여러 차례 입수할 수 있었다.

늦은 오후가 되어서야 마침내 그들은 샤토티에리에 도착했다. 역에서 내리자마자 폴은 정보를 수집했다. 전날 밤, 역 앞에 대기 중이던 적십자 소속의 자동차 한 대가 간호사를 데리고 간 사실을 알아냈다. 또한 자동차의 주차 서류들을 검토해 보니, 그 차는 수아송(파리 북동쪽 98킬로미터, 엔 강(江)의 좌안에 위치한 도시 — 옮긴이) 후방 지역의 어느 야전 병원에서 사용하는 것이었으나 그 위치는 정확히 알 수 없었다.

하지만 그 정보만으로도 충분했다. 수아송이라면 최전선 지역이었기 때문이다.

폴이 외쳤다.

「그곳으로 가자!」

그는 총사령관이 친히 서명한 명령서를 지니고 있었기에 자동차를 동원하고 전투 지역을 자유로이 출입할 수 있었다. 저녁때가 다되어서야 그들은 수아송에 도착했다.

포격을 받고 황폐화된 도시 외곽 지역은 인적이 드물었다. 도시 자체도 대부분 버려져 있었다. 하지만 점차 도심으로 가까이 다가가자 거리에서 어느 정도 생기가 느껴졌다. 여러 중대 병력들이 경쾌한 걸음으로 오고갔고, 대포들과 군수품 수송 차량들이 급히 줄지어 지나가고 있었다. 그리고 광장 앞에 있다고 알려 준 호텔에는 장교들이 상당수 투숙하고 있었는데, 조금은 무질서하다 싶을 정도로 왕래가 잦아 혼잡해 보였다.

폴과 베르나르는 현 전시 상황을 알아보았다. 그 결과 며칠 전부터 수아송 바로 앞에 위치한 엔 강 건너편 비탈에서 아군이 전과를 거두었다는 사실을 알게 되었다. 그리고 전전날에는 모로코 출신의 엽보병 대대가 132고지를 공격했고, 전날에는 기존에 정복했던 진지들을 사수하면서 크루이 첨봉(尖峰)에 위치한 참호들을 빼앗았다는 것도 알아냈다.

그런데 지난 밤 사이, 적들이 맹렬히 반격하는 가운데 매우 이상한 사건이 하나 일어났다는 것이다. 지나치게 내린 비로 엔 강이 불어나 범람하면서, 빌뇌브와 수아송의 모든 다리들이 쓸려가 버렸다는 것이었다.

하지만 실제 엔 강의 수위는 정상이었고, 설령 물살이 강했다고 해도 그 많은 다리들이 모두 파괴되었다는 것은 말도 안 되었다. 그리고 다리의 파괴는 독일군의 반격과 때를 같이 하여 일어났다는 점에서 볼 때 참으로 의심스러운 일이었다. 이로 인해 지원 병력 파견이 거의 불가능해지면서 프랑스 군의 상황은 더욱 복잡해진 상태였다. 하루 종일 고지를 사수하기 위한 노력이 계속되었으나 상황은 어려웠고 많은 희생자가 나왔다. 따라서 지금은 엔 강 우안에 포병대 일부를 배치시키고 있는 형국이었다.

폴과 베르나르는 조금의 망설임도 없이 단정을 내렸다. 그 모든 일들은 헤르민 백작 부인의 소행임이 분명했다. 다리가 파괴되고, 독일군이 반격해 온 두 사건은 그녀가 도착한 날 밤에 일어났으니 어찌 의심하지 않을 수 있겠는가? 분명 백작 부인이 세운 계획의 결과였을 것이다. 엔 강이 범람하는 시기에 맞춰 자신의 계획을 적군 참모와 협력하여 실행에 옮겼으리라.

그러자 폴은 콘라트 왕자의 별장 현관 계단 앞에서 그녀가 첩자 카를과 나누던 대화 내용이 떠올랐다.

「나는 프랑스로 돌아갈 거네……. 모든 것이 준비되었으니까……. 지금이 적기야. 그리고 참모가 내게 알려오기를……. 그러니 나도 내일 저녁에는 그쪽에 가 있을 거라네……. 손가락 하나만 까딱하면 충분할 거야」

그리고 그녀는 정말 그 손가락 하나를 까딱했던 것이다. 모든 다리들을 첩자 카를이나 다른 요원들이 미리 손본 상태였기에 살짝 건드리기만 해도 무너졌을 것이다.

베르나르도 폴의 말에 동조했다.

「분명 그 여자 짓이군요. 근데 왜 매형은 그렇게 불안해 보이죠? 그 여자 짓이라며 오히려 기뻐해야 되지 않아요? 논리적으로 생각해 봐도 지금 우리가 그 여자를 붙잡게 될 거라는 건 확실한데 말이에요」

「그래, 하지만 우리가 제때 붙잡을 수 있을까? 카를과 했던 대화 중에 그녀는 보다 심각해 보이는 또 다른 위협적인 말을 했거든. 그 말을 그대로 옮기자면 이래. 〈우리에겐 운이 따르지 않았을 뿐이야……. 만약 이번에 내가 성공하기만 한다면 잇단 불운에 마침표를 찍게 될 거야.〉 그러자 그녀의 공범이 황제의 재가를 받았느냐고 묻자, 이렇게 대답하더군. 〈필요 없어. 이번 계획은 사람들의 입에 오르내릴 일이 아니야.〉 베르나르, 이제 무슨 말인지 이해하겠지? 독일군의 공격이나 다리의 파괴 따위의 문제가 아니야. 그런 것들이라면 전쟁에서 흔히 일어날 수 있는 일이니 황제도 잘 알고 있을 거야. 하지만 그게 아니라고! 문제는 그 일련의 사건들과 때를 같이해 일어난 또 다른 뭔가가, 그 사건들의 의미가 진정 뭐라는 것을 말해 주는 또 다른 뭔가가 있다는 거야! 그 여자는 전쟁에서 1, 2킬로미터 앞서는 것을 두고 그처럼 잇단 불운에 마침표를 찍게 될 거라고 말할 사람이 아니지. 자, 그렇다면 도대체 그게 뭘까? 과연 무슨 일을 벌이려는 걸까? 난 도무지 모르겠어. 그래서 더 불안한 거라고」

그날 저녁 내내 그리고 그 다음날인 13일 수요일 하루 종일, 폴은 도시의 거리들과 엔 강 주변을 돌아다니며 탐문 조사를 벌이느라 시간을 다 보냈다. 그는 군 당국과 연계하여, 장교들과 병사들 모두 자신의 조사 작업에 참여하게 했다. 모두가 나서 집들을 수색하고 주민들을 신문했다.

베르나르도 따라나서길 원했으나, 폴은 한사코 거부했다.

「안 돼. 그 여자가 네 얼굴은 모르지만 누나를 보게 해선 안 돼. 그러니 넌 누나 곁에 있으라고. 누나가 외출하지 못하게 하고 조금도 방심하지 말고 잘 지켜야 돼. 우리는 가장 무서운 적과 상대하고 있으니 말이야」

그리하여 두 남매는 하루 종일 방의 창문에만 매달려서 시간을 보냈다. 식사 때가 되면 폴이 돌아와 급히 식사를 하면서 희망에 가득 찬 듯 떨리는 목소리로 말했다.

「그 여자가 이곳에 있어. 분명 차를 함께 타고 온 사람들과 마찬가지로 간호사 변장을 벗어 버렸을 거야. 그리고 거미줄 뒤에 잔뜩 움츠리고 있는 거미처럼 어느 구멍 속에 웅크리고 숨어 있겠지. 한 손에는 전화기를 들고 어딘가에 은둔하고 있는 패거리들에게 지시를 내리고 있을 거야. 하지만 그녀의 계획이 무엇인지 감이 잡히기 시작했어. 내가 그 여자보다 한 가지 유리한 점이 있는데 그건 바로 그 여자가 자신은 안전하다고 믿고 있다는 사실이야. 그 여자는 공범인 카를이 죽었다는 것도 모르고 있잖아. 게다가 내가 카이저와 면담했다는 사실도 모르고, 엘리자베스를 구출해 낸 사실도 모르고 있지. 물론, 우리가 여기에 있다는 것도 말이야. 반드시 잡고 말겠어! 가증스러운 계집 같으니! 이젠 잡힌 거나 다름없어!」

하지만 전황(戰況)은 나아지지 않고 있었다.

강의 좌안에서는 프랑스 군이 계속 후퇴하고 있었다. 크루이에서는 피해가 더 심각했다. 늪 지대가 두꺼워 모로코 인 부대는 더 이상 전진하지 못하고 멈춰 있었고, 서둘러 주조된 선교(船橋)마저 급류에 떠내려가 버렸다.

저녁 6시경 폴이 다시 나타났을 때 그의 옷소매에는 약간의 피가 얼룩져 있었다. 엘리자베스가 걱정하자 그는 웃으며 말했다.

「아무것도 아니라오. 어디선가 좀 긁힌 것뿐이라오」

「하지만 당신 손을, 당신 손을 좀 보세요. 피가 흐르고 있잖아요!」

「아니오. 이건 내 피가 아니오. 걱정 마시오. 모든 게 잘되어 가고 있다오」

「매형, 오늘 아침부터 총사령관님이 수아송에 있다는 소식 들었어요?」

「응, 그런 것 같아……. 잘된 일이지. 총사령관께 그 여자와 일당을 잡아 드리고 싶군. 그러면 멋진 선물이 될 거야」

폴은 다시 한 시간가량 밖에 나갔다가 돌아와 저녁 식사를 했다. 베르나르는 폴의 모습을 주시하면서 말했다.

「이제, 매형은 성공을 확신한 듯해요」

「확신이라니? 그 여자는 악마 그 자체라고」

「하지만 그녀의 은신처가 어딘지는 알고 있지요?」

「응」

「그럼, 뭘 기다리는 거예요?」

「9시까지는 기다려야 돼. 그때까지 난 좀 쉬어야겠어. 9시가 되기 전에 날 깨워 줘」

밤에도 어디선가 대포 소리가 그치지 않고 계속 들려왔다. 그러다 가끔씩 포탄이 도시로 떨어져 큰 소동이 벌어졌고 그럴 때

마다 부대들은 사방으로 흩어졌다. 이내 다시 적막이 깔리면서 전쟁의 모든 소음들이 일시에 중단된 듯했다. 어찌 보면 바로 그 같은 순간들이 가장 두려운 의미를 지니는 시간들일지도 몰랐다.

폴은 스스로 잠에서 깨었다.

그는 아내와 베르나르에게 말했다.

「자, 두 사람 모두 나와 길을 나서자고. 엘리자베스, 당신에겐 힘들지도 모르오. 아니 매우 힘이 들 것이오. 당신 약해지지 않을 자신이 있소?」

「오! 폴……. 오히려 당신이 너무 창백해 보여요!」

「그렇소. 조금 흥분해서 그렇다오. 그러나 앞으로 일어날 일 때문에 그런 건 결코 아니오……. 하지만 마지막 순간까지, 만반의 준비를 했긴 했지만 적이 달아나 버릴까 봐 걱정이라오」

「하지만……」

「아니! 조금만 실수를 한다거나 운이 전혀 따라 주지 않는다면 모든 것은 다 수포로 돌아갈 것이오……. 그런데 베르나르, 너 지금 뭐 하고 있어?」

「권총을 챙기려고요」

「그럴 필요 없어」

「뭐요! 그럼, 싸우러 가는 게 아닌가요?」

폴은 아무런 대답도 하지 않았다. 사실 그는 행동하면서 아니면 행동한 이후에 말하는 것이 습관이 된 상태였다. 어쨌든 베르나르는 권총을 챙겼다.

9시를 알리는 종소리가 울리자, 그들은 광장을 가로질러 갔다. 문을 닫은 한 상점에서 가느다란 불빛이 새어나와 구멍을 뚫어 놓은 것처럼 어두운 광장 여기저기를 비추고 있었다.

그들 앞에 거대한 그림자처럼 성당이 우뚝 서 있었고, 성당 앞 뜰에는 한 무리의 병사들이 모여 있었다.

폴은 그들에게 손전등 불빛을 비추며 그들을 지휘하고 있던 사람에게 말했다.

「별일 없었는가, 중사?」

「전혀 없습니다, 중위님. 그 집을 출입한 사람은 아무도 없었습니다」

그런 다음 중사는 휘파람을 가볍게 불었다. 거리의 중간쯤 되는 곳에서 두 사람이 어둠 속에 모습을 드러내며 무리 쪽으로 달려왔다.

「집 안에선 아무 소리도 나지 않았나?」

「아무 소리도 나지 않았습니다, 중사님」

「덧창 뒤로도 불빛이 전혀 새어나오지 않았고?」

「예, 전혀요, 중사님」

폴이 걷기 시작하자, 다른 이들도 그의 지시에 따라 아무런 소리도 내지 않고 그를 따랐다. 그는 산책을 나왔다가 집으로 서둘러 들어가는 사람처럼 과감하게 앞서 걸었다.

그들은 한 비좁은 집 앞에 도착하자 걷기를 멈췄다. 깜깜한 밤이라 집의 1층만 겨우 눈에 들어왔다. 세 계단을 올라가자 현관문이 나왔고, 폴은 네 번 짧게 문을 두드렸다. 그러면서 그는 주머니 속에서 열쇠를 꺼내 문을 열었다.

폴은 현관 안으로 들어가 손전등을 켰고, 일행들은 여전히 침묵을 지키며 그의 행동을 지켜보았다. 그는 현관 안에 타일로 된 벽면에 달린 거울 쪽으로 다가갔다.

거울을 네 번 짧게 두드린 후, 그는 거울을 옆으로 밀었다. 그러자 지하로 내려가는 계단 입구가 나왔고 폴은 그 아래로 불빛을 보냈다.

그것은 어떤 신호임에 분명했다. 그 같은 신호를 세 차례 보내자, 아래쪽에서 거칠고 쉰 듯한 여자 목소리가 들려왔다.

「자넨가, 발터 영감?」

드디어 행동을 개시할 순간이었다. 폴은 대답도 하지 않고 단숨에 계단을 뛰어내렸다.

그 순간 육중한 문이 닫히면서 지하 저장 창고의 입구가 막히려 하고 있었다.

폴은 있는 힘을 다해 문을 밀었고…… 마침내 안으로 들어갔다.

바로 그곳에 헤르민 백작 부인이 어슴푸레한 빛 속에서 당황한 듯 굳은 표정으로 앉아 있었다.

그 다음 순간 그녀는 맞은편으로 달려가 탁자 위에 놓여 있던 권총을 집어 들었고, 폴을 향해 몸을 돌리면서 총을 쏘았다.

찰카닥 하는 소리가 났으나 총성은 울리지 않았다.

세 차례 거듭 시도했으나 세 번 모두 마찬가지였다.

그러자 폴이 비웃었다.

「아무리 그래도 소용없소. 탄알을 전부 빼놨으니까」

백작 부인은 격분하여 소리를 지르며 탁자의 서랍을 열더니 다른 권총을 꺼내 연달아 네 차례나 방아쇠를 당겼다.

역시 총성은 들리지 않았다.

폴은 웃음을 터뜨렸다.

「그래봤자 소용없소이다! 그것 역시 탄알이 없는 총이오. 두 번째 서랍에 있는 것도 마찬가지고, 이 집에 있는 모든 총들이 다 그렇소」

그러자 그녀는 도무지 영문을 모르겠다는 듯, 자신이 무력하게 된 것에 당혹스러워하며 그를 바라보았다. 폴은 인사를 하고, 간단히 이름을 대는 것으로 자신의 소개를 마쳤다.
「폴 들로즈라하오」

호엔촐레른 가(家)

　규모는 작았지만 지하 저장 창고는 샹파뉴 지방에서 볼 수 있는 아치 형의 커다란 지하실과 매우 비슷했다. 깨끗한 벽면과 벽돌이 깔린 평평한 바닥, 훈훈한 공기, 두 개의 포도주통 사이에 자리한 채 커튼으로 가려진 알코브(벽면을 움푹하게 만들어 침대를 들여놓은 것—옮긴이), 걸상들과 가구들, 양탄자 등 모든 게 갖춰져 있는 아늑한 공간이었다. 무엇보다 포탄과 불청객들의 방문을 피하기에 적격이었다.

　그러자 폴은 이제르 강변의 낡은 등대와 오르느캥에서 에브르쿠르트를 잇는 지하 터널이 떠올랐다. 이처럼 싸움은 지상에 머물지 않고 지하로까지 이어져 계속되고 있었다. 참호와 지하 공간에서 벌어진 싸움, 첩보와 간계(奸計)로 얼룩진 싸움 등 아무튼 이 모든 싸움은 음흉하고 파렴치하며, 애매모호한 범죄 행위와 다르지 않았다.

폴이 손전등을 끄자 천장에 달린 석유램프의 희미한 불빛만이 지하 공간을 비추었다. 램프 불빛은 둥그런 전등갓으로 인해 하얀 동그라미 모양을 그리며 폴과 백작 부인 두 사람을 비추고 있었다.

엘리자베스와 베르나르는 폴보다 조금 뒤쪽의 어두운 곳에 있었다.

중사와 다른 부하들의 모습이 보이지 않았으나 계단 밑에서 소리가 들리는 것으로 보아 그곳에 있는 것 같았다.

백작 부인은 미동도 하지 않았다. 그녀는 콘라트 왕자의 별장에서 있었던 연회 때와 똑같은 복장을 하고 있었다. 여자의 얼굴에는 두려워하거나 당황하는 기색이 전혀 보이지 않았다. 그 대신 그녀는 자신에게 닥친 상황의 결과를 미리 계산해 보려는 듯 골똘히 생각에 잠겨 있었다. 〈폴 들로즈라고? 그가 이렇게 들이닥친 목적이 뭘까? 그래, 분명히 자기 아내를 풀어 달라고 하려는 거겠지…….〉 이런 생각을 하면서 헤르민 백작 부인의 굳은 표정이 조금씩 풀어졌다.

그리고 그녀가 미소를 지어 보였다. 엘리자베스가 독일에 포로로 잡혀 있으니 얼마든지 협상할 기회가 있고, 비록 함정에 빠지긴 했지만 아직도 주도권을 갖고 있으니 언제든지 상황을 역전시킬 수 있지 않겠는가! 폴이 신호를 보내자 베르나르가 앞으로 나왔고 백작 부인에게 이렇게 말하기 시작했다.

「내 처남이오. 헤르만 소령이라면 뱃사공의 집에서 결박당해 있을 때 나와 함께 그를 보았을지도 모르겠소. 하지만 어쨌든 헤르민 백작 부인, 아니 좀 더 정확히 말하리라. 당드빌 백작 부인이라 해도 자기 아들인 베르나르 당드빌을 알아보지 못하거나 혹

잊고 있을지도 모르겠군」

 그녀는 이제 완전히 안심하는 듯했고, 그와 동등한 아니 더 강력한 무기를 지니고 싸우는 사람처럼 기세등등한 태도를 취했다. 그처럼 그녀는 베르나르 앞에서도 흔들리는 기색이 없었고 오히려 거리낌 없는 태도로 이렇게 말하는 것이었다.

「베르나르 당드빌은 누이인 엘리자베스를 많이 닮았군. 사정상 그 애를 내가 데리고 있어서 말이오. 사흘 전에도 콘라트 왕자와 함께 저녁을 했고. 콘라트 왕자는 엘리자베스에게 대단한 애정을 보이고 있소. 하긴 당연하지. 그 애는 매력적이고 참으로 사랑스러우니까 말이오! 사실 나도 꽤 많이 좋아하고 있소!」

 폴과 베르나르는 끓어오르는 분노를 꾹 참고 있었다. 백작 부인이 조금만 더 했다면 그들은 동시에 그녀에게 달려들었을 것이다. 폴은 베르나르의 감정이 격화되는 것을 느끼고 그를 저만치 떨어뜨려 놓았다. 그리고 상대방의 도전에 매우 쾌활한 어조로 응수했다.

「그럴 거요. 나도 잘 알고 있소……. 나 또한 그 자리에 있었고…… 그녀가 떠나는 것도 보았으니 말이오」

「정말이오?」

「그렇소. 당신 친구 카를이 내게 그의 차에 타라고 자리까지 권해 주었소」

「그의 차에 말이오?」

「물론이오. 우리는 함께 당신의 성(城)인 힐덴스하임으로 떠났지……. 참으로 아름다운 성이더군. 성안 깊숙이 들어가 구경하고 싶을 정도로……. 하지만 오래 머물기에는 위험하고 또 왠지 살기가 느껴져서……」

그를 바라보는 백작 부인은 점점 더 불안한 기색을 드러냈다.
〈대체 저자는 뭘 말하려고 하는 것일까? 또 어떻게 그 일들을 모조리 알고 있단 말인가?〉
그녀는 적의 의중을 꿰뚫어 보고자 겁을 주려는 듯 신랄하게 응수했다.
「사실 그곳에 머무는 것이 가끔 죽음을 불러올 수도 있소. 그곳의 공기는 누구에게나 좋지 않고……」
「독기(毒氣)가 서려 있죠……」
「맞아」
「그럼, 당신이 엘리자베스에 대해 걱정이라도 했단 말이오?」
「물론이오. 그 가엾은 어린 것은 건강 상태가 썩 좋지 않았고, 가만히 뒀다간 안심이 안 될 것 같아서……」
「그녀가 죽어야만 안심이 되겠지, 그렇지 않소?」
백작 부인은 잠자코 있다가 폴이 자신의 말뜻을 잘 이해할 수 있도록 매우 간단하게 대답했다.
「그래. 그녀가 죽어야 안심이 되지……. 이제 살날도 얼마 남지도 않았어……. 아니, 어쩌면 이미 죽었을지도 모르지」
꽤 오랜 시간 동안 침묵이 흘렀다. 폴은 자신의 앞에 서 있는 그녀를 보고 살해 욕구와 끓어오르는 증오를 해소하고 싶은 욕구를 강하게 느꼈다. 아니 반드시 그렇게 해야 했다. 살해하는 것은 곧 그의 의무였고, 그렇게 하지 않는 것은 곧 죄를 저지르는 것과 같았다.
엘리자베스는 폴 뒤로 세 걸음 정도 떨어져서 어둠 속에 서 있었다.
폴은 무서운 침묵을 지키며 천천히 엘리자베스 쪽으로 몸을 틀더니 손전등의 스위치를 눌러 그녀를 비추었다. 그러자 엘리자베스의 얼굴이 환하게 드러났다.

하지만 폴은 그것으로 헤르민 백작 부인이 심한 충격을 받으리라곤 전혀 생각하지 않았다. 백작 부인 같은 여자는 자신이 잘못 보았다거나 환각 속에 사로잡혔다거나 또는 비슷한 것에 속았다고 생각할 사람이 결코 아니었다. 실제도 백작 부인은 폴이 아내를 구했고, 지금 그녀가 자신 앞에 있다는 사실을 즉시 인정했다. 그처럼 엄청난 일이 어떻게 가능할 수 있었단 말인가? 고작 사흘 전만 해도 엘리자베스를 카를의 손에 맡기지 않았던가……. 따라서 지금쯤은 죽었거나 200만이 넘는 독일 병사들이 접근을 막고 있는 요새에 갇혀 있어야 마땅한데……. 그런데 그녀가 지금 이곳에 있다니? 그렇다면 채 사흘도 되지 않아 그녀가 카를의 손아귀에서 벗어나, 힐덴스하임 성을 도망쳐 200만 독일 병사들의 전열을 뚫고 이곳까지 넘어왔단 말인가? 헤르민 백작 부인은 일그러진 얼굴로 방어벽 구실을 하고 있던 탁자 앞에 앉았다. 분개한 듯 주먹을 불끈 쥐고 있었고, 그것을 양 뺨에 갖다 댔다. 이제야 상황 파악이 된 것이다. 더 이상 흥정할 게재가 아니었다. 한창 기세등등하게 벌이던 큰 시합에서 갑자기 승리의 기회가 사라져 버렸다. 그녀는 승자의 법칙을 따라야 했다. 물론 승자는 폴 들로즈였다! 그녀는 더듬더듬 말하기 시작했다.

「결, 결국 어쩌자는 거야? 당, 당신들의 목적이 뭐지? 날 죽이겠다는 거야?」

폴은 어깨를 으쓱해 보였다.

「우리는 살인이나 저지르는 그런 저질 부류의 인간과는 다르오. 당신은 심판을 받아야 마땅하오. 당신이 받아야 할 형벌은 합법적인 심리(審理)에 따라 내려질 것이니, 그 과정에서 당신은 자신을 변호할 수도 있을 것이오」

그러자 그 여자는 몸서리를 치면서 이렇게 반박했다.

「당신들은 날 심판할 권리가 없어. 심판관이 아니잖아!」

그건 분명 두려움이 섞인 외침이었다! 지금까지 경험하지 못했던 두려운 감정이 그녀의 내부에서 서서히 일고 있었던 것이다.

그녀는 아주 작은 소리로 같은 말들을 되풀이했다.

「당신들은 심판관들이 아니야……. 이의를 제기하겠어……. 당신들은 그럴 권리가 없어」

바로 그 순간, 계단 쪽에서 약간의 소란이 일어나는가 싶더니 누군가가 이렇게 외치는 소리가 들렸다.

「차려!」

그 말과 동시에 이제까지 조금 열려져 있던 문이 밀리면서, 커다란 망토를 두른 장교 세 명이 안으로 들어왔다.

폴은 서둘러 그들을 맞이했고, 빛이 들지 않는 곳으로 안내한 후 의자에 앉도록 권했다.

그리고 마지막으로 네 번째 장교가 들어서자, 폴은 그를 앞선 이들보다는 좀 더 멀리 떨어진 곳에 앉도록 권했다.

엘리자베스와 베르나르는 서로 나란히 서 있었다.

폴은 백작 부인이 있는 탁자 옆에 서서 엄숙한 목소리로 말했다.

「사실, 우리는 심판관이 아니오. 그리고 우리에게 속하지 않은 권리를 행사하고 싶지도 않소. 당신을 심판할 사람은 바로 이분들이오. 나는 당신을 고발하겠소」

신랄하고 날카로우면서도 또렷했고 매우 힘 있는 목소리였다.

그리고 즉시 그는 아무런 망설임 없이, 미리 자신이 해야 할

논고(論告)의 요점들을 정리해 놓은 것처럼, 그리고 증오나 분노의 감정을 드러내 놓고 싶지 않다는 듯한 목소리로 이렇게 말하기 시작했다.

「당신은 힐덴스하임 성(城)에서 태어났소. 그 성은 당신 조부가 관리해 오다가 1870년 전쟁(프로이센-프랑스 전쟁 ― 옮긴이) 이후 당신 부친에게 물려준 것이지. 당신의 진짜 이름은 헤르민, 헤르민 드 호엔촐레른이오. 부친은 호엔촐레른(호엔촐레른 가문은 프로이센과 독일의 황제들을 배출한 명가이다. 프로이센의 왕 프리드리히 1세를 비롯하여 빌헬름 2세까지 모두 이 가문에서 속해 있었다 ― 옮긴이)이라는 성(姓)을 참으로 자랑스레 여겼소. 그럴 만한 권리도 없었으면서 말이오. 허나 노(老)황제(빌헬름 1세 ― 옮긴이)의 각별한 총애를 받았기에 당시 그것에 이의를 제기하는 사람은 아무도 없었지. 부친은 1870년 전쟁 때 대령으로 참전하여 일찍이 보지 못한 잔인함과 탐욕으로 두각을 나타냈소. 힐덴스하임 성(城)을 장식하고 있는 모든 사치품들은 그가 프랑스에서 가져 온 것들이지. 그러면서 너무나 뻔뻔스럽게 각 물품에 그것을 훔쳐 온 장소와 원 소유자의 이름을 적은 표까지 달아 놓았소. 게다가 현관에는 호엔촐레른 백작 대령의 명령으로 불태워진 프랑스의 마을 이름들을 대리석 판 위에 금칠로 적어 놓았지. 그는 그 대리석 판 앞을 지날 때마다 경례를 했다고 하지」

백작 부인은 그의 말을 건성으로 듣고 있었다. 그런 이야기는 별로 중요하지 않다는 눈치였다. 그녀는 자신과 관련된 이야기에 가 나오기만을 기다리고 있었다.

폴은 계속 말했다.

「당신은 부친으로부터 두 가지 성향을 물려받았고, 그것들은 당신의 전 생애를 지배해 왔다 해도 과언이 아니오. 그중 하나는 당신 부친이 황제의 갑작스런 변덕에 힘입어 그 일원이 된 호엔촐레른 가문에 대한 지나친 애착이고, 또 다른 하나는 당신 부친이 실컷 괴롭히지 못한 것을 내내 아쉬워했던 프랑스에 대한 광폭하고 야만적인 증오지. 그리고 당신은 호엔촐레른 왕가에 대한 애착을 그 가문을 실질적으로 대표하는 사람(빌헬름 2세를 말한다—옮긴이)에게 쏟아부었고, 스스로 권좌에 오르겠다는 가당치도 않은 희망을 품은 후로는 그에게 모든 것을 용인하면서, 심지어 그가 결혼하고 배신하는 것조차 용인하면서까지 그에게 몸과 마음을 다해 헌신했소. 그리하여 그의 결정에 따라 오스트리아의 왕자와 결혼을 했으나 이내 그 왕자는 알 수 없는 원인으로 사망했고, 다시 러시아 왕자와 결혼을 했지만 그 역시 알 수 없는 원인으로 사망했소. 그처럼 당신은 어디에서나 오직 당신 우상의 영광만을 위해 일했소. 보어 전쟁(1899-1902년, 영국과 남아프리카의 트란스발 공화국이 벌인 전쟁. 1867년 트란스발에서 금광이 발견되자 영국은 지배권 확립을 위해 많은 영국인을 이주시켰고, 그들이 보어 인들과 마찰을 빚어 결국 전쟁으로까지 확대되었다—옮긴이)이 발발했을 때에도, 당신은 트란스발에 있었소. 러일 전쟁 때에는 일본에 있었고, 루돌프 왕자가 살해되었을 때는 빈에, 알렉산드르 왕과 드라가 왕비가 살해되었을 때는 베오그라드에 있었소. 하지만 나는 당신의…… 뭐랄까…… 그 잘난 외교적인 역할에 대해 더 이상 증언부언하고 싶지 않소. 자, 이제는 당신이 그토록 애정을 쏟았던 과업에 대해 얘기해 보겠소. 당신이 20여 년 동안 프랑스를 상대로 벌여온 공작 말이오」

백작 부인은 경멸하는 듯한 표정을 짓더니 눈살을 찌푸렸다.

사실 그건 맞는 말이었다. 그녀가 가장 공들여 온 과업이었고, 거기에 자신의 온 힘과 온갖 비뚤어진 지혜를 쏟아 왔다.

폴은 이렇게 덧붙였다.

「그 일을 추진하기 위해 벌인 엄청난 준비 작업과 첩보 활동에 대해서도 언급하지 않겠소. 북쪽 마을 성당의 종탑에서 만났던 자가 당신 이름의 첫 글자들이 새겨진 단도로 무장하고 날 해치려 했던 일에 대해서도 거론하지 않겠소. 이제까지 언급한 그 모든 일들을 작당하고 실행에 옮긴 사람은 바로 당신이오. 내가 수집한 증거들과 당신이 연락병들과 주고받았던 편지들은 이미 재판부에 넘긴 상태요. 여기서 내가 분명히 밝히고 싶은 것은 오르느캥 성과 관련하여 당신이 저지른 엄청난 만행이오. 시간은 그다지 오래 걸리지 않을 거요. 범죄와 결부된 몇 가지 사실들만 밝혀 내면 되니까」

그리고 잠시 침묵이 흘렀다. 백작 부인은 그의 입에서 또 무슨 말이 나올지 불안한 마음으로 귀를 기울이고 있었다. 폴은 다시 말을 이었다.

「당신이 황제에게 에브르쿠르트에서 오르느캥을 잇는 터널을 만들자고 제안했던 해는 1894년이었소. 기술자들이 연구 조사한 결과 그 〈막대한〉 작업은 오르느캥 성을 소유한다면 보다 효율적으로 진행할 수 있다는 판단을 내렸소. 마침 그 성주는 매우 건강이 안 좋은 상태였소. 그래서 당신은 때를 기다렸지. 허나 그가 빨리 죽지 않자 당신은 코르비니에 왔고, 그로부터 여드레 후 성주는 사망했소. 당신이 저지른 첫 번째 살인이었소」

그러자 백작 부인은 소리를 질렀다.

「거짓말이야! 당신은 거짓말을 하고 있어! 아무 증거도 없잖

아. 증거를 대라고. 증거를……!」
 폴은 아무런 대꾸도 하지 않고 하던 말을 계속했다.
「곧 성이 팔렸소. 매매 광고를 전혀 내지 않은 상태에서 말이오. 말하자면 은밀하게 팔린 거지. 한데 거기서 말이오, 당신이 지시한 대리인이 매우 서투르게 일을 처리하는 바람에 성은 당드빌 백작에게 낙찰되었소. 그는 이듬해 아내와 자녀 둘을 데리고 그곳으로 이주했지.

 당신은 화가 나고 혼란스러웠지만 어쨌든 작은 예배당이 위치한 곳부터 굴착 작업을 시작하기로 결정을 내렸소. 그 당시 예배당은 정원 밖에 위치해 있었기에 그것이 가능했고, 황제는 수차례에 걸쳐 에브르쿠르트에서 그곳을 방문하였소. 그러던 어느 날, 그 예배당을 나오다 나와 내 아버지를 만나 그만 정체를 들키고 말았소. 그로부터 10분 뒤, 당신은 내 아버지에게 다가와 말을 걸었고, 아버지에게 일격을 가했지. 어린 나이에 나는 몹시 충격을 받았고, 아버지는 그 자리에서 쓰러지셨소. 그것이 당신의 두 번째 살인이오」

 백작 부인은 또다시 소리를 질렀다.
「당신은 거짓말을 하고 있어! 죄다 거짓말이야! 증거가 없잖아!」
 폴은 보다 더 침착한 목소리로 말을 이었다.
「다시 한 달 뒤, 당드빌 백작 부인은 건강이 악화되어 오르느캥 성을 떠날 수밖에 없었소. 그녀는 요양을 위해 남부 지방으로 내려갔으나 결국 그곳에서 남편의 품에 안긴 채 눈을 감고 말았소. 아내가 죽자 당드빌 백작은 오르느캥 성에서 멀어졌고 결코 돌아가지 않겠다는 결심을 하게 됐소.

 바로 그때부터 당신의 계획이 시작된 거지. 비어 있는 성에 자리를 마련하는 것이 급선무였겠지. 과연 어떻게 그것이 가능했을까? 바로 성의 관리인인 제롬과 그의 아내를 매수했던 거요. 그렇소. 그들을 매수했지. 난 감쪽같이 속았소. 그들의 솔직한 모습과 너무도 순박한 태도에 난 그들의 말을 모두 믿어 버린 거요. 어쨌든 당신은 그들을 매수했소. 그 어리석은 사람들은 양심의 가책을 느끼면서 알자스 인처럼 행세를 했소. 물론 그들은 외지 사람들이었소. 그들은 자신들의 배반이 어떤 결과를 낳을지 예측하지 못했고, 그 때문에 당신이 제안한 계약을 받아들였던 거요. 그때부터 당신은 오르느캥 성을 맘대로 드나들 수 있었소. 당신의 지시에 따라 제롬은 헤르민 백작 부인의 죽음을 비밀에 부쳤지. 진짜 헤르민 백작 부인 말이오. 그런 다음 당신은 헤르민 백작 부인인 양 가장을 했소. 사실 당드빌 부인은 살아 있을 당시 쭉 성안에서만 지낸 터라 아무도 부인의 모습을 아는 사람이 없었기에 모든 일이 당신의 의도대로 척척 풀려 나갔지.

 게다가 당신은 용의주도하게 여러 가지 대비책들을 마련해 두었더군. 성의 관리인과 그 아내의 공모 사실만큼이나 나를 놀라게 하고 혼란스럽게 만들었던 것은 바로 당드빌 백작 부인이 예전에 거처했던 규방에 걸려 있던 그녀의 초상화였소. 당신은 똑같은 크기로 자신의 초상화를 그리게 한 후, 원래의 틀에 다시 끼워 넣고 그 안에다 백작 부인의 이름을 새겨 넣었소. 그런데 당신의 초상화는 당드빌 부인과 옷차림도 같고, 머리 모양까지 똑같았지. 오르느캥 성에 온 첫날부터 당신은 당드빌 부인의 생전 모습과 같이 보이기 위해 애썼소. 물론, 이미 그전부터 그녀의 옷차림을 흉내 내었고…… 점점 더 당드빌 백작 부인이 되어 갔던 거요. 적어도 오르느캥 성에 머물고 있는 동안은 말이오.

단 한 가지 염려스러운 점이 있었다면 당드빌 백작이 불시에 성으로 되돌아오지 않을까 하는 것이었소. 그래서 그에 대한 확실한 대비책으로 당신은 살인을 계획했겠지.

일을 처리하기 위해 당신은 당드빌 백작에 대해 조사해 보았고, 그를 감시하며 서신 왕래까지 하게 되었소. 일이 그렇게 진행되면서 우연히 당신에게 당혹스런 일이 일어났소. 정말 당신 같은 여자에게 뜻밖일 수밖에 없는 감정이 밀려들면서 차츰 자신의 희생양으로 택했던 사람에게 끌리게 되었소. 나는 베를린에서 당드빌 씨에게 보낸 당신의 사진을 증거 서류로 제출했소. 그 당시 당신은 그와 결혼하길 원했지만 백작이 당신의 속셈을 미리 알아채고 청혼을 거부하고 결별했지」

백작 부인은 눈살을 찌푸렸고, 그녀의 입술이 심하게 뒤틀렸다. 당시 그녀가 당한 모욕감과 수치심 그로 인해 품었던 원한이 어떠했을지 충분히 짐작이 갔다. 또한 그녀는 자신의 생애가 아주 사소한 부분까지 들춰지고, 분명 뒷수습까지 깨끗하게 잘했다고 믿었던 과거의 만행들이 여지없이 드러나자 당혹스런 표정을 지었다.

폴이 다시 말을 시작했다.

「전쟁이 선포되었을 때, 당신의 과업은 막 실행 단계에 있었지. 터널 입구에 있던 에브르쿠르트의 별장에서 자리를 잡고 당신은 만반의 준비를 했소. 그때 마침 나는 엘리자베스 당드빌과 결혼하여 갑자기 오르느캥 성으로 오게 되었고, 그곳에서 내 아버지를 죽였던 여자의 초상화를 보고 심장이 멎을 듯한 충격을 받았소. 물론 이 모든 소식을 당신은 제롬을 통해 보고 받았을 테고, 당신도 약간은 놀랐겠지. 그리하여 당신은 즉시 흉계를 꾸며

나를 살해하려 했소. 허나 동원령이 당신의 마수에서 벗어나도록 나를 구해 준 셈이었지. 어쨌든 당신은 계획했던 대로 행동을 취할 수 있었소. 그로부터 3주 뒤 코르비니는 포격을 받았고, 오르느캥은 침공당했으며 엘리자베스는 콘라트 왕자의 포로가 되었으니 말이오.

그곳에서 당신은 이루 형언할 수 없는 행복감을 누렸소. 당신은 복수를 한 셈이었지. 또한 호엔촐레른 가의 위대한 승리이자 위대한 꿈의 실현이었고, 가문의 영예이기도 했지. 전세가 그렇게 이틀만 더 계속된다면 파리가 함락되고, 두 달간 더 지속된다면 전 유럽이 무릎을 꿇을 것이다. 그런 환상을 품으면서 말이오. 그 당시 당신이 어떤 말을 했는지 난 알고 있소. 당신이 쓴 편지를 읽어 보았지. 말 그대로 광기 어린 말들이었소. 터무니없는 오만과 야만적인 광기, 불가능한 것과 초인적인 것에 대한 편집증……. 그러다 갑자기 그 꿈은 깨지고 말았지. 마른 전투에서 말이오! 아! 거기에 대해서 쓴 당신의 편지도 읽어 보았소. 당신 같은 여자라면 그런 종류의 전투를 접하고 단번에 그 싸움에 승산이 없음을 확실히 직감하지 않았겠소. 실제로 당신은 그렇게 예감하고 있었지. 황제에게 보낸 편지에 그런 내용이 있더군. 그렇소, 당신은 그렇게 적고 있었소! 나는 그 편지의 사본을 갖고 있소. 하지만 방어는 해야 했겠지. 프랑스 군대가 점점 근접해 오고 있었으니 말이오. 또한 당신은 내 처남인 베르나르를 통해 내가 코르비니에 있다는 것을 알았지. 당신은 내가 엘리자베스를 구출할까 봐 염려스러웠겠지. 엘리자베스는 당신의 모든 비밀을 알고 있으니……. 그건 안 될 말이었겠지. 그래서 그녀를 살해하려고 결심하고 당신은 그녀를 처치하라는 명령을 내렸소. 모든 준비를 마친 상태였지. 하지만 콘라트 왕자 덕분에 그녀는 목숨을 구할 수 있었소. 그녀를 죽일 수 없게 되자, 당신은 나의 추적을 따돌리고자 그녀를 처형시킨 것처럼 일을 꾸미는 것으로 만족해야 했소. 어쨌든 그녀는 노예처럼 끌려갔으니 그것으로도 충분했겠지. 그리고 당신은 두 명의 희생자로 대신 위안을 삼았지. 제롬과 로잘리 말이오. 당신의 공범이었던 그들은 양심의 가책으로 괴로워했고 엘리자베스가 고통스러워하는 것을 측은히 여겨 그녀와 함께 도망가려고 했소. 당신은 그들이 모든 일을 알고 있다는 것을 걱정하던 터라 그들을 총살시켰던 거요. 그것이 당신의 세 번째와 네 번째 살인이었지. 그리고 다음날 또 다른 두 사람을 추가로 살해했지. 당신이 베르나르와 나인 줄 알고 살해하도록 지시한 두 명의 병사들 말이오. 그것이 당신의 다섯 번째와 여섯 번째 살인이었소」

이처럼 폴은 사건들과 살인들이 벌어진 순서에 따라 비극적인 일화들을 재구성하여 전체적인 한 편의 시나리오를 만들었다. 그토록 많은 섬뜩한 죄악들을 저지른 여자가 지금은 지하 창고의 깊숙한 곳에 갇힌 채 숙적들과 대면하는 운명에 처해 있으니, 이것이야말로 가장 처참한 광경이지 않은가! 하지만 그녀는 아직도 모든 희망을 버리지 않은 듯 보였다. 베르나르도 눈치를 채고 폴에게 다가와 속삭였다.

「저 여자 좀 봐요. 두 번이나 시계를 봤어요. 뭔가 기적이 일어나길 기다리고 있는 것 같아요. 아니, 그보단 정해진 시간이 되면 반드시 도움의 손길이 자신에게 올 거라고 기대하는 것처럼……. 자, 보라고요……. 눈으로 뭔가를 찾고 있고…… 잔뜩 귀를 기울이고 있어요……」

그러자 폴이 대답했다.

「계단 아래에 있는 병사들을 모두 들어오라고 해라. 아직 할 말이 남았는데, 그들이 들어도 상관없으니까」

그러고 나서 그는 백작 부인을 향해 조금 더 활기찬 목소리로 말했다.

「자, 이제 당신의 연극도 막을 내릴 때가 됐소. 당신은 헤르만 소령이라는 허상을 만들어 모든 싸움을 해 왔소. 물론 그렇게 하는 것이 군대에 속해 첩보 활동의 총책임자 역할을 행하는 데 있어 보다 수월했겠지. 헤르만, 헤르민…… 당신이 사람들로 하여금 당신의 오빠로 여기도록 만들었던 헤르만 소령은 바로 당신, 헤르민 백작 부인이었소. 그리고 내가 이제르 강변의 등대 잔해 속에서 가짜 라쉔, 즉 첩자 카를과 함께 보았던 사람도 바로 당신이었소. 뱃사공의 집 다락방에서 내가 붙잡아 결박했던 자도 바로 당신이었고 말이오.

아! 그날 당신은 절호의 기회를 놓쳤던 셈이오. 당신의 적이 셋씩이나 부상을 입은 채 그곳에 있었고, 당신은 손만 뻗으면 됐는데……. 허나 당신은 그들을 알아보지 못한 채 그만 도망치느라 바빴지! 우리가 당신 계획을 알고 있었던 것과는 달리 당신은 우리에 대해 알고 있는 게 전혀 없었소. 어디, 좀 더 구체적으로 말해 볼까요. 당신은 카를에게 엘리자베스를 제거하라는 명령을 내리면서 1월 10일 일요일, 에브르쿠르트에서 카를과 만나기로 약속했소. 그런데 그 바로 1월 10일 일요일, 나는 그 약속 장소에 있었소. 콘라트 왕자의 연회에 말이오! 연회가 끝난 후, 당신이 카를에게 독이 든 병을 건네는 모습도 보았지……! 당신이 카를에게 마지막 지시를 내릴 때에도 난 그와 같은 차를 타고 있었지!

난 당신이 있던 모든 곳에 있었소. 바로 그날 저녁 카를이 죽었지. 그리고 다음날 밤 나는 콘라트 왕자를 납치했고, 그 다음날 그러니까 그저께 그를 인질로 삼아 황제와 협상을 했소. 황제에게 내 요구 사항을 전달했소. 우선 엘리자베스를 즉시 풀어 달라고 요구했더니 황제는 그걸 받아들였소. 그래서 결국 우린 이곳에 올 수 있었소!」

폴의 말 한마디한마디는 헤르민 백작 부인의 심기를 괴롭혔는데 유독 한마디가 가장 끔찍한 재앙처럼 그녀에게 큰 충격으로 다가왔다.

그녀는 더듬거리며 물었다.

「죽, 죽었다고? 당, 당신 지금 카를이 죽었다고 말했나?」

그러자 폴이 증오 어린 목소리로 소리쳤다.

「그가 날 죽이려 하자 그의 정부(情婦)가 뒤에서 총을 쏜 것이오. 짐승처럼 미친 듯이 날뛰다 개죽음당한 꼴이지! 그렇소, 당신의 첩자 카를은 죽었소. 허나 그는 죽어서까지도 일생 그래 왔던 것처럼 배반자의 면모를 잃지 않더군. 그 증거를 대 보라고 하겠지? 카를의 호주머니 속에 그 증거들이 있었소! 그의 수첩에 당신의 살인 내력이 다 적혀 있더군. 게다가 그 안에는 당신이 쓴 편지들의 사본과 당신이 직접 쓴 편지들이 상당수 들어 있었소. 그는 언젠가 과업을 완수하면 당신이 신변 보호를 위해 자신을 제거하리라 예견하고 있었고, 따라서 당신에게 복수할 준비를 하고 있었던 게요……. 성의 관리인 제롬과 그의 아내 로잘리가 당신의 명령으로 총살되기 직전 엘리자베스에게 오르느캉 성에서의 당신의 비밀스런 음모를 폭로함으로써 복수했던 것처럼, 그도 복수를 하려 했던 거요. 당신의 공범들은 다 그 모양이었지! 당신은 그들을 죽였을지 모르지만 그들은 당신을 파멸시켰소. 그러니 당신을 고발하는 사람은 나뿐만이 아니오. 바로 그들이오. 그들의 편지들, 그들의 증언들이 이미 우리 재판관들의 수중에 있소. 자, 당신은 뭐라 대답하겠소?」

폴은 백작 부인과 얼굴을 맞대었다. 탁자의 모서리 하나가 두 사람을 가르고 있긴 했으나 거의 붙어 있는 것과 다름없었다. 폴은 극도의 분노와 혐오감을 드러내 보이며 여자를 위협했다.

그러자 백작 부인은 뒤로 물러서더니, 겉옷이며 블라우스 등 자신이 변장하는 데 사용했던 온갖 헌옷들이 걸려 있는 벽 옷걸이 아래에 멈춰 섰다. 비록 완전히 포위되어 덫에 걸려들고, 수많은 증거들로 빠져나갈 구멍도 없이 가면까지 벗겨져 무기력해졌지만 그녀는 여전히 반항적이고 도발적인 태도를 지니고 있었다. 그녀에게는 아직도 승패가 끝나지 않은 듯했다. 그녀는 아직 상수 패를 손에 쥐고 있다는 듯 이렇게 말했다.

「난 할 말이 없어. 당신은 살인을 저지른 한 여자에 대해 말하고 있는데, 난 그 여자가 아니야. 헤르민 백작 부인이 첩자요, 살인범이라는 걸 증명하는 것이 문제가 아니지. 문제는 내가 헤르민 백작 부인인지를 증명해 보이는 거지. 한데 그걸 누가 증명할 수 있지?」

「내가 하오!」

폴이 재판관의 역할을 위해 불러들인 장교 세 명과 좀 떨어진 곳에는 네 번째로 들어온 사람이 있었다. 그는 이제까지 침묵을 지키며 꼼짝 않고 듣고만 있었다.

마침내 그가 앞으로 나섰다.

램프의 불빛 아래 그의 얼굴이 드러났다.

그러자 백작 부인은 말을 더듬었다.
「스, 스테판 당드빌…… 스, 스테판……」
그랬다. 그는 엘리자베스와 베르나르의 아버지였다.
그의 얼굴은 매우 창백했다. 그가 얻은, 그리고 이제 겨우 회복하기 시작한 상처 때문에 쇠약해진 모습이었다.
그는 자신의 아이들을 감싸 안았다. 베르나르가 놀라워하며 외쳤다.
「아! 아버지, 여기 계셨어요!」
「그래. 총사령관님을 통해 폴이 부른다고 알려 주어 여기까지 오게 됐다. 엘리자베스, 네 남편은 참 대단한 사람이란다. 우린 좀 전에 수아송 거리에서 만났어. 그때 이미 그가 내게 모든 정황을 알려 주긴 했지만…… 저 독사 같은 여자의 코를 납작하게 만들고자 폴이 어떤 일들을 해 왔는지 이제야 알게 됐구나」
그런 다음, 그는 백작 부인과 얼굴을 맞대고 섰다. 그의 입에서 무슨 말이 나올지 모두들 긴장했다. 한순간 여자가 그 앞에서 고개를 숙이는가 싶더니 이내 도전적인 눈빛으로 쏘아붙였다.
「당신도 나를 고발하러 왔다고? 당신이 나에 대해 무슨 할 말이 있다는 거야? 거짓말밖에 더 있겠어? 비열하고 야비한 말들뿐이겠지!」
그는 그런 여자의 말을 침묵으로 덮어 버리겠다는 듯 한동안 말이 없었다. 그리고 이내 천천히 입을 열었다.
「나는 우선 당신이 방금 요구했던 대로 당신의 정체를 밝히고자 증인의 자격으로 이곳에 왔소. 예전에 당신은 나에게 자신을 본명이 아닌 다른 이름으로 소개했지. 그리고 그 이름으로 마침내 내 신뢰를 얻는 데 성공했지. 나중에 당신이 나와 좀 더 친밀한 관계를 맺고자 했을 때 비로소 당신의 진짜 정체를 밝혔지. 당신의 신분과 인척 관계를 내세워 나를 현혹하려 들었지. 따라서 나는 하느님과 사람들 앞에서 당신이 분명 헤르민 드 호엔촐레른이라는 사실을 밝힐 권리와 의무가 있소. 당신이 내게 보여 줬던 양피지로 된 귀족 문서는 진짜였소. 그리고 내가 관계를 끊고자 했던 것도 바로 당신이 호엔촐레른 백작 부인이기 때문이었소. 왜인지는 모르지만 당신과의 관계는 고통스럽고 불쾌하기 짝이 없었지. 자, 이것이 내 증언이오」

그러자 백작 부인은 격앙된 목소리로 외쳤다.

「파렴치한 증언이야. 거짓말도 참 잘하시는군. 증거 하나 없이 말이야!」

그러자 당드빌 백작은 여자에게 다가가 분노로 치를 떨면서 소리쳤다.

「증거가 하나도 없다니? 그럼, 이 사진은 뭐요? 당신이 베를린에서 보낸 당신의 친필 서명이 적힌 이 사진은 뭐요? 사진에서 당신은 경솔하게도 내 아내와 같은 옷차림을 하고 있잖소? 그렇소, 바로 당신! 당신이 아니고 누구겠소! 바로 당신이 그렇게 입고 사진을 찍었지! 가엾은 내 아내의 모습을 닮으려 노력하면 내게서 호감을 살 수 있으리라 믿었겠지! 허나 오히려 그것이 내게는 가장 심한 모욕이자, 고인에 대한 가장 심한 불경(不敬)이 된다는 것을 생각지 못했소! 그리고 과거에 그런 일들을 저지르고 감히 뻔뻔스럽게……!」

폴 들로즈가 조금 전 그랬던 것처럼, 백작도 여자의 얼굴을 맞대고 서서 증오에 가득 찬 말로 위협했다. 그러자 여자는 당황한 듯 이렇게 중얼거렸다.

「아니, 못할 것도 없지요」

이 말에 백작은 주먹을 불끈 쥐었다.

「못할 것도 없다니? 당시 나는 당신이 누군지 몰랐고 그 비극적인 사건…… 예전의 그 비극적인 사건에 대해 전혀 아는 것도 없었지……. 겨우 오늘에서야 그 사실들을 알았소. 그리고 예전에 당신을 거부했던 것은 단순히 본능적인 반감 때문이었지만, 지금은 비할 데 없는 극도의 혐오감으로 당신을 고발하오……. 이제야 알게 됐어……. 그래, 이제야 확실히 모든 것을 알았어. 예전에 내 가엾은 아내가 수차례 죽을 고비를 넘기고 있을 때 의사가 이런 말을 했소.〈부인이 앓고 있는 병은 참으로 이상합니다. 기관지염에, 폐렴인 건 분명합니다만, 그 외에…… 저로서는 도무지 납득이 안 가는 증상들이 보이니……. 뭐, 굳이 숨길 필요도 없겠죠? 음독(飮毒) 증상들입니다.〉당시 나는 말도 안 된다고 그의 말을 일축해 버렸소. 그런 일은 있을 수도 없었으니까. 내 아내가 음독을 하다니……! 그런데 그게 누구의 짓이었는지 아오? 바로 당신! 헤르민 백작 부인, 당신의 짓이었소! 오늘에서야 그것을 확신하게 되다니……! 그래, 바로 당신 짓이었어! 내 목숨을 걸고 단언하오. 증거를 대라고……? 당신의 인생 자체가 바로 그 증거 아니겠소? 이제껏 살아 온 당신의 인생이 당신이 유죄임을 증거하고 있지.

자, 근데 폴 들로즈도 완전히 밝히지 못한 게 한 가지 있소. 당신이 그의 부친을 살해했을 때 왜 당신이 내 아내와 같은 옷차림을 하고 있었는지 그 까닭을 그는 알지 못했소. 어디 그 이유가 뭐였는지 내가 말해 볼까? 아주 가증스럽고 추악한 이유였지. 당시 내 아내가 죽게 될 것이 확실해지자, 그때 이미 당신은 우연히 마주치게 될지도 모르는 사람들에게 당드빌 백작 부인과 당신을 혼동하게 만들려고 수작을 부린 거지. 이보다 더 확실한 증거가 또 있겠소? 당신에게는 내 아내가 방해물이었겠지. 그래서 그녀를 살해했던 거야……! 폴 들로즈, 자네가 여섯 번째 살인까지 말했나? 자, 내가 저 여자의 일곱 번째 살인을 대겠네. 바로 저 여자가 당드빌 백작 부인을 독살했다네!」

그러더니 백작은 불끈 쥐고 있던 두 주먹을 들어 헤르민 백작 부인의 얼굴에 들이대었다. 그는 분노로 치를 떨었고 주먹으로 여자의 얼굴을 칠 것만 같았다.

그 와중에도 여자는 오히려 태연해 보였다. 그리고 그의 새로운 고발에 대해서는 일언반구도 하지 않았다. 여자는 그저 무관심한 표정이었다. 앞서 불리한 증언들을 들었을 때처럼 뜻하지 않은 새로운 증언 앞에서도 꿈쩍하지 않았다. 모든 위험들이 그녀와는 상관이 없는 듯했다. 또한 어떻게 해서든 둘러대려고도 하지 않았다. 그녀는 분명 생각이 딴 데 가 있었다. 그들의 말 대신 다른 것을 듣고 있었고, 지금 눈앞에 펼쳐지고 있는 광경이 아닌 다른 광경을 보고 있었다. 그리고 베르나르가 주목했던 것처럼 자신이 처한 끔찍한 상황보다는 밖에서 벌어지고 있는 일에 더 신경을 쓰는 듯했다.

그러는 이유가 도대체 뭘까? 그녀는 대체 뭘 바라고 있는 것일까? 세 번째로 그녀는 다시 시계를 들춰 보았다. 1분이 지났고, 또다시 1분이 흘렀다.

이윽고 지하 창고 위쪽 부분 어딘가에서 기계가 돌아가는 듯한 소리가 들려왔다.

그러자 백작 부인은 자세를 바로 하더니, 이내 잔뜩 긴장한 채 들려오는 소리에 귀를 기울였다. 그녀의 표정이 하도 진지하여 아무도 정적을 깨뜨리려는 생각조차 하지 못했다. 폴 들로즈와 당드빌 씨는 탁자가 있는 곳까지 뒤로 물러섰다. 헤르민 백작 부인은 여전히, 아니 더욱 더 열심히 촉각을 곤두세우고 있었다…….

그런데 갑자기, 그녀 위쪽에서, 두꺼운 천장 속에서 벨 소리가 울렸다. 겨우 몇 초 사이에…… 또다시 같은 소리의 벨이 네 차례 울렸다……. 그것이 전부였다.

두 번의 처형

 갑자기 들려온 벨 소리는 물론이거니와 그보다 더 뜻밖이었던 것은 벨 소리를 듣자 마치 기다렸다는 듯이 승리의 환호성을 지르며 펄쩍펄쩍 뛰는 헤르민 백작 부인의 모습이었다. 그녀는 미친 듯이 기뻐 날뛰며 소리를 지르더니 웃음을 터뜨렸다. 안색도 변하여 조금 전까지 빠져나갈 방법만을 궁리하며 질겁해 있던 때와는 달리, 불안해하거나 긴장하는 기색이 전혀 없었다. 오히려 건방지고 확신에 넘쳐 경멸하는 태도까지 보일 정도로, 지나치게 거만한 표정을 지어 보였다.
 그녀는 빈정거리기 시작했다.
「멍청한 녀석들! 멍청한 녀석들아……! 너희들은 나를 독 안에 든 쥐라고 생각했겠지? 물론, 아니지. 과연 프랑스 인들은 순진하다니까……! 그래, 내가 그렇게 쉽게 잡힐 줄 알았나? 천하의 내가? 내가……?」

그녀는 갑작스레 말을 너무 많이한 데다 또 너무 다급하게 했는지 더 이상 말을 잇지 못했다. 그러더니 경직된 자세를 취하며, 모든 의지력을 발휘해 잠시 동안 두 눈을 감았다. 그리고 이내 오른팔을 뻗어 안락의자를 밀더니 작은 마호가니 판자를 빼내 들었다. 그 판자 위에는 납으로 된 손잡이가 있었는데, 그녀는 폴과 당드빌 백작, 그리고 그의 아들과 세 명의 장교들에게서 눈을 떼지 않고 손으로 더듬으며 손잡이를 움켜쥐었다.

그러더니 그녀는 무뚝뚝한 목소리로 또박또박 말했다.

「이제 너희들 따위는 두려워할 이유가 하나도 없지! 헤르민 드 호엔촐레른 백작 부인이라고? 내가 누군지 알고 싶다고? 그래, 그게 바로 나야. 그 사실을 부인하진 않겠어……. 아니, 그렇다고 선언하지……. 너희들이 어리석게 살인이라고 부르는 모든 행동들, 그래 내가 다했지……. 그게 바로 황제에 대한 내 의무였으니까. 내가 첩자라고? 아니 천만에 말씀……. 그저 난 독일인일 뿐이야. 그리고 난 독일인으로서 조국을 위해 정당한 일을 했을 뿐이라고.

그리고…… 그리고 지나간 과거지사에 대해 바보 같은 소리를 꽤나 지껄이며 수다도 잔뜩 떨더군. 오직 현재와 미래가 중요한데 말이야. 물론, 그 현재와 미래의 주인은 바로 나지. 그래, 그래, 너희들 덕분에 내가 다시 사건의 주도권을 잡게 됐군. 그래, 자, 어디 한번 신나게 웃어 볼까? 내가 무슨 말을 하고 있는지 꽤나 궁금하시겠지? 내가 다 말해 주지. 며칠 전부터 이곳에서 일어났던 모든 일들을 준비한 사람은 바로 나야. 강물에 휩쓸려 갔던 다리들도 내 지시로 그 밑동을 다 파 놓았기 때문이지……. 왜 그렇게 했냐고? 고작 너희들을 퇴각하게끔 하려는 시시한 목적을 위해 그렇게 했을 것 같나? 물론, 너희들을 그렇게 만들 필요는 있었지. 하지만 그보다 우리의 승리를 예고할 필요가 있었지……. 결과가 곧 나타날 테니 어디 두고 보라고. 하지만 내가 정말 원했던 건 그 이상이지. 그리고 난 그걸 얻었어」

여자는 말을 멈췄다. 그러다 이내 자신의 말을 듣고 있던 이들을 향해 상체를 굽히며 보다 작은 목소리로 말했다.

「너희들 부대가 혼란에 빠져서 후퇴를 하게 되면, 적군의 진격을 막고 지원 병력의 도움을 받아야 할 테고, 그렇게 되면 분명 너희 총사령관이 이곳으로 와 여러 장군들과 작전 회의를 할 수밖에 없게 되겠지. 오래전부터 난 그걸 노려 왔지. 그 일을 성사시키기 위해 그에게 접근해야만 했지. 그렇지 않으면 내 계획을 실행에 옮길 수가 없거든. 그럼, 어떻게 하는 게 좋을까? 내가 그에게 다가갈 수 없으니, 그를 내 쪽으로 오게 만들어야지……. 그를 내가 미리 필요한 조치를 다 취해 둔 곳으로 유인하면 그때부터 모든 일을 내 맘대로 주무를 수 있을 테니 말이야. 역시 그가 왔더군! 난 모든 조치를 취해 뒀지. 그래, 이젠 바라기만 하면 돼…… 바라기만 하면 말이야! 그는 지금 수아송에 올 때마다 매번 머무르는 어느 작은 빌라에 있지. 그가 지금 그곳에 있다는 걸 알고 있어. 난 여기서 내 요원들 중 한 명이 보내기로 한 신호를 기다리고 있었지. 그 신호를 너희들도 들었겠지! 이젠 의심의 여지가 없다고. 내가 그동안 동정을 살펴 온 사람이 내가 미리 알고 폭파 장치를 해 둔 곳에서 지금 장군들과 회의를 벌이고 있다고! 그는 육군 사령관과 군단장과 함께 있지. 모두 유능한 장군들 아닌가! 난 그들 수하의 떨거지들은 관심도 없으니까 그들 세 명만 두고 얘기를 하지. 자, 내가 이 손잡이를 잡아당기기만 하면, 그들 모두 건물과 함께 날아가 버리는 거라고! 어디, 한 번 해 볼까?」

그런데 바로 그때 갑자기 방 안에서 철커덕 하는 소리가 들렸다. 베르나르 당드빌이 권총을 장전하고 있었다.

베르나르가 소리쳤다.

「저 파렴치한 여자는 당장 죽여 없애야 해요!」

그러자 폴은 그에게 달려들며 고함을 질렀다.

「가만히 있어! 움직이지 마!」

백작 부인은 다시 웃음을 터뜨렸다. 적의에 찬 기쁨이 넘쳐 나는 웃음소리였다!

「네 말이 맞아, 폴 들로즈. 넌 상황을 아주 잘 파악하고 있군 그래. 저 경솔한 풋내기가 아무리 날쌔게 총을 쏘았다 해도, 내가 손잡이를 잡아당길 시간은 충분했을 테니까. 그런데, 그러면 되겠어, 안 그래? 저 양반들과 네가 무슨 수를 써서라도 막고자 하는 게 그걸 텐데 말이야……. 심지어 나를 풀어 주게 되더라도 말이야, 안 그래? 애석하게도 지금 상황이 그렇게 되지 않았나! 내가 너희들 수중에 놓이면서 내 멋진 계획이 수포로 돌아갔지. 허나 나 하나만으로도 너희 높으신 장군 셋과 맞먹지 않나, 안 그래? 그리고 나도 살아남기 위해서는 그 정도는 눈감아 줄 수 있다고……. 자, 그럼 이렇게 서로 합의가 된 거겠지? 그들을 살려 주는 대신 나를 풀어 주는 걸로! 그것도 지금 당장 말이야……! 폴 들로즈, 네게 저 양반들과 상의할 시간을 1분만 주겠어. 1분 후에 너와 저 사람들의 이름으로 날 풀어 주지 않는다면, 또 내가 스위스로 넘어갈 때까지 신변을 보호해 주지 않는다면, 그때는……. 그때는 말야, 「빨간 모자」에 나오는 말처럼 하지.〈손잡이를 당겨

봐, 빗장이 풀릴 테니.〉(동화 「빨간 모자」에서 할머니로 변장한 늑대는 오두막에 찾아온 소녀에게 문을 열고 들어오라고 말한다— 옮긴이) 알아서들 해. 아! 너희 모두 꼼짝없이 당한 꼴이지! 자, 지금 재밌게 됐어! 자, 들로즈, 어서. 말만 하라고……. 난 그것으로 만족하니까. 암! 그렇고말고! 그래도 명색이 프랑스 장교의 말 아닌가……! 하하! 하하! 하하!」

그녀의 신경질적이고 조롱이 가득 찬 웃음소리가 끊이지 않았고 다른 사람들은 아무 말이 없었다. 그러다 자신이 내뱉은 말이 기대한 효과를 불러오지 않자 서서히 웃음소리가 사그라지더니, 마침내 한순간 멈춰 버렸다.

그녀는 당혹스러워했다. 폴 들로즈는 제자리에서 꼼짝 않고 서 있었고, 장교들과 병사들을 비롯하여 방 안에 있던 모든 사람들도 미동도 하지 않았다.

그녀는 주먹을 드러내 보이며 그들을 위협했다.

「서두르라고……! 프랑스 양반들, 1분밖에 남지 않았어. 딱 1분이라고……」

그러나 여전히 아무도 움직이는 사람이 없었다.

그녀는 작은 목소리로 숫자를 세기 시작했다. 열을 세고 또다시 세었고, 시간이 다됐다고 외쳤다.

그러기를 네 차례. 그녀는 하던 짓을 멈췄다. 얼굴에는 불안한 기색이 역력했다. 주위 사람들은 여전히 부동 자세로 꼼짝 않고 있지 않은가! 여자는 격분하여 소리쳤다.

「아니, 당신들 미친 거 아냐? 그게 아니라면 내 말을 못 알아들었어? 아니면 내 말을 믿지 못하겠다는 건가? 하기야 내 말을 믿지 않을 거라 짐작은 했지! 그런 일이 일어날 거라고 생각조차 못했겠지. 내가 그 정도까지 해낼 수 있으리라고는 상상조차 못했을 테지. 기적이지, 안 그래? 허나 그건 아니야. 오로지 내 의지와 정신력으로 일궈 낸 일이지. 게다가 당신 군사들도 거기에 있지 않나? 그래, 당신 군사들이 초소와 사령부 간에 전화선을 놓음으로써 날 위해 일을 해 준 셈이었지! 우리 요원들은 그 위에다 연결만 하면 됐으니까 말야! 그래서 건물 아래 파 놓은 발파공과 이 지하실이 연결된 거지! 이제 내 말을 믿겠나?」

여자는 헐떡거렸고 가뜩이나 쉰 목소리가 한층 더 했다. 불안한 모습도 한층 더 해 얼굴은 완전히 초췌해 있었다. 어째서 저 사람들이 꼼짝도 않고 있단 말인가? 어째서 그녀의 명령을 전혀 따르지 않고 있단 말인가? 그녀를 풀어 주느니 차라리 모든 희생을 감수하자는 정말이지 결코 받아들일 수 없는 결정을 내리기라도 했단 말인가? 그녀는 다시 중얼거렸다.

「자, 왜들 그런가? 이젠 내 말을 충분히 이해했을 텐데……? 그게 아니라면 미친 거겠지! 자, 잘 생각해 보라고……. 당신들은 장군 아닌가? 그들이 죽으면 어떤 결과를 초래할까……? 우리 쪽이 크게 유리해지지 않겠어……? 그럼, 얼마나 혼란스러워지겠냐고……! 당신네 군대들은 후퇴하겠지……! 군 수뇌부가 와해됐으니……! 자, 자, 잘 생각해 보라고……!」

이제 그녀는 그들을 설득하고 있었다……. 아니, 차라리 그보다는 자신의 관점에 서 달라고 그리하여 자신이 예상했던 결과들을 인정해 달라고 애원하는 것 같았다. 자신의 계획이 성공하기 위해서는 그들이 자신이 제시한 논리의 방향을 따라 행동해 주어야 했다. 그렇지 않으면…… 그렇지 않으면……그녀는 자신이 그처럼 굽실거리며 굴욕적으로 애걸복걸하고 있다는 사실에 화가 났는지, 갑자기 태도를 바꿔 위협적으로 소리를 내질렀다.

「그들에겐 안된 일이지만 어쩔 수 없지! 하는 수 없지! 그들이 죽게 된다면 다 당신들 때문이야! 자, 그러길 원하나? 그럼, 이제 합의된 건가? 그리고 나를 붙잡은 것으로 생각하겠다고? 자, 좋아! 아무리 당신들이 그렇게 고집을 피워도, 헤르민 백작 부인은 항복하지 않았다고! 당신들은 그녀를 잘 모르지, 헤르민 백작 부인이 어떤 사람인지……. 그녀는 절대 항복 같은 건 하지 않아……. 헤르민 백작 부인은…… 헤르민 백작 부인은……」

눈뜨고 봐주기가 힘들 정도로 그녀의 얼굴은 끔찍스러웠다. 일종의 정신 착란에 사로잡혀 있었다. 얼굴은 경련이 일어나고, 분노로 뒤틀려서 흉측하게 변해 한 20년은 족히 늙은 것 같았다. 게다가 방금 지옥 불에 들어갔다 나온 마귀의 형상을 떠올리게 했다. 그녀는 욕설과 모욕적인 언사를 마구 퍼부어 댔고, 저주의 말들을 내뱉었다. 자신이 손 하나만 까딱하면 초래하게 될 대재앙을 떠올리며 히죽히죽 웃고 있었다. 그리고 이렇게 더듬거렸다.

「어쩔 수 없지! 당신들…… 당신들이 그들을 죽이는 거라고……. 아! 대단한 광기(狂氣)야! 한데, 정말 그러길 원하나? 정말 미쳤군……! 당신네 장군들인데! 당신네 우두머리들을! 아니, 완전히 머리가 돌았나 보군! 그렇지 않고서야 어떻게 당신네 장군들을 희생시키면서 즐거워하겠어! 정말 어리석게 고집을 부리다니. 아! 좋아, 그들에겐 안된 일이지만! 그들에겐 안됐지만! 당신들이 정 그리 원하니! 다 당신들 책임이야. 이제 한마디만 하면 되겠군. 그런데 이 말은……」

그녀는 극도로 망설이고 있었다. 그리고 사납고 완고한 표정을 지으며 절대적인 지시를 따르듯 고집스레 잠자코 있는 사람들의 눈치를 살폈다.

여전히 모두들 꼼짝하지 않았다.

그러자 최후의 결정을 앞에 두고, 그녀는 들끓는 사악한 쾌감에 빠져 자신이 처한 끔찍한 상황도 잊어버린 듯했다. 그녀는 간단히 말했다.

「신의 뜻대로 이루어지소서! 그리고 나의 황제가 승리하기를!」

두 눈을 고정시키고, 상체를 꼿꼿이 세운 채 그녀는 손가락으로 손잡이를 잡아당겼다.

이후 그 결과가 잇달았다. 천장을 가로질러, 공간을 가로질러, 멀리서 폭발이 일어났고, 그 폭음과 진동이 다시 지하실까지 뚫고 들어왔다. 땅이 갈라질 때 나는 충격처럼 바닥이 뒤흔들렸다.

그리고 고요해졌다.

헤르민 백작 부인은 여전히 얼마동안 귀를 기울이고 있었다. 그녀의 얼굴은 기쁨으로 환해졌고, 같은 말을 되풀이했다.

「나의 황제가 승리하기를!」

그렇게 말한 그녀는 갑자기 두 팔을 몸에 붙인 채 뒤로 급히 물러서더니, 겉옷이며 블라우스 등이 걸린 벽면에 등을 기대었다. 마치 벽 속으로 빨려 들어갈 것만 같았는데, 실제로 그 속으로 사라져 버렸다.

육중한 문이 닫히는 듯 요란한 소리가 들려왔고 동시에 지하실 안에서 총성이 터져 나왔다.

베르나르가 그녀가 사라진 옷가지 더미 속으로 총을 쏘았던 것이다. 그리고 비밀 문으로 몸을 날리려는 순간 폴이 그를 붙잡았다.

베르나르는 폴의 팔을 뿌리쳤다.

「저 여자가 도망가잖아요……! 그냥 저대로 내버려 두실 거예요? 뭐해요? 매형, 에브르쿠르트의 터널을 생각해 보세요! 전기선으로 된 폭파 장치 말이에요……? 그것과 똑같은 거라고요……! 저렇게 도망치게 놔두다가……」

그는 폴의 행동을 도대체 이해할 수 없었다. 엘리자베스도 분개하기는 마찬가지였다. 그들의 어머니를 살해하고, 대신 어머니 행세를 해 온 추악한 인간이 아니던가! 그런 여자를 도망가도록 내버려 두다니……! 엘리자베스가 소리쳤다.

「폴! 폴! 저 여자를 뒤쫓아야죠……. 가만 두어선 안 돼요……. 폴, 그 여자가 했던 짓을 모두 잊은 거예요?」

엘리자베스는 치욕스런 수모를 하나도 잊지 않고 있었다. 오르느캥 성과 콘라트 왕자의 별장, 샴페인 잔을 억지로 비워 마셔야 했던 밤, 그녀에게 강요된 타협안, 그녀가 겪은 모든 치욕과 고통들……. 하지만 폴은 두 남매의 말에 별로 주의를 기울이지 않았다. 장교들과 병사들도 마찬가지였다. 모두들 태연하기로 약속한 사람들 같았다. 어떤 일이 벌어져도 전혀 아랑곳하지 않겠다는 태도였다.

그렇게 2, 3분이 흘렀다. 그사이 모두 자리를 뜨지 않았고, 이따금 나지막한 소리로 몇 마디 서로 나눌 뿐이었다. 지칠 대로 지치고 낙심한 엘리자베스는 결국 울음을 터뜨리고 말았다. 베르나르는 흐느끼는 누이를 보자 울화가 치밀었고, 가위에 눌린 악몽을 꾸고 있는 것만 같았다.

바로 그때였다. 예기치 않은 일이 벌어졌지만 두 남매를 제외한 모든 사람들은 기다렸다는 듯 너무도 당연히 받아들였다. 옷가지들이 걸려 있던 쪽에서 삐걱거리는 소리가 들렸다. 가려져 보이지 않는 비밀 문이 열리면서 경첩과 부딪친 소리였다. 옷가지들이 흔들리면서 뒤에서 사람의 형상을 한 뭔가가 방 안으로 툭 튀어나오더니, 소포 꾸러미처럼 바닥에 내동댕이쳐지는 것이 아닌가! 그것을 보자, 베르나르 당드빌은 기쁨의 환호성을 질렀다. 울고 있던 엘리자베스도 그것을 자세히 들여다본 후 눈물 너머로 웃음을 지었다.

끈으로 온몸이 꽁꽁 묶이고 입에는 재갈이 물린 채 잡혀 온 헤르민 백작 부인이었다.

뒤이어 헌병 세 명이 안으로 들어왔다.

그들 중 한 사람이 호탕하고 굵직한 목소리로 농담을 던졌다.

「물건 왔습니다. 아! 중위님, 막 노심초사하고 있던 참이었죠. 중위님이 제대로 짚으신 게 맞는지, 그리고 정말 그쪽이 저 여자가 도망 나올 구멍이긴 한 건지, 긴가민가 하고 있던 참이었죠. 그런데 세상에 말입니다. 중위님! 저 빌어먹을 년이 애를 먹이더라고요. 어찌나 미쳐 날뛰던지! 악취를 내뿜는 짐승처럼 물고 뜯고! 또 웬 소리는 그리 질러 대는지! 아휴! 완전히 암캐라니까요……!」

그러면서 그의 말을 듣고 폭소를 터뜨리는 병사들에게 이렇게 말하는 것이었다.

「이보게 동지들, 조금 전 사냥에서 이 사냥감을 잡았다네. 하지만 진짜로 훌륭한 사냥감이야. 들로즈 중위님이 그 흔적을 잘도 찾아내셨지. 그리고 오늘의 전과(戰果)는 완벽하다네. 오늘 한나절 동안 독일 놈들 한 떼거지를 잡았으니 말이야! 아! 중위님, 지금 뭐 하십니까? 조심하세요! 그러시다 아작 하고 물리십니다!」

폴은 여자에게 몸을 숙여 고통스러워 보이는 재갈을 풀어 주었다. 그러자 여자가 소리를 지르려고 했으나 그동안 목이 막혀 있었던지라 불분명하고 횡설수설한 말들이 전부였다. 그중 몇 마디를 알아들은 폴이 이렇게 반박했다.

「아니, 어림도 없었소. 그 정도도 안 되었소. 그 일은 망쳤다오……. 그건 가장 끔찍한 형벌이지, 안 그렇소……? 그토록 하고자 했던 나쁜 짓도 못해 보고 죽게 생겼구려. 참으로 나쁜 짓이었는데 말이야!」

그는 다시 몸을 일으켜 장교들이 모여 있는 곳으로 다가갔다.

세 명의 장교가 서로 논의를 했고 판결이 끝나자 그중 한 사람이 폴에게 말했다.

「참 잘했네, 들로즈. 수고 많았네」

「감사합니다, 장군님. 첩자인 저 여자가 도망치는 것을 막을 수도 있었지만, 저 여자의 유죄를 확실히 입증할 증거들을 수집하고 싶었습니다. 저 여자가 과거에 저지른 범죄들 뿐 아니라 지금 저지르고 있는, 아직도 진행 중인 범죄들에 대해서도 말입니다」

그러자 장군이 지적했다.

「아! 저 비열한 계집, 정말 여간내기가 아니더군! 자네가 아니었다면, 들로즈, 나와 동료들은 모두 별장과 함께 날아가 버렸을 거야! 하지만, 어디 말해 보게. 우리가 좀 전에 들은 그 폭발 소리는 뭐였나……?」

「거의 파괴된 건물이었습니다, 장군님. 이미 포탄을 맞고 무너진 건물로, 현지 사령부에서 없애고자 했던 건물이었습니다. 저희가 이곳에서 뻗어 나가는 전기선의 방향을 돌려 놓았습니다」

「그렇게 해서 일당이 모두 잡힌 건가?」

「그렇습니다, 장군님. 저들 공범들 중 하나를 우연히 붙잡았는데, 그자로부터 이곳에 들어오는 데 필요한 모든 정보를 알아냈습니다. 그리하여 헤르민 백작 부인의 계획과 모든 공범들의 이름을 상세히 알게 되었답니다. 오늘 밤 10시, 장군님들이 별장에서 회의를 하고 있는 동안, 그 공범은 첩자인 헤르민 백작 부인에게 벨 소리로 그 사실을 알리기로 했던 겁니다. 아까 울렸던 벨 소리는 물론 제 지시에 따라 저희 병사 중 한 사람이 보내온 겁니다」

「참 잘했군! 브라보! 다시 한번 고맙네, 들로즈」

장군은 환한 빛 가운데로 걸어 나왔다. 그는 키가 크고 강인해 보였다. 매우 희고 덥수룩한 콧수염이 입술을 덮고 있었다.

그러자 주위 사람들은 놀란 듯 술렁였다. 베르나르 당드빌과 엘리자베스도 서로 가까이 섰고, 병사들은 차려 자세를 취했다. 모두들 그가 총사령관임을 알아보았던 것이다. 육군 사령관과 군단장이 그와 동석했다.

그들이 보는 앞에서, 헌병들이 여자를 벽에다 밀어붙였다. 다리를 묶었던 끈을 풀어 주자, 하도 휘청거려 그들이 여자를 붙잡고 있어야 했다.

이제 그녀는 두려움을 넘어 대경실색한 표정을 띠고 있었다. 두 눈은 휘둥그레져 앞에 우뚝 서 있는 사람을 뚫어져라 바라보고 있었다. 자신이 그토록 죽이고자 했던, 그리고 이미 죽었다고 생각했던 사람이 버젓이 살아 있었고, 이제는 오히려 자신에게 사형을 선고하려던 참이었으니 말이다! 폴은 그 여자에게 앞서 했던 말을 되풀이했다.

「그토록 하고자 했던 나쁜 짓도 못해 보고 죽다니. 끔찍하지,

안 그래!」

 총사령관이 살아 있다니! 끔찍하고 엄청난 음모가 실패하다니! 그뿐만 아니라 그의 동료들도 모두 살아 있고, 당신의 모든 적들이 살아 있다니. 폴 들로즈, 스테판 당드빌, 베르나르, 엘리자베스 모두가……. 그녀가 지칠 줄 모르는 증오심으로 뒤쫓던 원수들이 모두 그 자리에 있다니! 원수들이 한자리에 모여 행복해하는 모습을 보며 죽어야 한다니, 이처럼 잔인할 수가! 무엇보다 모든 것을 잃고 죽게 될 것이다. 그녀의 원대한 꿈은 모두 물거품이 되었다.

 헤르민 백작 부인과 함께 호엔촐레른 가문의 명맥도 사라지게 될 것이다. 그녀의 얼빠진 두 눈엔 그런 모든 생각들이 자리하고 있었고 간간이 정신 착란의 증세마저 내비쳤다.

 장군은 동료 장교 한 사람에게 물었다.

「지시를 내렸는가? 일당을 다 총살할 거라고?」

「예, 장군님. 오늘 밤에 거행할 겁니다」

「그럼, 저 여자부터 시작하라고 하게. 그것도 지금 당장, 바로 여기서 말이야」

 이 말을 듣고 여자는 소스라치게 놀랐다. 여자는 얼굴을 애써 찌푸려 입속에 물려 있는 재갈의 위치를 옮기는 데 성공했다. 그러고는 신음 섞인 말로 살려 달라고 애원하는 것이었다.

 그러나 장군은 단호했다.

「자, 갑시다」

 바로 그 순간, 그는 뜨거운 두 손이 자신의 손을 잡는 것이 느껴졌다. 엘리자베스가 그에게 몸을 굽히며 울면서 간청했다.

 폴은 자신의 아내를 소개했다. 그러자 장군은 부드럽게 말했다.

「부인, 그동안 말로 못할 수모를 겪었는 데도 동정심을 가지다니 이해는 갑니다. 하지만 부인, 동정심을 가져선 안 됩니다. 네, 물론 죽어 가는 사람에게 동정심을 가지는 건 당연합니다. 하지만 저들 같은 족속에게는 동정심을 가져선 안 됩니다. 저들은 인간이 아닙니다. 우리는 절대 그걸 잊어선 안 됩니다. 부인, 앞으로 당신이 어머니가 되면, 아이들에게 프랑스가 모르고 지내 왔던 그러나 앞으로는 지켜야 할 감정을 가르쳐 주십시오. 그것은 바로 야만인들에 대한 증오심입니다」

장군은 엘리자베스의 팔을 다정하게 붙잡고 문까지 데리고 갔다.
「당신을 숙소까지 모시겠습니다. 들로즈, 자네도 같이 가겠나? 고된 하루였을 테니 휴식이 필요할걸세」

그들이 떠나자 여자는 울부짖었다.
「살려 주시오! 제발!」

맞은편에서 벽을 따라 군사들이 정렬하고 있었다.

당드빌 백작과 폴, 그리고 베르나르는 잠시 자리에 머물렀다. 여자는 당드빌 백작의 아내를 살해했고, 베르나르의 어머니와 폴의 아버지를 살해하지 않았던가. 게다가 엘리자베스를 괴롭히기까지 했다. 비록 그들은 마음이 흔들리긴 했지만 정의감이 주는 평온함을 느끼고 있었다. 그들에게는 일말의 증오심도 일지 않았고, 복수를 하겠다는 생각도 들지 않았다.

여자의 몸을 고정시키기 위해 헌병들은 벽에 못을 박아 여자의 허리띠를 묶었다. 그리고 자리에서 물러났다.

폴이 여자에게 말했다.
「저쪽에 있는 병사들 중 한 사람은 신부요. 그의 도움이 필요하다면……」

하지만 여자는 무슨 말인지 이해하지 못했다. 사실 듣고 있지도 않았다. 그녀는 지금 자신의 눈앞에 벌어지고 있는, 그리고 앞으로 벌어질 일에 대해서만 생각했고 끊임없이 알아들 수 없는 목소리로 이렇게 말하고 있을 뿐이었다.

「제발 살려 주시오……! 제발……! 제발……!」

세 사람도 자리를 떴다. 그들이 계단 위에 다다랐을 때 다음과 같은 명령이 들려왔다.

「거총……!」

더는 아무 소리도 듣고 싶지 않아 폴은 급히 현관 문을 닫고 바깥으로 나왔다. 밖으로 나온 폴은 맑고 상쾌한 공기를 맘껏 들이마셨다. 거리에는 부대원들이 노래를 부르며 돌아다니고 있었다. 그들은 모두 전투는 모두 끝났고 마침내 아군이 유리한 고지를 확보했다는 것을 전해 들은 터였다. 아울러 헤르민 백작 부인이 실패했다는 사실도…….

그로부터 며칠 후, 베르나르 당드빌 소위는 부하 열두 명을 데리고 오르느캥 성에서 일종의 지하 감방으로 쓰이는 곳으로 들어갔다. 그 감방은 깨끗하고 상당히 따스했는데 콘라트 왕자가 갇혀 있는 곳이었다.

탁자 위에는 술병들이 나뒹굴고 왕자가 풍성한 식사를 했는지 음식 찌꺼기가 어지러이 놓여 있었다.

그 옆 침대에는 콘라트 왕자가 잠들어 있었다. 베르나르는 그의 어깨를 툭 건드렸다.

「용기를 가지십시오, 왕자 전하!」

그러자 포로는 깜짝 놀라 잠에서 깼다.

「엥! 뭐! 뭐라고 말했나?」
「용기를 가지시라고요, 왕자 전하. 드디어 때가 왔습니다」
왕자는 죽은 사람처럼 창백한 얼굴로 더듬거리며 말했다.
「용, 용기를……? 용기를 가지라고……? 무슨 말인지 모르겠구만. 제기랄! 빌어먹을……! 그게 가능하기나 해……!」
그러자 베르나르가 단언했다.
「모든 항상 가능합니다. 그리고 올 것은 항상 오고야 말죠. 특히 대재앙의 경우에는 말입니다」
그러더니 이렇게 제안하는 것이었다.
「좀 안정을 취할 수 있게 럼주라도 한 잔 드시겠습니까, 왕자 전하? 아니면 담배 한 대라도……?」
「제기랄! 빌어먹을……!」
왕자는 같은 말을 반복하며 사시나무 떨 듯이 온몸을 떨고 있었다.
그러면서도 그는 베르나르가 담배를 건네자, 기계적으로 그것을 받았다. 하지만 한 모금도 제대로 빨지도 못하고 입술에서 담배를 떨어뜨리고 말았다.
「제기랄! 빌어먹을……!」
그는 알아들을 수 없는 목소리로 계속 같은 말만 되풀이했다.
그리고 손에 총을 들고 자신 앞에 서 있는 병사들을 보고는 더욱 불안해했다. 제정신을 잃은 듯한 그는 어스름한 여명이 밝아오는 가운데 단두대를 떠올리는 사형수의 처지와 다름없었다. 사람들은 분명 그를 노대(露臺)의 벽면 앞으로 데리고 나갈 태세였다.
「좀 앉으시지요, 왕자 전하」

아닌 게 아니라 그 불행한 사람은 제대로 서 있지도 못했다. 그는 돌 위에 털썩 주저앉았다.

병사 열두 명은 그 앞에 자리를 잡았다. 그러자 왕자는 그들을 보지 않으려고 고개를 돌렸다. 그의 온몸은 실에 매달린 꼭두각시 인형처럼 흔들리고 있었다.

그렇게 얼마의 시간이 흘렀다. 베르나르는 그에게 매우 다정한 목소리로 물었다.

「앞이 나으시겠습니까? 아니면 뒤가 나으시겠습니까?」

그의 말에 절망하듯 왕자가 아무런 대답이 없자 베르나르가 외쳤다.

「아니, 왜 그러십니까, 왕자 전하? 꽤 고통스러워 보이십니다. 자, 그래도 자신의 행동에 책임은 지셔야지요. 아직 시간은 많습니다. 폴 들로즈 중위가 오려면 아직 10분은 더 있어야 합니다. 그는 꼭 오겠다고 하더라고요……. 뭐랄까……? 이 작은 의식에 참석해야 한다나요. 그런데 이렇게 안색이 안 좋으신 걸 보면 되겠습니까. 아주 새파랗게 질리셨군요, 왕자 전하!」

여전히 재밌다는 듯, 그리고 왕자의 기분을 풀어 주기라도 하려는 듯 베르나르는 계속 말했다.

「무슨 얘기를 해 드릴까요? 전하의 친구였던 헤르민 백작 부인의 죽음에 대해서 말씀드릴까요? 아! 아! 귀가 쫑긋하신가 보군요! 그럼, 좋습니다. 그 의젓한 양반도 일전에 수아송에서 처형을 당했다지요. 자, 한번 생각해 보십시오. 그리고 사실 그 여자의 안색은 전하보다 못했답니다. 내내 부축을 받아야 했을 정도였지요. 게다가, 웬 소리를 그리 질러 대는지……! 또 어찌나 살려 달라고 애걸복걸하던지……! 품위라고는 눈곱만큼도 없었죠! 위엄이라고는 온데간데없었고요! 하지만 전하께서는 좀 다르실 거라고 봅니다. 저런! 어떻게 하면 전하의 기분이 좀 나아질까요? 아! 생각났습니다……」

그는 호주머니 속에서 소책자 한 권을 꺼냈다.

「자, 이겁니다, 왕자 전하. 제가 한번 읽어 드리겠습니다. 물론, 이럴 때는 성경책이 제격이지만, 애석하게도 제가 갖고 있질 않아서요. 게다가 잠시라도 지금의 처지를 잊게 할 만한 게 좋지 않겠습니까, 안 그래요? 게다가 조국과 군대에서 자신이 세운 무훈에 자랑스러워하는 한 훌륭한 독일인에게 이 작은 책보다 훌륭하고 위로가 되는 것은 것 없다고 봅니다. 어디, 우리 함께 한번 이 책을 음미해 볼까요, 왕자 전하? 책 제목은『독일인들이 증언하는 독일인의 범죄들』입니다. 전하의 동포들이 적은 행군 수첩들의 모음집이죠. 이건 독일 학계에서도 경의를 표해 마지않는 훌륭한 자료입니다. 자, 그럼 펼쳐서 아무 데나 읽어 보겠습니다」

주민들은 모두 마을을 떠나 도망쳤다. 참으로 끔찍했다. 집집마다 핏자국이 선명했고, 죽은 이들의 얼굴은 보기에도 흉측했다. 즉시 그들 모두를 매장했는데, 그 수가 예순 명에 달했다. 그들 중에는 나이 든 노파와 노인들이 많았고, 임신한 여자 한 명과 아이들도 셋 있었다. 아이들은 서로 꽉 붙어서 죽어 있었다. 살아남은 이들은 모두 추방되었고, 나는 그들 중 어린 소년 넷이 막대기 두 개로 요람을 들고 가는 것을 보았다. 그 안에는 생후 5, 6개월 된 갓난아기가 들어 있었다. 모든 곳에서 약탈이 자행되었다. 나는 또한 두 어린아이들을 데리고 있던 한 엄마를 보았는데, 그 아이들 중 하나는 머리에 큰 상처를 입었고 눈이 하나 멀어 있었다.

「어떻습니까, 참 재밌지 않습니까, 전하?」
그는 계속 읽었다.

   8월 25일 ─ 게도쉬(아르덴 지방의 마을 ─ 옮긴이)라는 멋진 마을이 방화를 당했다. 내가 보기에는 무고한 사람들 같았다. 사람들 말로는 자전거병 하나가 넘어졌고, 그러면서 소총이 저절로 발사되었다고 한다. 그래서 총이 발사된 방향에 불을 놓았다는 것이다. 그뿐만 아니라, 주민들 중 남자들을 그 불길 속에 모조리 던져 넣었다고 한다.

「좀 더 위쪽으로 가 보겠습니다」

   8월 26일(벨기에) ─ 도시 주민들 300여 명을 모두 총살했다. 집중 사격에서 살아남은 이들은 구덩이를 파는 일에 동원되었다. 그때 여자들의 모습을 보아야 했는데……

   책의 내용을 계속 읽어 가면서 베르나르는 역사 교과서에 주석을 다는 선생처럼 온화한 목소리로 중간중간 적절한 논평을 곁들었다. 그러자 콘라트 왕자는 거의 기절하기 일보 직전처럼 보였다.
   폴은 오르느캉 성에 도착하여, 차에서 내려 노대(露臺)로 향했다. 열두 명의 병사들과 함께 있는 왕자의 모습을 보자 침울한 죽음의 장면이기보다는 베르나르의 짓궂은 장난기로 단편 희극이 벌어지고 있음을 단번에 알 수 있었다. 그는 나무라듯 말했다.
   「오! 베르나르……」

그러자 젊은 친구는 모르는 척하면서 외쳤다.

「아! 매형 왔어요? 서둘러요! 왕자 전하와 내가 얼마나 기다렸다고요. 자, 일을 신속하게 처리하자고요!」

그는 왕자로부터 10보 떨어진 곳에 도열한 부하들 앞에 자리를 잡았다.

「준비되셨습니까, 왕자 전하? 아! 역시 앞을 더 좋아하시는군요……. 잘 선택하신 겁니다! 전하는 앞쪽이 훨씬 더 멋지시거든요. 아! 그렇긴 해도, 다리에 그렇게 힘이 없어서야 되겠습니까! 자, 좀 더 힘을 내시고……! 자, 웃으세요! 자, 여기 보시고……. 세겠습니다……! 하나, 둘…… 아, 좀 웃으시라니간요……!」

베르나르는 고개를 숙인 채 가슴에 매단 작은 사진기를 들여다보았다. 곧이어 찰칵 소리가 들렸다.

「됐습니다! 됐어요! 왕자 전하, 뭐라고 감사의 말씀을 드려야 할지 모르겠군요. 황송하게도 잘 참아 주셨어요! 미소는 좀 억지스럽고, 입술은 비죽 나와 사형수 같고, 눈은 퀭한 게 꼭 시체 같네요. 뭐, 그것만 빼면 정말 매력적인 표정이셨습니다. 정말 감사드립니다」

폴은 나오는 웃음을 참을 수가 없었다. 콘라트 왕자는 농담을 받아 줄 만한 상황이 전혀 아니었다. 하지만 그는 위험이 사라졌다고 느꼈는지, 경멸하듯 위엄을 보이며 모든 역경을 견뎌 낸 사람처럼 몸을 꼿꼿이 세웠다. 그런 그에게 폴 들로즈가 말했다.

「전하는 자유의 몸이십니다. 황제의 전속 부관 한 명과 저는 3시에 전방에서 만나기로 약속했습니다. 그는 프랑스 인 포로 스무 명과 전하를 교환하기로 했습니다. 자, 이 차에 오르시지요」

분명히 왕자는 폴이 하는 말을 하나도 못 알아듣고 있었다. 전방에서의 약속이라니, 또 포로 스무 명은 뭔지, 모든 말들이 뒤섞여 그의 머릿속에 하나도 들어오지 않았다.

하지만 그가 탄 차가 서서히 잔디밭을 한 바퀴 돌자 그는 당혹스런 장면을 보고는 정신이 번쩍 든 모양이었다. 엘리자베스 당드빌이 풀밭 위에 서서 미소를 지으며 꾸벅 고개를 숙여 인사를 하고 있지 않은가! 환영이 분명했다. 그는 얼이 빠진 사람처럼 두 눈을 마구 비벼 댔다. 저 모습을 보고 무슨 생각을 하는 지 뻔히 알겠다는 듯 베르나르가 말했다.

「잘못 생각하고 계신 겁니다, 왕자 전하. 엘리자베스 당드빌이 맞습니다. 맹세코 말입니다. 폴 들로즈와 저는 독일로 가서 그녀를 찾아오는 게 낫다고 판단했죠. 아, 그때 물론, 베데커 여행 안내서(Baedeker, 독일 출판업자가 만든 유명 여행 안내서──옮긴이)를 가지고 갔죠. 황제께 약속을 청했고, 그분 역시 선뜻 응해 주셨죠…… 아! 하지만 왕자 전하, 전하의 아버님이 호되게 꾸짖으실 거라는 건 각오하십시오. 폐하께서는 대단히 진노하고 계십니다. 뭐야! 허구한 날 말썽이야……! 방탕한 짓거리에……! 꾸지람이 대단하실 겁니다, 전하!」

포로 교환은 정해진 시간에 정확히 이루어졌다.
프랑스 인 스무 명이 포로들이 도착해 있었다.
폴 들로즈는 황제의 전속 부관을 따로 불렀다.
「선생, 황제께 헤르민 드 호엔촐레른 백작 부인이 수아송에서 프랑스 총사령관을 암살하려 했다는 사실을 보고해 주기 바라오. 하지만 나에게 붙잡혀 재판을 받은 다음, 총사령관의 명령에 따라 총살당했소. 나는 그녀의 서류들을 상당수 소지하고 있고, 특히 황제 폐하께 사적으로 매우 중요하다고 믿어 의심치 않는 은밀한 내용의 편지들을 가지고 있소. 그 편지들은 오르느캥 성에서 약탈해 갔던 가구들과 소장품들이 되돌아오는 날 황제께 보내질 겁니다. 그럼, 안녕히 가시오, 선생」

그렇게 해서 끝이 났다. 모든 전선에서 폴이 승리한 셈이었다. 그는 엘리자베스를 구출했고 아버지의 원수를 갚았다. 게다가 독일 첩보 부대 수뇌부에 타격을 주고, 프랑스 장교 스무 명을 돌려받아 총사령관과 했던 모든 약속들을 지켰다.

그만하면 자신이 일궈 낸 과업에 정당한 자부심을 가질 만했다.

돌아오는 길에 베르나르가 물었다.
「매형, 좀 전에는 저 때문에 기분이 좀 상하셨죠?」
그러자 폴이 웃으며 대답했다.
「상하기만 했나! 화도 났어」
「화가 났다고요? 정말요……? 화까지 나다니……! 한 얼간이 녀석이 아내를 빼앗으려고 했는데, 감방에서 고작 며칠 있다가 떠났다고요! 그자는 살인과 약탈을 저지른 도당의 우두머리들 중 한 놈이었으니, 다시 돌아가면 또 약탈과 살인을 일삼을 거라고요! 그게 사리에 맞기나 해요! 전쟁을 저지른 그 일당들을 한번 생각해 보라고요! 왕자들, 황제들, 그들의 마누라들까지 모두 전쟁을 무슨 자기네들의 영광과 그럴듯한 비장미를 위해 있는 것처럼 생각하죠. 그 때문에 가엾은 사람들이 극심한 고통을 겪는다는 것은 전혀 안중에도 없잖아요. 저들이 자신들 앞에 놓인 최후의 심판을 두려워하며 심적으로 괴로워할진 모르겠지만, 지금 살아 있는 동안은 결코 고통을 느끼지 않겠죠! 다른 이들은 죽었지만 저들은 버젓이 살아 있어요. 때마침 그들 중 한 놈을 붙잡았고, 그자와 공범들에게 복수할 좋은 기회였는데⋯⋯. 저들이 우리 동포들을 처형했던 것처럼 그를 냉혹하게 처치할 수 있는 좋은 기회였는데⋯⋯. 그래, 매형은 내가 고작 저놈을 10분 동안 죽음의 공포에 쩔쩔 매게 만들었기로서니, 그걸 이상하게 여기는 거예요? 그건 아니죠! 인간적이고 논리적으로 올바른 정의의 눈으로 봐도 그자에게는 최소한 결코 잊지 못할 형벌 정도는 가했어야죠! 가령, 한쪽 귀나 코끝을 자르든가 해서 말이에요」

그러자 폴이 이렇게 대답했다.

「네 말이 백 번 천 번 옳아」

「그래요, 그놈의 코끝을 잘랐어야 했다고요! 거 봐요, 매형도 나랑 같은 생각이잖아요! 내가 얼마나 후회했다고요! 아, 내가 정말 어리석었어요. 내일이면 전혀 기억하지도 못할 녀석에게 고작 교훈을 준답시고 했으니. 이크, 난 정말 맹추야! 하긴, 그나마 위로가 되는 건 내가 더없이 귀중한 자료로 길이 남을 사진을 찍었다는 거죠⋯⋯. 죽음을 눈앞에 둔 어느 호엔촐레른 가 사람의 표정! 매형도 보았죠, 그 표정 말이에요!」

자동차는 오르느캥 마을을 가로지르고 있었다. 마을은 인적이 드물었다. 야만인들이 가옥들을 모두 불태우고, 노예들을 부리듯 주민들을 모두 데리고 갔기 때문이었다.

그런데 어느 건물의 잔해 더미 위에 누더기를 걸친 한 사람이 앉아 있었다. 가까이 가 보니 노인네였다. 그는 광인의 눈빛으로 그들을 멍하니 바라보았다.

그때 그 노인네 옆에 있던 한 어린아이가 그들을 향해 두 팔을 벌리는 것이 아닌가. 가엾게도 손이 잘려 나간 작은 두 팔로⋯⋯.

옮긴이 | 연숙진

한국외국어대학교 대학원 불어불문학과를 졸업했다. 옮긴 책으로는 『너에게 소나기를 가져다 줄게』, 『고독한 산책자의 몽상』, 『스완의 사랑』, 『포탄 파편』, 『암염소 가죽을 쓴 사나이』 등 다수가 있다.

아르센 뤼팽 전집 8

포탄 파편

1판 1쇄 펴냄 2002년 10월 17일
1판 8쇄 펴냄 2014년 7월 31일

지은이 | 모리스 르블랑
옮긴이 | 연숙진
발행인 | 김세희
펴낸곳 | 황금가지

출판등록 | 2009. 10. 8 (제2009-000273호)
주소 | 135-887 서울 강남구 신사동 506 강남출판문화센터 5층
전화 | 영업부 515-2000 편집부 3446-8774 팩시밀리 515-2007
홈페이지 | www.goldenbough.co.kr

ⓒ 황금가지, 2002. Printed in Seoul, Korea

ISBN 978-89-8273-425-0 04860 (8권)
ISBN 978-89-8273-417-5 (set)

㈜민음인은 민음사 출판 그룹의 자회사입니다.
황금가지는 ㈜민음인의 픽션 전문 출간 브랜드입니다.